# O Livro dos Reis

PHILLIPE NOVEM

1ª edição
2017

**Direção Editorial**
Silvia Vasconcelos
**Produção Editorial**
Equipe Editora Pandorga
**Preparação**
Márcio Barbosa
**Diagramação**
Gabriella Regina
**Composição de capa**
Gabriella Regina
**Revisão**
Aline Salles | AS Edições

Texto de acordo com as normas do Novo Acordo Ortográfico da Língua Portuguesa
(Decreto Legislativo nº 54, de 1995)

Dados Internacionais de Catalogação na Publicação (CIP)
Ficha elaborada por: Tereza Cristina Barros - CRB-8/7410

Novem, Phillipe
O livro dos reis / Phillipe Novem. -- 1.ed. --
São Paulo : PandorgA, 2017.
364 p. ; 16 x 23 cm.

ISBN 978-85-8442-222-7

1. Ficção brasileira 2. Literatura juvenil
I. Titulo.

20.07/024-2017 CDD- 869.3

2017
IMPRESSO NO BRASIL
PRINTED IN BRAZIL
DIREITOS CEDIDOS PARA ESTA EDIÇÃO À
EDITORA PANDORGA
AVENIDA SÃO CAMILO, 899
CEP 06709-150 - GRANJA VIANA - COTIA - SP
TEL. (11) 4612-6404

**WWW.EDITORAPANDORGA.COM.BR**

# O Livro dos Reis

## Regras

1. Será considerado rei quem assinar este livro.
2. O contrato deve ser assinado com sangue.
3. Morrerá todo aquele que tentar assinar o livro quando houver um rei legítimo.
4. O rei permanecerá preso ao livro mesmo depois de sua morte, até que outro nome seja assinado com sangue.
5. Algumas das habilidades natas do rei serão melhoradas.
6. Ninguém pode deixar de ser rei.
7. A verdadeira natureza da alma de um rei é revelada sob a luz do luar.

# Prelúdio

NUMA NOITE FRIA, NO ALTO DA TORRE DE UM CASTELO, VIA-SE UMA SOMBRA passar rápido de um lado para o outro; o vento que entrava pela janela era gelado e quase apagava as velas colocadas na mesa do quarto. A mulher, preocupada com suas futuras ações, se preparava. Se o plano desse errado e ela fosse capturada, seria morta na mesma hora. A ideia de fugir com o livro lhe parecia idiota e impossível. Há setecentos anos, tentavam roubá-lo, e todas as tentativas foram frustradas e os ladrões, mortos. A diferença era que, pela primeira vez, uma protetora, a pessoa que deveria cuidar do livro, o roubaria.

— Está tudo pronto? — perguntou o homem de cabelos loiros, ao abrir a porta. A seus pés, dois homens jaziam caídos.

— Você os matou, Henk? — Olhou temerosa.

— Não se preocupe, estão apenas dormindo. Vamos. Está tudo aí?

— Está. — Ela colocou a mão sobre a bolsa volumosa.

Logo depois, os dois desciam as escadas da torre do rei. As madrugadas eram silenciosas, e essa parecia ser ainda mais. Cada passo que davam ao descer os degraus produzia um som alto que parecia poder acordar o castelo inteiro.

— Onde estão os outros guardas? — perguntou Faléria.

— Estão todos dormindo, a comida estava cheia de mel de gizzy, o suficiente para fazer um elefante dormir.

E realmente era verdade. Até chegarem aos portões internos, eles encontraram vários guardas estatelados pelo chão. Primeiro ela contou quatro, depois nove e, à medida que iam descendo, ela desistiu de contar. A torre do rei era bem guarnecida, tinha cinco andares, sendo o mais alto deles o lugar onde o livro e Faléria ficavam.

Os portões internos davam acesso à torre e eram guardados por seis soldados. Em cada andar havia uma porta que dava acesso ao andar seguinte, e todas eram vigiadas por pelo menos três guardas.

— Este é o último — disse Henk se referindo à porta que dava acesso ao pátio. — Boa sorte, Faléria.

Os dois se abraçaram calorosamente. Depois daquele ponto, ela estaria sozinha.

Faléria estava vestida como uma das servas do castelo, por isso não foi difícil passar despercebida.

Após caminhar pelo pátio do castelo por um bom tempo sem ver quase ninguém, Faléria chegou ao imenso portão que dava para a cidade, e onde havia dois guardas apenas.

— Abram o portão — disse ela, tentando deixar transparecer confiança.

— O que quer lá fora a esta hora? — perguntou um homem de bigode, com uma tocha na mão.

— Assuntos do rei. Ele me ordenou a não falar com mais ninguém.

— Hum, sei. Você é nova? Nunca a vi aqui. — Seus olhos se estreitaram.

— Meu nome é Diana... Vim para cá hoje. — Sua voz saiu um pouco fraca.

— Garota, por que eu não acredito em você? O que tem na bolsa?

— São coisas do rei. Vocês... vocês não podem tocar. — Estava ficando nervosa.

— Cale a boca. — O homem desembainhou a espada, pondo a lâmina no pescoço da moça. — Abra a bolsa. — Sua voz indicava que ele não pediria novamente.

Faléria o obedeceu, dentro de sua bolsa estava escuro, mas, quando ele aproximou, a tocha conseguiu criar um vislumbre de algo brilhante como ouro.

— O que é isso?

Embainhou a espada e pôs a mão dentro da bolsa. Mas, antes que pudesse retirar o que estava lá, Faléria o atingiu no pescoço com um pequeno punhal, que retirou de sua manga. O homem caiu se contorcendo e jorrando sangue.

Faléria apanhou a tocha da mão do homem e, com a outra, pegou um pó de um bolso escondido, já se antecipando à investida do outro guarda. Incrédulo, ele rapidamente sacou sua espada e correu para atacá-la. Prontamente, ela jogou o pó na direção do guarda, dando um pulo para trás, e atirou a tocha no ar. O fogo, ao entrar em contato com o pó, fez com que todo o ar ao redor se inflamasse, atingindo diretamente o rosto do homem.

— Aaaaahh! — ele gritou, ao mesmo tempo que tentava apagar as chamas de suas sobrancelhas e cabelos.

Enquanto isso, Faléria agarrou a alça da bolsa e girou o corpo em um rápido movimento, acertando em cheio o pesado livro na cabeça do soldado. O golpe abriu um corte profundo e o fez cair morto.

Com pressa, ela pegou a chave, abriu o portão e correu.

# Capítulo 1

## A FAZENDA

— A fazenda da família Honny não é local para brincar. Você trabalha e faz o que mandam. Entendeu, filho?

— Sim, pai.

— Bom garoto. — Sorriu e esfregou a mão nos cabelos de Aidan, deixando-os bagunçados.

Aidan tinha 4 anos e começaria seus afazeres na fazenda naquela manhã. As pessoas que nela trabalhavam eram chamadas de trabalhadores serviçais. Ali, em troca de seus serviços, recebiam comida e abrigo. Bastava apenas assinarem um contrato no qual se comprometeriam a ficar não menos do que cinco anos, durante os quais trabalhariam seguindo todas as ordens. Aqueles que desobedecessem as regras e leis impostas receberiam a punição adequada. Aqueles que tentassem fugir antes do tempo estariam sujeitos à morte, se capturados.

A mãe de Aidan era responsável por fazer a comida para os Honnys. E seu pai era o responsável pela caça: javalis, cervos, lobos, ursos, macacos e tudo o que conseguia encontrar na floresta.

— Um dia te ensinarei a caçar — dizia seu pai —, por enquanto você vai começar molhando e tirando as pragas das plantações.

Na fazenda, havia plantações de milho e feijão, que eram vendidos para a cidade periodicamente. As várias frutas que Aidan mais tarde aprenderia a apreciar serviam também para fazer doces e algumas bebidas.

Tirar as pragas das plantações não era tão difícil, apenas trabalhoso. Aidan só tinha que molhar o algodão em um conhaque bem fedido e passá-lo de folha em folha, além de molhar as raízes com água. No almoço, ele comia pão e, com alguma sorte, frutas também; quando chegava o final do dia, ia para a casa onde seus pais ficavam junto com outros trabalhadores. Aidan adorava a refeição da noite, muitas vezes tinha carne ou peixe e suco de frutas. Em dias ruins, era apenas pão e água.

Aidan procurava nunca falar nada e fazia seu trabalho de maneira correta, pois seu pai sempre dizia que poderia ser castigado se não cumprisse suas metas. Na fazenda, existiam cinco homens que tomavam conta de todos os trabalhadores, eram conhecidos como ferrolhos. Para toda regra não cumprida, eles aplicavam uma punição. Um homem foi amarrado a uma árvore e açoitado até que suas costas ficassem em carne viva, ele morreu um dia depois. Aidan nunca soube o que ele fez, seu pai lhe disse que o homem não tinha obedecido às regras.

# Capítulo 2

## Feliz aniversário

— Parabéns, Aidan. Dez anos! Já é quase um homem. Finalmente vou deixar você sair comigo — disse o pai orgulhoso.

— Vai me ensinar a caçar? — Aidan perguntou todo empolgado.

— Vou, sim, conversei com o senhor James e ele permitiu que eu começasse a ensiná-lo. Afinal de contas, um dia vou morrer e alguém precisará levar a caça para eles. — Seu pai ostentava um sorriso branco que combinava perfeitamente com seus cabelos castanho-claros.

— Vou poder ter uma espada, uma lança e uma besta? — Os olhos pretos de Aidan reluziram de felicidade.

— Vá com calma, rapazinho, você ainda é muito pequeno para armas — sua mãe alertou enquanto amarrava seus longos cabelos negros com um pedaço fino de corda.

— Filho, acha que os ferrolhos deixam a gente andar com armas por aí? Eles me dão uma lança de madeira e só. Eu caço sozinho, e depois chamo alguns homens para me ajudar a levar as carcaças.

— Entendi — concordou contrariado.

O sol começava a nascer quando eles saíram de casa. Foi emocionante, para Aidan, quando pulou as cercas e foi com seu pai em direção à floresta.

— Tome cuidado com essas cercas, preste bem atenção ao pular. Elas são feitas para que animais grandes não passem. Anos atrás, um dos trabalhadores se feriu seriamente em uma dessas estacas e acabou morrendo.

Depois de uma pequena caminhada, aquela que era uma vegetação rasteira começou a se tornar robusta, com árvores grandes que bloqueavam quase por completo os raios solares que tentavam penetrar no interior da floresta.

— Parece um lugar completamente diferente de onde estávamos. Aqui é silencioso e escuro — dizia Aidan, olhando para todas as direções. — Como é mesmo o nome dela, pai, Finária?

Aidan sabia o nome da floresta, mas gostava de perguntar a seu pai, pois a resposta sempre vinha acompanhada de alguma história.

— É Faléria! Sua mãe não gosta que eu fique te contando essas histórias, mas você já está grandinho e ela não está aqui — falou baixo, como se ela pudesse ouvi-los dali. — Conta a lenda que há dois mil anos uma mulher fugiu de Nolat e se escondeu aqui. O rei enviou um exército com cinco mil homens para encontrá-la, havia caçadores e cães farejadores, os melhores. E não encontraram nem um pedaço de roupa. A busca por Faléria ficou tão famosa que batizaram a floresta com seu nome.

— Algum animal a devorou. Ela estava fugindo à noite e é quando a maioria dos animais caça. — Aidan fez o formato de garras com as mãos e rosnou.

— Como sabe que era à noite? Pode ter sido pela manhã.

— Eu teria fugido à noite. É mais fácil de escapar.

— Você teria que conhecer bem o terreno, além de saber onde achar água, como conseguir comida e abrigo. Existem muitas variáveis que se deve levar em conta, quando se tenta fugir de um lugar.

— O senhor está certo. Planejar em primeiro lugar. — Aidan pareceu recitar essa última frase.

Seu pai o olhou desconfiado.

— Onde aprendeu isso? Andou lendo algum livro velho do senhor Honny de novo?

Aidan entrelaçou os dedos atrás da cabeça e riu, mas não quis responder a seu pai. Adorava deixá-lo com cara de espantado. Ainda lembrava-se de quando o pai o pegara lendo um livro aos 4 anos de idade; sua mãe, que teve uma boa educação, não acreditou, quando ele lhe contou. Aidan nunca esqueceria a cara de assombro dos dois.

Ao voltarem da caçada, Aidan e seu pai conseguiram um macaco, um cervo, algumas frutinhas e larvas de insetos. O cervo iria para a família Honny, todo o resto ficaria com os trabalhadores. Ao final do dia, Aidan estava cansado, com alguns pequenos cortes ao longo das pernas, mas estava feliz, havia trabalhado ao lado de seu pai e aprendera muito. Estavam sentados no chão de sua cabana, comendo seu ensopado de macaco com batatas, e Aidan perguntou:

— Por que ela fugiu, pai?

Ron parou, pensou um pouco.

— Quem? — perguntou a seu filho, tentando se fazer de desentendido, ao mesmo tempo que olhava de rabo de olho para sua esposa.

— Faléria — Aidan respondeu sem cerimônia.

Sua mãe encarou seu pai por alguns segundos com uma sobrancelha arqueada, mas deixou que ele falasse.

— Sabe, filho — pigarreou —, há muitas versões dessa história, e prometo que um dia conto todas para você. — Seu pai lhe deu um abraço, indicando que já era hora de dormir. Mas, para Aidan, aquilo era apenas uma forma de seu pai não responder e evitar uma bronca da esposa.

— Venha aqui e dê um beijo em sua mãe, menino — disse a mulher de cabelos lisos que alcançavam até o meio de suas costas.

Um pouco relutante, Aidan beijou sua mãe e foi dormir em seu cantinho forrado com panos. A cabana em que todos os trabalhadores dormiam era grande, toda de madeira e com apenas um cômodo. Nela, todos os cento e oito empregados podiam dormir, e ainda sobrava espaço.

O dia seguinte parecia uma manhã qualquer. Aidan se espreguiçou em seu pedaço de chão, afastou seus cabelos negros da frente do rosto e levantou-se para comer uma maçã com um pouco de leite de vaca. Seu pai não iria caçar, estava ajudando outros trabalhadores. Aidan pensou, então, que poderia ir correndo para a macieira pegar mais uma maçã. Pesou os riscos de sua escapada e saiu correndo em disparada. Se fosse bem rápido, seu pai nem perceberia que havia saído.

Foi quando tudo mudou. Talvez, se ele tivesse ficado na sua dura cama, se tivesse acordado minutos mais tarde, se tivesse ido procurar seu pai, não teria conhecido a mulher que mudou a sua vida.

Ao chegar à macieira, ele viu uma menina descendo pelo tronco com uma maçã na mão. Ela era tão bronzeada quanto Aidan, mas seus cabelos eram castanho-claros. Ele passou a mão por seus cabelos pretos e percebeu que eram lisos e não ondulados como os dela, mas por que isso importava? Ele nunca tinha dado importância para sua aparência, e por que pensar nisso agora? Seu coração estava acelerado, devia ser a garota, só podia ser. Ele a olhou nos olhos e continuou caminhando em sua direção. Era como se tivesse sido pego por um feitiço, pois suas pernas pareciam se mover sozinhas.

— Olá — disse ele, desta vez se aproximando devagar.

— O... oi. — Ela inclinou um pouco a cabeça e sorriu.

— Eu só vim pegar uma maçã — ele falou de maneira branda, como se estivesse com medo de espantá-la.

— Então coma comigo, eu divido esta com você.

Ela levantou um pouco seu vestido branco e pegou uma pequena faca que estava em sua bota, cortou a maçã e deu uma metade para ele. A garota sentou-se na sombra da árvore e bateu de leve no pedaço de chão ao seu lado, indicando que ali havia um lugar vago. Desconcertado, ele a obedeceu e, sem saber o que dizer, mordeu seu pedaço de maçã, que pareceu estar mais saboroso do que de costume.

— Você não deve dizer nada? — perguntou ela.

— É... obrigado! — disse envergonhado.

Ela riu e sua risada fez com que Aidan sentisse seu estômago estranho, seu coração ainda batia forte e ele suava como se estivesse catando milhos.

— Qual o seu nome? — ela perguntou, fitando seus olhos.

— Aidan. E o seu? Você está de passagem? Quantos anos tem?

*O que foi isso? Está parecendo sua mãe lhe enchendo de perguntas, droga*, pensou ele nitidamente nervoso.

— Hahaha! — a garota gargalhou. — Você é engraçado. Eu me chamo Sirranda. Devo ficar por aqui um bom tempo, pois vim morar com meu avô. Hummm... — Ela colocou a mão no queixo tentando lembrar-se da última pergunta de Aidan. — E tenho treze anos.

— Ah... — Travado, ele apenas ficou olhando para ela, sem saber o que deveria fazer em seguida.

— E você, quantos anos tem? — ela perguntou, quebrando aquele silêncio mórbido.

— Eu tenho — *não diga dez anos, minta* — hummm... doze anos? — Aidan quis enfiar a cabeça em um buraco ao perceber que respondera à pergunta dela com incerteza na voz.

Ela abriu um sorriso e olhou bem para seus olhos penetrantes.

— Você não sabe mentir bem, sabia? Mas seus olhos são os mais bonitos que eu já vi, eles brilham.

— É, é, eu... — Aidan não conseguiu esconder o rubor em suas bochechas.

— Hahaha! Você sabe mesmo usar as palavras.

— Eu... nunca falei com uma menina antes. Eu sou... — *você não é criança* — o único da minha idade por aqui.

— É mesmo? E por quê?

— Meu pai diz que o senhor James Honny não permite crianças na fazenda, qualquer um que tenha um filho é mandado embora. Ele me deixa ficar porque meu pai salvou a vida dele uma vez em Nolat. Logo depois, seu avô ofereceu um emprego para meu pai e minha mãe Meredith, que estava grávida de mim. E, como meus pais precisavam de um lugar para ficar, vieram para cá. As cidades são lugares muito perigosos, pelo que ouvi falar. — Depois da pequena declaração, Aidan notou que perdera o fôlego por ter falado rápido demais.

— Deve ser muito chato ficar só, sem ninguém para brincar, não é?

— Não tenho muito tempo para brincar, eu trabalho muito, os ferrolhos não são gentis quando você não segue as regras. "Ande sempre na linha ou eu e os ferrolhos vamos te dar uma lição", minha mãe sempre diz. Você tem pais? — Os olhos verdes dela davam um toque especial em seu rosto, ele notou.

— Sim. Meu pai é um importante mercador. Graças à fazenda de meu avô, ele importa e exporta algumas mercadorias que saem daqui. Minha mãe... hum... cuida de mim. Você sabia que são quatro dias de viagem de Nolat até aqui?

— Já ouvi falar — disse enquanto se levantava apressadamente e limpava a poeira de sua calça. — Desculpe, Sirranda, é que eu tenho que voltar, meu pai deve estar me esperando.

— Então... — Sirranda foi interrompida por um homem em um cavalo.

— Senhorita Sirranda, seu avô me pediu para procurá-la, venha comigo por favor — disse o homem olhando para Aidan.

Ele tinha expressões duras e estava vestido com seu antigo uniforme do exército de Nolat; em seu peito, o brasão da cidade: um homem de braços abertos, sem rosto, na frente de um sol. Ele era um dos cinco ferrolhos que tomavam conta da fazenda, e o mais velho deles. Vredin era seu nome.

— Certo. Eu tenho que ir agora, Aidan, espero revê-lo de novo uma outra hora.

Sirranda foi andando em direção ao casarão branco onde moravam seus avós. Seu avô, o senhor James Honny, era um homem careca, que já vivera os seus melhores dias, e sua esposa Rebeca, era uma senhora de cabelos brancos e óculos protuberantes. Além deles, todos os outros ferrolhos, Vredin, Scarob, Joujo, Cilas e Yuin, viviam no casarão.

— Você não deveria estar trabalhando agora? — perguntou Vredin, com seu olhar nada amigável, apontando seu pequeno porrete para Aidan, que, com medo, balançou a cabeça, concordando com o ferrolho. — Fique longe da garota, suas mãos são sujas demais para encostar nela. Se eu vir vocês juntos conversando novamente, irá se arrepender, Aidan. — Virou-se e pôs-se a galope.

O menino saiu em disparada em direção à cabana, onde seus pais poderiam estar esperando bem irritados. Mas ele pensou nisso por pouco tempo, o que lhe ocupava a cabeça era Sirranda, seus dentes, sua boca e seus lábios grandes. Quando chegou na cabana, seu pai estava na porta com uma enxada na mão.

— Por onde andou? — disse ele com sua expressão mais séria.

— Fui até a macieira, eu não ia demorar. — Estava com a cabeça baixa, esfregando as mãos. Tinha que parecer arrependido e com medo, isso sempre funcionava.

— Vamos, temos trabalho a fazer.

E ele passou todo o dia cavando e abrindo caminhos na terra. Milagrosamente o tempo passou rápido, sua mente estava na garota, nas sensações de seu estômago, no seu coração acelerado.

*Não, não posso mais vê-la, Vredin me alertou*, pensou ele. *Tenho que tirá-la da cabeça.*

# Capítulo 3

## Os ventos mudam

Várias semanas se passaram sem que ele visse Sirranda. Aidan, em seu tempo livre, que era raro, gostava de ficar nos limites da fazenda, debruçado na cerca, apenas olhando para a floresta. Havia muitas árvores e, ao longe, duas montanhas, uma ao lado da outra, cobertas por vegetação. Faléria era imensa, e Aidan ficou fascinado por ela desde a primeira vez em que a viu. Todas as vezes que ia caçar com seu pai, queria ir mais longe; *até onde ela iria?*, ele se perguntava.

Era início do entardecer e Aidan aproveitava suas horas de folga naquele dia, quando uma voz feminina tirou seu sossego.

— Sonhando acordado?

Ele sabia de quem era a voz e não pôde deixar de sorrir.

— Gosto de ficar olhando para ela, imaginando o que há além dessa floresta.

Sirranda se debruçou na cerca ao lado dele, admirando a vista.

— Nunca cheguei a perceber o quanto essa floresta é bonita.

— Sirranda, eu... não posso falar com você. Serei punido. — Ele olhava para baixo enquanto falava.

A garota o encarou com indignação.

— Aqueles cães asquerosos. É por isso que eu não consegui te encontrar. Estava me evitando para os ferrolhos não te darem uma lição.

Aidan apenas manteve a cabeça baixa.

— Venha — chamou-o. — Vamos até a floresta. Lá, eles não irão nos ver.

— O quê? — perguntou de olhos arregalados.

— Venha. — Ela pulou a cerca e correu em direção às árvores.

Aidan não teve muito tempo para pensar e a seguiu.

— Me espere.

Quando Sirranda entrou na floresta, sentiu o ar frio tocar sua pele, era gostoso sair do calor da fazenda, onde o sol reinava durante todo o dia e o calor dominava a noite.

— Gostei daqui — disse ela. — Será que não tem nenhuma macieira?

— Deve ter, são tantas árvores. — Tentou não desanimá-la.

À medida que iam conversando, se embrenhavam ainda mais na floresta. A trilha era tortuosa, mas dava para segui-la sem problemas. Sirranda avançava sem saber os perigos que Faléria escondia. Aidan tentou avisar, tentou mostrar, mas a garota era destemida.

— Melhor voltarmos, aqui escurece depressa. — Ele resolveu não alarmá-la, mas os dois estavam sendo seguidos, sabia disso pela sensação estranha que estava sentindo. Aidan a segurou pela mão e a puxou de volta pelo caminho. — Vamos. — Seu medo era palpável.

— Calma, nem andamos muito! — Ela resistia à mão do menino que a prendia com força. — Está me machucando, Aidan, o que deu em voc...

Um grito de dor o pegou de surpresa. Seu rosto ficou molhado e um peculiar gosto metálico apareceu em seus lábios. Quando encarou Sirranda, Aidan se assustou, uma flecha transpassara o frágil braço da garota. Havia sangue por toda parte.

— Aidan! — gritou desesperada.

— Não achei que você fosse facilitar tanto para a gente, saindo da propriedade e vindo para Faléria, a floresta mais perigosa que existe — disse um homem careca de estatura baixa que saiu dos arbustos, em suas mãos ele portava uma besta e, na cintura, uma pequena espada.

— Scarob! — Aidan berrou amedrontado o nome do ferrolho.

— E não se esqueçam de seu grande irmão Joujo — falou um homem gordo que saía de trás de uma árvore.

Dos cinco ferrolhos, esse era o que Aidan mais odiava. Mesmo seguindo todas as ordens que lhe eram passadas, sempre que o via, Joujo gostava de limpar sua bota com um forte chute em sua bunda.

— Joujo, Scarob, seus porcos, quando meu avô souber, ele...

— Não vamos nem passar perto da fazenda quando te matarmos, docinho — Joujo interrompeu-a, enquanto verificava com a ponta do polegar se seu machado estava afiado o suficiente.

— Deixem-na ir, por favor! — gritou Aidan.

Logo depois levou uma forte pancada das costas da mão de Scarob, o que o fez desabar no chão.

— Garoto, ela vale muito dinheiro. O pai dela precisou fugir de Nolat, pois não conseguiu ouro suficiente para pagar o que devia ao Olho Cinzento. E, se levarmos a cabeça dela até ele, seremos bem recompensados. — Scarob deu um sorriso podre.

— Não façam isso — implorava Sirranda.

O homem gordo se aproximou antes que ela pudesse escapar e agarrou com suas mãos grossas o pescoço dela. Todas as tentativas de Sirranda de se livrar de Joujo eram inúteis, o ferrolho parecia não sentir nada.

— Já viu uma cabeça ser decepada, garoto? No exército matávamos os desertores assim. — Scarob colou o rosto de Aidan contra o chão e pôs o joelho em cima de seu pescoço, imobilizando a cabeça, mantendo sua linha de visão em Sirranda e Joujo. E Scarob continuou: — Só de pensar que não vou mais precisar obedecer o Vredin já me dá vontade de cantar. Gostaria de ver a cara dele quando vir que a matamos, iria arrancar nossas peles. Hahaha — riu alto.

Aidan assistia a tudo.

— Não, pare, está machucando ela — dizia ele, ou pelo menos achava que tinha dito.

A pressão em seu pescoço ficava cada vez mais forte e, em alguns segundos, a risada de Scarob e os gritos sufocados de Sirranda foram se distanciando até sumirem. Tudo ao seu redor foi desbotando, perdendo a cor, até ficar em uma completa escuridão. Agora imerso no que parecia ser um poço escuro, Aidan sentia seu corpo flutuar. Ao longe, um ponto brilhava como uma moeda de prata. Andar não era possível, então ele começou a se debater como um peixe fora d'água. Esse movimento pareceu ajudar. Subitamente ele sentiu algo gelado cair em um pequeno ponto de seu rosto, depois em outra parte e depois em outra e, então, a moeda de prata ganhou forma, transformando-se no cabo metálico da espada pendurada na cintura de Scarob. Logo em seguida, o cabo metálico voltou a ser o ponto brilhante no meio da escuridão. Decidido, Aidan se debateu com mais afinco, nadando no meio daquele breu. Quando o cabo da espada apareceu novamente, ele levou a mão na sua direção. Nada estava inteiramente claro em sua mente, as imagens apareciam como relâmpagos iluminando a noite. Primeiro estava de pé com uma espada na mão, chovia muito e Joujo ainda estava agachado sobre Sirranda. Quando a luz iluminou o local pela segunda vez, Joujo estava com as mãos em seu próprio pescoço, de onde saía uma grande quantidade de sangue.

Aquilo estava mesmo acontecendo? Era um sonho? Acorde, Aidan, ele gritava, acorde, Aidan. E aí ele ouviu uma voz fraca que o trouxe de volta.

— Aidan. — Era Sirranda caída no chão e ainda sangrando.

Ele piscou algumas vezes ao sair daquele torpor.

— O que aconteceu? — perguntou, olhando em volta. Sua mão segurava firmemente a pequena espada que Scarob carregava na cintura, havia sangue por toda parte. Os dois ferrolhos jaziam agora mortos. — Sirranda! — gritou, ainda tentando entender o que acontecera.

— Obrigada, Aidan, obrigada — disse, com um sorriso fino nos lábios, e fechou os olhos.

# Capítulo 4

## Corra!

— Aidaaaann! — Bem próximo dali, seu pai o procurava junto com os outros ferrolhos. Os rastros estavam frescos, mas a chuva não dava trégua.

Como bom caçador que era, Ron Kirek, pai de Aidan, um homem alto de cabelos lisos e pele clara, um dos caçadores do rei Mirton III, encontrou Aidan, que terminava de amarrar um torniquete sobre o ferimento no braço de Sirranda.

— Aidan, meu filho! — Seu pai o abraçou. — O que foi que aconteceu?

— Scarob e Joujo tentaram matá-la. — Desatou a chorar no peito de seu pai.

Ron se virou quando ouviu passos.

— Eu os achei! — gritou para Vredin, Yuin e Cilas, os ferrolhos que o seguiam.

— O que foi que aconteceu? — perguntou Vredin, com uma mão segurando seu pequeno porrete e com uma lamparina na outra.

— Eles tentaram matá-la — disse Ron, apontando para os dois irmãos mortos.

— Mas que diab... — Sua frase foi interrompida por uma lâmina que transpassou o meio de seu peito. A última palavra de Vredin foi: — Tra... i... do... res... — O sangue jorrou de sua boca junto com o ar dos pulmões.

Cilas limpava a lâmina de sua espada no corpo de Vredin, enquanto Yuin mostrava seu melhor sorriso para Ron e sacudia seu machado de lenhador. Todos os cinco ferrolhos tinham sido guardas de Nolat e, após uma generosa oferta do senhor James Honny, pediram dispensa de suas obrigações e foram trabalhar na fazenda. Vredin sempre foi o mais correto dentre os cinco e Cilas, o mais sujo.

— Filho! — Ron segurava o braço de Aidan enquanto colocava-o de pé. — Corra o mais longe que puder. Vou segurá-los, entendeu? — perguntou, olhando em seus olhos.

— Sim, pai. — Aidan sabia que se ficasse só iria atrapalhar. — E ela?

— Deixe-a comigo. Agora vá. — Quase ao mesmo tempo que acabou de falar, Ron deu um pulo para trás, o aço passou raspando em seu peito, fazendo um corte superficial.

— Mate o garoto. — Cilas apontou para a direção em que Aidan estava correndo.

Yuin, um homem barbudo e corpulento de cabelo embaraçado, obedeceu. O pai de Aidan tentou impedi-lo, mas, quando deu um passo em sua direção, lá estava Cilas investindo sobre ele com a espada.

— Aidan, corra! Yuin está atrás de você! — gritou, e foi a última coisa que pôde fazer por seu filho.

Aidan corria com toda a sua energia, a visibilidade era pouca, mas não podia ir devagar, pois ouvia os passos de Yuin logo atrás, juntamente com suas ameaças.

— Estou te vendo, garoto, se parar agora mato você sem dor, eu prometo. Hahaha!

Aidan desviava de uma árvore ali e outra aqui, tropeçou em uma pedra e foi quando o machado passou zunindo ao seu lado e cravou-se em um tronco.

— Fique parado, garoto! — Yuin praguejou.

Aidan correu até tudo ficar totalmente escuro. A noite finalmente chegara, já não se percebia nada na floresta. Andar era arriscado, as possibilidades de Yuin estar procurando-o eram grandes. Ele poderia estar parado apenas escutando, poderia estar bem ao lado dele ali naquele momento. E ainda havia os animais que caçavam à noite. *Não posso ficar no chão*, pensou Aidan. Então o menino subiu em uma árvore robusta e alta, de tronco reto com galhos apenas no topo. Ao escalá-la, ele agradeceu por seu pai ter lhe ensinado a subir em árvores como aquela. Quando chegou ao topo, procurou uma posição segura para não cair se pegasse no sono. Uma queda daquela altura poderia ser fatal.

Durante a noite, tudo era mais assustador. Os sons da floresta, grunhidos, piados, e os gravetos se partindo, ficaram ainda mais altos quando a chuva cessou. Mas nada disso se comparava aos mosquitos que o comiam vivo. Na fazenda havia muitos, mas nada que se comparasse à quantidade que havia ali na floresta. Aidan encolheu os braços e a cabeça para dentro de sua blusa de linho e esperou que aquilo o ajudasse a se proteger das picadas. Enquanto esperava a noite passar ou o sono chegar, Aidan lembrou dos dois homens mortos. *Eu os matei, só não sei bem como.* E este foi seu último pensamento daquele dia.

Pela manhã, os pássaros cantavam e o sol brilhava. Aidan apenas conseguiu dormir porque estava exausto. Fora a fome e as picadas de mosquito, estava bem. Precisava descer, mas, já que estava ali em cima, subiu ao galho mais alto e tentou ver a direção da fazenda, uma tentativa falha, pois só o que conseguiu ver foram as duas montanhas de Faléria, árvores e mais árvores, até onde sua visão podia alcançar. Aidan, então, desceu com cuidado, encontrou seus rastros e começou a caminhada de volta. Pelo caminho, encontrou umas frutinhas vermelhas e as comeu, eram muito saborosas. Seu pai ensinara-o a não comer as frutas azedas, poderiam ser venenosas.

Depois de caminhar por horas, Aidan se deparou com uma trilha muito similar àquela em que caminhara antes. Não convencido, ele continuou seguindo seus rastros da noite anterior.

— Tem algo errado, essas pegadas estão frescas — refletiu. — Se fossem rastros da noite anterior, não estariam tão bem demarcados, ainda mais com a chuva de ontem.

Quando olhou mais adiante, percebeu que havia pequenos pedaços vermelhos no chão. Ao agachar, Aidan constatou: eram pedaços das frutas vermelhas que tinha comido. Algumas partes ele acabara cuspindo por causa dos duros caroços.

— Tanto tempo caminhando para no final descobrir que andei em círculos. — Caiu de joelhos, arrasado.

Enquanto refazia o percurso em sua mente, tentando enxergar seu erro, uma brisa tocou-lhe os ouvidos gentilmente, trazendo consigo seu nome:

— Aidan — sussurrou a voz.

Ele se virou, mas não havia ninguém. Seria Yuin? O ferrolho ainda deveria estar perambulando por ali à sua procura.

— Aidan, por aqui — sussurrou a voz novamente. Parecia vir do lado oposto de onde ele estava indo.

Assustado, o menino continuou seu caminho, ignorando a voz. Alguns passos mais adiante, um urso pardo com no mínimo três metros de altura apareceu na sua frente, caminhando calmamente. Aidan ficou paralisado de medo, suas pernas tremeram como se pedissem para correr, mas sua mente tentava analisar a situação. Talvez, se ficasse bem quieto, o animal nem o percebesse. De repente, o urso parou e o encarou; soltou um rugido e avançou na sua direção. Sem um pingo de dúvidas, Aidan correu, ziguezagueando por entre as árvores para atrasar o avanço do urso.

Durante a fuga, Aidan vislumbrou um homem recostado em uma árvore à sua frente. Era Yuin, que parecia estar tirando um cochilo. Aidan correu na direção do ferrolho, mas, no momento em que passava ao seu lado, Yuin esticou a perna, fazendo-o cair.

— Ahá! — gritou, como se tivesse ganhado em um jogo de cartas. — Achou que poderia passar por mim? Eu tenho ouvidos de gato, rapaz.

Com os joelhos ralados, Aidan cambaleou, mas pôs-se em pé e voltou a correr.

— Acha que vai fugir de novo?

Rapidamente, Yuin arremessou seu machado, acertando Aidan no meio das costas. Contudo, foi o cabo que o acertou primeiro, e não a lâmina. A força do golpe o fez cair e, em poucos segundos, Yuin estava sobre ele, já com o machado em mãos.

— Foi uma boa caçada, mas acabou. — Ele ergueu o machado para acertar o golpe final, mas parou ao ouvir passos pesados se aproximando.

O imenso urso soltou um rugido forte um pouco antes de fechar sua mandíbula sobre o pescoço de Yuin. Aidan correu e correu, sem olhar para trás.

***

Milhas depois, seus pés já se arrastavam. Por sorte, havia um rio em seu caminho. Aidan matou sua sede e resolveu descansar. E foi quando lavava seu rosto que ele ouviu a voz novamente:

— Aidan... — O sussurro interrompeu seus pensamentos de preocupação. Estava vindo da sua frente.

— De novo essa voz. Será que estou delirando? — Aidan molhou o rosto mais uma vez. *De qualquer forma, estou perdido. Se eu voltar, posso dar de cara com o urso. Antes eu a ignorei e me dei mal. Acho que essa é minha melhor opção no momento.*

# Capítulo 5

## Quem é você?

Depois de andar por horas, Aidan se deu conta de que estava realmente exausto. Ao se levantar, seus joelhos doíam e o calçado do pé esquerdo havia se rasgado e o do direito não estava muito melhor. Continuou seu caminho para dentro da mata, até que um grande barulho chamou sua atenção.

— Bummmm!

Depois outro.

— Bummmm!

O barulho se repetia com intervalos de segundos entre eles. Conforme se aproximava, o som ia ficando cada vez mais alto, até que ele pôde ver quem o estava produzindo. Um senhor de cabelos cinza, sujos, com o número "1" tatuado nas costas, acertava violentamente o tronco de uma árvore com as mãos, em um ritmo controlado. A julgar pela maneira como se posicionava, pernas flexionadas, costas retas, o homem parecia estar se exercitando.

— Me desculpe, senhor — disse ele se aproximando devagar, esfregando uma mão na outra.

— Hummm... — O homem virou-se e olhou bem para o menino. No tronco era possível ver as marcas dos dedos cravadas pelos golpes. — Quem é você?

— Me chamo Aidan, senhor.

— Hummm, é mesmo? — O senhor pareceu interessado. — Em que posso ser útil, Aidan?

— Bem, gostaria de saber se é o senhor quem está me chamando.

Ele estreitou os olhos, demonstrando um estado de reflexão.

— Não, não sou eu. — Olhou-o mais de perto. — Ãh, você é só um menino — concluiu.

— O que mais poderia ser, senhor?

— Sabe-se lá, esta floresta é cheia de surpresas. Hummm... — Remexeu em sua barba branca, que ia até o meio do pescoço. — Quer comer? Daqui a algumas horas irá escurecer. Vou pegar nosso jantar e você prepara a fogueira. Sabe preparar uma fogueira, garoto?

— S... sim — disse empolgado, estava faminto. — É... como o senhor se chama?

— Meu nome é Edenor de Friggs, ao seu dispor. — Fez uma reverência com a cabeça.

Ao ver o homem de perto, Aidan viu que era bem velho, estimou que ele deveria ter uns 70 anos, e não era muito alto. Por mais idade que pudesse ter, era evidente que Edenor se exercitava todos os dias, pois seu corpo era cheio de músculos bem definidos.

Pouco tempo depois, a fogueira estava pronta, com o fogo aceso apenas aguardando a refeição a ser assada.

— Minha nossa! — Aidan espantou-se, quando viu o homem carregando um javali no ombro.

— Bela fogueira você tem aí — Edenor comentou, jogando o animal próximo ao fogo.

— Obrigado. — Aidan não tirava os olhos do javali.

Enquanto o observava, Edenor tirou a faca de sua cintura e começou a cortar o animal.

— Puxa, esse bicho deve ser muito pesado.

— Hummm, eu diria que deve ter uns oitenta quilos — falou, como se não parecesse nada.

— Uau! E o senhor o carregou sobre o ombro. Isso não é possível!

— Mas claro que é, você mesmo viu. Pronto, agora é só assarmos.

Com a carne limpa e os cortes prontos, Aidan a espetou em uma lança improvisada, assou-a e a devorou, a gordura descia quente e saborosa por sua garganta.

— Acho que nunca comi tanta carne. — Sorriu satisfeito.

— Fico feliz que tenha gostado. Agora, rapaz, que tal me contar como veio parar aqui?

E, sem cerimônias, Aidan contou.

— E então escutei barulhos e era o senhor batendo naquela árvore.

— Hummm... — Edenor alisou sua barba. — Não faço ideia de quem ou o que estava te chamando. Faléria é repleta de perigos, Aidan, vários homens não duraram um dia aqui.

— Tive sorte.

— Sorte? Não, rapaz, você foi mais esperto do que imagina.

— Bem, e o senhor? O que está fazendo num lugar como este? Quero dizer, sozinho aqui, não tem medo? Nem meu pai, que é caçador, se atreve a entrar tão fundo na floresta.

— Seu pai está certo, é a floresta mais perigosa do mundo. Alguns até dizem que ela tem pensamentos próprios. — Olhou em volta. — E a resposta para sua segunda pergunta é que estou de folga.

— O quê? Está aqui porque está de folga? — Torceu o nariz.

— Embora seja perigoso, eu gosto deste lugar, gosto de vir aqui para pensar.

— Me desculpe, senhor Edenor, mas não acredito nisso. É a floresta mais perigosa do mundo, e o senhor se aventura aqui apenas para pensar?

— Hahaha! — gargalhou. — Hummm… inteligente você pensar assim. Diga-me quantos anos tem?

— Tenho dez anos. E o senhor, quantos tem?

— Oitenta.

— Não acredito! — As sobrancelhas de Aidan se arquearam para cima, sumindo entre os cabelos que caíam pela sua testa.

— Hahaha! — Edenor se divertia com as feições de surpresa do garoto. — Veja bem, Aidan, se puder se exercitar, se alimentar bem e adquirir conhecimento, conseguirá o mesmo. Você disse que não acreditava em mim por eu ter dito que estava passando minha folga aqui, isso não é totalmente verdade. Gosto da floresta, me sinto bem aqui. Embora existam muitos perigos, eu sei me virar muito bem. Porém, o verdadeiro motivo é que estou escondendo alguns objetos que algumas pessoas precisam encontrar. — Ele abriu sua mochila e mostrou alguns, havia uma boneca e um livro.

— Por que escondê-los? É algum tipo de tarefa?

— Sim. Já ouviu falar da academia de Nolat?

— Não.

Edenor levantou uma das sobrancelhas desconfiado.

— Bem, a academia é onde as pessoas estudam várias linhas do conhecimento. Aqueles que conseguem se formar tornam-se pessoas muito bem vistas nas cidades e, com frequência, assumem cargos importantes.

— Então, isso tudo é um teste para entrar na academia?

— Ô, não, não, garoto, isso é uma seleção da qual os formandos da academia podem participar. — Ele levantou a mão, impedindo Aidan de falar. — Aqueles que passarem ganharão o direito de ter aulas pessoais com os melhores professores de todo o mundo.

— Interessante. — Aidan se inclinou para ouvir melhor.

— A taxa de aprovação nesta prova é extremamente baixa. Todos os anos temos muitos inscritos, mas poucos definitivamente passam, cerca de um a cada cinquenta candidatos. Há muito o que lhe explicar ainda, sei que quer voltar para seus pais, mas precisa pensar se realmente quer a vida que tem agora, ou se quer mudá-la.

— Como sabe tanto sobre a academia?

— Hummm... — Alisou a barba. — Deve ser porque sou o diretor de lá.

Cansado de todo aquele falatório, o velho se deitou de costas para Aidan, desejando-lhe uma boa noite de sono. Antes que pudesse pensar em mais alguma pergunta, Edenor já estava roncando. Em suas costas, Aidan notou mais uma vez o número "1" tatuado. O que significava? Aquilo o deixou com a mente ocupada por mais algumas horas até o sono finalmente chegar.

Quando acordou pela manhã, Edenor já havia ido embora. Próximo de suas coisas, havia um bilhete dizendo:

*"Aidan, você é esperto, fique atento e ficará bem. Deixei para você minha faca, a mochila, um odre com água e o resto do javali. Se quiser voltar para casa, siga o sol, sempre ao entardecer. Todos fazemos escolhas durante nossa vida, e são elas que mudam nosso destino. Que essa experiência lhe traga novos conhecimentos e novas perspectivas.*

*Seu amigo, Edenor de Friggs."*

# Capítulo 6

## Corra, xinhô!

Após ler a mensagem, Aidan mordiscou um pedaço da carne de javali e foi em direção às duas montanhas, sentia que era para lá que deveria ir. Andou muito até resolver parar novamente para comer, pensava em seu pai, em Sirranda e na sua decisão de continuar em frente.

Aidan dava um longo gole em seu odre, quando sua visão periférica detectou um movimento, algo passou correndo à sua esquerda, ele não conseguiu ver o que era. Aflito, ficou em pé ao ouvir passos apressados vindos na sua direção. De repente, ele teve o vislumbre de algo pequeno correndo.

— Mas o quê? — Franziu o cenho ao perceber que se tratava de um homenzinho marrom, que corria desesperadamente ao seu encontro.

— Xinhôô, corra, xinhô! — gritou o homenzinho, ao passar por Aidan.

Logo atrás, o chão da floresta parecia ter ganhado vida, centenas de ratos negros de olhos vermelhos corriam um por cima do outro na sua direção.

— Ô, droga! — praguejou, saindo em disparada. Quando alcançou o homenzinho, falou: — Precisa correr mais rápido.

— Minhas pernas xão curtas, não conxigo ir tão deprexa.

Aidan o pegou pela mão e tentou carregá-lo, mas não conseguiu.

— Minha nossa, como você é pesado. — *Precisaria de tempo para subir em uma árvore e puxá-lo*, pensou.

Os ratos já estavam a ponto de mordê-los, um pulou na mochila de Aidan, que conseguiu agarrá-lo e jogá-lo para longe.

— Eles vão nos devorar, xinhô! — o homenzinho berrou quase chorando.

— Devorar? — Aidan abriu sua mochila e a jogou no chão. Os ratos a atacaram com ferocidade, aglomerando-se uns nos outros.

Com isso, eles ganhariam tempo. Correram mais um pouco, até os grunhidos dos ratos desaparecerem.

— O que tinha naquela mochila, xinhô?

— Muita carne de javali — respondeu entristecido.

Aidan olhava para cima enquanto andava a passos largos. Procurava uma boa árvore que pudesse comportar os dois e quem sabe até passar a noite nela, já que naquelas circunstâncias a melhor estratégia seria esperar. Não demorou muito para encontrar uma árvore perfeita. Cortou um bom pedaço de cipó, amarrou-o na cintura do homenzinho, jogou a outra ponta por cima do galho da árvore e o içou.

— Minha noxa, cuidado, xinhô! Xe eu cair poxo ficar em pedaxos.

Enquanto o subia, Aidan quase deu de cara com o pequeno traseiro à mostra do homenzinho, já que ele não usava qualquer tipo de roupa. Quase o deixou cair quando a vontade de rir apareceu, mas conseguiu se conter. Assim que terminou de içá-lo, Aidan também subiu. Ao longe, ainda era possível ouvir os guinchos dos ratos banqueteando-se com sua mochila e os pedaços de carne de javali. *Pelo menos ainda tenho a faca*, refletiu.

— Tudo bem com você? — indagou ao homenzinho.

— Xim, muito obrigado, xinhô. O xinhô xalvou minha vida.

*Que criaturinha mais estranha, e ainda por cima não sabe falar direito.*

Pare de me chamar de senhor, sou só um menino. Meu nome é Aidan, e o seu?

— Meu nome é Guimen, ao xeu dispor.

Guimen tinha a pele marrom, da cor da terra. Sua altura não passava de sessenta centímetros e seus olhos eram duas grandes bolotas completamente azuis. O cabelo em sua cabeça parecia grama, e no ouvido direito uma flor nascia.

— Guimen, o que você é?

— Xou um hortulano, xinhô Aidan.

— Um o quê? Hortulano? Nunca ouvi falar.

— E não me admira, o xinhô é muito novo e xão raríximas as pexoas que já nos viram. Nós, hortulanos, xomos os jardineiros da floresta, no entanto, xomos pequenos e fáxeis de xer devorados.

— Aqueles ratos iam te comer? — espantou-se. — Não acho que eles gostem de hortulanos, devem ter gosto de terra.

— Não temos, não. Não totalmente. — Alisou sua barriguinha redonda e riu. — Aqueles ratos devoram tudo o que conxeguem encontrar, xão terríveis. Xinto muito pela xua mochila, xinhô Aidan, o que poxo fazer para lhe retribuir o favor?

— Para começar, não precisa me chamar de senhor — pediu novamente. — E eu estou à procura de uma voz. Pode me ajudar?

— Voz? — Ele riu. Mas deu a resposta que Aidan não esperava. — Poxo te ajudar a chegar até ela. Temos que ir até as montanhas. — Apontou para elas. — Xerá bem perigoxo, mas eu tomo conta de voxê, xinhô Aidan.

— Hum — resmungou. — Acho que será mais fácil eu tomar conta de você.

Eles conversaram mais um pouco, até a noite cair sobre eles. Guimen retirou uma semente de sua cabeça e a deu para Aidan, dizendo:

— Aqui, xinhô Aidan, coma esta xemente, ela fará xua pele expelir um gás, que xervirá para repelir os mosquitos, além de xer bem nutritiva. Exa época do ano é xempre cheia dexes picadores.

Àquela altura, Aidan já havia desistido de não ser chamado de xinhô.

— Hummm, certo. — Desconfiado, ele comeu. É difícil recusar comida quando se está faminto. — Não vou ficar fedendo, vou?

— Ah, não xe preocupe, apenas os mosquitos perxebem exe cheiro.

Aidan nunca dormira tão bem, mesmo na fazenda. Às vezes era difícil dormir com aqueles mosquitos zumbindo no ouvido.

A manhã chegou sem ele perceber. Ao abrir os olhos, notou que Guimen já havia descido e estava na base da árvore, parado sob os raios solares.

— Oi, Guimen! — gritou e começou a descer. — Puxa, qual o nome dessa semente? É incrível, estou sem nenhuma picada.

— Xão alcalateaes, poxo enxinar a reconhexê-las.

— Você a tirou dos seus cabelos. Como isso é possível? — A curiosidade o fez futucar os cabelos verdes de Guimen. — Parece grama — comentou.

— Eu poxo produzir xementes de qualquer tipo de plantas desta floresta, até as que porventura deixarem ou deixaram de existir. Agora, por favor, xaia da frente do xol.

— Desculpe. Você precisa de sol, é?

— Xim, com a ajuda dele, eu poxo me alimentar. Venha, vou fazer algo para o xinhô comer.

Guimen retirou uma semente do ouvido, enterrou-a e pôs suas mãos em cima, murmurando algo que Aidan não pôde ouvir. Quando retirou as mãos, a semente havia brotado, suas folhas cresceram. Guimen puxou-as com força e, da terra, saiu uma cenoura.

— Tome, pode comer. É dura, mas irá te fazer bem. Venha, temos que ir andando.

Animado, Aidan mordeu a cenoura.

— Você não estava brincando quando disse que era dura.

Andaram por mais algumas horas até chegarem a um pântano. A água era turva, com um limo verde por cima, as raízes das árvores eram tortas e compridas, dando um aspecto deformado e grotesco.

— Xinhô Aidan, preste atenxão, nexas águas há xanguexugas do tamanho de xua cabexa, xe for pego por elas xangrará até morrer, pois a ferida que elas causam é profunda. Há cobras venenosas, tartarugas arranca-pés e areia movedixa. Devemos atravexar o pântano por xima das raízes, voxê entendeu?

— Acho que xim, quero dizer, sim — corrigiu-se.

— Ótimo.

Segundos depois, os dois estavam sobre as raízes. O caminho era difícil, quando o espaço entre as árvores era grande demais para Guimen, Aidan precisava arremessá-lo e logo em seguida pular. Às vezes, seu pé tocava a água, e pensamentos ruins apareciam em sua mente, fazendo os pelos de sua nuca se arrepiarem.

Eles andaram e saltaram sobre as raízes, até chegarem a um ponto em que não dava mais para saltar, as outras árvores estavam bem distantes umas das outras.

— Uou, uou... — Guimen ressaltou a precariedade daquela situação.

— Vamos voltar. — Aidan deu a solução.

Mas Guimen a refutou.

— Xó há exe caminho.

# Capítulo 7

## Luzes que marcam

— E agora? Guimen, você não pode fazer crescer nada até lá? — Apontou para a árvore.

— Xinto muito, não poxo fazer nada, xinhô Aidan. — Abaixou a cabeça, triste.

— Droga, qual a profundidade deste pântano?

— Não é muito fundo, acredito que a água chegue um pouco abaixo do xeu umbigo.

— Devem ser uns vinte passos ou mais até aquelas raízes. Seria muito arriscado. — Aidan olhou em volta, tentando encontrar algo útil. Ao observar os galhos acima de sua cabeça, a ideia apareceu. Subindo na árvore em que estavam, Aidan conseguiu cortar com sua faca dois galhos com o dobro de sua altura. Preparou um apoio para os pés e, algum tempo depois, estava pronto para atravessar a água com suas pernas de pau improvisadas. — Guimen, agarre-se nas minhas costas.

— O xinhô tem xerteza de que é xeguro?

— Vamos descobrir agora. — O comprimento dos galhos mantinha seus pés longe da água. Manter o equilíbrio não era difícil, os galhos eram compridos o suficiente para que suas mãos se apoiassem neles. Quando chegaram até a árvore mais próxima, Aidan sentiu-se mais confiante para seguir em frente. Guimen era pesado, mas dava para suportar.

— Xinhô Aidan, já podemos voltar pras raízes. Há caminho até a margem xe formos por elas.

— Aguente mais um pouco, Guimen, assim é mais rápido.

— Xinhô Aidan, é muito perigoso, podemos cair.

— Estes galhos são resistentes como um tronco. Só mais um pouquinh...

"Crac", ouviu-se o barulho.

— Droga — ambos praguejaram.

Ao caírem na água, Guimen se desesperou.

— Nós vamos morrer, xinhô. Vamos morreeerr! — o homenzinho gritou aterrorizado. — Xou um hortulano jovem demais para morrer, aaaaaaahhh.

— Vamos, Guimen!

Aidan o pegou pela mão e o puxou. Andou pela água fétida e lamacenta, esperando que nada os mordesse. Quando chegaram em terra firme, Guimen ainda chorava.

— Fique calmo. Nós conseguimos. — Aidan se jogou no chão, esgotado.

— Puxa, conseguimos mesmo. — Guimen olhava para seu pequeno corpo, vendo se estava tudo em ordem. Feliz consigo mesmo por ter conseguido escapar.

— Guimen, ô, droga, Guimen.

— Xinhô? — O hortulano se aproximou vagarosamente de Aidan, que apresentava uma cara de nojo para com seu braço.

— Tem alguma coisa agarrada no meu cotovelo. Acho que é uma sanguessuga, é enorme.

Agora era Aidan que se desesperava.

— Deixe-me ver ixo.

— Droga, que dor, está sugando com muita força.

A expressão de preocupação no rosto de Guimen suavizou-se ao ver de perto o que era.

— Xinhô Aidan, ixo não é uma xanguexuga, é um caramujo. Um caramujo farejador.

— E como eu o tiro? Ele é pesado, nem consigo dobrar o braço.

— Ele irá xugar xua pele até ela romper e você comexar a xangrar. A casca dele é muito dura para quebrar com uma pedra, prexisaríamos de uma marreta.

— Então, como vou tirar isso, Guimen? — gritou desesperado.

— Vamos queimá-lo.

Foi preciso meia hora colocando o caramujo embaixo do fogo para que ele saísse, mas não sem antes queimar os pelos do braço de Aidan. A noite chegou e por ali ficaram. Com a fogueira acesa e o caramujo servindo de jantar, os dois se divertiram lembrando-se do sufoco pelo qual passaram no pântano.

— Tinha razão, o caramujo até que não é tão ruim — Aidan falou, mordendo um pedaço gosmento da carne.

— Eu lhe dixe.

— Você nunca come nada mesmo?

— Não prexiso de comida, apenas da terra e do xol.

— É, você falou.

Naquela noite, ele sonhou com os dois homens que matou, Scarob e Joujo, e acordou no meio da noite suado e com a respiração agitada. No mesmo instante, Guimen abriu os olhos.

— O xinhô está bem? — perguntou. Guimen tinha o costume de dormir em pé, pelo que parecia.

— Estou, foi só um pesadelo.

— Entendo.

— Guimen... — Relutou em falar, mas prosseguiu. — Eu matei dois homens e não me arrependo. Não sinto um pingo de remorso. Isso é errado?

— Depende das xircunstâncias. Xó alguns conxeguem fazer o que é prexiso xer feito. — Os olhos azuis de Guimen reluziam ao falar.

— É, talvez esteja certo.

— Noxa, ixo não é bom. — Guimen apontou para a direita.

Ao olhar, Aidan pôde ver vários pontos vermelhos no ar, eles piscavam e flutuavam lentamente, indo em direção a eles. E, conforme os segundos passavam, os pontinhos vermelhos aumentavam em número, até chegarem aos milhares.

Só depois de algum tempo Aidan olhou para Guimen. Distraído pela beleza daquela dança, não havia notado que seu amigo colocara as mãos sobre a terra, deixando escapar por entre os dedos singelos feixes de luz dourada. Ao tirar suas mãos do local, a luz se dissipou e uma planta vermelha crescera. A flor era grande e chamativa, Guimen a retirou da terra dizendo:

— Rápido, xinhô Aidan, coma exa flor. — E a entregou nas mãos dele.

— Guimen, não vou comer nada até você me explicar o que está acontecendo.

— Aqueles xão vaga-lumes brasas. Xe encostarem na xua pele, irão queimá-la, xeu corpo pode pegar fogo xe todos eles resolverem atacá-lo. A planta que estou te dando xe chama flor de gizzy, ela produz uma xeiva que fará com que xeu corpo relaxe e, por conxequência, voxê irá dormir. Restringindo xeus movimentos, as chanxes do xinhô xer queimado diminuem, os vaga-lumes respondem a movimentos, quanto mais xe mover mais chamará a atenxão deles.

— E se corrermos?

— Não há tempo, já estão próximos, xe correr vai ver o quão rápidos xão, irão perxegui-lo e vão alcanxá-lo em poucos segundos.

Aidan viu nos olhos de Guimen o temor e a verdade, então, sem mais demoras, mastigou a flor. O gosto adocicado desceu por sua garganta, o calor em seu estômago lhe trouxe uma sensação de calma, e rapidamente a sonolência o levou ao mundo dos sonhos.

Quando abriu os olhos, estava em cima de uma espécie de rede, sendo arrastado. Havia marcas em seus braços, que doíam bastante. Ao olhar ao redor, viu Guimen arrastando a rede, embora fosse pequeno, ele parecia ser bem forte.

— Olá, Guimen. — Ao tentar ficar em pé, cambaleou um pouco, mas logo recuperou o equilíbrio.

— Xinhô Aidan! Como xe xente?

— Estou bem. Só alguns pontos nos meus braços que doem.

— Xim, xão queimaduras, mas nada xérias. Eles paxaram por cima de nós e alguns esbarraram no xinhô. Minha pele é groxa, então não xofro queimaduras.

— Esses bichos são perigosos, se podem fazer meu corpo pegar fogo como você disse, como não ateiam fogo na floresta?

— É difíxil acontexer, mas não é impoxível. Porém, exes vaga-lumes têm preferência por animais, e as árvores das regiões que eles costumam frequentar geralmente estão adaptadas para resistirem ao fogo.

— Minha nossa! — Sua voz era uma mistura de euforia e excitação, mas não pelo que acabara de ouvir. Seus olhos estavam fixos na maravilha à sua frente.

Guimen sorriu ao ver a admiração de Aidan.

— Xim, xinhô Aidan, exas xão as montanhas gêmeas.

# Capítulo 8

## A VOZ

— Está vendo ali? — Guimen apontou para o caminho no meio das montanhas. — Xiga por ali até encontrar uma grande árvore que xai de dentro de uma rocha na montanha à esquerda. Escondida entre as raízes está uma entrada para uma caverna.

— Você não vem comigo, Guimen?

— Xinto muito, xinhô Aidan, é aqui que o deixarei. Está xeguro agora.

— Bem, eu te agradeço muito, não teria conseguido sem você. — Aidan o abraçou.

— Cuide-xe, xinhô Aidan, nos veremos novamente, espero.

E assim Guimen desapareceu entre as árvores e Aidan seguiu seu caminho.

De perto, as montanhas eram bem maiores do que ele esperava. A entrada para a caverna não foi difícil de encontrar, mas passaria despercebida se seus olhos não soubessem o que estavam procurando. Ele se agachou e entrou engatinhando pelo túnel que descia para debaixo da montanha. A caverna foi ficando maior, até que Aidan pôde ficar de pé e caminhar normalmente. Os buracos feitos pelas raízes, que perfuravam o teto, permitiam que a luz solar inundasse a caverna com vários feixes. Ao fundo, uma luz azul-clara chamava atenção, e foi para lá que Aidan caminhou. Quando chegou, viu que havia um lago e a luz azul vinha do fundo dele, produzida por algum tipo de planta. O caminho terminava ali, no pequeno lago.

— Será que devo mergulhar? Não deve ser muito fundo. — Sua voz ecoava nas paredes.

Então ondulações começaram a ser produzidas na água, feitas por pequenos pedaços de madeira, pedra e terra que caíam de uma parede próxima. Subitamente, uma voz ecoou:

— Olá, Aidan, que bom que veio. — A voz parecia ser de uma mulher idosa e cansada.

— Olá — respondeu com receio. — Eu não consigo te ver. — Ele caminhou até a parede, de onde vinha a voz.

Foi então que um olho se abriu, era azul e possuía uma luz própria, como a das plantas no fundo do lago.

— E agora, consegue me ver? — A lateral de um rosto surgiu na parede: um olho, um ouvido, a metade de um nariz e a metade de uma boca.

— Sim... — Estava sem palavras. A pele daquele rosto parecia com uma casca de árvore e, à medida que ia falando, pequenos pedaços de madeira e terra se desprendiam.

— Hummm, assustado? — perguntou ela.

— Me desculpe. Não quis ofendê-la. — Mesmo assim, seu queixo despencava de espanto.

O rosto soltou um som abafado, parecido com uma risada.

— Sabe, nem sempre fui isso que está vendo. Já fui uma pessoa, assim como você.

— Eu não fazia ideia de que isso era possível — disse sem piscar uma vez sequer, olhando cada detalhe do rosto com interesse. — É magia?

— Magia, ciência, alquimia, feitiçaria e muitos outros nomes podem ser atribuídos para o que você vê.

— Entendo. E era a senhora que estava me chamando?

— Sim, era eu. Estou de olho em você desde que pisou aqui pela primeira vez. Se bem me lembro, tinha uns sete anos. Veio escondido de seu pai.

Aidan lembrava-se desse dia, mas não chegou a dar mais do que cinco passos dentro da floresta.

— Tenho que parabenizá-lo por ter conseguido chegar até aqui. Eu tinha razão quanto ao seu potencial, na verdade, superou as minhas expectativas. Você aprende e consegue pensar rápido, é muito inteligente, além de ter outras habilidades.

— A senhora me observava? Foi tudo um teste? Não podia ter falado comigo antes, não podia ter nos ajudado? Sirranda e eu fomos atacados... — Suas mãos se fecharam em punhos e ele se calou.

— Sinto muito pelo que aconteceu, mas você se saiu muito bem, salvou a garota.

— Ela está bem? E meu pai, como está? — A ansiedade tomava conta de suas palavras.

— Seu pai conseguiu matar o homem que o atacava e levar Sirranda para a fazenda. No entanto, a briga o deixou com um ferimento profundo. Já a menina perdeu muito sangue, ainda não se recuperou.

— Será que eles vão...? — Aidan cerrou os olhos para conter as lágrimas.

— Se vão morrer só o tempo dirá — disse friamente. — Mas deixemos esse passado de lado por um momento e falemos do agora. Você realmente me impressionou. Mesmo quando teve a chance de voltar para casa, continuou em frente.

As lágrimas brotaram dos olhos de Aidan.

— Abandonei meu pai e Sirranda, nem voltei para ajudá-los.

— Esse não era o seu destino, por isso seguiu em frente e não para trás. Metade das pessoas teria morrido se estivessem no seu lugar e a outra metade teria tentado ir para casa.

Ela deu um momento para Aidan respirar. O menino havia passado por tanta coisa, precisando estar atento aos inúmeros perigos da floresta, que, quando entrou naquela caverna, a sensação de segurança lhe permitiu relaxar, fazendo os sentimentos antes reprimidos aflorarem.

— Veja, Aidan, todos temos dons. Dons para cantar, para cozinhar, escrever, matar... — Ela fez uma pausa dramática. — E tantos outros. Mas apenas um punhado de homens possui o dom para governar.

— Governar? Não estou entendendo aonde a senhora quer chegar. — Suas lágrimas já haviam escorrido, mas a voz de choro ainda estava lá.

— Preste atenção ao que vou lhe dizer. Estou lhe oferecendo duas opções. A primeira: você pode voltar para a fazenda, Guimen irá ajudá-lo no caminho de volta.

— E a segunda? — Sua sobrancelha esquerda eriçou-se.

— A segunda, e mais difícil, envolverá sacrifícios de sua parte, muita disciplina, dedicação, e você poderá até mesmo morrer. Outra coisa importante é que nunca voltará a ser a pessoa que é agora. Terá responsabilidades para com todo o mundo.

— Ainda não compreendi.

— Aidan Kirek, filho de Ron Kirek e Meredith Kirek, quer se tornar governador do mundo? O rei das sete cidades nomeadas e além delas? O primeiro rei legítimo dos últimos dois mil anos?

No início, as perguntas pareceram-lhe uma brincadeira. Mas ele estava de frente para uma mulher com o rosto de uma árvore, tudo dentro de Faléria parecia não fazer sentido racional. A situação não foi fácil para Aidan digerir, estaria ela falando sério?

— Nossa, e... eu, rei? Desculpe, senhora, mas eu apenas trabalho em uma fazenda. Não posso ser rei de nada, será que não se enganou?

— Minha criança, há dois mil anos observo em silêncio e em todo esse tempo nunca vi ninguém digno e com habilidade para o que eu lhe ofereço. Quando lhe disse que só um punhado de pessoas no mundo pode ser rei não estava mentindo, e demorei dois mil anos para achar alguém com qualidades.

— Como eu me tornaria rei? — indagou cabisbaixo. — Não precisaria ser da realeza?

— Isso é um engano. Tempos atrás, um rei não se tornava rei por seu sangue, e sim por merecimento e competência. O povo era respeitado, os homens do rei tinham honra. Acredito que você pode fazer esses tempos voltarem. — O olho azul dela se mexia de cima a baixo, observando-o.

— Entendo, só que como irei me tornar rei? Baterei na porta do rei Mirton III e direi: "Olá, sou eu que mando agora, caia fora"? — brincou.

— Mirton III morreu há nove anos, seu filho Condigor tomou seu lugar.

— Ah... então Mirton está morto. — Coçou a nuca. — De qualquer forma, meu pai nunca falou muito bem dele mesmo.

— Cada vez que um rei morre, outro pior assume o trono. Cruéis e insensíveis em relação às pessoas e aos interesses do reino, eles só pensam em dinheiro e luxúria. Iremos passar por tempos difíceis e não podemos nos dar ao luxo de ter um rei fraco governando. Por isso lhe pergunto novamente, Aidan, você tem a força e a determinação para ser o rei de que o mundo precisa?

— Bem eu... acho que sim.

— Falou como uma criança. Não responda levianamente, pois o contrato que irá firmar está além de algo que pode ser quebrado até mesmo pela morte. — O tom de sua voz era firme e forte. — O caminho que irá trilhar é perigoso e árduo. Pois ser um rei é carregar tristezas, sofrimentos e até mesmo a solidão. Acha que pode lidar com isso?

Parado ali, sem saber o que responder, Aidan só pensava nas regalias, riquezas, comidas e o conforto de ser um rei. Poderia ajudar seus pais e os trabalhadores da fazenda, teria uma rainha.

— Pensando bem, não quero passar minha vida inteira naquela fazenda. Eu gostaria de ser alguém, gostaria de ser lembrado, poder fazer algo pelas pessoas e...

— Chega desse discurso enfadonho. Muitos reis prometeram maravilhas para as pessoas e, no final, mataram milhares delas, não existe coração que não possa ser corrompido, principalmente quando se tem muito poder. Só preciso que diga sim e aceite as responsabilidades.

Aidan refletiu, havia riscos, é claro, porém em tudo na vida há. *Que se dane, é uma grande oportunidade, irei ajudar as pessoas a livrar o mundo de homens, como Cilas, Joujo, Yuin e Scarob*, concluiu.

— Eu digo sim. Me tornarei um rei. — Tentou parecer confiante.

— Muito bem, então. Vá até ali, perto da parede, entre as raízes, encontre a bolsa que está enterrada.

Aidan precisou cortar as raízes para entrar no pequeno buraco na parede e começar a cavar. Quando encontrou, viu o que restara de uma bolsa e um livro dentro dela.

— Não existe muito da bolsa, mas o livro... — Ele o retirou do buraco e o levou para ela.

Pesado, sua capa era feita de ouro maciço.

— *O Livro dos Reis* — leu o que estava escrito na capa. — Me parece estar em boas condições — disse enquanto o limpava.

— O que esperava? Este é o livro dos reis, foi feito para durar para sempre. Nele estão todas as informações que um rei precisa saber.

— Nossa! Deve ter umas três mil páginas aqui. É muito bonito. — *Agora entendi*, pensou. — Eu sei quem é a senhora. É Faléria.

# Capítulo 9

## O livro dos reis

— Por que acha isso, criança?

— Você disse que precisou de dois mil anos para encontrar alguém com minhas qualidades, e foi há dois mil anos que Faléria fugiu. Meu pai não soube me dizer o que ela levou ao escapar do castelo. Acredito que tenha sido algo de muito valor. E, quando vi esse livro de ouro, deduzi que deva valer muito. Um rei não iria enviar um exército com cinco mil homens para procurar algo sem valor.

— Esperto. Fui perseguida exatamente por causa do livro, que é mais valioso do que todo o ouro presente na terra. Cinco mil homens você disse, é? A cada vez que ouço a história, alguma coisa muda. Talvez tenha sido esse número mesmo, já faz tanto tempo.

— Caramba! Não posso imaginar como não conseguiram encontrá-la.

— Após um mês, o vice-rei Gorgon teve de suspender as buscas, pois a cada dia que permaneciam na floresta mais homens de seu exército morriam. No final das buscas, somente uma centena deles retornou. Então Gorgon decidiu que não era um livro que iria garantir sua legitimidade no trono. E se autoproclamou rei.

— Então, você fugiu para proteger o livro?

— O rei Eliah foi morto por Gorgon. A culpa iria recair sobre mim, pois era eu quem tinha acesso ao quarto do rei e, quando o encontrei, meu punhal estava cravado em seu coração. Naquela mesma noite, contei tudo a Mor Henk, um grande amigo na corte, foi ele quem ajeitou tudo para que eu conseguisse fugir. Gorgon era um dos possíveis sucessores do trono e sempre esteve insatisfeito com a forma como o rei Eliah governava. Quando ele o matou, todos os nobres o apoiaram por medo. Sua coroação foi quase imediata.

Aidan passou a mão por sobre a capa de ouro e falou:

— Como um livro pode ser tão cobiçado?

— Várias guerras foram travadas quando o livro sumiu, muitos não aceitaram a nomeação de Gorgon, sua sucessão foi ilegítima e, assim, muitas alianças foram desfeitas.

— A senhora era rainha?

Algo parecido com um sorriso apareceu na meia boca de Faléria.

— Eu era a guardiã do livro, jurei por minha vida protegê-lo, inclusive, de pessoas não dignas.

Aidan fitava a capa dourada, o ouro ainda reluzia. Imaginava quanto de conhecimentos poderia aprender naquelas páginas. Seria um bom rei?, ele se perguntava. Pôs as mãos na capa e a abriu, imaginando que seria advertido para mantê-lo fechado. Mas Faléria não se pronunciou.

A primeira página dizia: "O conhecimento é a chave. O sábio está mais próximo de ser um rei do que o guerreiro e sua arma". Na página seguinte, havia sete regras: "1. Será considerado rei quem assinar este livro. 2. O contrato deve ser assinado com sangue. 3. Morrerá todo aquele que tentar assinar o livro quando houver um rei legítimo. 4. O rei permanecerá preso ao livro mesmo depois de sua morte, até que outro nome seja assinado com sangue. 5. Algumas das habilidades natas do rei serão melhoradas. 6. Ninguém pode deixar de ser rei. 7. A verdadeira natureza da alma de um rei é revelada sob a luz do luar".

— Quem fez as regras?

— Quem escreveu o livro.

— E quem foi?

— Não sei. O livro já tinha setecentos anos quando eu nasci.

Aidan virou uma página e viu as assinaturas de todos os reis, as letras não estavam em vermelho, como ele esperava que estariam, e sim na cor preta.

— Apenas doze assinaturas — murmurou. Olhou nas outras páginas e todas estavam em branco. — Não tem nada escrito. — Olhou para Faléria em busca de respostas.

— Você não é rei, o que esperava? — falou uma voz masculina que fez o coração de Aidan saltar. Ao olhar, viu um homem sentado, com cabelos escuros ondulados sobre a face, ele vestia uma espécie de sobretudo grosso na cor preta, com um cinto onde uma espada estava pendurada.

— Hummm, pelo visto conseguiu vê-lo. Aidan, este é Eliah, o último rei.

# Capítulo 10

## O ÚLTIMO REI

— Olá, garoto, não sabe como estou aliviado de poder conversar com mais alguém além desta velha. Eliah Krause a seu dispor. — Os olhos dele eram verdes e sua barba, esparsa.

— Muito prazer, rei Eliah. — Ele não sabia o que fazer diante de um rei, então se levantou e fez uma reverência desajeitada. — Sou Aidan Kirek se... senhor.

— Hahaha! — gargalhou. — Deixemos as formalidades de lado, garoto. Já estou morto.

— Certo.

Um pedaço de madeira falante e um rei fantasma, era muita coisa para se digerir num dia.

— Não entendo como o senhor pode estar morto e ainda falar comigo.

— Só irei descansar quando outra assinatura estiver no livro, entendeu? São as regras. Você está me vendo porque leu o meu nome. — Ele se levantou. — Vamos, não temos tempo a perder. Começaremos seu treinamento hoje, não aguento mais ficar sem fazer nada.

— Hoje? — perguntou surpreso.

— É, hoje. — Eliah revirou os olhos. — E, no final, se ainda estiver vivo, é claro, será rei. — Ele deu um pequeno sorriso, se virou e foi em direção à saída, atravessando a parede como se ela fosse feita de água.

— Vá, Aidan, ele será seu professor a partir de agora. Aprenda tudo o que puder, pois um professor com mais de dois mil anos de conhecimentos acumulados não é para se desperdiçar. Até logo — despediu-se e virou novamente um grosso pedaço de raiz.

Eliah o aguardava próximo à entrada. Parecia inquieto.

— Achei que não fosse mais sair de lá — reclamou. — Treinaremos todos os dias, do raiar do sol até... bem, veremos isso depois. Vai aprender tudo sobre a floresta, como caçar, quais as plantas, fungos e animais dos quais poderá extrair veneno, ou substâncias com propriedades úteis para tratar os mais variados tipos de males. Vou ensinar sobre as ciências, estratégias de batalha, literatura e todo o resto que eu souber. — O rei olhou-o de cima a baixo. — Mas, primeiro, vamos conseguir calçados e roupas mais resistentes. E cuidar desses machucados.

— O senhor não vai precisar me ensinar a caçar. Meu pai é um grande caçador e me ensinou algumas coisas — explicou. Aidan queria mostrar que não era um grande inútil.

— Isso é bom, mas... — Eliah se aproximou e cochichou. — Ele te ensinou a caçar homens?

Aidan travou, não sabia o que dizer.

— Hum, foi o que pensei.

***

Eliah mostrou ser um excelente professor. Demoraram o dia todo, mas Aidan conseguiu fazer roupas e calçados com folhas, cascas e uma espécie de cipó. Segundo Eliah, isso era apenas uma solução paliativa, pois, conforme fossem encontrando certos animais, poderiam fazer roupas e calçados de boa qualidade, usando a pele deles. Nos braços e pernas ele colocou seiva de candamar, uma planta muito boa para cicatrizar os mais variados tipos de ferimentos.

Os dois passaram a noite no chão da floresta em volta de uma fogueira, o jantar foi um esquilo que Aidan conseguiu capturar com uma armadilha.

— Não seria melhor dormir em uma árvore? Os perigos são maiores aqui embaixo.

— Não se preocupe, eu não preciso dormir, vou ficar vigiando. Com o tempo, você aprenderá a ficar atento mesmo dormindo.

— Você é uma espécie de fantasma, não é, rei Eliah?

— Xiii. — Ele colocou um dedo nos lábios. — Nunca pronuncie meu nome nem a palavra rei. Sempre converse comigo com a voz baixa, precisamos ter cautela, nunca se sabe quem pode estar ouvindo.

— Se me ouvirem falando sozinho, vão achar que sou louco — falou baixinho.

— A maioria das pessoas achará que é maluco, sim. Mas no mundo não existem apenas pessoas estúpidas, há um punhado de homens que são inteligentes o suficiente para lembrar-se de um nome há muito esquecido. Essa é uma possibilidade bem remota, mas nunca corra riscos desnecessários.

— Entendi.

— E, sim, eu sou um fantasma. Não posso interagir com nada.

— Fico imaginando o que fez por dois mil anos. Não poder falar com ninguém ou interagir com objetos. Acho que eu teria enlouquecido.

— A loucura é uma doença da mente e eu não posso ficar doente.

— Sabe dizer quanto tempo irá durar o meu treinamento?

— O tempo que for necessário. Quer ir para casa? Ainda pode. — Sua voz era dura, carregada de disciplina.

— Não. Eu vou ficar o tempo quer for preciso.

— Ótimo. Sabe, me tornei rei aos trinta e dois anos. No meu tempo, os homens mais respeitados votavam para eleger o próximo rei.

— O que quer dizer com os homens mais respeitados? — Inclinou a cabeça ao fazer a pergunta.

— Quero dizer que eram bons para proteger o reino. Homens justos, honrados e sábios.

— Pensei que um rei tivesse que ser um bom guerreiro.

— Claro que um rei deve saber lutar, porém o conhecimento e a sabedoria estavam à frente disso naquela época. Consegui noventa por cento de aprovação na primeira votação que fizemos. Não que eu queira me vangloriar — falou como um nobre esnobe.

Aidan ignorou aquela manifestação de glória desnecessária e deitou-se. Antes de dormir, ele pensou em seus pais e em Sirranda, os três nunca saíam de sua cabeça.

# Capítulo 11

## DOMOJHONGO

PASSARAM-SE QUARENTA DIAS DESDE QUE SEU TREINAMENTO COMEÇARA. Aidan corria, escalava árvores, carregava pesadas toras, tudo para fortalecer seu corpo e, ao mesmo tempo, sempre que podia, Eliah lhe ensinava o nome das plantas e suas utilidades. Naquela noite, Aidan recebia aulas de matemática.

— Noventa vezes nove?

— Oitocentos e dez.

— Lembra-se da porcentagem? Quanto é dez por cento de duzentos?

— É vinte — respondeu de imediato.

— Bom. Quanto é... — Eliah parou ao ouvir sons estranhos.

— Tambores? — Aidan moveu os olhos de um lado para outro, ouvindo atentamente.

— Pela distância do som, diria que estão a uns noventa metros daqui. Acho melhor a...

— Vamos. — Aidan ignorou o que Eliah ia dizer e correu para ver o que estava acontecendo.

O som dos tambores era um tanto assustador. A luz de uma fogueira ardia ao longe e, quando Aidan se aproximou, conseguiu ver muitas pessoas. Todos eles usavam apenas uma tanga de couro e dançavam em volta do fogo, alguns tinham lanças, outros, arcos e flechas, machadinhas ou facas.

— São Triponbaís — Eliah comentou. — Dê o fora daqui antes que te peguem.

Aidan fingiu não ouvi-lo. Aproximou-se mais e se escondeu atrás de uma árvore, onde ficou apenas observando.

— Saia logo daqui, garoto, é uma ordem! — Eliah soou ríspido usando toda a sua autoridade de rei para dar peso às suas palavras.

— Qual o problema? Estão apenas dançando. — Imediatamente após ter dito isto, um grito de desespero irrompeu através dos batuques.

— Por favor! — o homem amarrado implorou chorando. Além dele, um casal também havia sido capturado.

— Aidan! Me escute, os Triponbaís são uma tribo que come pessoas. São canibais! — Eliah bradou. Sua expressão era séria e aterradora.

Embora entendesse o quanto aquela situação era perigosa, Aidan não podia simplesmente virar as costas. Alguns dos índios os arrastavam em direção à fogueira, enquanto isso, outros preparavam uma estrutura alta feita de madeira para colocar acima do fogo.

— Vão queimá-los vivos e depois comê-los — Aidan afirmou com indignação.

— Sim, eles são bem cruéis. E, se continuar aqui, em pouco tempo vai se juntar a eles.

— Sou o rei — disse com convicção. — Não posso permitir que isso aconteça. — E saiu em disparada na direção da tribo.

— Não pode o quê? — A pergunta soou tarde demais para que Aidan a ouvisse. Eliah só pôde acompanhar com os olhos seu pupilo correndo como um louco na direção dos índios. — Mas que diabos! — berrou.

Aidan correu, fazendo um desvio no meio do caminho na direção das tendas. Todas elas pareciam vazias, sendo uma boa opção para se esconder. Pelo visto, toda a tribo estava reunida esperando o jantar ficar pronto. Ele parou, respirou e olhou em volta, precisava de um plano. Ao fundo, viu uma luz dentro de uma das cabanas. Aproximou-se devagar e, quando olhou dentro, viu que havia uma vela feita de sebo de animais e um senhor bem idoso deitado. Com cuidado, ele retirou a vela e foi em direção às tendas mais próximas da fogueira.

Os Triponbaís eram morenos e magros. Sua característica principal era seu nariz largo, onde colocavam pedaços de algum tipo de madeira atravessados em suas narinas. Eles já estavam prestes a assar a primeira pessoa quando perceberam, tarde demais, que três tendas ardiam em chamas.

Suas pequenas casas eram feitas basicamente de linho e madeira. Sendo assim, o fogo não demorou para começar a devorar a quarta tenda. E, enquanto os índios gritavam e corriam, Aidan já se encaminhava para cortar as cordas das mãos e pernas das três pessoas capturadas. Os Triponbaís jogavam terra e água, tentando apagar as chamas com mais de dois metros de altura.

— Rápido, não temos muito tempo — disse enquanto cortava a corda da garota.

O caminho estava livre.

— Não consigo andar direito, minhas pernas ainda estão dormentes — disse ela.

— Os dardos deles tinham algum tipo de veneno — dizia o outro, enquanto Aidan lhe cortava as cordas dos pés.

— Estou pronto — declarou o rapaz de cabelos brancos. — Você a ajuda e eu o levo — orientou.

*Ele já havia se livrado das cordas, só estava esperando a oportunidade de fugir*, Aidan observou.

— Qual o seu nome? — perguntou para a garota.

— Mora.

— Mora, preciso que me ajude, não sou tão forte como ele. Vamos. — Colocou um braço por cima de seu pescoço e a puxou. Mora o ajudava da maneira que podia.

O rapaz de cabelos brancos tomava a frente, faltava pouco para conseguirem chegar até as árvores, onde conseguiriam se esconder.

— Largue essa garota, vá embora, ou será capturado. Não há o que fazer. O fogo já...

— Não vou deixar ninguém para trás. — Aidan interrompeu a fala de Eliah. — Nós vamos conseguir — declarou, fulminando-o com um olhar macabro.

— DOMOJHONGO! — gritou um dos nativos apontando para eles.

E então um coro uníssono se seguiu:

— Domojhongoooooo... — E todos da tribo correram atrás deles.

— Ô, droga. — Aidan e Mora andavam o mais rápido que conseguiam, enquanto centenas de Triponbaís corriam em sua direção. Flechas e lanças voavam caindo próximas a eles. Estavam chegando nas árvores, no entanto, mesmo chegando até elas, não teriam tempo para se esconder, eles iriam ser capturados. A três metros de distância deles, Aidan já ia se conformando em ser pego e sua mente já trabalhava em uma maneira de escaparem após serem amarrados. Quando os nativos finalmente os alcançaram, os dois apenas desabaram no chão, exaustos, sem terem o que fazer.

— Pelo menos salvei aqueles dois — consolou-se.

Eles foram amarrados e arrastados de volta. Em seguida, os nativos discutiram entre si, num dialeto muito estranho para Aidan. Infelizmente para ele e sua nova amiga, os Triponbaís apenas deixaram as quatro tendas pegarem fogo, após perceberem que não iam conseguir apagar as chamas. Quanto às outras, somente afastaram-nas do fogo.

*Se pelo menos as pernas dela estivessem boas para correr, teríamos tido uma chance. Maldito veneno*, lamentou.

— Seu idiota, se tem tanta vontade de morrer, por que me fez perder tempo com você? Os reis precisam fazer sacrifícios, as pessoas morrem. Esse seu plano foi estúpido, você não pensou em nada direito, se tivesse esperado eu teria lhe dito que eles usam veneno para paralisar músculos! — Eliah gritava, descontando toda sua raiva.

— Você ia deixá-los morrer. Eu tinha que fazer alguma coisa, pelo menos aqueles dois fugiram — falou um Aidan sem força na voz.

Mora, que estava assustada demais, nem percebia que Aidan falava sozinho.

— É, agora olhe para você, caído no chão prestes a ser devorado. Bem, na verdade, eles estão discutindo se matam vocês primeiro ou se os queimam vivos. Estão bem irritados. — Eliah sentou-se diante deles. — Se tiver algum plano, senhor gênio, a hora é agora.

Aidan se deitou no chão absorto em pensamentos, ainda estava com sua faca, mas para aquele momento ela seria inútil. Já Mora apenas chorava em desespero.

Um dos nativos se aproximou segurando uma machadinha, puxou Aidan pelos cabelos expondo seu pescoço. Com medo, ele apenas fechou os olhos esperando que a morte viesse rapidamente.

Mas então alguém gritou:

— Eiiiii! — Era o garoto de cabelos brancos. Com seu braço esquerdo, ele agarrava um menino nativo, enquanto o ameaçava com um pedaço de galho pontudo, apertando-o contra seu pescoço.

Quando conseguiu a atenção que queria, uma das nativas, provavelmente a mãe do menino, saiu em disparada na direção deles, mas foi impedida pelos homens da tribo.

— Eu os quero. — O garoto apontou para Aidan e Mora. — Eles vão embora. — Apontou para as árvores. E, caso não tivessem entendido, apertou a ponta do galho contra o pescoço do menino com mais força, fazendo-o gritar de dor.

Os Triponbaís se entreolharam e gritaram uns com os outros. Quando a decisão foi tomada, aproximaram-se de seu jantar cortando as cordas que prendiam-lhes as pernas. Segurando-os firmemente pelos braços, direcionaram os dois até o rapaz de cabelos brancos.

— Aí está bom. — Gesticulou para que parassem quando chegaram a dois metros de distância. — Agora deixe-os ir. — Apontou para eles e para as árvores.

Quatro homens jogaram Aidan e Mora nó chão.

— Se escondam! — gritou para os dois.

E assim que eles sumiram por entre as árvores, os nativos começaram a ficar mais agitados. O rapaz tentou o máximo que pôde segurar o garoto para dar tempo para Aidan e Mora se esconderem, mas os Triponbaís já estavam bem nervosos, então ele o soltou com um empurrão e disparou. Correu o mais depressa que suas pernas permitiam.

— Domo, Domo! — gritavam os Triponbaís, perseguindo o nobre rapaz.

Ele corria por entre as trilhas, tomando o cuidado de não tropeçar em nenhuma raiz. Precisava despistá-los de alguma forma, só não sabia como, eles conheciam a floresta muito melhor que ele. Então um assobio ecoou na mata — fiiiiiii —, e bem acima, numa árvore à frente, estava Aidan em pé em um galho, sinalizando com uma tocha improvisada. Quando seus olhares se cruzaram, ele jogou um cipó que foi prontamente agarrado pelo rapaz. Quase de imediato, Aidan saltou segurando a outra ponta do cipó, içando-o a uma velocidade nauseante. E, em poucos segundos, o garoto de cabelos brancos já se encontrava no alto da árvore.

Depois de salvá-lo, Aidan agora precisava lidar com os índios que se aproximavam. Já se antecipando àquela situação, ele havia passado lama no rosto e braços para tentar se camuflar. Quando os Triponbaís passaram por ele, não perceberam nada. Aidan olhou para cima e viu o rapaz que içara sentado no galho assistindo a tudo. Sem perder tempo, subiu para falar com ele e ficar em segurança.

— Me dê sua mão. — O garoto segurou Aidan, ajudando-o a subir no grosso galho. — Acho que devo te agradecer — disse aliviado.

— Ambos salvamos um ao outro — declarou ainda ofegante.

— Me chamo Akilli. Qual seu nome?

— Aidan.

— Foi um plano bem bolado, Aidan. O que aconteceu com Mora?

— Está ali. — Ele apontou para outro galho, de onde a menina acenou.

Os galhos de algumas árvores em Faléria eram tão grossos que duas pessoas conseguiam se deitar e não serem vistas por alguém que olhasse para cima.

— E o outro que estava com você?

— Tomou seu próprio caminho.

— O que vocês estão fazendo aqui em Faléria? Se perderam?

— Hummm... — Akilli olhou alguns segundos para Aidan, como se sondasse se a pergunta era séria, e falou: — Estamos participando de uma competição da academia de Nolat, vinte de nós estão atrás de objetos que foram escondidos em Faléria. — Ele pegou um papel dobrado de seu bolso e o abriu. — Veja. — Mostrou o mapa onde havia sete marcações. — Existem sete objetos: um livro, um ursinho, um par de óculos, uma boneca, uma chave de prata, um chifre banhado a ouro e uma luva metálica. Apenas as sete pessoas que conseguirem retornar com algum desses objetos poderão participar do treinamento para conseguirem o título de Mor.

De imediato, Aidan lembrou-se de Edenor, o diretor da academia estava em Faléria para esconder os objetos.

— Quando o vi, achei que fosse um dos candidatos, mas vejo que é muito novo ainda.

— Não sou muito novo, tenho dez anos. Você não deve ser muito mais velho que eu, apesar dos cabelos brancos. — Ao falar, sua cara se enrugou.

— Farei quinze no mês que vem. Completei meus estudos na academia antes do tempo e resolvi me candidatar. — O rapaz parecia vangloriar-se.

Diferentemente de Aidan, que tinha pele bronzeada, Akilli era pálido e tinha olhos azuis.

— O que significa Mor?

Akilli riu, acreditando que a pergunta se tratasse de uma piada. Quando olhou para Aidan, viu que o menino estava sério.

— Ah, desculpe, achei que fosse algum tipo de brincadeira. O título de Mor é dado para os melhores, eles são a elite da elite de todas as sete cidades. Todo ano ocorre a seleção, mas apenas sete podem seguir adiante.

— Então todos os outros são seus concorrentes, inclusive ela. — Olhou para Mora adormecida no galho.

— Isso mesmo — afirmou.

— E o que é preciso para participar?

— Primeiro, precisa ser capaz de responder uma prova escrita de conhecimentos diversos. Se passar, vai para a próxima fase da seleção, que é o segundo e último teste, este aqui. Agora é a minha vez — disse se referindo às perguntas. — O que um garoto de dez anos faz sozinho em uma floresta?

Aidan já havia considerado a possibilidade de fazerem esta pergunta. Não sabia se ia dar certo, mas era o que tinha.

— Eu e meu pai estávamos caçando e, como de costume, ele se escondeu para eu tentar achá-lo. Ele está me treinando para substituí-lo um dia como caçador. — Por um momento, Aidan achou que ele não engoliria aquela história.

Akilli cerrou as pálpebras por um piscar de olhos.

— E onde é que você mora, Aidan? Gostaria de visitá-lo um dia.

— Eu vivo em uma fazenda a oeste daqui.

— A fazenda dos Honny?

— É essa mesma, como a conhece?

— Eles são um importante distribuidor de produtos em Nolat e eu decorei a localização e os nomes das cidades, fazendas, estradas, rios e vilarejos que ficam próximos de Faléria. Tudo para me orientar melhor aqui. — Ele ficou em pé. — Obrigado, Aidan, não o esquecerei.

— Já está indo? — perguntou espantado.

— Tenho que ganhar tempo. Quando Mora acordar, diga que eu mandei um oi. — E assim Akilli se foi, descendo pelo tronco para a escuridão da noite.

— O garoto é incrível — disse Eliah, pondo a cabeça para fora do tronco.

— Puts! — Aidan assustou-se. — Avise antes de aparecer do nada. — Aidan colocou a mão no coração.

— Deixe de bobeira. — Sua voz ficou mais séria. — Espero que de agora em diante pense bem antes de agir, o resultado poderia ter sido outro.

— Sim, eu aprendi a lição.

— Ótimo, ainda assim, toda experiência é valiosa. Durma um pouco, vou ficar vigiando.

— Sabe, alguns dos objetos que eles precisam encontrar estão próximos às montanhas gêmeas. Acha que isso pode ser perigoso? Quero dizer, será que eles podem achar a entrada da... você sabe.

— Não se preocupe, só vão achar se Faléria quiser.

# Capítulo 12

## Os coelhos

— A primeira grande guerra de que se tem registro aconteceu há três mil anos, ela matou milhões de pessoas, extinguindo muitos povos e raças. Depois dela, o mundo ficou um caos, muitos assassinatos, roubos e coisas piores aconteciam a todo o momento, parecia que não teríamos salvação, até que, por fim, um homem chamado Grediz Theywinc apareceu.

— O primeiro rei — Aidan disse com admiração.

— Não me interrompa, garoto — advertiu Eliah e continuou. — A muito custo ele conseguiu governar a cidade que foi batizada por ele de Nolat. O primeiro rei era justo e honrado, construiu um verdadeiro governo e a ordem voltou a imperar. Nolat era muito maior do que é hoje, pois ainda não havia sido dividida nas sete cidades nomeadas que temos atualmente. Muitos homens poderosos ficaram abismados, pois não sabiam como apenas um homem tinha conseguido mudar tudo em somente alguns anos. Ele era invencível, incorruptível, governava para o povo e isso os irritava. Não sabiam de onde viera e nem sequer a sua idade. A única coisa que conseguiram descobrir é que, em algumas noites, Grediz ficava trancado em seu quarto, lendo. — Tentou dar um tom de suspense na última palavra.

— Então ficaram curiosos e tentaram roubar o livro, certo?

Aidan tomou um olhar de reprimenda e voltou a ficar quieto.

— Enfim, descobriram que Grediz costumava passar suas noites lendo. Dessa maneira, os inimigos do rei, homens poderosos, concluíram que o livro continha segredos, conhecimentos que poderiam transformar um homem em uma espécie de Deus. Grediz já estava preparado para as guerras e as tentativas de roubo que se sucederam, e todos acabaram mortos. Muito tempo depois, antes de morrer, ele deixou um novo rei para substituí-lo, um homem honrado para tomar conta do reino. E assim foi se repetindo o processo. Dizem que o segundo rei viveu por trezentos anos.

— Isso não é possível — rebateu.

— Fique sabendo, senhor sabe-tudo, que em se tratando do livro dos reis isso pode ser possível, sim. Dependendo de seus dons naturais, o livro irá melhorá-los, de repente este segundo rei tinha uma excelente saúde. — Eliah piscou com o olho direito para Aidan.

— Qual será meu dom, então? Hum, qual era o seu?

— O meu? — Ele riu, Aidan se preparou para a chuva de autoelogios. — Minha pontaria, por exemplo, eu podia acertar qualquer coisa desde que estivesse ao alcance, também conseguia beber dois barris de vinho sem ficar bêbado.

— Barris de vinho? Sem ficar bêbado? Esse era o seu dom? — Aidan caiu na gargalhada.

— Moleque idiota, se acha engraçado, né? — Tentou parecer mais irritado do que envergonhado.

— Por favor, não brigue comigo, só achei hilário. Também posso ser bom como você? Quero dizer, na pontaria? — quis deixar claro.

— Haha. — Eliah riu orgulhoso. — Não será tão bom como eu, mas, sim, posso ensinar. Arremessar pedras em locais frágeis do corpo é um bom truque quando se está sem armas. E uma faca é uma importante e eficaz medida contra oponentes que precisar neutralizar, assim como arcos e bestas, só que estes são melhores para matar.

— Entendi. — Aidan se animou.

— Vamos. Temos que chegar à estrada ainda hoje.

Passaram-se vários meses desde o incidente com os Triponbaís. Aidan sentia-se confiante, sabia que estava progredindo, suas habilidades e conhecimentos melhoravam a cada dia, e isso graças a Eliah, que era um excelente professor. Ele dizia que Aidan era um grande felizardo por estar sendo treinado pelo maior rei de todos os tempos e que todos os recentes reis tinham professores idiotas e obtusos que só queriam saber de mulheres e bebidas.

E à noite, quando era hora de descansar, Aidan sempre se lembrava de seus pais, da fazenda e, é claro, de Sirranda. Um dia iria se tornar rei e levaria seus pais para morar junto com ele e, quem sabe, se casaria com a garota.

***

Era uma manhã ensolarada e naquele dia iriam para a estrada dos contrabandistas, que ficava bem ao norte, à margem de Faléria.

— Olhe o sol, já se passaram duas horas e nada acontece por aqui — Aidan reclamou, enquanto observava a estrada do alto de uma árvore.

— O que eu lhe ensinei quanto a esperar? Treinamos meditação.

— Me desculpe, estou agitado.

As lições sobre as técnicas da meditação pareciam simples, mas ficar parado tentando limpar sua mente das distrações do mundo à sua volta era um processo demorado e trabalhoso. "Na dúvida, medite", Eliah o instruiu. "Ficará surpreso com as coisas que pode alcançar com o poder da meditação." Em meio a seus pensamentos, Aidan despertou ao ver um movimento na estrada.

— Lá. — Apontou para uma carruagem que vinha ao longe, onde três homens caminhavam ao seu lado.

Conforme iam se aproximando, Aidan pôde ouvi-los.

— Já mandei ficar quieta! — gritou um deles para quem estava dentro da carruagem. — Se não obedecer, corto sua língua.

Dois dos homens eram baixos e magros, o outro, que parecia ser o líder, era alto e encorpado. Todos carregavam espadas na cintura. A carruagem estava coberta por um pano marrom, impedindo Aidan de ver o que havia lá dentro, ainda assim, foi possível ouvir um choro, o que fez seu coração acelerar.

— E então, o que vai fazer? — Eliah perguntou.

— Estão indo para o vilarejo de Corpein, não é?

— Provavelmente, a não ser que eles estejam planejando ir para o deserto de pedra — falou sarcasticamente. Era óbvio que o único caminho viável para eles seria pelo vilarejo de Corpein, por onde teriam acesso para Nolat.

— Desculpe. Até o vilarejo serão dois dias indo por esta estrada — analisou. — Então, eles terão de parar para dormir, não vejo comida também, devem estar famintos.

— Devem ser bons caçadores.

— Bons caçadores teriam pedaços de carcaças para irem comendo durante a viagem, e não vejo nada pendurado.

— Pode estar dentro da carruagem.

— Você poderia dar uma olhada lá dentro para mim.

— Não mesmo, eu não ficarei ao seu lado para sempre, precisa pensar por si próprio.

— Está certo — concordou.

Com cautela, Aidan continuou a segui-los. "Conhecer seu inimigo é muito importante, para preparar um bom ataque", lembrou-se de suas lições.

— Ó, Bermi, estou faminto e cansado, vamos parar — reclamou o homem de bigode.

— Só mais um pouco, Bonru, e paramos para dormir — informou o grandalhão.

Bermi, o líder do trio, guiou-os por horas ao longo da estrada, até o entardecer.

— Vamos procurar um local para passarmos a noite. E dessa vez fora da estrada, a última coisa que eu quero é topar com mais ladrões.

Os três caminharam mais um pouco tentando achar um bom local para passarem com a carruagem por entre as árvores. Algum tempo depois, eles encontraram o local perfeito para passar. Assim que se embrenharam mata adentro, avistaram um clarão amarelo e um cheiro delicioso de carne assada, vindo de uma parte mais à frente na floresta. Sobressaltados, eles pararam.

— Fondi, vá dar uma olhada — mandou Bermi.

Após alguns xingamentos, ele obedeceu. Fondi andou por entre as árvores e se aproximou bem devagar. Quando, por fim, viu o que era se sentiu menos tenso. E voltou para contar aos outros.

— É apenas um garoto, parece estar sozinho e está comendo carne — disse com água na boca.

— Um garoto no meio da floresta, sozinho. Ah, isso não me cheira bem — disse Bonru.

— Essas coisas acontecem, ele pode ter fugido de algum lugar, talvez das minas. — Fondi pensava mais no seu estômago do que nos perigos que um garoto inofensivo poderia trazer. — Ele tem um belo pedaço de carne — esclareceu para caso algum deles tivesse ficado na dúvida.

— Vocês dois vão na frente, eu vou ficar observando até achar que é seguro.

Quando Aidan já pensava que o trio não tivesse mordido a isca, ouviu-se uma voz:

— Ei, olá.

Aidan encarou os dois homens que se aproximavam devagar. *Onde está o grandão? Será uma cilada? Esses dois vão me distrair enquanto o outro me apunhala por trás?* Ele se levantou e lhes mostrou a palma das mãos, junto com uma imitação barata do sorriso cativante de Eliah.

— Por favor, não quero confusão. E... eu estou apenas de passagem.

— Tudo bem, garoto — disse o homem de bigode —, meu nome é Bonru e este é Fondi. Estávamos indo para Corpein quando sentimos um delicioso cheiro vindo daqui. E como estamos há um bom tempo na estrada... — Seu estômago roncou como um monstro, interrompendo suas palavras.

— É, vejo que estão com fome. Por favor, comam o quanto quiserem. — Sobre o fogo havia dois coelhos grandes atravessados por lanças improvisadas de madeira, o cheiro da carne assada estava incrível e o sabor, melhor ainda. Os dois homens mordiam com ferocidade, tamanha era sua fome.

*Mas onde está o outro?*

— Ei, menino, diga-nos o seu nome — falou Bonru com a boca cheia de carne.

— Ah, me desculpe, eu me chamo Aidan, senhor.

— Hum, certo, então me diga, Aidan, se perdeu de seus pais? O que faz aqui sozinho?

— Fugi de casa, senhor. Meus pais — pausa dramática —, eles queriam me vender.

— Nossa, isso foi o melhor que arrumou? — perguntou Eliah.

Aidan o ignorou.

— Ah, bem, não se sinta mal, nós também não tivemos uma infância das melhores. Ei, quer saber, estamos indo para...

Bonru foi interrompido pelos passos de um cavalo. Aidan virou-se para ver. *Aí está você, estava apenas observando*, concluiu. E lá estava Bermi, andando em direção a eles, puxando o cavalo, que por sua vez puxava a pequena carruagem.

— Aí estão vocês, procurei-os por toda parte! — gritou, abrindo um largo sorriso.

— Ei, Bermi, venha, esta carne está uma delícia, nosso amigo aqui sabe mesmo preparar uma refeição.

E assim ele se sentou e comeu com eles.

— Então você fugiu de casa? — Bermi indagou.

— Sim, senhor, e desde então estou vagando, procurando um lugar para ficar.

— Ei, você não tem nada para beber aí? Esta carne me deixou com sede. — Desta vez foi Fondi quem falou.

— Aqui, senhor. — Entregou-lhe um odre feito da bexiga de um cervo. O homem bebeu fervorosamente.

— Ei, não beba tudo, seu idiota — reclamou Bonru, que tomou o odre para si e bebeu.

— O que vocês têm ali? — Aidan apontou para a carruagem.

— Apenas negócios — respondeu Bermi, que observava seus dois comparsas se deliciando com a bebida.

— Ei, o que tem aqui dentro? — perguntou Bonru erguendo o odre.

— É uma bebida que eu criei.

— É muito saborosa. Por que não prova, Bermi? — Bonru lhe ofereceu o odre.

Bermi, que estava com sede, ficou tentado a provar da bebida. Ele olhou bem para Aidan, analisando-o. Parecia mesmo ser só um menino, e realmente estava sozinho, ele mesmo checara a área antes de se aproximar. *Nesses tempos difíceis, cautela nunca é demais, até mesmo para com um garoto. Mas Bonru e Fondi parecem estar bem*, Bermi pensou, antes de pegar o odre, cheirá-lo e dar um gole. O sabor era levemente adocicado, parecia com alguma bebida que ele já provara antes, mas não se lembrava qual.

Durante uma hora eles conversaram e riram, tudo parecia bem. Cansado de bancar o idiota, Aidan subitamente parou de rir, se levantou e foi em direção à carroça com uma tocha na mão.

— Ei! — gritou Bermi. — O que está fazendo? Fique longe daí, se não vai se machucar.

Aidan o ignorou e continuou caminhando até ficar de frente para a lona que cobria a carruagem.

— Seu pirralho desgraçado. — Bermi puxou a espada da cintura e se levantou ao mesmo tempo que Aidan retirou a lona.

A visão do que havia lá dentro o paralisou momentaneamente, toda a vida saiu de seus olhos e um olhar diabólico apareceu em Aidan. A boca antes sorridente agora era apenas uma linha tênue.

— Você pediu por isso, garoto. — Com a espada em punho, Bermi foi ao encontro de Aidan pronto para matá-lo. No entanto, quando deu o terceiro passo, tudo à sua volta começou a girar e ele desabou. O barulho de seu corpo grande e pesado caindo fez um enorme "BUM". O mesmo aconteceu com Bonru e Fondi, só que estes nem conseguiram ficar de pé.

A carruagem, na verdade, se tratava de uma jaula que aprisionava uma menina de cabelos marrons e olhos rosados claros que o olhavam fixamente. Ela estava ferida, desnutrida e muito assustada. Aidan não pôde deixar de lembrar-se de Sirranda e de como os ferrolhos a machucaram. Imediatamente seus olhos foram atraídos para o enorme cadeado da grade.

— Você está com a chave? — perguntou, andando na direção de Bermi, com o rosto impassível.

— Vá para o inferno! — berrou.

Aidan pegou sua faca e, sem hesitar, abriu um comprido corte no pescoço de Bermi, que agora soltava sons guturais abafados pelo sangue. Logo após, fitou os dois homens assustados no chão e deu alguns passos na sua direção, empunhando a lâmina que gotejava sangue.

— E... e... ele está com a chave — Bonru gaguejou amedrontado, apontando para Bermi.

— É, está no bolso dele — afirmou Fondi, com os olhos arregalados de medo.

Aidan voltou e viu que o que eles disseram era verdade, achou a chave no bolso esquerdo da calça de Bermi. Ao abrir a jaula, esticou a mão para a menina e disse:

— Não tenha medo, ninguém mais vai te machucar. — E sorriu.

Ela esticou a mão e ele a puxou para fora, segurando-a com cuidado. A menina era um pouco mais baixa que ele.

— Você vai ficar bem. Vou cuidar de você, entendeu?

Ela apenas assentiu com a cabeça.

— Aqueles homens bateram em você?

Ela assentiu novamente.

Antes de matá-los, Aidan tirou a blusa de um deles e a entregou à menina, as roupas dela estavam em péssimas condições.

# Capítulo 13

## A MENINA DOS OLHOS ROSA

— ESTÁ COM FOME? QUER UM PEDAÇO DE CARNE? — SONDOU-A COM OLHOS preocupados.

Sem dizer nada, a menina agarrou a comida e a mordeu como um animal feroz.

— Quer água também? — Ofereceu-lhe outro odre feito do chifre de um animal.

Quando ela o bebeu, caiu no sono quase imediatamente.

Sem dificuldade, Aidan a segurou no colo e levou-a para um local mais seguro na floresta.

— Foi um bom plano — disse Eliah. — A flor de gizzy é um excelente sonífero.

Aidan não disse nada, seu rosto permanecia sério.

— Não se martirize, você fez o que achou ser necessário. Reis precisam tomar decisões.

— Ela precisa descansar, está muito abalada. — Ignorou as palavras de seu tutor. — Espero que amanhã ela se sinta um pouco melhor.

Como estavam no inverno, à noite fazia muito frio, por isso ele acendeu uma fogueira e cobriu a menina com um casaco de pele que tinha feito semanas antes. Aidan a observou por algum tempo, tranquila em seu sono induzido. Sua pele era clara e seus cabelos eram mais compridos que os dele, que já alcançavam os ombros.

— Aqueles homens, o que iam fazer com ela?

— Provavelmente vendê-la.

— Viu os olhos dela?

— Rosa. Igual ao dos Carmathens.

— Quem?

— Os Carmathens eram um povo conhecido pela sua habilidade em domesticar animais selvagens. Em batalha, era comum vê-los montados em ursos, por exemplo. As pessoas os viam como encantadores de animais.

— Então temos que levá-la de volta a eles.

— Isso é impossível. Os Carmathens já não são vistos desde que eu era rei.

***

Pela manhã, Aidan sentou-se ao lado dela e a esperou acordar.

— O que está fazendo?

— Só a esperando acordar — falou baixinho.

— Se esqueceu da rotina? Por essa insolência irá carregar uma tora bem mais pesada. E se prepare para os exercícios de barriga. E não quero ouvir reclamações, rapaz.

Aidan o obedeceu sem se importar com as adversidades que seu corpo enfrentaria naquele dia.

Quando a menina acordou, ficou meio desnorteada. Olhou ao redor e viu o menino que a salvou pendurado em um galho de cabeça para baixo a vários metros de distância. Ao lado dela, havia uma maçã bem vermelha e uma flor. Sem pensar, ela a mordeu e, enquanto apreciava seu sabor adocicado, observava o garoto. Ele parecia estar falando sozinho.

— Não fiz por mal, eu juro. — Seu abdômen queimava.

— Não quero desculpas, duzentos e cinquenta, duzentos e cinquenta e um...

— Eu me distraí com a menina, acabei me esquecendo dos exercícios. — Era um esforço muito grande falar, mas ele não podia evitar.

— Duzentos e cinquenta e dois. Acho que seus músculos do abdômen estão muito fortes, você está até falando, e já que está tão tagarela, irá me dizer o nome das sete cidades e suas respectivas posições cardeais.

— Aaahhh, droga. Nolat fica no centro — grunhiu ao subir até a altura dos joelhos. — A nordeste, Redeby. — Voltou a descer o tronco. — A noroeste, Alaspur. — Usou a força de seu abdômen para subir novamente. — A leste, Skahara; a oeste, Helsinborg. — Desceu mais uma vez. — Nórdis fica a sudoeste e Petylus, a sudeste.

A terra abaixo dele fazia lama de tanto suor que perdia.

— Pode descer.

Aidan desabou no chão, não tão exausto como nas primeiras semanas de treinamento, mas ainda assim cansado.

— Veja, sua garota acordou.

Ele a procurou com os olhos e lá estava ela, atrás de uma árvore olhando timidamente para ele com seus lindos olhos rosa e sua boca suja de vermelho.

— Olá, como está se sentindo?

Não obteve resposta.

— Posso ver seus ferimentos?

Ela fez que sim com a cabeça. Na noite anterior, Aidan havia feito um extrato com folhas de candamar para ajudar na cicatrização dos machucados dela.

— Parece que seus cortes vão melhorar. — Sorriu.

A menina apenas ficava olhando para ele.

— Acho quc ela é muda — Eliah disse.

— Você tem um nome? Eu me chamo Aidan.

— Koral — disse com uma voz baixa e tímida.

— É um nome muito bonito. A maçã estava boa?

— Hum-hum — afirmou —, e a flor também.

Aidan coçou a nuca desconcertado.

— Ah, isso explica porque sua boca está vermelha. — Riu. — A flor era só para... para enfeitar.

— Me desculpe.

— Ah, não se preocupe com isso, existem muitas flores por aqui. O que quer fazer? Quer tomar um banho? Comer? Quer ir embora, ir para casa?

— Não tenho casa.

— Hum — refletiu. — Não tem para onde ir então.

— Nem pense nisso — advertiu Eliah.

— Você é bem-vinda para ficar comigo, se quiser. Só que eu tenho uma rotina de treinamento muito rigorosa, e geralmente falo sozinho, então não se assuste.

— Oh, não acredito, será que você pode me ouvir uma única vez? — Eliah praguejou.

— Eu a salvei, sou responsável por você.

Eliah se calou.

— Com quem você fala?

— Eu tenho é... uma espécie de guia espiritual, acho que posso falar assim.

***

Uma semana depois, Koral já estava mais à vontade com Aidan. No início, ela era bem tímida e ficava tentando imitar os mesmos exercícios que ele fazia todas as manhãs. E foi Eliah que percebeu que a menina ficava chateada quando Aidan permanecia horas falando sozinho, deixando-a de lado. Quando isso acontecia, o rosto dela ficava emburrado e seus braços se entrelaçavam com força. Todos os dias, ao acordar, Koral encontrava uma fruta e uma flor para enfeitar seu desjejum.

Naquela manhã, após ter feito seus exercícios diários, Aidan recebia as instruções para a próxima etapa de seu treinamento.

— Espero que esteja preparado, porque desta vez você irá caçar um lobo.

— Fácil.

Eliah revirou os olhos e continuou.

— Entretanto, existem algumas condições para cumprir essa tarefa. Não poderá usar nenhuma armadilha, nem venenos. A única arma que poderá usar é a sua faca. E terá que matar apenas um lobo, o líder da alcateia. Se o lobo errado for morto, ou se mais de um deles morrer, sua tarefa terá sido um fracasso. E terá que esperar mais um ano para refazê-la.

— Será difícil, os lobos nunca estão sozinhos. — Aidan se pôs a pensar.

— Mais uma coisa, os lobos não podem te ver, sentir o seu cheiro ou te ouvir chegando.

Aidan o fitou boquiaberto.

— Está pedindo para eu ser um fantasma como você — reclamou.

— Pode voltar para casa, se quiser — deu a solução.

— Mas que droga, por que isso?

— Se conseguir realizar o impossível, pode fazer o impensável.

— Eu não gosto de lobos — respondeu Koral com sua voz delicada.

— Não se preocupe, eu não os deixaria te machucar. — Ele sorriu.

— Terá que chegar perto o suficiente para dar um golpe fatal. Use tudo o que aprendeu, você já possui os conhecimentos e a prática necessária para fazer isso.

— Darei o meu melhor.

— Não tenha pressa — aconselhou.

— Eu sei disso — respondeu com confiança.

Mais tarde, naquela noite...

— Ele é inteligente, sem dúvida, mas tem um senso de justiça próprio. Devia ter visto, planejou tudo sozinho, o garoto matou aqueles três homens como se não fossem nada. — Seu tom era de preocupação.

— Foi você quem o ensinou a matar.

— É, e percebe-se que ele aprende rápido, não? — zombou.

— Ele ainda é muito novo e amadureceu um bocado. Você mesmo não esperava que ele ficasse mais de dois meses com você.

— É, isso me surpreendeu. Ele quer muito ser rei.

— Todos querem ser rei — afirmou Faléria. — Acha que o poder irá corrompê-lo?

— Só o tempo nos dirá. Será que ele foi mesmo a melhor escolha?

— Não temos mais tempo. Em breve a morte chegará — declarou.

— Mas uma coisa ainda me perturba... — Eliah encarava o nada, enquanto lembrava-se do ocorrido. — O olhar dele quando viu a menina trancafiada naquela jaula, se eu pudesse sentir alguma coisa teria ficado com os pelos da minha nuca arrepiados.

— Aidan a protegeu, e não queria que aqueles homens ficassem vivos para fazer isso novamente.

— Isso eu compreendo. Mas o que me preocupa é que quando ele for lá para fora, vai ver coisas piores do que estas. E espero sinceramente que minhas conclusões estejam erradas, ou você e qualquer um que entrar em seu caminho precisará de toda a ajuda possível, se ele perder a razão.

— Aidan pode não ser o rei que queremos, no entanto, será o rei de que precisamos.

— Assim espero.

# Capítulo 14

## O ÚLTIMO TESTE

AIDAN JÁ ESTAVA COM 12 ANOS QUANDO, ENFIM, CONSEGUIU MATAR O LOBO. Os sentidos desses animais são muito aguçados, então ele teve de aprender a apagar totalmente sua presença e não simplesmente se esconder, pois, como ele percebeu, os lobos conseguem até mesmo sentir que você está olhando para eles. Até conseguir dominar a técnica, os dias viraram semanas, que depois viraram meses.

Como ficava pouco tempo com Koral, Aidan resolveu passar alguns dias com ela, que sempre insistia em ir junto para suas "atividades estúpidas", como ela costumava dizer. Passaram aquela tarde vendo o pôr do sol e comendo amoras. Durante todo o tempo, Koral ficou entrelaçada ao seu braço com a cabeça recostada em seu ombro e, como sempre, tentando puxar assunto.

— O sol é tão lindo não é, Aidan? — Sua voz era sempre doce aos ouvidos.

— É.

Os dois estavam sentados em uma planície, uma das poucas partes de Faléria que não tinha árvores.

— Essa será sua última atividade estúpida e aí você se tornará o rei de todas as cidades e poderá passar mais tempo comigo. — Ela o abraçou bem forte com um largo sorriso.

— Terei um longo caminho até me reconhecerem como rei, não será nada fácil — respondeu enquanto encarava o horizonte. — Acho que já podemos ir.

Mas a expressão no rosto dela dizia que não podiam.

— Tudo bem. — Ele havia entendido e ficou quietinho.

— Hummm... — Ela se aconchegou no seu ombro novamente. — Eu gosto tanto de ficar com você.

— Eu também gosto, só que não podemos ficar aqui para sempre, temos que conseguir nosso jantar.

— Não estou nem aí — comentou risonha.

Koral havia nascido em uma pequena comunidade rural da qual ela não se lembrava mais o nome. Quando nasceu, sua mãe sempre a deixava trancafiada em casa. Dizia ela que as pessoas não entenderiam e a maltratariam por ser diferente. Após anos vivendo dessa maneira, um novo líder tomou posse na aldeia e a encontrou. No mesmo instante, ele mandou que a matassem, pois seus olhos continham o fogo do inferno. Foi então que sua mãe fugiu para Faléria, cuidou dela por alguns meses, mas acabou morrendo de febre. Logo depois, o trio comandado por Bermi a capturou.

— Nós precisamos ir embora, já está escuro, você não pode ficar para sempre abraçada a mim.

— Posso, sim. — Fechou os olhos e entrelaçou os dedos.

Aidan riu e fez cócegas nela para que ela o soltasse. Assim que ela o largou, ele correu e gritou:

— Sai de mim, sanguessuga do pântano!

— O que você disse? Volta aquiiiii! — berrou, correndo atrás dele com um pedaço de madeira na mão.

***

Koral já estava dormindo profundamente quando Eliah começou a conversar com Aidan sobre seu último desafio.

— Indo pela estrada dos contrabandistas, no sentido contrário ao do vilarejo de Corpein, você vai encontrar uma mina.

— Uma mina? — Aidan estava entusiasmado.

— Sim, uma mina de onde é extraído ouro. Nela, os trabalhadores são escravizados e todos os dias são espancados, humilhados e mortos, ninguém se importa com eles. E, quando precisam de mais pessoas, eles as roubam das cidades, quase sempre crianças.

— Devo libertá-las, então.

— Exato. Faça da maneira que preferir. Mas lembre-se: aqueles homens são cruéis, então não se descuide.

Após três dias caminhando, eles chegaram até o local. No terreno, havia uma imensa cratera com pelo menos trinta metros de profundidade, onde centenas de pessoas, a maioria jovens, martelavam e carregavam cestas de pedras, ou empurravam carrinhos sobre trilhos quando era necessário entrar no túnel.

Aidan os observou durante dois dias. Havia ao todo vinte homens vigiando a mina. Sempre quando alguém caía de cansaço ou parecia estar descansando, eles o chicoteavam, algo nada agradável de se ver. Havia uma pausa para o almoço em que eles comiam pão e bebiam água. À noite, as escavações do lado de fora cessavam e as de dentro do túnel continuavam com o auxílio de tochas e lamparinas. Todos eles só descansavam horas depois, quando serviam aos escravos um caldo fumacento como a refeição final do dia. Tudo era feito dentro da cratera, nenhum escravo tinha permissão de sair.

— Como vou entrar sem ser visto? Deve ter uns sessenta trabalhadores, sem contar com os de dentro, com certeza esses ferrolhos conhecem a cara de cada um.

— Ferrolhos? — Eliah fez uma cara de quem não entendera.

— Quer dizer, guardas — explicou.

— Hum, que nome mais estranho. De qualquer forma você terá que esperar para entrar.

— Até o dia em que trarão mais — refletiu. — E então eu estarei no meio dos recém-chegados.

— Isso mesmo, meu caro pupilo — disse orgulhoso.

# Capítulo 15

## O encrenqueiro

Alguns dias depois, lá estava Aidan na fila com mais doze rapazes. Ele só precisou ir no sentido contrário ao deles pela estrada e fingir querer fugir quando tentaram capturá-lo.

— Vargas! Que bom vê-lo. Venha, deixe-me ver o que você trouxe para mim — disse um senhor careca vestido em um robe azul.

— Encontrei treze desta vez, estão sadios. — Entre os garotos, só havia um mais alto que Aidan, que ele calculou ter uns 15 anos. Os demais eram crianças, tinham menos de 9 anos, alguns ainda com marcas de lágrimas no rosto.

O velho se aproximou deles e disse:

— Bem-vindas, minhas crianças, de agora em diante vocês irão trabalhar aqui, na mina de Yurus. — Enquanto falava, uma garota enchia uma taça de ouro e a servia para ele. — Podem me chamar de Mor Giovan. — Ele fez uma reverência; o homem tinha vários anéis de ouro.

*Um Mor por aqui?*, Aidan pensou.

— Para aqueles que estiverem pensando em fugir, aconselho a não o fazer, pois vamos encontrá-los e deceparemos suas pernas. Uma maneira muito dolorosa de morrer — comentou. Depois olhou para um de seus homens e ordenou: — Dê água para eles e os coloque para trabalhar, já ficaram tempo demais parados.

— Muito bem, seus merdinhas, vocês trabalharão quebrando pedras durante o dia nas paredes da cratera e à noite dentro do túnel. Não quero ver ninguém descansando se não for a hora.

E assim eles começaram o seu árduo trabalho de partir rochas, colocando-as em cestos, que depois eram levados por outros escravos. As pedras, então, seriam esmigalhadas e peneiradas.

— Você leva jeito para a coisa — disse Eliah, quando viu Aidan quebrando pedras com apenas duas marretadas firmes sobre um pedaço de ferro.

— Você deveria estar observando Koral e não ficar aqui comigo.

— Ela está bem. Vou deixá-lo com seus afazeres se não deseja minha companhia.

— Ótimo.

— Está falando comigo? — perguntou um pequeno menino.

— Perguntei como você se chama — Aidan enrolou.

— Álico. — Seu rosto era de alguém que parecia querer chorar a qualquer momento.

— Álico, nome bacana.

E dessa maneira Aidan passou seu primeiro dia, conversando e, às vezes, com uma ou outra ameaça de ser chicoteado se não parasse de tagarelar. Mas, como ele pôde perceber, os disciplinadores (como as crianças costumavam chamar os guardas) se irritavam mais com aqueles que não estavam se esforçando o suficiente, ou seja, aqueles mais debilitados.

A hora do almoço era um verdadeiro caos, todos se amontoavam para pegar seu pedaço de pão e sua tigela de argila contendo água. Aqueles que estavam mais fracos, assim como as crianças menores, não conseguiam chegar próximo o suficiente para pegar sua comida, ou eram roubados por outros escravos assim que conseguiam. Naquele lugar, ou você era forte ou acabaria morrendo.

Logo que Aidan conseguiu pegar sua refeição, três garotos altos e mais velhos que ele o interceptaram.

— Ei, novato, eu tô com fome — bradou o maior deles.

— Então, coma. Vá pegar o seu pão. — Aidan apontou para a multidão.

Havia uma determinada quantidade de pães que eles podiam distribuir para os escravos, mais nada além disso, o que nunca era o suficiente para todos.

— Você não entendeu. — Ele riu. — Quero o seu pão. — Seu tom de voz soou ameaçador.

Nesse momento, parecia que todos estavam olhando para eles.

— Ah, me desculpe. — Deu um sorriso amigável. — Aqui está. — Esticou a mão que segurava o pão e deixou que ele viesse buscar.

Enquanto o valentão caminhava em sua direção, Aidan bebia toda a água de sua tigela. Os três rapazes riram e, assim que o líder deles tentou agarrar o pão, a mão de Aidan esquivou para baixo, fazendo com que o valentão apanhasse apenas o ar.

Quase de imediato ouviram-se algumas risadas e isso fez com que uma veia de fúria saltasse da testa do rapaz, que em um acesso de raiva se jogou contra o corpo de Aidan, que, por sua vez, saltou para o lado, ao mesmo tempo que acertava o rosto do valentão com sua tigela, partindo-a em pedaços.

— Breiban! — gritaram seus dois amigos, enquanto iam em seu socorro.

Caído no chão, seu rosto sangrava pelos pequenos cortes feitos pelos cacos de argila.

Aidan virou-se e caminhou na direção dos pequeninos, repartiu o pão e deu cinco pedaços para os cinco que lá estavam.

— Obrigado! — agradeceram animados.

— O que aconteceu aqui? — perguntou um dos disciplinadores, olhando para o rosto ensanguentado de Breiban.

— Aquele garoto ali fez isso com ele — respondeu um de seus amigos.

— Levem-no até o Linus, peça para ele dar pontos nesses cortes.

— Ele vai se vingar — um garoto comentou.

— Eu sei.

— Você aí. — O disciplinador apontou o chicote para Aidan. — Venha até aqui.

Sem dizer nada, ele obedeceu.

— Sim, senh... — Antes que ele completasse a frase, o disciplinador estapeou seu rosto com as costas da mão. Isso fez sua boca sangrar.

— Sei que o garoto pediu por aquilo, mas não pode ficar ferindo os trabalhadores do senhor Yurus. Só nós podemos fazer isso. Se vocês começarem a matar uns aos outros, o trabalho aqui não vai acontecer e nós, disciplinadores, seremos responsabilizados. Espero que você tenha entendido, não quero mais problemas.

— Eu entendi. — Isso foi o que o disciplinador ouviu, mas o olhar de Aidan dizia: "Vou acabar com todos vocês, desgraçados".

***

Era noite e todos trabalhavam duro dentro do túnel. Aidan, agora, ficava cercado por garotinhos. O túnel era bem longo e largo, quatro homens adultos podiam andar lado a lado sem encostar nas paredes. Ao longo do caminho, trilhos se estendiam até o lado de fora, onde um carrinho de ferro levava os pedaços grandes de pedras.

— Está na hora da última refeição, seus miseráveis, vão! — gritou o disciplinador de cabelos grisalhos. — Ei, você não. — Apontou para Aidan, que permaneceu no lugar.

— É para eu voltar ao trabalho? — perguntou.

— Calado. Soube que em seu primeiro dia já feriu um de nossos melhores trabalhadores aqui da mina.

— Você quer dizer escravo.

A insolência de Aidan lhe rendeu um soco no estômago. O golpe tirou-lhe o ar dos pulmões.

— Seu nome é Aidan, não é? — Ele não esperou uma resposta e o olhou bem nos olhos. — Seu olhar me transmite insubordinação. Mas vou tirá-lo da sua cara. Vai entender bem qual é o seu lugar aqui. A começar pelas minhas botas. Quero que as lustre.

— Sim, senhor.

Aidan ia tirando a camisa, quando o homem falou:

— O que está fazendo? Você não vai lustrar minhas botas com essa merda de camisa, vai lustrar com a língua — explicou sem um indício sequer de que estava brincando. O disciplinador pisou com sua bota preta em cima de uma pedra e aguardou.

Sem pensar muito sobre isso, Aidan o fez. Lambeu a bota que tinha cheiro de queijo apodrecido.

— Se vomitar em cima delas, vai lamber tudo.

Quando terminou a segunda bota, o disciplinador o chutou no meio da cara.

— Ficaram brilhando. — Ele sorriu. — Agora pode ir comer, não quero que fique fraco.

Já fora da mina, Aidan vomitava em um canto escuro.

— Aidan? — perguntou Álico. O menino estava com duas tigelas fumegantes nas mãos. — Peguei uma para você.

Nas refeições da noite, os escravos podiam comer até duas tigelas. Embora eles trabalhassem como condenados, a intenção não era matá-los de fome e, sim, que ficassem minimamente fortes para trabalharem no dia seguinte.

— É sopa de batatas. O que aconteceu com seu rosto? Está inchado.

— Tive um desentendimento com um disciplinador, só isso. — Aidan devorou a sopa com uma pitada de mau humor.

Depois de comer, todos dormiram dentro do túnel até o raiar do sol. Durante esse tempo, três disciplinadores vigiavam a entrada. Nenhum escravo tinha autorização para sair.

Aidan estava dormindo quando foi pego de surpresa por um chute no estômago. Ao olhar, viu que se tratava de alguns garotos, três para ser mais exato. Com brutalidade, eles o espancaram com pontapés e socos.

— Parem. — Os meninos tentaram ajudá-lo, porém eram pequenos e bastou apenas um murro em cada um para que ficassem quietos.

Devido aos chutes fortes na cabeça, Aidan desmaiou. Quando finalmente acordou estava em uma cama, dentro de uma tenda branca. Todo o seu corpo doía. Quando tentou se levantar, uma dor lancinante apareceu na lateral de seu tronco. *Costelas*, pensou, ao colocar a mão sobre o peito enfaixado.

— Ah, você já acordou — disse um senhor de cabelos negros e de estatura baixa. — Aqueles caras deram mesmo um trato em você. — O homem, de roupa branca, olhou para Aidan tentando encontrar algo de errado. — Está me ouvindo bem?

— S... sim — Até falar era doloroso.

— Ficará aqui por um dia, depois ajudará a fazer a comida, até se recuperar.

— E quando o senhor acha que isso irá acontecer?

— Diria que daqui a um mês. Mas não ficará totalmente curado.

— Obrigado.

— Ah, eu é que agradeço por estar me dando coisas para fazer. Não foi você que quebrou uma tigela na cara do Breiban ontem?

— Sim.

— Ficou bem feio. Tive que dar vários pontos, deve ser por isso que levou essa surra.

Algumas horas depois, a menina que Aidan vira ao chegar na mina veio alimentá-lo com uma sopa.

— Cuidado, está quente. — Ela pegou a colher, assoprou e colocou em sua boca. A garota tinha olhos azuis, cabelos encaracolados loiros. Olhando de perto, dava para notar que ela já era uma moça.

Dentro da tenda, só havia uma cama e, ao lado dela, instrumentos, como faca, agulhas de osso, linhas e pedaços de pano encharcados de um vívido vermelho.

— Não tente roubar nada — ela o advertiu, ao perceber que ele olhava os instrumentos.

— Eu não...

— Não precisa mentir para mim. Só que já tentaram isso antes, eles sabem exatamente a quantidade.

— Obrigado — falou depois que o líquido desceu por sua garganta. — Está aqui há muito tempo?

— Alguns meses. — Outra colherada.

— Você também foi sequestrada?

— Meus pais morreram há muito tempo, então eu sempre estou por aí, tenho que me virar de alguma maneira. Mor Giovan me encontrou na cidade de Navarra, perguntou se eu estava interessada em um trabalho e então aceitei.

— É tão ruim lá fora para você querer vir para cá?

— Qualquer lugar é cruel, embora eu não soubesse dos tratamentos a que vocês são submetidos aqui. É muito desagradável. — Ela parecia mesmo se importar.

— Você é bem tratada aqui?

— Só preciso deixar Giovan feliz, fazer tudo direitinho.

— Hum, é só mais uma prisioneira, assim como todos nós — concluiu.

Após esse comentário, houve um momento constrangedor de silêncio, que Aidan tentou reparar mudando de assunto.

— Pensei que escravos, como eu, não recebessem tratamentos especiais.

Ela sorriu.

— Eles não podem se dar ao luxo de perder trabalhadores todos os dias, precisam estender a vida de vocês o máximo que puderem — cochichou.

— Sequestrar crianças de suas casas é algo que não pode ser feito todos os dias, né?

— Provavelmente.

Quando a sopa acabou, ela se levantou e, antes de ir embora, disse:

— Sabe aquele garoto, o Breiban, alguém precisava colocá-lo em seu lugar. Ele sempre foi um idiota.

— Olha o que temos aqui! — anunciou o disciplinador grisalho de botas lustradas, ao entrar na cabana com outros dois homens.

— Hex, eu não tenho tempo para suas brincadeiras — falou ela.

— Não fale comigo desse jeito, garota. — Ele a pegou pelos cabelos e deu um tapa na tigela, que se estilhaçou no chão. — Olha o que você fez. Terá que limpar todos esses cacos. — Hex se divertia. — Sabe, Zirbi, você está mais bonita a cada dia que passa. O que vocês acham? — perguntou aos outros disciplinadores.

— Com certeza — falou o homem sem alguns dentes.

— Sem dúvida, Hex — concordou o outro enquanto se coçava como um cão com pulgas.

— Mor Giovan vai ficar sabendo se encostarem em mim.

— Acha que tenho medo dele? — Hex perguntou com um sorriso nojento.

— Não acho nada — ela respondeu.

— Não se preocupem — disse o disciplinador que tinha mais dentes. — Um dia Giovan irá se enjoar dela.

— É — confirmou o outro —, igual a todas as outras.

— Tem razão, Dogon, até que você não é tão burro quanto pensei que fosse. A única coisa que aquele velho nunca deixará de gostar é do ouro. Mesmo assim, não gosto de ficar com as sobras do Giovan.

Hex a agarrou com força pelo pescoço e a beijou.

E ela, por sua vez, o mordeu.

— Sua desgraçada! — praguejou, com os lábios sangrando. Logo em seguida, ele a estapeou, fazendo-a desabar no chão.

O homem de poucos dentes ria com o que lhe restava de um sorriso. Hex pegou o chicote preso no cinto de sua calça, levantou-o sobre a cabeça e disse:

— Vou lhe ensinar o seu lugar aqui.

E no instante em que o chicote desceria sobre Zirbi, o braço de Hex não conseguiu se movimentar. Quando olhou para trás, viu Aidan segurando o chicote com uma das mãos.

— Seus covardes, batendo em uma mulher.

Hex se aproximou de Aidan, incrédulo com a insolência do garoto.

— Lamber minhas botas não foi o suficiente para você aprender? Ser surrado por aqueles garotos não foi o bastante? Acho que está querendo se matar, mas infelizmente não posso deixar que morra. Arrumar bons trabalhadores hoje em dia está muito difícil, vocês não nascem em árvores. Porém, tenho que discipliná-lo mais uma vez. Dente de Porco! — berrou.

— Sim, Hex — o homem de poucos dentes respondeu.

— Dez chibatadas nesse moleque insolente. — Antes que Aidan pudesse se mexer, Hex o agarrou. — Dogon, segure-a, ela vai ver tudo.

O chicote dos disciplinadores era curto, possuía oito tiras com pontas redondas de ferro. Era um instrumento para causar dor e pequenos cortes. As dez chicotadas foram o suficiente para deixar as costas de Aidan ensanguentadas, os gritos de dor a cada arremetida fizeram Zirbi estremecer. Ela tentou, suplicou para que parassem, porém nada adiantou. Debilitado do jeito que estava, Aidan já não tinha forças para resistir.

Quando acabou, Hex avisou:

— Posso fazer muito pior se você me provocar de novo — sussurrou para Aidan. — Vamos embora! — Sua ordem foi prontamente atendida.

Após terem saído, Zirbi se levantou devagar, ainda chorando.

— Me desculpe — disse ela com lágrimas escorrendo pelo rosto.

Aidan estava fraco e acabou desmaiando. Zirbi, com seus braços magros e suas bochechas rosadas, ficou abraçada a Aidan até Linus retornar.

***

— Minha nossa, será que esse garoto não cansa de me arrumar coisas para fazer? — Linus praguejava enquanto o colocava na cama.

— O Hex esteve aqui e o Aidan acabou me salvando.

— As faixas em volta do peito dele ajudaram a suportar as pancadas, você só precisa limpar os ferimentos com água morna e sal e enfaixá-lo novamente — respondeu rispidamente.

— Eu?

— Sim, você.

E assim ela fez.

— Obrigado — Aidan agradeceu em meio a muito suor e febre.

— Eu que agradeço — ela respondeu enquanto acariciava os cabelos dele.

— Prometo que vou tirar você daqui.

Zirbi sorriu.

— Ninguém nunca mais vai te machucar, Sirranda.

# Capítulo 16

## Uma luz no fim da noite

Quando recobrou a consciência, Aidan deu de cara com Eliah.

— Que bom que acordou — disse cheio de ternura. — Porque agora pode ouvir as minhas broncas! — Sua voz aumentou até se erguer como um rugido feroz.

Aidan apenas revirou os olhos, já prevendo o que viria pela frente.

— Veio parar na tenda médica no seu primeiro dia? Como consegue ter talento para fazer tanta merda? Olhe o seu estado. Sabe há quantos dias está aqui? Seis.

— Seis? E a Zirbi? — Sua voz saiu quase como um gemido.

— A garota? Ela esteve aqui, tem cuidado de você. Sabe, Aidan, aqui é o mundo real, coisas injustas e cruéis acontecem o tempo todo. Se não conseguir sair dessa, vai ser o seu fim, e então saberei que você não era a pessoa que eu procurava para me suceder.

— Eu vou sair daqui.

— Se morrer, vou ter que recomeçar tudo do zero, talvez demore mais dois mil anos para achar alguém novamente. E Koral ficará perdida, provavelmente tirará a própria vida, ela só tem você.

A menção do nome de Koral pareceu deixar Aidan alerta.

— O que eu posso fazer?

— Sobreviver — disse como se fosse óbvio.

— Não sei no que pensar, estou fraco, cheio de dor, me sinto um inútil.

— Você aprendeu muita coisa, pode fazer o que ninguém mais pode. Conheça seu inimigo tão bem como a ti mesmo e então o entenderá. — Ele se agachou, olhou nos olhos de Aidan e falou: — Todos dependem de você.

***

Quando o sol saiu, Aidan foi obrigado a ir para a tenda onde as refeições eram preparadas. Agradeceu a Zirbi pela ajuda e seguiu seu caminho.

Chegando na tenda, um homem gordo, cheio de pelos pelo corpo, lhe entregou uma pequena faca e disse:

— Comece a descascar as batatas e nem pense em roubar nada — falou grosseiramente.

No canto, vários cestos cheios de batatas esperavam por ele.

O nome do cozinheiro era Thomas, um homem muito porco, que adorava coçar o saco e cuspir. Sempre quando via Aidan, o menino recebia um tapa na cabeça, fazendo suas dores voltarem com mais ferocidade, isso o deixava muito irritado.

Aidan estava descascando o décimo cesto quando Thomas entrou cuspindo ordens:

— Vamos, está na hora do almoço, pegue os pães e vamos descer.

Os dois ficaram atrás de barricadas de madeira, usadas para conter os trabalhadores mais agressivos, como Breiban. Aidan tomava o cuidado de não entregar pães para as mesmas pessoas. Quando restavam cinco pães no cesto, ele os jogou para bem longe, visando às crianças que não conseguiam chegar na frente da multidão. Foi um ato que lhe rendeu um tapa bem forte na cabeça.

— Não faça mais isso, seu merdinha.

— Sim, senhor.

— Ah, e você precisa continuar descascando as batatas — lembrou a ele.

Na última refeição do dia, Aidan conseguiu se encontrar com seus pequenos amigos.

— Como vocês estão? — perguntou para Álico.

— Sobrevivendo, mas não se preocupe com a gente. Precisa tentar não se meter em encrencas, ou vai morrer muito antes do que imagina.

— E o Breiban, como está?

— Ele tá vindo aí.

Breiban tinha quatro cortes no rosto, dois deles fechados por pontos. Os dois se encararam por um momento, mas o valentão apenas pegou sua tigela com sopa e foi embora.

— Vamos, garoto — tapa na cabeça —, leve essas panelas vazias lá para cima e jogue uma água nelas.

Enquanto Aidan subia pelas rampas em zigue-zague, um disciplinador chicoteava um garoto, por alguma razão estúpida.

*Não dá para envenená-los, a comida dos disciplinadores é feita pelo próprio Thomas. Fugir está fora de cogitação*, Aidan ia analisando as possibilidades conforme tirava as crostas de comida dos caldeirões de chumbo. Cada movimento fazia seu peito e costas doerem, mas ele tentava ignorar.

Quando chegou a hora de dormir, ele estava dentro da tenda de Thomas. Aidan foi acorrentado pelo tornozelo para não fugir, também não podia chegar próximo ao cozinheiro devido ao comprimento da corrente, tudo por precaução. Ao deitar-se, ele conseguia observar as árvores que ficavam próximas, no escuro elas tinham uma aparência medonha, uma em particular parecia ter olhos, boca, e o galho do meio parecia um nariz pontudo. Nessa mesma noite, ele teve um pesadelo, as árvores tentavam devorá-lo a todo custo, estavam por toda parte e ele não conseguia fugir. Quando o capturou, a árvore com rosto disse:

— Você não pode fugir nem pode me matar.

Aidan acordou meio atordoado. Estava suado, mas, acima de tudo, pensativo. Segundos depois, ele declarou com um sorriso medonho:

— Eu posso matar.

# Capítulo 17

## As buscas

Após quatro meses, Aidan já estava de volta aos seus afazeres originais, quebrando e movendo as pedras.

Na manhã daquele dia ensolarado, uma grande gritaria e um alvoroço começaram, todos corriam para fora do túnel.

— Acorde, Aidan — gritava Álico.

— Se acalme, estou levantando.

— Estão dizendo que alguém morreu. Vamos rápido — Álico estava eufórico.

Ao chegarem lá, uma multidão estava sendo afastada pelos disciplinadores, todos queriam ver o corpo.

— O que aconteceu? — Álico perguntou para um dos escravos.

— Um disciplinador morreu, o tal do Dente de Porco. Parece que ele caiu lá de cima. — Ele apontou para o alto da cratera.

— Parece que ele escorregou, senhor. Back, Phil e Guz estavam de plantão na entrada do túnel, eles o ouviram gritar quando caiu — disse Hex para Giovan.

— Entendo. — Ele olhou bem para o corpo. — Certo. Deem um jeito nisso e continuem o trabalho! Foi só um acidente.

— Sim, Mor Giovan.

E, dessa maneira, Dente de Porco se tornou o assunto de todo aquele dia quente. Todos sem exceção conversavam sobre o ocorrido. Os disciplinadores cochichavam pelos cantos, os trabalhadores especulavam. As teorias mais aceitas eram a de assassinato, por conta de dívidas de jogo, e suicídio. Todo mundo tinha uma história para contar, que ouviu de um cara, que ouviu de um disciplinador. Mas apenas um dentre todos sabia a verdade.

***

Era madrugada e todos dentro do túnel dormiam. Aidan se levantou e caminhou com passos leves. Ele agora dormia próximo à entrada, o que facilitava sair à noite, poucos eram os escravos que ficavam por ali. Ele olhou para fora e lá estavam três disciplinadores, jogando sobre um tabuleiro, próximos a uma fogueira. Sair sem ser visto era muito simples, eles faziam muito barulho, se distraíam facilmente e, além de estar escuro, seu último desafio com o lobo o fez desenvolver certas habilidades, como, por exemplo, ser eficientemente furtivo.

Aidan subiu pelo caminho em zigue-zague, até chegar em frente ao dormitório dos disciplinadores. Lá dentro, era possível ouvir uma discussão:

— Para de roubar, Xirtor! — gritava um dos quatro disciplinadores que jogava na mesa cheia de dados.

— Sai daqui, você não sabe como se faz — disse outro.

— Ei, estamos tentando dormir aqui, falem mais baixo.

— Ah, quer saber de uma coisa? Vou dar uma mijada — falou Xirtor.

Ao sair da cabana, ele procurou uma pequena moita na qual gostava sempre de se aliviar.

— Olá, plantinhas, sentiram minha falta? — Xirtor era um disciplinador baixo com uma barriga saliente, o único que gostava de cantar enquanto castigava algum escravo. Naquela noite, mesmo se ele fosse um excelente caçador ou assassino, não teria ouvido os passos de Aidan. A lâmina perfurou logo abaixo de sua nuca, atingindo seu cérebro. Uma morte rápida e silenciosa.

Algum tempo depois:

— Onde será que ele está?

— Deve ter acontecido alguma coisa.

— Melhor dar uma olhada.

Dois disciplinadores saíram para procurar por Xirtor. Estava escuro, suas tochas iluminavam o caminho, no entanto, não encontravam nada.

Olharam na estrada e se embrenharam no meio da mata, seguindo possíveis rastros. E, assim como seu companheiro Xirtor, eles também não voltaram.

No dia seguinte:

— Está me dizendo que três homens sumiram na noite passada e que você não tem ideia do que aconteceu com eles? — Mor Giovan estava furioso e com olheiras, pois não estava acostumado a acordar cedo, muito menos ser acordado.

— Disseram que eles foram procurar por Xirtor e não voltaram — explicava Hex.

— Façam buscas, encontrem-os.

— Estamos fazendo isso, Mor Giovan, nós os acharemos.

Os rastros encontrados pelos disciplinadores, indicavam que eles foram para dentro da mata, em direção à Faléria, que ficava alguns metros adiante.

— Essa floresta é traiçoeira, Hex — lembrava Dogon. — Se eles foram tolos o suficiente para entrar nela, estão mortos agora.

— Vamos falar com o chefe.

Ao chegar próximo à tenda de Giovan, eles puderam ouvir seus gritos.

— Onde está? — perguntou aflito. — Encontre.

Ao entrar em sua tenda, Hex o viu aterrorizado, ele procurava embaixo de almofadas, tapetes e dentro de pequenos móveis; junto a ele, Zirbi, assustada, também o ajudava a procurar.

— Senhor, o que aconteceu?

Mor Giovan o fitou com olhos arregalados. Sua cara estava vermelha e as veias saltavam como se fossem vermes passeando embaixo do rosto. Aterrorizado, ele explicou:

— Roubaram minhas joias, meus anéis, cordões, minhas moedas, até meu pequeno baú com as pedras de ouro.

— Já procurei em todos os lugares, Mor Giovan — disse Zirbi, com medo de levar outro tabefe.

— O senhor está achando que foram...

— Mas é claro que foram eles — interrompeu-o.

— Fez a chamada dos escravos, estão todos lá?

— Sim, senhor.

— Ótimo. Quero oito homens prontos, nós vamos atrás daqueles miseráveis.

— Senhor, os rastros deles vão em direção à Faléria.

— Mesmo que os rastros deles nos levem até o centro do inferno, iremos até eles. Pegue as espadas, prepare tudo. Nós vamos caçar esses homens.

***

Na noite anterior ao roubo, logo quando todos se ajeitavam para dormir, Aidan procurou por Breiban.

— Breiban. — Ao vê-lo, o rapaz se espantou.

— O que você quer? — perguntou rispidamente.

— Sei que tivemos nossas diferenças — ele sussurrava. — No entanto, preciso da sua ajuda e a dos seus amigos.

Desconfiado, ele perguntou:

— Por que eu te ajudaria?

Os amigos de Breiban ficaram exaltados com a visita inesperada. Se o valentão desse um comando, Aidan seria trucidado outra vez.

— Saia daqui antes que se machuque, Aidan — disse um deles.

— Senta aí, B, vamos ouvi-lo.

— Amanhã, Mor Giovan irá atrás dos supostos homens que o roubaram, alguns disciplinadores irão se juntar a ele. Isso nos dará a chance de atacar.

— Roubo? Do que você está falando? — Breiban pareceu interessado.

— Não se preocupem com isso. O que preciso de vocês é que sigam as minhas instruções.

— Está dizendo para recebermos ordens suas, está querendo nos ferrar, é isso?

— Cala a boca, B! — Breiban observava Aidan com uma atenção intrigante.

— Olha, estou planejando isso já há algum tempo. Entendi como Giovan pensa, assim como outros disciplinadores. Eu os estudei.

— Você deve ter ficado maluco. — Eles riram.

Mas Aidan não se intimidou, encarou cada um deles e falou com confiança:

— Querem morrer aqui? Se esqueceram de como é lá fora? Estou oferecendo liberdade a vocês e a todos os outros daqui. Se não me ajudarem, só eu escaparei.

Breiban mordeu os lábios, tentando entender toda aquela situação inesperada.

— O que me impede de contar para os disciplinadores do seu plano para amanhã?

Aidan deu um pequeno sorriso e falou:

— Porque eu estudei você também. E se há alguma coisa que você odeia mais do que tudo são esses disciplinadores.

Breiban balançou a cabeça em sintonia com o pensamento de Aidan.

— Muito bem, então. Me conta seu plano que eu te falo se vou ajudar.

***

Mor Giovan seguiu pela floresta com Hex e mais quatro homens. Pela estrada, três disciplinadores faziam buscas a cavalo.

— Parece que a partir desse ponto um deles foi arrastado — Hex comentou.

Continuaram seguindo os rastros até uma clareira, onde a grama era alta o suficiente para alcançar o peito.

— Veja ali, senhor — apontou um disciplinador para o final da clareira, onde um corpo pendia de uma árvore.

Ansioso por chegar logo ao local, Mor Giovan era quem avançava mais rápido, seguido por Hex. Concentrados em sua busca, todos foram pegos de surpresa quando um grito de dor surgiu de repente. Um dos disciplinadores pisara em um formigueiro de formigas vermelhas. A mordida desses pequenos insetos causava uma dor similar à de uma queimadura, criando inúmeras bolhas sobre a pele.

Aterrorizado, o disciplinador saiu correndo, gritando e chorando, tentando retirar o máximo de formigas que podia.

— Tomem cuidado onde pisam, seus idiotas — anunciou Hex.

Já Mor Giovan parecia não se importar com nada mais que seu ouro roubado.

— É o Dervon — falou Hex ao ver o corpo, um cipó verde sustentava-o pelo pescoço.

— O ferimento em cima da cabeça foi causado por uma faca, foi isso que o matou, e não o enforcamento — explicou Giovan. — Devem tê-lo pendurado aqui como um aviso para não os seguirmos.

— Os rastros continuam por aqui, senhor — Hex comentou.

Andaram mais alguns metros até encontrarem o segundo corpo, que foi colocado sentado ao pé de uma árvore com o baú de Giovan sobre as pernas.

— O meu baú. — Cego pela cobiça, Giovan puxou seu baú com toda força para longe daquele cadáver.

Apenas Hex percebeu que, ao remexer no baú, algo por trás da árvore subiu muito depressa. Mesmo assim, ele só compreendeu que se tratava de uma armadilha quando a colmeia já caía sobre eles. Uma nuvem de vespas os atacou com ferocidade, seu zumbido incrivelmente alto soava como um tambor de guerra para todas as outras vespas atacarem em conjunto. Todos correram para longe em busca de salvação. E apenas Mor Giovan ficou parado sobre seu baú, imóvel como uma pedra, esperando que a maioria das vespas fosse atrás dos outros. Assim que a nuvem se dissipou, ele se levantou, a dor das poucas ferroadas que levou não era nada comparada à emoção de reaver seu ouro. O baú estava pesado e a fechadura parecia intacta, sem sinais de arrombamento. Giovan não pôde deixar de sorrir, seu ouro estava ali. Ao procurar em seus bolsos pela chave, não a encontrou, não lembrava de tê-la perdido, mas isso não importava. Com uma pedra, ele golpeou a fechadura várias vezes, até ela ceder. Quando levantou a tampa afobadamente, algo o acertou com uma rapidez fora do comum.

— Ãh? — A expressão de vazio tomou conta de seu rosto.

Não havia ouro dentro do baú, só terra e uma cobra de cabeça vermelha com o corpo negro.

— Não! — gritou enquanto se afastava. Ofegante, Giovan percebeu o ferimento no punho, dois furos jorrando sangue como minas d'água.

Conhecida como *víbora último suspiro*, a cobra no baú era a mais letal de todo o mundo. Seu veneno agia sobre o organismo da vítima, paralisando os pulmões em questão de minutos.

Incrédulo com tudo que estava acontecendo e sabendo do seu destino, Giovan sentou-se, lembrando-se de todos os acontecimentos daquele dia. Antes do seu último suspiro, ele conseguiu entender alguns dos vários componentes para aquele plano ter dado tão certo. *E por que escolher uma colmeia? Simples, quem quer que fosse atacado sairia correndo em qualquer direção sem olhar atentamente o seu caminho. E o meu grande erro: puxei o baú com força, bati na fechadura várias vezes atiçando mais ainda a cobra, não foi um plano qualquer.* Seus pensamentos terminaram com uma palavra.

— Genial.

# Capítulo 18

## Justiça

Tudo aconteceu rápido, todos ficaram em suas posições. As instruções foram claras, eles deveriam acertar o coração, pescoço ou cabeça, os mais baixos deveriam acertar o meio das pernas dos disciplinadores e logo em seguida a cabeça, eles tinham pessoas e ferramentas, não seria difícil. Quando Aidan deu o sinal, crânios foram quebrados, pescoços perfurados, toda a raiva acumulada foi exteriorizada, alguns gritavam os nomes de seus amigos mortos por disciplinadores. No final, apenas um homem sobrou no acampamento.

— Por favor, não me matem, eu nunca fiz nada a vocês — chorava o cozinheiro.

— Nunca fez nada? Aquela sua comida era uma merda. — Os rapazes riram.

— Vou acabar logo com o seu sofrimento — disse Breiban segurando um martelo.

— Espere — falou Aidan atrás da multidão. Conforme ia andando, os ex-escravos se afastavam para que ele pudesse andar.

— Aidan, graças a Grediz você chegou. Eles querem me matar, me ajude, rapaz.

— Você pode ir, Thomas.

— O quê? Ficou maluco? — gritou Breiban.

Embora ele fosse mais alto e mais forte, Aidan novamente não se intimidou e falou olhando diretamente nos olhos dele.

— Ele não machucava ninguém, só fazia uma comida de merda. Você pode ir. Linus está esperando você.

— Ele vai chamar outros — Breiban contestou.

— Outros virão de qualquer forma, Yurus vai enviar homens para cá e tudo vai começar novamente, os sequestros e as mortes — explicou Aidan.

Todos ficaram em silêncio, a euforia que os contagiara foi sufocada pelo pensamento de retornarem àquele lugar.

Breiban soltou Thomas, que correu para a estrada.

— O que devemos fazer, Aidan? — Álico perguntou.

— Ir para casa.

Todos se entreolharam.

— Muitos não têm mais casa.

— Então, terão que encontrar seu próprio lar.

***

Aidan estava dentro da barraca de Giovan quando começaram as fofocas.

— Como isso tudo aconteceu? Quero dizer, foi tudo tão rápido e ainda estou meio embasbacado — falava um garoto.

— Eu não sei, quando vi, já estavam atacando todos os disciplinadores. E então entrei na festa.

— Foi esse tal de Aidan — disse um garoto.

— Ele é apenas um moleque.

— Só estou dizendo o que ouvi, já viram ele saindo à noite, disseram que ele matou o Dente de Porco fazendo tudo parecer um acidente.

— Isso é impossível, não tinha como ele sair à noite, o túnel é vigiado.

Enquanto os rumores se espalhavam, Aidan conversava com Zirbi na tenda:

— Você deve ir agora. Pegue as joias do Giovan, compre algo para você e fique escondida por um bom tempo. Vá para bem longe.

— Pensei que formaríamos um grupo — falou desconsolada. — Quero dizer, poderíamos ser uma família, olha tudo o que você conseguiu fazer.

— Eu não fiz tudo sozinho, você sabe. — Deu um sorrisinho malicioso.

— É, eu sei. Escuta, Aidan. — Colocou suas mãos nos ombros dele. — A partir de agora precisa tomar muito cuidado, Mor Yurus vai te procurar.

Ele é muito diferente de Giovan, é mais jovem e bem mais inteligente, não é à toa que governa Helsinborg. Mor Giovan era obcecado por ouro, estava louco e velho, ele só foi colocado aqui porque não tinha mais serventia em nenhum outro lugar.

— Comandar escavações em uma mina parece não ser trabalho para um Mor — Aidan complementou.

— Não mesmo.

— Entendo. Obrigado por tudo, Zirbi, ficarei te devendo.

Zirbi sorriu, encabulada pelo olhar tão penetrante de Aidan.

— Você está diferente — comentou. — Quero dizer, parece mais maduro.

— Aidan, venha ver! — gritou Álico, entrando pela tenda.

Quando saiu, Aidan viu um grupo reunido próximo à mata, os rapazes pareciam animados com algo. Ao se embrenhar no meio deles, foi possível ver um homem, seu rosto estava deformado por causa das centenas de ferroadas que levou, havia também duas estacas cravadas nas pernas.

— Me ajudem... — O som saiu tão alto quanto um sussurro.

— Hex? — Aidan quase não o reconheceu.

— Me ajude, por favor.

Aidan olhava para o homem sem demonstrar qualquer emoção.

— Gostou das minhas armadilhas, Hex? Estou muito surpreso por ter conseguido chegar até aqui com vida.

— Por favor, estou morrendo.

— Engraçado, muitos pediram por favor, mas você não ligou. Sabe de uma coisa? Vou te ensinar qual é o seu lugar aqui.

Segundos depois, Hex despencava até o fundo da cratera.

***

Após se despedir de todos, inclusive de Breiban, Aidan seguiu seu caminho.

— Ei, Aidan. — O pequeno Álico correu até ele.

— O que foi?

— Eu percebi que ninguém te agradeceu.

— Ah, não se preocupe com isso.

Aidan colocou a mão na cabeça de Álico, bagunçando seus cabelos, e falou:

— Você é uma boa pessoa, se cuida.

— Para onde vai?

— Vou continuar, e você não pode ir comigo, caso esteja pensando nisso. Sua mãe vai ficar feliz em te ver.

— Vou sentir sua falta.

— A gente se vê de novo.

E assim ele se foi.

# Capítulo 19

## O rei

— Aidaaaannn! — Ela se jogou em cima dele e o abraçou com força. — Você demorou demais e ele não queria me deixar ir atrás de você.

— Agora estou aqui, ele cuidou bem de você?

— Guimen não sabe fazer carne. — Ela cruzou os braços. — Eu gosto de carne.

— Depois que eu dormir, vou caçar algo para você.

— Parexe canxado, xinhô Aidan — disse Guimen, sorrindo.

— Olá, Guimen. — Ele sorriu. — É bom te rever. Obrigado por ter ficado com ela.

— Xem problemas, xinhô Aidan. Cheguei três dias depois de o xinhô ter ido, ela estava bem triste. — Koral agora dançava pela floresta e cantarolava. — É uma boa menina. Vejo que o xinhô está bem canxado; por favor, venha descanxar. — Ele apontou para trás.

Aidan observou a casa feita com raízes retorcidas, dela brotavam flores rosa, amarelas e brancas.

— Ela fez questão que foxe cheia de flores.

— Estou vendo. — Ao entrar, deitou-se na cama feita de plantas macias e dormiu profundamente.

Horas depois, sem conseguir esperar mais, Koral o chamou:

— Ei, Aidan, acorde, já está bem tarde. Eu preparei uma sopa para você. — Ela sorria.

— Sopa? — Aidan ficou pálido como se fosse vomitar. — Koral, me desculpe, mas eu comi sopa por muitos meses.

— Ah... — Ela ficou com os olhos cheios de lágrimas. — Eu só queria te agradar.

— Me desculpe, tem razão, deve estar uma delícia. E é sopa de quê?

— De batatas.

***

Pela madrugada, Eliah apareceu.

— Aidan — chamou.

— Eliah?

Koral dormia na cama ao lado.

— Já estou tentando te acordar há algum tempo. — Sua voz estava pesarosa.

— Estava mesmo cansado — observou.

— Vi o que você fez no acampamento. Não havia outra maneira de evitar aquele banho de sangue?

— O banho de sangue foi necessário, tinha que enviar uma mensagem a Yurus. Eu poderia sair de lá sem problemas, mas precisava libertá-los, esse era meu teste. E, se me lembro bem, você me deu liberdade para fazer da maneira que eu quisesse.

— De fato. Mas lembre-se de que o caminho do sangue pode ser um caminho sem volta. De qualquer forma, você concluiu seu último teste, estarei na montanha te esperando. Não tenha pressa.

Na manhã seguinte, Aidan foi para as montanhas, Koral e Guimen o seguiram. Ela contava tudo o que tinha feito durante aqueles meses, contou sobre a chuva que inundara a casa e sobre o lobo que a visitava de vez em quando.

Aidan contou de seus dias na mina e sobre como teve que lutar para sobreviver, a cada vez que algo odioso acontecia Koral colocava as mãos na boca e arregalava os olhos, espantada. E assim passaram-se os dias agradáveis, até eles chegarem nas montanhas gêmeas.

Apenas Aidan pôde entrar na caverna, lá, Eliah e Faléria o aguardavam.

— Até que enfim, garoto — falou Eliah com um sorriso no rosto. — Espero que esteja pronto.

— Estou.

— Não existem dúvidas nesse coração?

— Sem dúvidas, só certezas — respondeu com mais confiança do que achava que tinha.

Eliah o olhou de cima a baixo, orgulhoso pelo que Aidan havia se tornado.

— Não estou vendo mais um menino em você — disse Faléria.

— O olhar dele mudou, a respiração, a postura, tudo mudou. Eu sou um excelente professor.

— Agora, Aidan, pode assinar o livro.

Aidan pegou sua faca, cortou a ponta do dedo e abriu o livro na página de assinaturas. Antes de escrever, leu o último nome novamente: Eliah Krauser. Por um momento, hesitou, o pensamento de nunca mais ver seu professor e amigo o deixou com medo.

— Está com medo? Não assine e eu ficarei para sempre com você. E quando você morrer a gente procura outro possível rei.

Aidan esboçou um sorriso. *Novamente ele me instiga a fazer o que é preciso ser feito.*

— Sentirei sua falta — declarou.

— Ser rei é ter a força para fazer o que é preciso ser feito. Já sabe disso.

Respirando fundo, Aidan, com o auxílio de um galhinho verde, assinou: *Aidan Kirek.* O livro absorveu o sangue, as letras desapareceram por alguns segundos até retornarem na cor preta. Um vento correu pela caverna e as páginas agitaram-se, logo depois tudo ficou calmo. Aidan pôde ouvir a voz de Eliah bem baixinha ao pé do ouvido:

— Parabéns! — E ele sumiu.

— Agora, levante-se, rei Aidan Kirek — disse Faléria, com uma voz imponente.

Ao se levantar, ele olhou para suas mãos e falou:

— Não sinto nada de diferente.

— O que esperava?

— Não sei, raios?

— Haha. — Ela riu. — Agora que é rei, as páginas do livro estarão disponíveis para você, nunca deixe de lê-lo.

Ao dar uma olhada em seu conteúdo, Aidan viu muitos dos ensinamentos de Eliah, havia técnicas para plantar, para criar animais, conhecimentos sobre alvenaria, vários tipos de receitas: para dor de estômago, diarreia, dor nos olhos, cabeça etc.; inúmeras maneiras de cuidar de ferimentos; como instituir um sistema de ensino, sistema monetário, sistema de poder em uma sociedade. E muito mais, basicamente tudo o que um rei deveria saber.

— Faça bom proveito. — E, com essas palavras, ela deixou Aidan, fechando seus olhos e boca voltou a ser um pedaço de raiz na parede.

Com o livro sob o braço, ele saiu. Ao avistá-lo, Guimen se ajoelhou, imitado por Koral em seguida.

— Salve, rei Aidan — disse Guimen.

— O que estão fazendo? Não precisam fazer isso. — Ele chegou perto e os abraçou.

— Que livro bonito — Koral observou —, parece ouro.

— É ouro. Eliah uma vez me contou que a capa do livro era feita de uma árvore, porém o nono rei mandou que fosse feita uma capa de ouro para proteger melhor o livro, e aumentar sua beleza.

— Eliah. — Koral cruzou os braços e bufou. Ela não gostava de Eliah, sempre ocupava Aidan fazendo-o ficar longe por muito tempo, sem falar nas inúmeras horas em que eles ficavam conversando e ela ficava de lado.

— Não precisa mais se preocupar com Eliah, ele se foi. — Ao lembrar dele, Aidan ficou triste, mas Koral não.

— Xe não xe importa, xinhô Aidan, tenho que ir andando.

— Muito obrigado por tudo, Guimen. Nos veremos novamente.

— Adeus, xinhô Aidan. — Ele fez uma reverência. — Adeus, Koral. — Ela lhe deu um tchauzinho e um sorriso.

— Então, o que fazemos agora, rei? — perguntou toda empolgada.

— Acho que vou te apresentar para os meus pais.

Ela corou.

# Capítulo 20

## O FILHO MORTO

— Está vendo? Foi ali que eu cresci. — Ele apontava para a fazenda e Koral observava atenta. — Cuidado para não se machucar nessas cercas.

Os passos dele eram largos, mal podia esperar para ver os pais. Sorrateiramente, andou até sua antiga casa, olhou pelas frestas entre as madeiras, mas não viu ninguém.

— Já vai escurecer e aí todos virão descansar, vamos esperar.

Ao anoitecer, todos os trabalhadores apareceram, entretanto, ele não conseguiu encontrar seus pais.

— Koral, se esconda atrás daquelas plantas, tome o livro.

— Aonde você vai?

— Vou dar uma olhada, se você ficar comigo vai ser mais difícil me movimentar em silêncio, espere lá, por favor.

— Tá bom.

Aidan contornou a casa até a entrada e aguardou escondido, uma hora alguém sairia.

— Psiu, Úton — chamou.

O homem ficou olhando ao seu redor.

— Úton, aqui.

Dessa vez ele o viu.

Um pouco desconfiado, o homem se aproximou devagar, sabendo que já havia visto aquele rosto antes.

— Úton, sou eu, Aidan.

— Não pode ser. — Aidan estava meio encoberto pelas sombras, mas era possível ver a semelhança. — Era para você estar morto.

— Úton, onde meus pais estão? Eu não os vi ainda.

— Seus pais? Você não sabe? Eles não estão mais aqui. Foram embora.

As palavras o acertaram em cheio.

— Embora?

Chocado, Aidan perdeu momentaneamente a capacidade de falar. Durante a viagem até a fazenda, ele visualizara em sua mente dezenas de vezes o reencontro com seus pais. Fora um golpe e tanto.

Notando a decepção em seu rosto, Úton trouxe de volta as lembranças que vivenciou.

— Naquele dia, Ron teve de receber cuidados, a luta contra Cilas o deixou com um ferimento logo abaixo das costelas, o corte teve de ser costurado rapidamente, seu pai desmaiou e só acordou dois dias depois. Dentre todos na fazenda, ele era o mais habilidoso, ninguém se atreveu a entrar na floresta sem ele. Desesperado, seu pai se levantou e foi direto para Faléria. Meio dia depois de seguirmos o que sobrou de alguns rastros, encontramos o corpo de Yuin, ou pelo menos o que sobrou dele. A conclusão de seu pai foi a de que você tinha se perdido, indo para o centro da floresta. Ele teria revirado toda Faléria, mas não deixamos, era perigoso demais. Nós o arrastamos até a fazenda, lembro que o ferimento dele até abriu novamente. Você era só um menino, não tinha como ter sobrevivido.

— Pelo visto, estavam errados.

— Ninguém sobrevive naquela floresta, seu pai sabia disso, só não quis admitir, mas no fundo ele sabia. — Úton ficou em silêncio, com os olhos perdidos no nada. — Dias depois, Ron ficou mal, já não comia ou falava direito. O senhor James Honny, pelo grande apreço que tinha por seu pai, lhe deu duas semanas para se recompor, mesmo assim não foi o suficiente, ele já não era mais a mesma pessoa. Por fim, ele e sua mãe foram embora da fazenda. Não podiam ficar se não trabalhassem.

— E para onde foram?

— Eu não sei, eles não disseram. Sinto muito.

Aidan trincava seu maxilar, a raiva parecia fazer seu sangue borbulhar.

*Deveria queimar toda esta fazenda, de preferência com a família Honny dentro,* o pensamento lhe surgiu à cabeça.

— Aidan, me perdoe, mas como conseguiu sobreviver lá? — A pergunta lhe tirou a atenção.

— Acabei sendo capturado por alguns homens, que me fizeram trabalhar nas minas ao norte daqui.

— Minha nossa! Isso explica muita coisa.

— Obrigado, Úton, pela sua ajuda. — A raiva havia se dissipado.

Entretanto, ainda restava mais uma pergunta a fazer.

— E a menina que meu pai trouxe? Sirranda.

— A neta do velho? Já partiu faz tempo. Você foi um grande herói pelo que ela contou. Sabe, Aidan... — Ele se aproximou. Agora com mais certeza de que ele era mesmo a pessoa quem dizia ser. — Se quiser, o senhor Honny o receberá de braços abertos aqui. Pode ficar no lugar do seu pai, quem sabe.

— Tenho outras coisas em mente. — Aidan deu alguns passos para a frente, deixando a Lua iluminar seu rosto.

— Pode passar a noite aqui, se quiser. — Úton começou a fitar os olhos de Aidan.

— Obrigado, mas não precisa. Eu tenho que ir — no mesmo instante, Aidan falou.

— Sim, claro, eu entendo. Então, até a próxima. — O homem sorria, um sorriso amedrontado.

*Ele está com medo. Seria de mim?*, pensou Aidan.

— Úton, há algo errado?

O homem engoliu seco, um suor frio escorria pela sua testa.

— Você é um demônio — afirmou.

— Demônio? Do que está falando?

Úton agora tremia.

— Pobre Aidan, o menino morreu mesmo naquela floresta. E você se apossou do corpo dele.

— Úton, sou eu mesmo, não precisa ter medo, não vou te machucar.

— Demônio! — gritou, correndo de volta para a cabana.

Se conhecia bem aqueles trabalhadores e suas superstições, eles agora estariam se preparando para caçá-lo. Se aguardasse mais um pouco, veria um grupo fervoroso de homens armados com tochas e cordas, prontos para prendê-lo e queimá-lo vivo.

Sem perder tempo, Aidan saiu da fazenda, nenhum deles o seguiria até Faléria.

— Ai, mas por que voltamos para cá? — Koral reclamava, enquanto sentava-se em uma pedra.

Olhando-a fixamente nos olhos, Aidan perguntou:

— Koral, me diga, o que há de errado na minha cara?

— Na sua cara? — Ela pensou um pouco. — Nada. Ela é lindinha. — Seu sorriso era tão quente que podia derreter qualquer coração gelado.

— Preciso que me fale a verdade. Me confundiram com um demônio, mas por quê?

— Quem disse isso? — Ela se emburrou. — Aqueles homens da fazenda? Eu vou agora mesmo até lá dizer algumas verdades na cara deles. — E se Aidan não a tivesse segurado, ela teria ido mesmo.

— Koral. — Seu rosto estava tão perto do dela que ela corou. — Preciso que me diga. Algo mudou em mim recentemente?

Koral respirou fundo e falou de olhos fechados.

— Algumas vezes seus olhos mudam de cor.

Aidan refletiu por um momento e lembrou-se da sétima regra no livro.

— E de que cor meus olhos ficam?

— Em vez de pretos, eles ficam vermelhos. Vermelhos bem escuros.

— E só agora você me conta isso? Não te passou pela cabeça que eu poderia querer saber dessas mudanças?

— Eu não quis te chatear com coisas bobas, os meus são rosa e você não liga. — Ela riu.

— A sétima regra diz que o luar revela a verdadeira natureza da alma de um rei, mas o livro não explica o significado de cores. Pelo menos não nas primeiras páginas.

— E o que aconteceu com seus pais?

— Estão em outra cidade.

— Vamos atrás deles? — Ela arregalou os olhos.

— Por mais que eu queira, poderia levar anos até encontrá-los, e tenho um plano para seguir. Não sou mais um garoto, sou rei agora.

Aidan a largou e seguiu.

— Vamos.

— Ahhh — reclamou —, e eu aqui pensando que você ia me beijar, quando me segurou daquela maneira. Te odeio, Aidan.

# Capítulo 21

## Nolat

Após passar pelo vilarejo de Corpein, Aidan seguiu por uma bonita estrada de pedras, a qual se estendia por várias milhas até chegar a Nolat.

*Finalmente*, Aidan pensou ao avistar a maior das sete cidades, aquela com que ele sonhara por muito tempo, seus pensamentos a imaginavam de diversas formas e, enfim, lá estava gigante e majestosa, como seu pai e Eliah haviam lhe dito.

Nolat era uma cidade rica, considerada por muitos como a capital do mundo. No centro, cercadas por muros grossos e altos, havia as propriedades de famílias importantes, estalagens luxuosas e lojas, era a parte rica da cidade, onde o castelo do rei (cercado por mais outras muralhas) ficava.

Aidan segurava seu livro embaixo do braço, todo amarrado por vários cipós e panos, ele e Koral olhavam fascinados cada detalhe. Próximo à praça da cidade, eles avistaram um quadro de avisos cheio de papéis. Em uma rápida olhada, Aidan pôde ver cartazes com os rostos pintados de alguns homens procurados, um dos nomes ele reconheceu.

"Olho Cinzento", dizia o cartaz, recompensa vinte mil moedas de ouro.

— Aqui fede — disse Koral chateada.

— Aqui é a parte pobre de Nolat, o que esperava?

— Sei o que eu não esperava. E era fedor.

— Pare de ser reclamona. E cuidado onde pisa, ou vai ficar fedendo por um bom tempo.

— Eca! — Retorceu o nariz para a grande pilha de esterco.

Uma senhora apareceu de repente oferecendo-lhes alguns ratos. Mas Aidan recusou com educação, antes que Koral fizesse um escândalo.

— Não fique olhando ninguém nos olhos — advertiu —, não queremos chamar atenção.

— Isso vale para você também — debochou.

— Meus olhos só vão ficar daquela cor à noite e quando houver uma Lua aparecendo. Já os seus são rosa o tempo todo.

Chateada, Koral fez uma careta para ele.

— Vou pensar em algo para falar pras pessoas, ou sumir de vista à noite. — *Só preciso evitar a luz do luar.*

Eles caminharam vários metros até passar na frente de uma casa com três andares, feita de madeira e pedras.

— Cabelo de Moça — disse Koral, enquanto apontava para a placa pendurada.

— Hum, parece ser uma estalagem — observou —, vou ver o que encontro lá dentro, se não houver problema volto para te buscar, fique aqui.

— Tá bom. — Ela cruzou os braços e se encostou na parede.

Aidan abriu a porta e se deparou com um salão com várias mesas e um balcão, nele um homem magro limpava copos com um pano. Num canto, dois homens se encaravam enquanto jogavam em um tabuleiro com muitas peças. *Nada bom para uma menina*, pensou. Enquanto se aproximava do balcão, muitos olhos eram postos sobre suas costas.

— Olá — disse.

— Pois não, vai querer alguma coisa?

— O que tem para comer?

— Temos ovos cozidos com ensopado de carne de bode.

— Vou querer dois, então, mas não vou comer aqui, tudo bem?

— Contanto que tenha oito moedas de cobre, tudo certo.

Armado com algumas das moedas que roubara de Giovan, Aidan estava garantido, pelo menos por um tempo. Quando saiu, Koral não estava onde a tinha deixado.

— Koral! — gritou aflito. Ao olhar em volta, ele a viu fazendo carinho em um filhote de cachorro. Ao vê-la, seu coração desacelerou.

— Não era para você me esperar ali? — perguntou irritado.

— É que eu vi esse lindo cachorrinho perdido.

— Você me deixou preocupado, pensei que tivesse sido raptada, ou sei lá.

— Me desculpa. — Ela o olhou com seus grandes olhos rosa, que derreteriam até uma geleira.

Toda a raiva de Aidan se dissipou e seu coração amoleceu.

— Aqui, comprei comida para a gente.

— Oba! — Ela se levantou e começou a comer com alegria.

Continuaram caminhando até os portões que dariam acesso para a parte rica da cidade, Aidan segurando seu livro e Koral segurando o filhotinho. Ele tentou fazer com que ela mudasse de ideia e abandonasse o cachorro, mas ela o ignorou. Pelo menos ter um animal por perto a deixaria ocupada e feliz, refletiu.

— Alto lá — disse um dos guardas que vigiava os portões.

A entrada era enorme, suficientemente grande para duas carroças passarem lado a lado. Os portões robustos feitos com madeira e ferro eram fechados somente à noite, quando apenas pessoas podiam circular por uma porta.

— Só queremos passar, senhor.

— Vocês dois não podem entrar. Deem o fora.

— Eu estou indo para a academia.

— Não vestido assim, vocês parecem dois indigentes, ladrõezinhos de rua.

— O senhor sabe de algum lugar em que a gente possa passar a noite? Um lugar limpo.

— O único lugar que me vem à cabeça é o Duas Papas, não é grande coisa, mas é a melhor hospedaria por esses lados.

Após uma breve instrução de como eles chegariam ao local, Aidan agradeceu e pôs-se a andar.

# Capítulo 22

## Um velho conhecido

A hospedaria tinha quatro andares e ocupava um quarteirão inteiro. Logo que entraram, uma mulher brigou com eles:

— Ei, animais não são permitidos aqui. — Ela vestia botas e uma roupa parecida com um pijama. — Deixem-no lá fora e depois entrem.

Já do lado de fora, Koral se agarrou ao cachorro.

— Não podemos deixá-lo, ele é só um bebê.

— Deixe-o aqui, a gente o leva escondido depois.

— E se o roubarem?

— Então fique aqui fora, vou acertar com aquela senhora e aí resolvo como o levamos para dentro.

— Tá.

— A garota ficou lá fora? — perguntou a senhora.

— Ela não quer deixar o cachorro sozinho.

— Sinto muito, mas ele não pode ficar. — As papas no queixo da mulher balançavam conforme ela falava.

— Será que a senhora não teria nenhum espaço onde ele poderia ficar? Eu posso pagar um pouco mais.

— Hum, já que você colocou dessa maneira, sempre podemos dar um jeito. — A mulher estava sentada em uma cadeira perto de uma porta trancada, de frente para a entrada, uma escada dava acesso aos quartos.

— Quanto vai custar um quarto e o espaço para o cachorro?

— Doze moedas de prata.

Ele abriu a bolsa e pegou vinte e quatro moedas de prata.

— Aqui, senhora, a estadia de hoje e a de amanhã. — A mulher ficou surpresa.

— Muito bem, vocês vão ficar no segundo andar, o cachorro vai ficar aqui dentro. — Apontou para a porta atrás dela. — Não quer quartos separados? — perguntou.

— Não precisa, obrigado. — Ele pegou a chave e foi falar com Koral.

— Pegue essas moedas para comprar alguma coisa quando estiver com fome.

— Eu não vou ficar aqui, vou com você — declarou.

— Mas preciso comprar roupas para passar por aqueles guardas.

— Oh, comprar roupas. — Ela fez um bico. — Eu quero comprar roupas. — Abriu um sorriso grande.

— Precisarei de um emprego — falou cabisbaixo.

Quando Koral terminou de tomar banho, Aidan teve de pedir mais baldes para encher a banheira novamente. Embora houvesse cachoeiras e lagos em Faléria, eles nunca haviam tomado banho em uma banheira, muito menos com água quente, e, assim como Koral, Aidan quis aproveitar relaxando naquela água deliciosa. Antes de saírem para comprarem as roupas, Aidan escondeu seu livro no interior do colchão de palha, à noite ele cuidaria de escondê-lo melhor.

Na loja de roupas, Aidan comprou uma camisa de linho com mangas, na cor verde-clara, uma calça e botas marrons que o homem insistiu ser a última moda. Koral demorou uma hora para se decidir entre um vestido de lã preto com a cor verde na base e outro branco com detalhes rosa. Ela escolheu o branco e rosa depois de Aidan ter dito que ficava bonita naquele.

Quando chegaram até os portões, o guarda que os ajudou já não estava lá, mas os dois entraram sem problemas.

O outro lado era limpo, as pessoas eram bonitas e arrumadas, como era de se esperar. Sem se distrair, Aidan caminhou, passou por várias propriedades grandes, algumas estalagens e por um imenso templo, até que, após passar por uma ponte, avistou a academia.

— Minha nossa! — disse embasbacado.

A academia era imensa, com dois andares. Aidan calculou que em extensão ela deveria ter pelo menos um quilômetro, sem contar a parte de trás.

Paredes grandes de tijolos meio amarelados circundavam toda a extensão da escola. Assim que entrou, ele pediu informações:

— Com licença, pode me informar onde posso encontrar o senhor Edenor — perguntou para um rapaz de roupas engomadas, que os olhou de cima a baixo —, ele é diretor daqui.

— Mor Edenor, você quer dizer — falou rispidamente.

— Ãh... isso mesmo.

— Eu não creio que o diretor vá falar com pessoas como vocês, ele é muito ocupado.

— Por favor, eu preciso fazer os testes de seleção para Mor.

— Você? — O rapaz riu. — Por favor, você não pode fazer os testes, nem sequer estudou aqui. Além de ser novo demais.

— Mas eu o conheço...

— Chega, já me fizeram perder muito tempo — interrompeu-o. — Deem o fora.

— Não! — gritou, havia passado por tanta coisa para chegar até ali e agora aquele inútil o estava atrapalhando.

— Vá embora ou mando prendê-lo, seu moleque.

— Aidan, vamos embora — disse Koral com medo.

— Só vou sair após falar com o diretor.

— Vou mandar os guardas te darem uma lição.

— Pode apostar que eu acabo com você primeiro.

Quando o rapaz ia saindo para cumprir sua ameaça, outro rapaz de cabelos brancos e olhos azuis interveio.

— O que está acontecendo, Lazam?

— Mor Akilli. — Ele parecia surpreso. — Esses dois estão causando problemas.

— Akilli? — Aidan se aproximou para ver o rosto de um velho conhecido.

Ao vê-lo, ele deu um largo sorriso, esticando a mão para cumprimentá-lo. Assim que Aidan retribuiu o aperto de mão, Akilli falou:

— Aidan? É você mesmo?

— Ainda se lembra de mim? — perguntou surpreso.

— Mas é claro, você salvou a minha vida. Como poderia esquecê-lo?

Depois do cumprimento, Akilli olhou de cara feia para o rapaz de roupas engomadas.

— Você ia arrumar confusão, Lazam?

— Eu não imaginava, Mor Akilli, que o senhor o conhecia, se eu soubesse...

— Este aqui é um grande amigo meu, qualquer mal que faça a ele, fará a mim também. Entendeu?

— Si... sim, Mor Akilli.

— Agora, some da minha frente, seu traste.

Sem demora, Lazam o obedeceu, saindo apressadamente da academia.

— Tente não ligar para ele. É só um estudante arrogante. A academia está cheia deles. Vamos entrando, Aidan, e quem é esta linda moça? Sua namorada? — Koral ficou envergonhada.

— Esta é Koral, minha... — Aidan nunca havia realmente pensado sobre isso — melhor amiga.

Koral estreitou os olhos, aparentemente aborrecida pela declaração de Aidan.

— Deixe-me cumprimentá-la, senhorita. — Ele a pegou pela mão direita e a beijou delicadamente. — Sou Mor Akilli de Friggs.

Muito tímida e sem saber como se portar, Koral disse um singelo "oi".

Já dentro dos corredores, eles chegaram até uma sala de aula vazia, com apenas uma mesa, um quadro e algumas carteiras onde os alunos tinham de sentar em duplas.

— Parece um bom lugar para conversarmos. Vamos, entrem.

— Quer dizer que você conseguiu o título? — indagou Aidan.

— Não foi fácil, naquele dia, depois de enfrentarmos os índios, caí em uma areia movediça, depois tive um encontro com um grupo de lobos ferozes que quase me mataram e...

— Eu já entendi — interrompeu-o. Ele não tinha de ficar ouvindo sobre os milhares de perigos que existiam na floresta, pois já havia enfrentado praticamente todos durante seu treinamento.

— Ah, me desculpe, você mais que ninguém conhece tudo sobre Faléria, não é mesmo? — Ele sorriu. — Enfim, apenas eu e mais dois conseguiram completar a prova naquele ano. Após passar na seleção de Faléria, cumpri dois anos de estudos rigorosos para aí, sim, conseguir o título de Mor. Os dois que entraram comigo ainda estão aqui na academia tentando passar, estão por um fio de serem reprovados.

— Lamento. Sabe, nunca entendi muito bem o porquê de passar por um teste tão difícil para aí, sim, começar a estudar dois anos, fazer mais provas e por fim conseguir o título.

— A prova em Faléria é uma maneira de desestimular pessoas pouco preparadas. Acredite quando digo que esses dois anos que passei estudando exigiram muito de mim, só os melhores podem ser Mor.

*Melhores? Diga isso para Mor Giovan*, o pensamento lhe passou pela cabeça.

— E então, Aidan, veio entrar para academia?

— Sim, quero me candidatar para a prova em Faléria.

— Sério? — perguntou surpreso. — Aidan, tenho certeza de que você, mais que ninguém, sobreviveria ao teste em Faléria, porém há a prova de conhecimentos e sua idade... você é muito novo.

— Posso responder a qualquer pergunta da prova de conhecimentos. Quanto à idade, já tenho treze. Queria falar com o diretor, para ver se haveria alguma maneira de entrar sem precisar passar pelos cinco anos de estudos básicos.

Em silêncio, Akilli refletiu por um momento e então falou:

— Deixe me testá-lo primeiro. E aí te digo se é possível.

— Certo.

Pegando um pedaço grosso de giz, Akilli começou a escrever um problema geométrico.

— Quantos homens caberiam nesse espaço?

— 112 — respondeu prontamente.

Akilli balançou a cabeça em sinal de aprovação e continuou com as questões.

Aidan respondeu a vinte perguntas no total, errando apenas duas. Ao final, Akilli estava surpreso.

— Você foi melhor do que eu esperava, me impressionou bastante. Como conseguiu aprender tanto assim em tão pouco tempo?

Aidan riu, Eliah havia lhe perguntado a mesma coisa ao observar seu progresso anormalmente rápido nos estudos.

— Tive um bom professor.

— Devia ser bom mesmo. Escute, Aidan, no segundo andar poderá achar as salas dos professores conselheiros. Se não me engano, acho que você pode pedir para fazer os testes para Mor, mas precisará da ajuda desses professores. E principalmente da ajuda do diretor. Acho que o melhor a fazer será conversar com ele amanhã.

— Acha mesmo que é possível?

— Talvez. — Akilli respirou fundo. — Também existe outro problema, a seleção para Mor foi realizada há uns três meses, e geralmente é feita uma vez ao ano.

— Droga.

— Mas não desanime, usarei minha influência para te ajudar também.

— Nossa, obrigado Akilli. — Aidan sorriu.

— Imagine, você é meu amigo. — Akilli lhe retribuiu o sorriso. — Mas seria melhor você aparecer amanhã bem cedo, é mais provável encontrá-los na academia do que a essa hora. Onde vocês estão dormindo?

— Na outra parte da cidade, no Duas Papas.

— Sei. Se desejarem, podem ficar na minha casa, é muito perigoso à noite por aqueles lados, e de dia precisa ficar de olhos bem abertos para não ser roubado. O que me diz? A casa da minha família fica a poucos metros daqui.

— Bem, é que já paguei por duas noites lá. Que tal depois de amanhã? Preciso me organizar, descansar.

— Se é assim que você quer, meu amigo, depois de amanhã, então. Só perguntar pela residência da família Friggs, todos conhecem.

— Obrigado mais uma vez.

— Por nada, agora me deem licença, tenho alguns assuntos a tratar. Boa noite. — Ele olhou para Koral e fez uma reverência cortês antes de sair.

— Nunca a vi tão quieta, está doente?

— Não, só estava ouvindo. Fiquei impressionada, você sabe muito e ele ainda mais.

— Hum, eu sei muitas coisas que ele não sabe também.

— Haha. — Ela riu. — Não precisa ficar com ciúmes.

— Mas que droga, não estou com ciúme algum. — Ele se levantou. — Vamos, temos que ir, está escurecendo.

# Capítulo 23

## A PRIMEIRA PORTA

Quando passou pelo hall de entrada naquela manhã, uma garota de cabelos ruivos e olhos verdes ocupava o lugar onde Lazam estava no dia anterior.

— Bom dia — disse ela com um sorriso.

— Bom dia, vim falar com o diretor.

— Qual o seu nome?

— Aidan.

— Ah, sim, o diretor me disse que você viria. Pode subir.

— Ah, obrigado — agradeceu meio confuso.

Havia um corredor no segundo andar com várias portas. Penduradas nelas, placas de madeira identificavam a sala de cada professor. Aidan percorreu toda a extensão do corredor olhando para cada nome revelado pelas placas, e foi no final que conseguiu achar o nome que lhe interessava, escrito na última porta ele pôde ler: "Mor Edenor".

Antes que sua mão erguida tocasse a porta, uma voz falou:

— Entre, está aberto.

A sala era clara, a luz do Sol adentrava com toda força por duas compridas janelas, livros enchiam as prateleiras e papéis se amontoavam pela mesa. No chão, um senhor de barba e cabelos cinza meditava em frente a uma das janelas.

— Olá — disse timidamente.

Em um rápido movimento, levantando-se apenas com a força de uma perna, Edenor abriu os olhos e sorriu para ele.

— Como vai senh... — hesitou — Mor Edenor. — corrigiu-se.

— Hahaha... — O homem riu alto, a lembrança de sua risada exageradamente inadequada fez Aidan lembrar-se do início de sua jornada em Faléria. — Não me preocupo em ser chamado por esses títulos, Aidan. Então fique à vontade.

— Bom, está bem. É, eu vim aqui...

— Sim, eu sei. Akilli é meu neto, ele me contou ontem.

— Seu neto? — Não havia muitas semelhanças, exceto talvez pelo cabelo.

— Lembrei-me de você no mesmo instante em que ele me contou. E a minha faca, tem cuidado bem dela? — perguntou num tom brincalhão.

— Sim, senhor. Ela me ajudou muito. O senhor a quer...

— Não, ela é sua. Você está bem mais forte do que eu me lembrava, e alto também. O que quer que tenha feito, deu resultado. Bom, agora vamos ao que interessa. — Ele se sentou no chão, cruzando as pernas. — Akilli me contou tudo sobre você. Parece que é qualificado para os testes e sem dúvida alguma sobreviveria em Faléria, sabemos de seu potencial. Agora só precisa mostrar para os outros esse potencial.

— Eu posso mostrar, sou capaz. — Deu um passo à frente, elevando a voz.

— Eu sei, eu sei. — O velho gesticulava com sua mão fazendo sinal para que ele se acalmasse. — Embora já tenhamos realizado os testes este ano, ninguém conseguiu passar, portanto acho que podemos fazer mais um para você.

— Eu agradeço.

— Meu rapaz, não me agradeça ainda. Atrás de você existem várias portas, como pôde perceber. — Ele apontou para o corredor. — Se conseguir com que três dos seis professores conselheiros fale a seu favor, terá sua chance. Sou o diretor, mas sem apoio não posso fazer nada.

— Entendi. Então vou começar agora mesmo. — Deu meia-volta, já ansioso para sair da sala e começar. Mas, antes que saísse, Edenor falou:

— Suponho que tenha encontrado a tal voz que chamava por você.

— Encontrei mais que isso. — O peso de sua voz soou como a de um homem experiente.

Saindo da sala para a primeira porta à esquerda, Aidan leu em uma placa: "Mor Opundos".

"Toc toc", bateu.

— Entre — disse uma voz firme.

— Com licença, vim a mando do diretor. Me chamo Aidan, vim tentar convencer o senhor de que posso participar dos testes para Mor. — A fala direta e os olhos negros penetrantes demonstravam que ele não estava ali para brincadeira.

O senhor careca de barba escura olhou-o de cima a baixo.

— Isso é sério? — O homem parecia irritado.

— Sim, senhor — ele não deixou-se intimidar.

— Nunca o vi na academia, não se formou aqui. — Sua voz era grossa, carregada com um pouco de ira.

— Eu...

— Silêncio, não foi uma pergunta. — O professor alisava a cabeça, enquanto analisava Aidan. — Venha. — Levantou-se e foi para a lousa. — Tenho um alvo a oitocentos metros de distância, qual fórmula tenho que usar para saber quanto de força elástica preciso empregar na catapulta para acertá-lo?

— Fórmula de Rostervard — respondeu de imediato.

O professor não demonstrou qualquer reação e continuou:

— Você está no meio de um conflito iminente, seu inimigo está a novecentos metros, a massa do objeto que você quer atirar nele é uma pedra do meu tamanho, quanta força terá que empregar na catapulta e em qual ângulo no eixo principal ela terá que estar para acertá-los?

— O inimigo está parado?

— Eu não disse que ele estava andando. Tem que resolver o problema baseado nas informações que te dei. Você tem um minuto.

Desde que se tornara rei, tudo o que aprendera, todo o conhecimento adquirido, tudo o que havia lido, visto, ouvido, tudo estava lá em sua cabeça, o novo e o antigo. Todo dia ele lia um pouco mais das páginas de seu livro, aumentando seu conhecimento. No entanto, devia tudo ao seu grande mestre e amigo Eliah; sem seus ensinamentos, responder a esse tipo de problema teria sido impossível.

*Baseando-se no estilo da catapulta nolatiana, o peso do professor, a altura em que a pedra será arremessada, a força do eixo...* E seu raciocínio continuou até resultar no que parecia ser a resposta.

— Força de seiscentos e doze roster e um ângulo de dez graus.

O professor não falou nada.

— E quanto à fórmula de Louis em relação às estrelas?

— Eu... não conheço.

— Ah, é mesmo? Esse é o tipo de conhecimento que ensinamos aqui na nossa academia.

— E qual a aplicação para essa fórmula de Louis?

— Orientação espacial no mar — falou como se fosse algo óbvio.

— Em vez de usar essa fórmula, poderia me orientar pelas estrelas, ou ainda fazer uma bússola — rebateu como se isso fosse mais óbvio.

— Poderia, mas na academia prezamos pelo novo. A fórmula de Louis é muito mais simples de ser aplicada — declarou com irritação na voz.

— Entendo. Provavelmente essa fórmula deve levar em consideração alguma constelação, estrela ou pontos cardeais para obter um resultado confiável. O que daria praticamente na mesma coisa se eu utilizasse meus métodos mais antigos. — Aidan não podia se conter, estava ficando com raiva.

Assim que ouviu a contrarresposta, uma veia enorme apareceu na testa de Mor Opundos.

— Já chega. — Deu um tapa na mesa. — Você é muito insolente. Ninguém fala dessa maneira com um professor do mais alto nível como eu. Saia da minha sala agora.

Por um breve momento, Aidan pensou em retribuir a grosseria, mas de alguma maneira conseguiu se segurar. Suas chances ainda não estavam esgotadas, ainda lhe restavam cinco professores. Indignado, Aidan saiu, desejando que os outros professores não fossem idiotas como esse, pois, se recebesse um tratamento injusto como o que teve, todos eles teriam grandes problemas pela frente.

# Capítulo 24

## A VOZ DO CORAÇÃO

"Mor Quemet", dizia a placa da segunda porta.

Quando a voz mandou que entrasse, Aidan não pôde deixar de se distrair pelos desenhos do corpo humano espalhados nas paredes e pelos animais empalhados na sala.

— Então? — indagou Quemet, um homem grisalho magro, de estatura baixa.

— É, hum, hum — pigarreou —, vim a mando do diretor. Preciso convencer o senhor a interceder por mim para eu poder fazer os testes para Mor.

— Mas você é só um garoto. Embora seja alto, isso não irá te ajudar lá fora. Vá embora — disse de uma maneira gentil.

— O diretor me pediu para o senhor me testar — mentiu.

— Disse, é? Hum.

O professor o observou, algo no olhar do menino lhe chamava a atenção. Quemet, então, pegou um objeto da gaveta, uma espécie de pinça grande de metal com um furo no meio de cada ponta, e, preso no meio da base dela, havia um cabo com uma espécie de ventosa no final dele.

— Venha, se aproxime.

Um pouco receoso de que poderia doer, Aidan o obedeceu.

Colocando a ponta da pinça em seus ouvidos, o professor encostou a ventosa no peito de Aidan na altura do coração. E lá ficou, parado, em silêncio.

— Batidas pesadas para um garoto, muita responsabilidade você carrega aqui. — Continuou ouvindo atentamente. — Não é preguiçoso, tem atitude. Hum... — O som de seu resmungo pareceu indicar algo desagradável. — Percebo que já fez coisas ruins, mas ouço valor em suas ações.

*Ele está escutando minha alma?*, Aidan pensava estarrecido.

— Diga-me, acha que pode sobreviver ao teste?

— Sim.

— Interessante, seu coração tem certeza de que passará pelos testes. — O professor pareceu ouvir algo a mais, como se o coração estivesse sussurrando segredos. — Na verdade, você o considera muito fácil. — Agora Quemet o olhava nos olhos, com cara de espanto.

Imóvel, Aidan tinha medo que ele pudesse ouvir seus segredos. Pensativo, Quemet guardou o instrumento e falou:

— Você tem um coração em estado de amadurecimento contínuo, está longe de ser próprio da sua idade. Isso é muito estranho.

Depois de um tempo, o professor lhe fez várias perguntas sobre o corpo humano, doenças, ferimentos e diferentes tipos de tratamento. Aidan acertou todas e questionou algumas. Quando Quemet percebeu, estavam tendo uma interessante discussão sobre as plantas e algumas de suas propriedades medicinais. Após duas horas de conversa, ele retirou seu pequeno relógio de bolso e falou:

— Nossa, estou atrasado. Tudo bem, garoto, me convenceu, espero sinceramente que você tenha sucesso. — Levantando-se às pressas, o professor esticou a mão para apertar a de Aidan.

— Muito obrigado, professor. — Os dois se cumprimentaram.

Antes de sair da sala, Aidan resolveu fazer uma pergunta:

— Professor, como é possível ouvir o coração de uma pessoa?

— Essa é uma habilidade que requer muito treinamento e aptidão nata. O corpo se comunica com quem sabe ouvi-lo, entretanto, nunca consegui ensinar isso a ninguém.

— Achei muito interessante.

— Interessante? — Ele sorriu. — Vai descobrir muitas habilidades interessantes aqui. Cada professor conselheiro tem suas próprias características especiais. Somos considerados os melhores do mundo, não é?

# Capítulo 25

## Savas

— Pimim — falou ao ler o nome escrito na terceira porta. Ele bateu duas vezes, mas não obteve resposta. — Não deve estar aí. — Então resolveu ir para a porta seguinte.

Quando bateu na quarta porta, ela se abriu. No cômodo não havia nada, apenas uma cadeira e uma mesa com uma folha de papel em cima. Nela, estavam os horários das aulas do professor Vromun.

— Ele está no salão de lutas — leu na segunda linha. — Caso não encontre os outros professores, vou procurá-lo.

Agora era a vez do professor Friedrich. Uma voz cansada e velha respondeu às batidas na porta.

— Está aberta — avisou.

— Com licença — disse, entrando timidamente.

A sala era só livros, e perdido no meio deles estava um senhor de cabelos e barba longos, com óculos de lentes grossas. O professor lia um livro e lá ficou de cabeça baixa, virando as páginas, enquanto Aidan ficava em pé à sua frente sem dizer uma palavra.

— Não tenho o dia todo, meu rapaz. — Ele parecia um homem cansado, e, pela aparência, era mais velho que Edenor.

— Desculpe, não quis atrapalhá-lo. É que estou tentando convencer alguns professores a me apoiarem para que eu possa fazer os testes para Mor.

Ao ouvir aquilo, o professor pareceu perder o interesse pela leitura. Levantou a cabeça e fitou o menino à sua frente. Ajeitou seus óculos, ao mesmo tempo que fazia uma careta, e então falou:

— Que pedido mais incomum — comentou.

— É verdade, professor.

— Mor Edenor permitiu isso?

— Sim, professor Friedrich.

— Uma seleção especial requer alguém especial — explicou. — Você parece capaz, vamos ver. Atrás daqueles livros há um tabuleiro, traga-o aqui, por favor.

Depois de revirar em uma pilha empoeirada, Aidan o encontrou, como o professor havia dito. O tabuleiro era pesado, parecia ser antigo, com sessenta centímetros de cada lado e muitos quadrados em sua superfície.

— Isto é um tabuleiro de savas, conhece?

— Já o vi antes em uma taberna, mas não sei como se joga. — Aidan olhava o tabuleiro com interesse.

— É um jogo muito antigo, o intuito é simular uma batalha entre dois exércitos. Nós somos os comandantes e vence aquele que conseguir acabar com todas as peças de seu adversário, ou se um dos dois desistir, é claro. — Com mãos trêmulas, o professor pegou uma caixa do chão e a virou sobre a mesa, deixando uma porção de peças brancas e pretas se espalharem. Colocando uma por uma em pé, Friedrich começou a explicar suas funções.

No savas, existiam três classes: os arqueiros, a infantaria (uma peça ilustrada por um bonequinho com escudo e espada) e a cavalaria. Cada jogador escolhia quinze peças dentre as classes e as posicionava nas duas primeiras fileiras do tabuleiro em qualquer ordem.

— Está acompanhando? — perguntou, interrompendo a explicação.

— Sim, senhor.

— Os arqueiros podem acertar até três casas ao seu redor, não podem atacar unidades que estão ao seu lado, nem podem atacar a infantaria. A cavalaria pode pular um quadrado se for para matar outra peça, mesmo que você tenha acabado de realizar um movimento com ela. A infantaria só pode atacar os espaços ao seu redor e não pode ser atacada pela cavalaria, se esta estiver em um quadrado adjacente ao seu.

— Certo.

— Agora tudo o que precisa fazer é me dar a alegria de uma boa partida. Se conseguir, garanto que intercedo por você.

— Tudo bem, mas e se... por acaso eu vencê-lo, ficará chateado? — Deu um sorriso com o canto da boca.

— Se me vencer, será um feito e tanto. Há muitas décadas que a academia espera que isso aconteça, e eu também. — Sua voz soou um pouco triste.

— Então vamos começar — Aidan se empolgou.

As partidas seguiram rápidas. Aidan esperava perder no início, mas, ao sofrer a vigésima derrota seguida, sua confiança havia se esgotado. Em sua mente, a frustração dançava com a raiva numa mesma sintonia.

— Não entendo. — Coçou a cabeça contrariado. — O senhor antecipa todos os meus movimentos, fico sem ação. — Deixou transparecer seus sentimentos de uma forma menos agitada.

*Estava esperando dar mais trabalho, em pouco tempo ele aprendeu como eu penso, por isso as partidas estão ficando cada vez mais rápidas. Este não é um jogo qualquer, pode-se conhecer seu adversário só pela forma como ele joga.*

— Muito bem, encerraremos por hoje.

O anúncio quebrou a concentração de Aidan, que respirou fundo diante da decepção da derrota.

— O senhor é muito bom — admitiu.

— Você também é, meu rapaz.

— Imagine, esperava pelo menos ter dado algum trabalho ao senhor.

— Oh, e você deu. Precisei variar minhas estratégias em todas as partidas, pois você aprende rápido, não cai no mesmo truque duas vezes.

— Bom, pelo menos agradeço o seu tempo gasto comigo, Mor Friedrich.

— Espere, rapaz. Gostaria de jogar com você novamente — declarou.

— Mas eu perdi, não consegui lhe dar uma boa partida — disse conturbado.

— Você não enxergou nada, não é mesmo? Eu tenho esses óculos, mas enxergo melhor do que muitos. — Sua voz soava em um tom alegre. Mas Aidan não compreendeu a princípio. — Faremos o seguinte: amanhã você virá à tarde e jogará comigo mais uma vez.

Aidan ergueu as sobrancelhas surpreso.

— Entretanto, não poderá falar com nenhum outro professor até que eu tenha tomado minha decisão quanto a te ajudar.

— Entendo.

— Ótimo, hum... como disse mesmo que se chamava? — Friedrich fez uma careta ao perguntar. Os óculos sempre pareciam incomodá-lo.

— Eu não disse, senhor. Meu nome é Aidan.

— Certo, Aidan. Esperarei ansioso pelo nosso encontro amanhã.

# Capítulo 26

## O Sino Solto

Ao chegar no Duas Papas, Aidan encontrou Koral brincando com o cachorro na rua.

— Aidan. — Ela estava chateada, para variar. — Você disse que não iria demorar.

— Eu disse que provavelmente não iria ser rápido. Por que está na rua, quer que te sequestrem igual à última vez?

— O Pulguinha precisa brincar, ele não pode ficar trancado o dia todo. Além do mais, parece que ninguém se importa com meus olhos por aqui. — Isso era verdade, numa cidade grande como Nolat, as pessoas sensatas cuidavam de sua vida e faziam poucas perguntas, considerando que qualquer mal-entendido geralmente resultava em assassinato.

— Que seja, só tome cuidado, tá, não se exponha demais. Eu vou lá para cima estudar um pouco.

— Tá bom. Vem, Pulguinha.

Enquanto entrava na hospedaria, Aidan coçava o braço. *Espero que não sejam pulgas*, pensou.

Dentro do quarto, Aidan fez alguns ajustes no livro, pegou um pedaço da casca de um carvalho e pôs de forma a cobrir toda a parte da frente, da lateral e de trás da capa do livro. Colou as duas primeiras páginas, que continham as regras e as assinaturas dos reis, fixando-as contra a capa. Dessa forma, toda a parte de ouro ficaria escondida e as páginas que qualquer pessoa poderia ler estariam fixadas na capa. Para finalizar, ele entalhou na frente do livro o seguinte título: "Minha Vida, autor: Aidan".

Assim que terminou, algo lhe ocorreu:

— Será que um livro tão antigo teria alguma informação sobre o savas?

Vasculhando as páginas, não demorou muito para encontrar um capítulo inteiro sobre o jogo. Aidan estava tão compenetrado lendo que não percebeu que já era noite, e Koral não tinha aparecido ainda. Com o coração acelerado, ele saiu à sua procura.

— A senhora viu Koral? — Olhou para a dona da hospedaria, esperando uma resposta.

— Ãh? — A mulher parecia nem se lembrar dele.

— A menina com o cachorro, viu para onde ela foi?

— Ah, sim, foi para a taberna do Sino Solto, fica aqui na esq... — Ela não precisou terminar, pois Aidan já estava correndo para lá.

"Bum", fez a porta quando Aidan a abriu violentamente, acertando um homem e sua bebida que coincidentemente passava por ali.

— Ficou maluco? — O homem estava furioso.

Aidan o ignorou, seus olhos circulavam pelo balcão, palco e mesas, e foi nesta última que ele a encontrou. Sentada próximo ao palco, ela ria por alguma coisa dita ao pé do ouvido por Akilli.

Já o homem molhado pela cerveja ficava mais irritado à medida que ia sendo ignorado:

— Garoto, você vai me pagar outra bebida, ou vou ter que te arrebentar?

— Tome aqui. — Ele pegou uma moeda de prata e a entregou para ele.

— E o resto? Quero mais duas moedas.

— Uma moeda de prata é mais que suficiente para você comprar qualquer bebida — falou sem esboçar emoção.

— Eu não vou falar duas vezes.

Quando Aidan lhe deu as costas, o homem o agarrou pelo ombro e o puxou. A faca de Aidan encontrou o pescoço de seu agressor mais rápido do que o piscar de um olhar. Paralisado de medo, o homem mostrou as palmas da mão em sinal de rendição.

— Agora você irá comprar a sua bebida e curtir a noite, e lembre-se de que não te darei outra chance. — Seus olhos não indicavam que ele estava brincando, e assim o homem foi embora, assustado como um cão surrado.

A taberna era bem arrumada. Diferentemente do que Aidan pensara, ainda existiam bons lugares daquele lado da cidade. Duas pessoas se apresentavam no palco, uma mulher cantava, enquanto um homem tocava um banjo.

Ele não entendia, não sabia o que era o aperto no peito que sentia ao ver Akilli e Koral juntos se divertindo. Quando o braço de Akilli envolveu as costas da cadeira dela, suas mãos fecharam-se com força.

*Será o tal amor de que Eliah falava tanto? Ele sempre disse que eu era jovem demais para entender.*

— Boa noite — disse ao se aproximar deles.

— Aidan. — Akilli se levantou e o abraçou com um grande sorriso. — Koral disse que você estava estudando, não queríamos atrapalhar.

— Por que não me avisou que estaria aqui? — Encarou-a irritado, deixando Akilli de lado.

— Eu pedi para a dona Marlini te avisar. — Ela o olhava com olhos de cachorro pidão.

— Uff... — Ele soltou o ar dos pulmões, sua raiva pareceu ter diminuído. — Tudo bem, só estava preocupado, quando não te encontro penso no pior.

— Sinto muito, Aidan, deveríamos ter te avisado, não foi minha intenção te deixar bravo. Peço desculpas.

— Tudo bem, Akilli, não há nada com o que se desculpar. — Estava visivelmente mais calmo agora.

— Ótimo, venha, sente-se conosco. Ei, Luanda. — Chamou a estalajadeira, uma moça bonita de olhos azuis.

— Pois não — disse com um belo sorriso.

— Traga uma bebida aqui para o meu amigo.

— E o que ele vai querer?

— Quero o mesmo que ele. — Apontou para a caneca de Akilli.

— Muito bem, já volto.

— Koral estava me dizendo que vocês não são irmãos. Na verdade, ela me contou que foi salva por você, assim como eu.

— Bem, eu não salvei você, pelo que me lembro, suas cordas já estavam soltas, você só estava esperando o momento certo de dar no pé.

— Pode até ser, mas você aumentou consideravelmente minhas chances de escapar.

— Aqui está. — Luanda colocou a bebida sobre a mesa.

Antes de levar a caneca até a boca, Aidan cheirou a bebida, parecia forte, mas, se Akilli conseguia, ele também. O primeiro gole queimou sua garganta, fazendo-o tossir. Koral veio em seu socorro, batendo em suas costas, e Akilli também.

— Haha — ele riu —, pelo visto é sua primeira vez. Tudo bem, é assim com todo mundo.

— Você também está bebendo isso? — perguntou para Koral com uma careta.

— Não, o meu é só suco de ameixa.

— O nome disso é bafo de dragão. Você vai ficar bem — disse Akilli, dando-lhe alguns tapinhas nas costas.

— Essa taberna fica bem cheia. — Tentou mudar de assunto.

— É verdade, as tabernas do outro lado são monótonas, só velhos as frequentam. Aqui no Sino Solto sempre tem alguma apresentação interessante.

— Olhem, vai começar o teatro — Koral falou com animação.

No palco, dois fantoches movidos por linhas se encaravam, um representava o rei, ele segurava uma espada, e o outro era um homem sem camisa musculoso com barba branca que segurava um escudo.

— Bárbaro! — gritou o rei. — Ajoelhe-se diante de mim e pouparei a sua vida.

— Um bárbaro bláblábláblá, nunca se ajoelha bláblábláblá.

— Você pagará por essa insolência.

E os dois começaram a brigar, o rei investia e o bárbaro bloqueava. Enquanto isso, a taberna era apenas gritos, todos torciam pelo rei, alguns gritavam "acabe com ele, Mirton", outros, "enfia essa espada na bunda dele". A luta se seguiu por mais alguns minutos, até o bárbaro fugir fazendo sons de galinha, o rei continuou sua jornada conversando com alguns outros personagens e, no fim, encontrou novamente o bárbaro e o matou. Quando acabou, todos aplaudiram, uivaram, xingaram, foi uma verdadeira bagunça.

Segundo o que Aidan sabia, o rei Mirton I obrigou os povos das montanhas a se ajoelharem, fazendo isso, eles ficariam com suas terras em Nórdis e se submeteriam às leis do reino de Nolat. Kamet, o líder do povo bárbaro, assim chamado por sua ferocidade no campo de batalha, se recusou. Isso desencadeou uma guerra que durou anos, a perda para os dois lados foi tão devastadora que a guerra terminou sem nenhum vencedor. Quando rei Mirton II assumiu o trono, uma trégua com os bárbaros foi firmada e a paz reinou.

— Creio que já está tarde, obrigado pela noite divertida — disse Aidan.

— Ahhh — lamentou Koral —, nós temos que ir?

— O caminho até nossa estalagem é um pouco deserto, não quero correr riscos.

— Ele tem razão, é perigoso ficar perambulando à noite, ainda mais deste lado da cidade. E alguém — Akilli pôs a mão no queixo dela — com estes lindos olhos chama muita atenção. São simplesmente belos. — Um sorriso encantador saiu de seus lábios.

— Hum, hum... — Aidan deu umas tossidinhas. — Vamos?

— Sim. — Koral estava sem graça. — Tchau, Akilli.

— Amanhã mandarei uma carruagem para buscá-los.

Aidan falou com um sorriso:

— Ah, claro, obrigado. — Mas estava pensando: *Ele nos convidou para ficar na casa dele, será que quer roubá-la de mim, ou só estava sendo gentil?*

# Capítulo 27

## Uma boa partida

No dia seguinte, quando Koral abriu os olhos, Aidan ainda estava lendo.

— Puxa, quando fui dormir você ainda estava aí sentado. E ao acordar te vejo aí. Por acaso dormiu?

— Mas que pergunta, Koral, é claro que dormi. — Parecia estar dizendo a verdade.

— Ficou desconfortável ontem? — perguntou, remexendo com os dedos em seus cabelos.

— Tanto quanto você.

— Ele é meio extravagante, mas é charmoso. — Koral sorria com o canto da boca.

— Hummm... — Virou o rosto para a janela. — Ele se veste bem, tem dinheiro. Qualquer um fica charmoso assim.

— Por que não admite logo que ficou com ciúmes?

— Ciúme? Nem sei o que isso significa — respondeu, tentando parecer indiferente.

— Ah, é... — Ela frisou os olhos. — Já que você não tem ciúmes e nem sentimentos por mim, acho que vou deixar que ele se case comigo.

— Uff... — Ele soltou o ar, fechou o livro e se levantou. — Só quero que você seja feliz, Koral. Já está na hora, tenho que ir para a academia, daqui a pouco a carruagem deve vir buscá-la. Encontro você lá. — Ao sair, ele lhe deu um beijo na bochecha e ela lhe deu um abraço.

Na sala do professor Friedrich, havia um bilhete:

"Encontre-me no salão de lutas. Ass.: Professor Friedrich Von Duch"

Andando pelo corredor que levava até o salão, era possível ouvir o tinir das espadas se encontrando. O salão de lutas era adornado por vários tipos de armas e armaduras, no meio dele, havia um rapaz alto que lutava contra outros dois, na lateral um homem forte de cabelos e barba negros, vestindo uma camiseta marrom e uma calça preta, dava comandos para os garotos.

Em volta da pequena arena de luta, havia degraus onde as pessoas podiam parar e assistir, provavelmente ali eram feitas apresentações. No canto próximo ao homem barbudo estava o professor Friedrich sentado com o tabuleiro.

Ao vê-lo, o professor sorriu.

— Aidan, venha, venha.

— Como vai, professor?

— Bem, bem. Rápido, escolha suas peças.

Enquanto Aidan montava seu exército, o rapaz de cabelos compridos dava uma surra em seus dois oponentes na arena.

— Ia me esquecendo de apresentá-lo. — Ele apontou para o homem de barba, de braços grossos e com uma barriga avantajada. — Professor Vromun.

Ao ouvir seu nome, o homem virou para encarar Friedrich, e então avistou Aidan.

— Este é o Aidan.

— Hum, prazer em conhecê-lo, Aidan. — O aperto de mão do professor quase quebrou os ossos de sua mão. — Ouvi falar muito de você. E gostaria de dizer que, se vencê-lo, terá o meu voto no conselho. Há muito esperamos por isso.

— Bem... eu vou tentar.

— E você sabe lutar?

— Eu diria que sei me virar. — Mordeu os lábios.

— Certo. — A atenção de Vromun foi desviada para o rapaz que lutava. — Droga, Caico! — gritou. O rapaz de cabelos compridos o olhou. — Não é para girar, você deve saltar mantendo seu adversário à vista.

— Sim, professor. — Caico olhou feio para Aidan.

— Ele é um dos melhores com a espada, só precisa melhorar em alguns pontos — Vromun comentou.

Naquela primeira partida, doze dos "homens" de Friedrich foram mortos, Aidan não o venceu por pouco, ao final, o professor sorriu e disse:

— Muralha escalonada de arqueiros? Onde aprendeu isso, meu rapaz?

— Eu... estudei um pouco sobre o assunto.

— Muito bom. — O professor sorria. — Acho que posso jogar um pouco mais a sério. Esta foi a última vez que fui bonzinho.

Uma hora depois, a notícia de que o professor Friedrich estava demorando demais para vencer um garoto se espalhou. Aos poucos, o salão de lutas foi ganhando mais e mais espectadores. Todos pararam seus afazeres, inclusive o professor Vromun, que olhava atentamente o duelo.

Compenetrado, Aidan tentava prever as jogadas de Friedrich:

*Ele vai usar o arqueiro para flanquear meu cavaleiro, não posso deixar que ele perceba que eu já sei disso.* Quando o professor fez o movimento com seu arqueiro, Aidan comemorou em sua mente: *Te peguei.* Suas próximas jogadas conseguiram três peças de Friedrich. A tensão era grande, as pessoas cochichavam assombradas, Aidan estava com um número de peças superior ao de seu oponente. A vitória parecia garantida. O velho professor suspirou, soltando uma risada rouca.

— Muito bem, Aidan, foi uma boa partida.

Confiante, ele agradeceu:

— Obrigado, professor.

O movimento seguinte de Friedrich decidiu o jogo por completo. De uma maneira que muitos diriam ser impossível, o exército de Aidan foi massacrado. No fim, ele entendeu o que Friedrich quis fazer.

— O senhor me colocou exatamente onde queria. Estava brincando comigo — trincou os dentes.

— Vamos jogar outra. — O velho sorria.

Aidan perdeu as quatro partidas seguintes, mas sentia estar melhorando. Era difícil entender o velhote, sua forma de pensar durante as batalhas, seus movimentos e estratégias eram quase impossíveis de se prever, porém, a cada vez que perdia, ele o compreendia mais. A postura de Friedrich havia mudado; diferentemente das primeiras vezes, ele agora ficava sério e calado. Aidan jogou quarenta e três partidas ao todo, excedendo o tempo recorde em um jogo. No final, todos aplaudiram.

Sem demora, o professor Vromun lhe deu um tapinha nas costas que mais pareceu um soco e disse:

— Muito bom, garoto, foi por pouco, hein?

— Excelente, Aidan. — Friedrich o olhava com admiração. — Amanhã aqui novamente?

— É claro, professor.

— Ótimo.

Aidan foi embora exausto, sua mente estava esgotada. No entanto, havia aprendido muito, o livro dos reis o ajudara a conhecer novas estratégias e a elaborar outras. Naquele dia, pôde testá-las e entender melhor seu oponente em determinadas condições. Sua vitória estava próxima, mas era ainda incerta, pois o professor Friedrich possuía algo que ele não tinha: experiência.

# Capítulo 28

## O JANTAR

Ao sair da academia, Aidan seguiu para a casa da família Friggs. Encontrá-la foi bem fácil, todos a conheciam. A residência ficava próximo ao muro do castelo e chamava muita atenção pelo tamanho e beleza. O portão era dourado, parecia ser feito de ouro, através dele era possível enxergar os três andares da casa e um quintal bem-cuidado, delineado por muros com pontas de lança em cima. Aidan balançou o sino na frente da entrada, o que atraiu um senhor careca de bigode, que vestia luvas brancas e uma roupa engomada cinza com detalhes dourados.

— Pois não? — perguntou o homem.

— Meu nome é Aidan. Akilli me convidou — disse sem saber ao certo como se portar.

— Oh, claro, por aqui, senhor Aidan, queira me seguir, por gentileza.

Caminhando pelo quintal, ele pôde ver o Pulguinha roendo o que restava de um osso.

— O cachorro também veio, pelo visto.

— Ah, sim, a senhorita Koral fez questão de que não nos esquecêssemos dele. Por aqui, senhor — disse, enquanto abria a porta da casa.

Aidan ficou acomodado no segundo andar, seu quarto tinha móveis de boa qualidade, uma cama grande e uma banheira.

— O senhor pode escolher uma roupa ali no armário. O jantar será servido em uma hora. Com licença.

— Ei, espere. Onde Koral vai ficar?

— Ao lado de seu quarto, senhor.

— Ah, obrigado.

— Gostaria de tomar um banho, senhor?

*Está me achando fedido?*, teve vontade de perguntar, mas "claro, por favor" foi o que realmente disse.

Uma hora depois, Aidan já estava de banho tomado e vestido com uma blusa branca, uma calça aveludada vinho e sapatos acolchoados, tudo espantosamente feito para seu tamanho. Ele desceu as escadas e teve de perguntar para um empregado onde ficava a sala de jantar. Quando lá chegou, Akilli, Edenor, Koral e uma mulher loira já estavam sentados aguardando-o.

— Ô, aí está ele — disse Akilli, sorrindo.

— Como vai, Aidan? — perguntou Edenor.

— Bem, obrigado — agradeceu meio sem graça.

Quando viu Koral de perto, ele se encantou, ela estava com seus cabelos lavados e um penteado qualquer os enroscava e prendia acima da cabeça. Seu vestido era azul e branco, com detalhes amarelos.

— Aidan, deixe-me apresentar, esta é minha mãe, madame Gisela de Friggs. — A voz de Akilli quebrou o encanto e desviou sua visão para a mulher.

— Como vai, Aidan? — Sua voz era doce e seus olhos eram de um azul puro.

— V... vou bem, obrigado, e a senhora? — Ele agarrou a mão da mulher desajeitadamente e a beijou, ainda se perguntando se era mesmo isso que tinha de fazer.

— Estou em perfeita saúde. — Ela deu um singelo sorriso.

— Acho que podemos comer, então — falou Edenor. — Adestor, pode trazer! — gritou sem qualquer pudor.

— Não precisa gritar, pai — disse Gisela.

Edenor ficou rindo.

Logo depois, o senhor de bigode e mais dois servos trouxeram os pratos.

— Carne de boi temperada com linguiças suínas, senhor.

O prato estava fumegante e o cheiro, simplesmente maravilhoso.

— Ótimo! — gritou Edenor. — Eu adoro isso. — E começou a devorar a carne. Ainda de boca cheia, falou: — Sabe, Aidan, estou impressionado, os alunos na academia não pararam de falar de seu duelo com o professor Friedrich.

— É... mas não foi tão impressionante, tenho que dizer.

— Pelo que ouvi, você o fez ter trabalho — Akilli falou empolgado.

— Nunca vi aquele maldito velho perder, desde garoto já era talentoso. — A gordura escorreu um pouco pelo canto da boca de Edenor.

— Eu não sei o porquê de tanto alarde, no final ele brincou comigo.

— Não é bem assim, disseram que Friedrich estava sorrindo e que, a cada jogada sua, ele parava e pensava. Todos querem vê-lo levar uma surra há muito tempo, a vontade de muitos está com você, Aidan.

— É, talvez vocês tenham razão — concordou sem querer revelar muito.

— E você, Koral... — Gisela lhe dirigiu a palavra. — Quais são seus planos para o futuro, pretende entrar para a academia?

A pergunta a pegou desprevenida. Engolindo rapidamente a carne, ela falou:

— Bem, eu acho que gostaria, sim.

— Por que não disse antes, Koral? Daqui a um mês você poderá entrar, eu mesmo pagarei seus estudos — disse Akilli.

— Oh, puxa, obrigada. — Ela se remexeu empolgada.

Aidan se sentiu mordido, por essa ele não esperava.

— Akilli — Aidan falou. — Será que me daria o prazer de jogar com você? Tenho certeza de que poderá enriquecer minhas estratégias.

— Mas é claro, Aidan, vamos para a biblioteca após terminarmos aqui.

***

A biblioteca era rodeada por estantes recheadas com muitos livros. No centro do cômodo, uma mesinha com duas cadeiras foi arrumada para eles.

— Às vezes quando temos um tempo livre eu e meu avô jogamos um pouco.

— Nunca duelou com o professor Friedrich?

— Uma vez apenas, eu sempre fui muito ocupado.

— Aposto que o teria vencido, se tivesse tido outras oportunidades.

— Será? — Ele riu. — Vamos, escolha seus homens — disse, apontando para as peças.

Enquanto jogavam, Aidan perguntava:

— E o seu pai, Akilli?

Com pesar na voz, ele respondeu:

— Morreu quando eu era pequeno.

— Me desculpe.

— Está tudo bem. E os seus pais, onde estão? Ficaram na fazenda dos Honnys?

— Sim. Resolvi seguir meu próprio caminho.

— É... a vida não é fácil. Droga, perdi meu cavaleiro. — Passou a mão pelos cabelos brancos.

— Não está se concentrando no jogo — alertou.

— Você está me distraindo de propósito — acusou zombeteiramente.

Minutos depois, Akilli perdeu o duelo. No fim das contas, foi mais fácil do que Aidan esperava. Após a derrota, ele disse:

— Peço desculpas, Aidan, mas estou muito cansado e temo que tenha afetado meu jogo, amanhã tenho assuntos a resolver logo pela manhã e não posso estar indisposto.

— Ah, sim, claro, eu entendo.

— Tenha uma boa noite, pode ficar à vontade. O que precisar, peça ao Adestor.

— Akilli. — Ele fez uma pausa. — Eu... gostaria de ver o que você faz, você é um Mor, então deve ter uma função bem interessante.

— Quer saber o que faço? — Ele pensou um pouco. — Levante cedo amanhã e lhe mostrarei.

— Certo.

Akilli sorriu e partiu.

Agora só, Aidan observava o tabuleiro e as peças caídas. A partida entre eles havia sido muito superficial, não houve uma interação de verdade. Akilli nem sequer estava concentrado. *Esperava conhecê-lo melhor*, pensou desconfiado.

***

Mais tarde, Aidan bateu na porta do quarto de Koral. Quando a maçaneta girou, um olho rosa apareceu pelo pequeno vão da porta. Quando viu quem era, ele pôde entrar.

— Você precisa perguntar quem é antes de abrir a porta.

— Eu me esqueci. — Ela estava com um vestido todo branco que ia até os pés.

— Que droga é essa que está vestindo? — perguntou com espanto.

— É um vestido de dormir, ué.

— Vestido de... — Aidan suspirou e mudou de assunto. — E o livro?

— Está aqui. — Ela abriu uma bolsa e o entregou para ele.

— Obrigado, boa noite. E não se esqueça de trancar a porta.

— Aidan, espera. — Ela pegou na mão dele. — Há muito tempo eu não durmo sozinha, você sempre esteve comigo, eu tô com medo.

— Claro que dormiu sozinha.

— Mas não em um lugar como este, eu tenho medo. — Ela levou a mão dele até seu rosto, para cobrir a vergonha de ser medrosa.

— Já entendi, você quer que eu fique aqui esta noite.

— Isso.

— Tudo bem — declarou, tentando parecer impassível, mas todo feliz por dentro por ela ter pedido.

# Capítulo 29

## Verdades

— Bom diaaaa! — gritou, esmagando Aidan em seus braços.

— Koral, está me machucando. — Seu fluxo sanguíneo foi interrompido momentaneamente, fazendo seu rosto ficar todo rosado.

— É que acordei e vi você do meu lado dormindo, o sentimento de amor foi tão grande que transbordou estourando em você — disse toda sorridente.

— Amor? Você nem sabe o que significa isso — falou com o resto do ar que ainda lhe restava.

— Hum, talvez se você encostasse seus lábios nos meus a gente descobrisse, huuummmm... — Ela fez um bico com a boca e aproximou-se dos lábios dele.

Aterrorizado, Aidan pensou: *De novo, não.*

— Alguém me ajude, essa garota enlouqueceu — tentou gritar, mas o abraço de Koral era tão forte que sua voz saiu tão alta quanto um miado de gato.

"Toc toc", alguém bateu.

— Senhor Aidan, está aí? O senhor Akilli me pediu para chamá-lo, ele está se aprontando.

Diabolicamente, Koral estreitou os olhos e sussurrou:

— Por ora, você se safou.

Então Aidan conseguiu se livrar dos braços de ferro dela.

— Obrigado, Adestor, muito obrigado. — E saiu correndo, cambaleando pelo chão enquanto seus pulmões se enchiam novamente de ar.

Deitada na cama, Koral pensava: *Será que ele me acha feia?* Seus olhos se encheram de lágrimas. Frustrada, ela enfiou o rosto no travesseiro de penas e gritou:

— Te odeio, Aidan Kireekkk!

***

Akilli esperava na entrada da casa vestido com roupas elegantes. Ao ver Aidan se dirigindo ao seu encontro, falou:

— Está pronto? — Ele tinha um sorriso confiante.

— Sim, me desculpe pelo atraso, tive um pequeno contratempo.

— Sem problemas, meu amigo. Vamos. — Começou a caminhar a passos largos.

— Para onde?

— Para lá. — Apontou para o castelo.

Quatro guardas guardavam a entrada. Ao verem Akilli se aproximando, eles abriram o portão.

— Está comigo. — Apontou para Aidan.

— Sim, Mor Akilli. — Os quatro soldados ficaram na posição de sentido, até eles passarem.

Aidan ficou impressionado ao ver o castelo de perto, era grande, bonito. Quanta história aquelas paredes viram, era excitante estar ali. Aquele seria seu futuro lar, pensou.

Dois guardas protegiam o hall de entrada, novamente Akilli passou sem nenhum problema por eles, os homens ficaram parados como estátuas. Dentro do castelo, eles viraram para uma porta à direita e passaram por outra no fundo do cômodo, e então começaram a descer escadas.

— Mor Akilli — falou um guarda, antes de abrir uma porta grossa de madeira. — Bom dia.

Akilli apenas fez uma singela reverência com a cabeça e continuou a descer.

— Bem-vindo ao calabouço, meu amigo.

Assim que passaram pela porta, o cheiro de sangue e suor impregnou o ar. As escadas eram íngremes e pouco iluminadas e levavam a um cômodo espaçoso, sujo de sangue e com várias correntes com ganchos e grilhões presos ao teto. Ao fundo, havia uma pequena mesa com objetos de tortura, como facas, alicates, bastões, espetos, muitos enferrujados. Agora que estava ali, ocorreu a Aidan que poderia ter caído em uma armadilha, para Akilli seria muito simples prendê-lo ali, ninguém exceto Koral perguntaria por ele e enganá-la seria fácil.

*Será que descobriram sobre o livro e agora serei torturado?*

— Venha, não tenha medo. — A voz de Akilli o retirou de seus pensamentos.

O barulho de passos atraiu a atenção dele para outra abertura, onde escadas se contorciam levando a um nível mais abaixo. Um homem muito alto e bem forte subia por elas, ele era bem pálido e vestia apenas alguns farrapos na cintura, seu rosto coberto por cicatrizes deixava sua aparência ainda mais aterrorizante e, para complementar, ele não tinha cabelos e nem a orelha esquerda. Agarrado à sua mão direita, arrastava um homem.

— Me largue, seu brutamontes — dizia ele. Nem os socos ou as mordidas fizeram com que o carcereiro o soltasse, na verdade, ele parecia não sentir nada.

Com apenas um braço o carcereiro o ergueu, prendendo-o pelos punhos em um dos grilhões.

— Aidan, este é Bruga, é ele quem cuida de tudo por aqui.

— Como vai? — Aidan perguntou, mas não obteve resposta.

O carcereiro o ignorou.

— Não leve para o lado pessoal, Bruga não é de falar muito — explicou Akilli.

Enquanto isso, o prisioneiro se contorcia, incomodado com as correntes.

— É, elas machucam, não é? — disse Akilli ao ver a expressão de dor do prisioneiro.

Seus punhos já estavam ficando feridos devido às correntes.

— Por favor, Mor Akilli, precisa me ajudar.

— É claro que eu ajudo você, basta me ajudar também. Veja a posição em que se encontra, você foi pego no local do crime. O que tem a dizer em sua defesa?

— Sou inocente! — gritou em resposta. O medo era perceptível em seus olhos.

— Timlaf, quem o prendeu? — A voz de Akilli era suave e calma.

— A... alguns guardas, senhor.

— E por que eles o prenderam?

— Porque precisavam culpar alguém. Foram eles que a mataram. — O homem parecia estar prestes a chorar.

— Então foram os guardas que a mataram? — Akilli o encarava com olhos serenos.

— Exatamente.

— Qual era o nome dela?

— Leeren.

— Você a conhecia?

— Eu não. — Gotas de sangue começavam a escorrer pelos braços de Timlaf, as feridas no punho estavam ficando piores.

— Pode me explicar como sabe o nome dela se não a conhecia?

— Bem, eu...

— Onde o crime ocorreu?

— No Gota Angular, senhor. — Timlaf trincava os dentes em resposta à dor que sentia.

— No segundo andar, estou certo?

— Sim.

— Muito bem, então, você está me dizendo que alguns guardas levaram essa aluna para um prostíbulo, onde qualquer um podia vê-los, e depois mataram a garota por uma razão qualquer?

— Si... sim.

— Meu caro Timlaf — ele se aproximou —, tem certeza de que me quer investigando a fundo seu caso? Se eu for ao Gota Angular, vou mesmo constatar que foram os guardas que a mataram? Que você não estava lá com esta garota? Sabe que, se me fizer perder tempo, investigando algo que poderia ter me confessado facilmente, farei você desejar estar morto nos próximos anos. Ficará na pior cela deste calabouço, sufocante e claustrofóbica, onde ratos o devorarão aos poucos, conforme suas forças forem se esvaindo. Acredite em mim quando digo que esta cela quebra qualquer homem, física e mentalmente. Ninguém que já esteve lá sobreviveu mais de seis meses, a maioria tira a própria vida antes de completar três semanas. — O rosto de Akilli estava impassível, nem um movimento expressivo podia ser percebido. No entanto, Aidan notou por um breve momento uma mudança sutil nos olhos de seu amigo, o sentimento que eles transmitiram deixaram-no com uma sensação estranha.

— E... eu... — Ele estava com medo.

— O quê? Fala.

— Eu a matei.

— Viu só? — Akilli abriu um sorriso. — Você facilitou o meu trabalho e eu vou te ajudar. Em algumas horas alguém virá para que assine a confissão, a execução será amanhã. Vamos lá, Aidan — disse já subindo as escadas.

Quando emergiram das profundezas do calabouço, Aidan não pôde negar, a sensação de estar ali em cima novamente sentindo o ar fresco era muito boa, um peso saíra de seus ombros.

Durante todo o caminho de volta, Aidan ficara calado.

— O que aconteceu? Está tão calado. — Akilli o olhou desconfiado.

— Aquele homem era inocente?

— Não o ouviu dizendo que era culpado?

— Mas ele foi meio que... ameaçado. Você nem sequer foi ao local do crime.

— Aidan, tudo o que fiz foi baseado em minha experiência, a ameaça foi para amedrontá-lo, dar um empurrão, não tinha como ter sido os guardas. E eu fui ao local dar uma olhada.

— É mesmo? — Franziu o cenho.

— Claro. A garota que morreu era namorada dele, ela foi ao Gota Angular só para confirmar a traição. Depois de dizer que o deixaria, ele a estrangulou, as marcas dos dedos no pescoço dela condizem perfeitamente com o tamanho dos dele. Os guardas que estavam no prostíbulo o prenderam. Timlaf só inventou uma história para tentar se safar.

— Pode não ter acontecido dessa maneira.

— Por que acha isso? — perguntou com interesse.

— Os guardas podem ter feito com que ele a estrangulasse, também há a possibilidade de um dos guardas ter uma mão bem parecida com a do Timlaf. Além do que, eles são soldados do rei, podem ameaçar as pessoas. Quem contaria uma história contrária à deles, sabendo que não estão protegidos? — Aidan esperava ansioso pela resposta.

Akilli sorriu, com olhos carregados de admiração.

— Excelente dedução, Aidan, mas, como disse antes, eu tenho experiência, sei perceber quando um homem está mentindo — disse, lançando-lhe um olhar indecifrável.

*Será uma indireta?*, Aidan se perguntou. Sem parecer se importar, ele deu um sorriso meigo e concluiu:

— O que você falou é verdade. De qualquer forma, entendi a sua função em Nolat. Você cuida da ordem na cidade, não é?

— Basicamente, sim. Sou o maior dos investigadores de todas as cidades nomeadas. Desde que assumi meu cargo, os crimes em Nolat diminuíram em cinquenta por cento. Até hoje resolvi todos os casos em que estive envolvido.

— Você é mesmo impressionante. — *Espero que ele não seja capaz de perceber mentiras tão descaradas.*

— Não tanto quanto você, meu amigo. — Ele sorriu amigavelmente.

— Nossa, eu tenho que ir, Akilli — disse, olhando para a posição em que o sol estava. — Agradeço pela gentileza.

— Até mais tarde, boa sorte, estou torcendo por você.

# Capítulo 30

## O DUELO

AIDAN CORREU O MÁXIMO QUE PÔDE ATÉ CHEGAR AO SALÃO DE LUTAS, estava atrasado.

— Minha nossa — falou espantado quando viu o salão cheio.

Vários alunos se empoleiravam uns nos outros procurando um lugar para se sentar, e no centro da arena se encontrava o professor Friedrich sentado em frente ao tabuleiro de savas. Os primeiros passos de Aidan ao longo do caminho foram seguidos por aplausos, assobios e gritos. Friedrich se levantou ao vê-lo se aproximando, em seu rosto havia um grande sorriso causado pela expressão de assombro de Aidan.

— Por essa eu não esperava, professor — disse, apertando sua mão.

— Acho que você tem fãs agora, e pelo visto — falou olhando ao redor — muitas pessoas me odeiam.

— Eu ainda não acredito no que estou vendo. — O nervosismo começava a fazê-lo suar.

— Entenda, todas as aulas que falam em estratégia de batalha utilizam este jogo como uma ferramenta de aprendizagem. A importância do savas é tão grande que acabou se tornando uma disciplina obrigatória na academia e, dentre todos, alunos, professores, Mors, você foi o que chegou mais perto de me vencer. E como pode perceber, todos querem me ver perder há muito tempo. — Deu um meio sorriso, enquanto se sentava.

— Bem — coçou a nuca —, vou fazer o possível.

— Há só uma coisa.

— O quê?

— Essas pessoas vieram aqui para ver um espetáculo, então vamos tornar as coisas interessantes. — Ele levantou um dedo. — Apenas uma partida, uma única chance.

— Uma? — Seu coração disparou. — Apenas uma! — repetiu mais uma vez para ter certeza de que havia escutado certo.

— E tem mais, se eu achar a partida chata, garanto para você que não chegará a fazer os testes que tanto quer. — Deu um leve toque em seus óculos.

*Não posso entrar em pânico, é justamente o que ele quer. Friedrich quer acabar com isso o mais rápido possível, antes que as coisas fiquem fora de controle. Sabendo que fico melhor a cada partida, ele tem medo de perder.* Aidan lambeu os lábios e começou a escolher suas peças.

Assim que as peças foram escolhidas e posicionadas, Vromun retirou a parede (um pedaço comprido e alto feito de um material qualquer, utilizado para impedir que os adversários olhassem a posição do exército e as classes escolhidas um do outro). Aidan resolveu não arriscar e escolheu cinco de cada classe, o professor escolheu seis arqueiros, quatro soldados da infantaria e cinco cavaleiros.

Durante um hora inteira eles se estudaram, avançaram, recuaram, blefaram, mas nenhum dos dois se arriscou. Cada movimento poderia ser uma isca, quem fosse o primeiro a compreender seu oponente conseguiria ler seus movimentos seguintes. A tensão no ambiente era palpável.

— Mas que jogo chato — falou uma aluna —, ninguém faz nada.

— Novata — disse um garoto —, esse jogo se joga com a cabeça, se é que você não percebeu. Os dois estão travando uma batalha psicológica ali embaixo, no savas você não pode deixar seu oponente saber quais são suas intenções. Por outro lado, ao mesmo tempo que nenhum deles se arrisca, a partida tende a se alongar, isso é ruim porque exige muito mais da mente do que uma partida rápida. E é aí que os erros começam a acontecer, e num jogo como esse um leve deslize pode decidir tudo.

***

— Parece cansado. — Duas horas haviam se passado sem que nenhum deles perdesse uma peça sequer. — Acha que pode me vencer? No fundo, você sabe a verdade.

*Concentre-se*, Aidan respirou fundo, tomando o cuidado de não mostrar qualquer reação facial.

— Sabe que vai acabar cometendo um erro, rapaz. — E foi aí que Aidan teve sua primeira perda, um cavaleiro. A captura da primeira peça em um jogo tão tenso carrega um efeito psicológico que pode afetar todo o desenrolar da partida.

Compenetrado, Aidan não movia os olhos do tabuleiro.

— Haha — Friedrich deu uma singela risada. — Eu não disse? Sua mente já está mostrando os primeiros sinais de cansaço.

*Preciso de mais opções, vinte e três jogadas possíveis, mas...*, hesitou, *não consigo enxergar um meio*. Ele tinha certeza de que não estava transmitindo nenhum tipo de emoção, porém, para seu oponente, aquela máscara não significava nada, ele conseguia ver além e falou:

— Vejo o desespero estampado em seu rosto, não pode me enganar. — Friedrich limpava suas lentes. — Agora está sentindo o que chamamos de cegueira de batalha, é quando o comandante não sabe o que fazer com seus homens, seu cérebro trava, é como se ficasse mesmo cego. Você não sabe o que fazer.

— Ruff... — Aidan soltou o ar de seus pulmões tentando liberar a tensão. Moveu uma peça, depois outra, sempre recuando, evitando o confronto direto. *Vou recuar e bolar uma emboscada para pegá-lo*, este era seu pensamento.

— Por favor, você está me ofendendo, garoto. — Prevendo a estratégia, Friedrich conseguiu mais uma peça. — Pronto, matei mais um de seus homens — falou, girando o arqueiro com dois dedos.

*Não sei o que fazer, ele prevê qualquer estratégia em que consigo pensar*. Ao final de mais uma hora, Aidan perdeu ao todo seis peças sem conseguir nenhuma de seu adversário.

— Quando finalmente jogo a sério, me decepciono. Eu tinha algumas esperanças em você. Acredito que é esperto o suficiente para perceber que essa você já perdeu.

*Como? Por que não consigo ver? Perdi minha concentração depois que perdi a primeira peça.* Aidan fechou os olhos com medo de que saíssem lágrimas. No escuro de seus pensamentos ele se sentiu sozinho, todos observavam seu desespero, toda aquela esperança depositada, o peso em seus ombros. *Como posso ser rei se não consigo aguentar o nervosismo e a pressão de um simples jogo? Preciso me acalmar.*

Aidan respirou o mais profundo que pôde e, em seguida, soltou o ar vagarosamente. Aos poucos, sua mente foi relaxando. "Na dúvida, é sempre bom meditar, ficará surpreso com o que pode achar dentro da sua cabeça", Eliah dizia, sempre com um sorrisinho estranho.

Submerso em um mar negro e silencioso de tranquilidade, Aidan ia descendo, seus cabelos flutuavam como se estivessem em contato com água, já não conseguia ouvir o murmurar das pessoas ao seu redor, muito menos qualquer outro som, era inacreditável como conseguira entrar em um estado de meditação tão profundo em pouco tempo. Eliah lhe contou histórias sobre monges capazes de alcançar o silêncio da alma, a forma mais intensa e profunda de encontrar o seu próprio ser. *Seria isso?*, ele se perguntava. E, no fundo daquele oceano, um pingo de luz apareceu e, conforme se aproximava, a luz ia ganhando forma.

— Quem será? — falou, ao ver alguém de cabelos compridos e negros agachado. Havia algo no chão à sua frente. O objeto chegava a brilhar, contrastando com todo aquele lugar negro. Quando Aidan se aproximou mais um pouco, percebeu que se tratava de um homem lendo um livro. Ele estava compenetrado, com uma mão no queixo refletindo sobre alguma coisa.

— Olá — falou, andando com passos curtos.

Quando Aidan foi tocá-lo no ombro, o homem falou com uma voz grossa:

— O que faz aqui?

Algo em sua voz lhe era familiar.

— O que foi? — Ele se virou para encarar Aidan. Suas íris eram vermelhas, o que lhe dava um aspecto tenebroso.

— Mas o que... — Aidan arregalou os olhos, não acreditava no que via. O homem se levantou, revelando seu quase um metro e noventa de altura. Ele estava descalço, sem camisa e com uma calça preta toda rasgada. Seus cabelos chegavam a atingir os joelhos, de tão compridos.

— Assustado?

— Você sou eu, só que mais velho. Como? — Sua expressão era de total confusão.

— O silêncio da alma. Monges passam a vida toda em meditação para conseguir chegar a esse estado. Você conseguiu isso em poucos minutos.

— Eu apenas fechei os olhos e de repente vim parar aqui. — De repente, Aidan lembrou-se do jogo.

— Que ridículo — disse com total desprezo. — Você é o rei, o mundo é seu, e está com medo de um velho?

— Se eu perder...

— Se você perder? Tá de sacanagem? O livro é seu, o direito de governar foi dado a você e está me dizendo que vai perder uma partida de merda? — Respirando profundamente e expulsando o ar para tirar um pouco de sua ira, o sujeito continuou: — Aidan, você baixou sua guarda nesta cidade, dormir dentro de uma casa o deixou frágil. Volte para lá e concentre-se, deixe o nervosismo de lado, o livro te mostrou tudo sobre o savas, esse duelo já deveria ter terminado há muito tempo.

— Ãh... certo — soou como uma criança.

— Parece uma menininha falando, cai fora daqui, antes que eu acabe te matando. — Ele sentou-se e voltou para a frente do livro.

— Como faço para voltar aqui? — Não obteve resposta. — Você existe mesmo ou é só fruto do meu subconsciente? — O homem permaneceu sentado, ignorando-o.

Aos poucos, os sons foram voltando à tona, conversas, chiados, tosses, passos, o movimento da respiração, o ar que entrava em seus pulmões parecia gelado e mais puro. Seus olhos se abriram e fitaram o tabuleiro, tudo o que o livro lhe ensinara apareceu claro como um cristal; imediatamente sua mente criou linhas imaginárias se estendendo pelo tabuleiro, saindo de várias direções, fazendo curvas, lhe mostrando milhares de movimentos possíveis através daquele campo de batalha.

***

— Hum? — O professor Friedrich pareceu ter percebido, havia algo de estranho em Aidan. E, após dez movimentos, ele perdeu sua primeira peça. As pessoas em torno da arena começaram a aplaudir empolgadas.

— Não fique se achando, você já perdeu. — Ele jogou. — Sua vez.

Novamente Aidan pegou outra peça.

— É isso aí, Aidaaann, acaba com todo o exército dele! — algum aluno entusiasmado gritou.

*Mas o quê?*, Friedrich se irritava consigo mesmo, a jogada fora simples e ele não conseguiu prevê-la. *Ele está calmo, sua concentração voltou. Não. Há algo mais, esse olhar eu ainda não tinha visto.*

— Está pensativo, professor, faça sua jogada — falou calmamente.

Atento, Friedrich analisou o jogo:

*Está usando a infantaria como isca e irá fazer uma jogada pela esquerda, tão óbvio.* Deu um leve sorriso. Depois de dois movimentos, ele pegou um arqueiro.

— Como pensei — declarou confiante.

No entanto, sete jogadas depois, Aidan já havia capturado três peças de Friedrich.

*Como?*, o professor tentava compreender. *Que tipo de estratégia ele está usando? Sempre estudo meus oponentes com rigor, vejo todo o potencial que eles possuem, suas jogadas, seu estilo de pensar, até mesmo sua personalidade. Será que ele estava brincando comigo esse tempo todo? Me deixou ganhar confiança, pensar que o conhecia, para depois me derrotar quando fosse sua última chance. Não pode ser, nunca me enganei antes. Minha técnica* sintonia perfeita *é à prova de falhas.*

— É sua vez — lembrou Aidan.

Mas Friedrich ainda refletia:

*Até a voz dele parece de alguém mais velho, a expressão dos olhos realmente mudou. Foi depois que ele ficou de olhos fechados. Usou aquele pequeno tempo para se recompor. Isso é surpreendente.* Animado, o professor se recostou na cadeira e perguntou:

— Acha que venceu? — Ele riu e vagarosamente retirou seus óculos e os colocou no canto da mesa. De olhos fechados, fez o movimento e disse, ainda sorrindo: — Você vai perder.

# Capítulo 31

## Bafo de dragão

A meia hora seguinte foi impactada por rápidos ataques e respostas. Aidan de um lado, sério e pensativo, enquanto, do outro, Friedrich jogava apenas de olhos fechados, memorizando cada jogada. Embora o jogo parecesse não correr bem para seu lado, ele ainda estampava um sorriso nos lábios ressecados.

— Por Grediz! — um homem que assistia ao jogo exclamou para seu Deus. — Nunca vi algo parecido.

O momento tão aguardado por todos estava se aproximando, o professor Friedrich ainda tinha duas peças da infantaria. Aidan, que acabara de perder seu arqueiro, olhava fixamente para a única peça que restara em seu exército (um cavaleiro).

— E então? — o professor perguntou, virando o rosto para ouvi-lo.

Depois de um momento de reflexão, Aidan respondeu:

— Parece que o senhor estava certo — declarou. — A vitória é sua — admitiu a derrota.

Como despertando de um cochilo, o professor Vromun pulou da cadeira, anunciando a vitória. A plateia se decepcionou, alguns aplaudiram, outros praguejaram ofensas para o ar.

Mor Friedrich abriu os olhos e colocou seus óculos. E encarou um Aidan de costas eretas e queixo erguido.

— Consegui o seu apoio, professor? — Sua voz soou firme e decidida.

— Conseguiu muito mais que isso. Agora poderá descansar e parar de encher os outros professores. Não é mesmo, Vromun?

— É verdade, acho que já pode se considerar aceito para os testes. — Vromun lhe apertou a mão, esbanjando um sorriso.

— Obrigado, professores.

— Ahhh... — Friedrich soltou um ar de cansaço. — Se me dão licença, vou para casa, estou simplesmente exausto.

Antes de conseguir sair da academia, Aidan ficou surpreso pela quantidade de pessoas que vieram parabenizá-lo pela excelente partida. Logo depois, foi para a residência dos Friggs.

Ao entrar na casa, tudo estava muito quieto. Pulguinha brincava com um pedaço de pano perto da porta de entrada e Adestor limpava alguns quadros.

— Senhor Aidan — cumprimentou-o. — Gostaria de jantar?

— Para dizer a verdade, estou faminto, Adestor.

— Então, com prazer, providenciarei uma boa refeição.

Com um aceno, Aidan agradeceu e subiu para seu quarto. Ao andar pelo corredor, ele logo percebeu que sua porta estava encostada e havia luz no interior do quarto. Acreditando se tratar de Koral, Aidan entrou despreocupado. Quando abriu a porta, deu de cara com Akilli, que folheava seu livro em cima da mesa. Aidan sentiu um calafrio ao ver aquela cena.

— Akilli? — Deu um sorriso amigável.

*Mantenha a calma. É só um livro vazio*, repetiu em sua mente.

— Ei, Aidan! — Seu rosto se iluminou alegremente. — Estava dando uma olhada no seu livro, quando vai começar a escrever?

— Não sei ainda, por enquanto vou focar nos testes — falou displicentemente.

— Entendo. Como foi o jogo? Escutei umas gritarias daqui.

— Não levei a melhor. Ficou em duas peças dele contra uma minha.

De olhos arregalados, Akilli perguntou:

— Você deixou Mor Friedrich com duas peças? Por isso a empolgação das pessoas lá na academia. Foi um feito e tanto, devo dizer. Isso merece uma comemoração, não se preocupe, eu pago.

— Olha, Akilli, eu estou muito cansado, não...

— Ora, deixe de bobeira — interrompeu. — Tome um banho, descanse um pouco, vai ficar novinho em folha, não aceitarei um não como resposta.

Percebendo que não teria como fugir, Aidan aceitou. Depois de um banho e de uma boa refeição, suas forças se renovaram. Agora, deitado na cama, ele pensava: *Hoje, a Lua vai aparecer, contanto que eu fique dentro da taberna, não terei problemas com meus olhos.*

— A carruagem o espera, senhor — Adestor avisou ao bater na porta.

— Obrigado — disse, levantando-se rapidamente.

A carruagem estava parada em frente à porta principal. Somente Akilli o aguardava lá dentro.

— Onde está Koral? Eu pensei que ela iria com a gente.

— Está com a minha mãe, na casa de alguma amiga, provavelmente.

— Hum — ficou um pouco triste —, tudo bem então.

— Não fique com essa cara, hoje é para comemorarmos.

***

O Sino Solto já estava fervilhando de gente quando eles chegaram.

— Marta — chamou Akilli. — Arruma um lugar pra gente.

— Chegou tarde, querido, talvez no segundo andar tenha algum.

— Obrigado.

Para chegar ao segundo piso, era preciso pagar dez moedas de prata para o homem que guardava a escada. Akilli precisou pagar vinte moedas para que eles dois pudessem passar. Assim que subiu, Aidan logo percebeu que a parte de cima do Sino Solto comportava os nobres de Nolat. Todos se vestiam como Akilli e tinham um ar de superioridade, com seus queixos elevados e suas joias brilhantes. Alguns poucos usavam máscaras com enfeites, Aidan não pôde deixar de ficar encarando uma mulher com uma máscara de borboleta.

— Não faça isso — advertiu Akilli.

— O quê?

— Ficar encarando. Não é educado — explicou.

— Por que as máscaras?

— Geralmente são pessoas da alta nobreza, que não querem ser reconhecidas em um lugar como este. Alguns diriam que Sino Solto não é um lugar decente para alguém ser visto frequentando.

— Você é um nobre e parece não se importar — observou.

— Para dizer a verdade, não estou nem aí para o que os outros pensam. — Akilli olhou para o lado e acenou para algum conhecido. — Queira me dar licença, Aidan, tenho que falar com uma pessoa. Pode pedir o que quiser — disse, retirando-se.

Aidan acompanhava a apresentação no palco ali de cima, a música era boa, o cantor parecia mesmo saber o que estava fazendo.

— Oi — a voz o pegou desprevenido —, Aidan, né? — perguntou uma bela jovem.

— Oi. — Estreitou os olhos, tentando lembrar se já a tinha visto em algum lugar.

— Sei que você não me conhece, mas eu vi o seu duelo hoje. Parabéns pela grande partida. — Ela se inclinou um pouco para falar mais perto de seu ouvido.

— Poderia ter sido melhor — ele comentou.

— Deixa de ser bobo, você foi incrível. Aquele velho não vai querer jogar savas tão cedo. — Ela gargalhou.

— Aqui, senhor. — Uma mulher com uma bandeja na mão apareceu de repente e lhe entregou uma caneca.

— Eu não pedi isso — falou.

— Eu sei, foi Mor Akilli que pagou esta. — Ela apontou para ele, que acenou para Aidan.

— Obrigado, então. — Aidan acenou para Akilli com a caneca.

A bebida era amarga, mas o gosto que permanecia na boca era adocicado e o impedia de querer beber apenas um gole.

— Nossa, você é amigo de Mor Akilli! — A garota se impressionou.

— É o que parece — falou, ainda com a boca na caneca.

Em seguida, um silêncio estranho tomou conta da conversa; incerto sobre o que fazer, Aidan ficou parado, talvez assim ela fosse embora, uma gota de suor escorregou pela sua face ao se lembrar de Koral e como ficaria furiosa se o visse naquela situação.

— Parece que sua caneca está vazia.

— É verdade. — Ele nem havia notado. — Parece que meu copo está furado. — Ele riu e por alguma razão suas bochechas começaram a arder.

— Ei, Diana! — gritou. — Traga mais uma para ele.

— O mesmo? — a estalajadeira perguntou.

— Acho que vou querer um bafo de dragão — disse com uma estranha coragem brotando de suas entranhas.

— Certo.

— Pediu um bafo, é? Não é para qualquer um. — Ela sorriu e bateu com seu quadril no dele.

Olhando para a esquerda, Aidan avistou Akilli, que agora conversava com um homem de cavanhaque grisalho.

Já com a bebida em mãos, Aidan continuou a conversar.

— Estamos nos falando faz um tempo e eu não sei seu nome ainda.

— Você não perguntou. Me chamo Flaumar.

— Flaumar? — Teve vontade de rir.

— É — afirmou com um sorriso bonito. — Mas meus amigos me chamam de Flau.

— Então, Flau, está em que ano na academia? — Os olhos verdes dela pareciam atraí-lo.

— No quarto ano.

— Pretende ganhar o título Mor também?

— Claro, é o sonho de todo mundo, pena ser tão difícil. — Ela fez um biquinho.

A conversa foi momentaneamente interrompida pela discussão entre dois homens na parte de baixo. Quando foram separados, Aidan e Flaumar continuaram a conversar.

— Sabe, Flau, você tem um lindo sorriso. — Sua visão estava ficando estranha, a sua timidez, de uma maneira milagrosa, sumira por completo. Ele se sentia leve, o sorriso se abria com mais facilidade, e conversar com Flau ficou estranhamente fácil, as palavras simplesmente apareciam.

— Obrigada, você é uma graça. Pode me dar licença, Aidan, vou ali falar com umas amigas, depois nos falamos.

Aidan a observou descer as escadas e sentar-se junto às meninas em uma mesa perto do palco. Quando Flau o olhou lá de baixo, suas amigas cochicharam alguma coisa, riram, e ela lhe deu um tchauzinho.

Ao longo da noite, algumas pessoas vieram cumprimentá-lo, pagavam-lhe bebidas e perguntavam sobre a partida contra o professor. Aidan ficava rodeado de pessoas, quando uma ia embora outra aparecia. A sensação de ser popular o deixava feliz, todos riam de qualquer coisa dita por ele, todos o bajulavam.

— Ei, senhor popularidade, está na hora de ir — Akilli falou zombeteiramente.

— Você mi dixou aqui suzinhu. Eu dinha que mi distraí.

— Pelo visto, bebeu um bocado, vamos, vou te levar para casa.

— Eu tu perfeitamenti bein. — As palavras saíam atropelando sua língua.

— Deveria ter pegado leve. Vamos indo, já chega por hoje.

— Mi sulta, mi sulta, Akimi, eu tô bem. — Tentou se desvencilhar de sua mão, um esforço inútil.

Aidan só conseguia andar apoiando-se em Akilli. Eles desceram as escadas e, no final delas, Aidan esbarrou em um homem robusto de cara feia, derramando sua bebida.

— Desgraçado! — gritou o homem. Isso fez com que a música parasse, chamando a atenção de todos. — Olha o que você fez.

— Pur que nu olha por undi anda, seu pedaço di cocô — retrucou.

— Aidan, é melhor me deixar cuidar disso — Akilli interveio.

— Akimi, fica fura dissu. — Aidan ergueu os braços, com os punhos fechados e anunciou para o homem. — Istou pronto.

Cheio de raiva, o homem o agarrou, jogando-o em cima de uma mesa como se fosse um boneco de palha.

— Parece que temos mais uma briga — avisou a estalajadeira para um dos guardas.

— Eu cuido disso. — Akilli levantou as mãos, impedindo os guardas de agirem.

— Vai me pagar outra bebida, seu inseto. — O homem apertava o pescoço de Aidan com força.

— Ei, amigo. — Akilli tentava negociar com o homem. — Eu vou te pagar duas bebidas que você escolher, só solte o Aidan.

— Agradeça ao seu amigo, Aidan, porque eu teria quebrado seu pescoço.

Com as bochechas rosadas, Aidan parecia nem notar que seu pescoço corria perigo.

— Eu num me sintiria tum confianti — falou para o homem, dando um sorriso de bebê.

— Ahhhh! — o grito de dor foi alto o suficiente para que toda a taberna ouvisse.

De uma maneira prática, Aidan fez com que o homem o soltasse, quebrando seu dedo mindinho com um giro rápido de mão.

Akilli não acreditava no que via e, com espanto, falou:

— Parece que vamos precisar de alguns guardas aqui.

# Capítulo 32

## Um assassinato

Era tarde e passarinhos buscavam abrigo nas árvores fazendo um grande estardalhaço. Ao abrir os olhos, Aidan viu Koral sentada em sua cama. Rapidamente, ele viu o olhar dela passar de preocupado para irritado.

— Akilli me disse que você bebeu e ficou alterado. Arrumou briga com um homem.

— Briga? Eu não me lembro. — Havia uma dor forte em sua cabeça.

— Tem que parar de sair por aí e fazer besteiras. — Ela franzia o cenho. — De qualquer forma, já vi que você está bem, agora vou lá para fora dar um banho no Pulguinha, depois vou estudar, estou tendo lições.

— Lições?

— Sim, estou aprendendo muitas coisas para entrar preparada na academia. Agora, me dê licença. — E assim ela se retirou do quarto.

— Me dê licença? Droga, ela já está falando como eles.

Meia hora depois, Aidan comia um pedaço de carne sozinho, sentado à mesa, quando Edenor apareceu de maneira súbita.

— Como vai, Aidan?

A aparição repentina lhe causou um susto.

— Oh, me perdoe, não quis assustá-lo.

— Boa tarde, Mor Edenor — falou com esforço —, desculpe, é que minha cabeça dói.

— Hum — ele alisou sua barba pensativamente —, isso é o que acontece quando se bebe além do que você consegue suportar.

— Na verdade, eu não sabia o quanto conseguia suportar. — *E eu ri de Eliah quando me contou que conseguia beber muito e não ficar bêbado.*

— Ouvi dizer que seu duelo foi épico. Parabéns, novamente você me surpreende.

— Não foi nada, o difícil mesmo foi fazer a vitória parecer real.

— Como disse? — Uma de suas sobrancelhas se arqueou.

— Hum? — Aidan colocou a mão na cabeça e a esfregou. — Não estou falando coisa com coisa, me desculpe. — Riu sem jeito.

— Não tem problema. — Edenor levou um dos pés até a boca e retirou um pedaço de pele do dedão com os dentes, depois o cuspiu. — Ah — falou aliviado —, isso estava me incomodando muito. — Aquilo fez Aidan pensar se alguma vez o viu calçando sapatos. — Tenho boas novas para você, o conselho será amanhã.

— Amanhã? — Imediatamente, ele ficou nervoso. — A que horas eu precisarei chegar?

— No seu caso, compareça no final da tarde, todos os professores estão tão impressionados que sua participação nos testes já está certa.

— Nossa, isso é ótimo. — Ele sorriu. — Nem acredito que consegui.

— Olá, vô. — Akilli apareceu da mesma forma repentina que Edenor.

— Akilli! — Seu avô lhe deu um tapa nas costas. — Estava aqui conversando com Aidan, o conselho irá se reunir amanhã.

— Uau, é mesmo? Isso será ótimo — falou empolgado. Mas ao se direcionar para seu avô seu tom de voz mudou para algo mais sério. — Pode nos dar licença? Preciso conversar a sós com o Aidan.

— Ah, mas é claro. Até mais, Aidan. — Fez um aceno engraçado e saiu.

Agora que estavam a sós, Akilli cochichou como se quisesse evitar que alguém escutasse.

— Aidan, ontem à noite eu te trouxe para casa, deixei você no seu quarto. Lembra de ter saído depois disso?

— Não. Eu... dormi direto.

— Tem certeza? Você lembra do que aconteceu ontem no Sino Solto?

— Eu bebi com a Flau e outras pessoas. O resto eu não me recordo.

— Você entrou em uma confusão com um homem, ele quase te matou. — Akilli respirou fundo.

— Sério? — Fez uma careta.

— Hum-hum. — Balançou a cabeça. — Se não fosse por mim, você teria morrido.

— Bom, acho que devo um obrigado a você. — Ele sorriu meio envergonhado.

— A questão não é essa, o cara apareceu morto hoje.

— Hum... — Aidan não estava gostando daquele papo. — E o que eu tenho a ver com isso? Só porque tivemos uma discussão na noite anterior?

— Testemunhas disseram que viram alguém com as suas características, só que ainda era madrugada, estava escuro.

— Então, ninguém pode afirmar que me viu. — Ele ainda não conseguia se concentrar direito, mas isso não o impediria de tentar se defender.

— É verdade, no entanto, testemunhas às vezes aparecem. — O tom da conversa estava mudando e Aidan não estava gostando.

— Acredito que você tem influência suficiente para fazer aparecer. E se mesmo assim não encontrar uma, poderá tentar me fazer confessar, não é? — *Você não vai ficar no meu caminho.*

Quando o clima tenso da conversa parecia que desmoronaria de vez, Akilli falou de forma branda:

— Ei, vamos acalmar os ânimos, meu amigo. — Mostrou a palma das mãos. — Eu vou resolver esse crime e não tenho intenção alguma de te prejudicar. Entretanto, tenho que fazer o meu trabalho e cobrir todas as possibilidades, por isso vim falar com você.

— Hunf... — bufou. — Me desculpe, já estava pensando no pior. Se eu puder fazer alguma coisa para ajudar, é só falar. — Ele tentava se lembrar da noite anterior, mas pouca coisa vinha à sua mente.

— Tudo vai se acertar, não se preocupe. De qualquer forma, não acredito que tenha sido você, pois nem sequer conseguia ficar em pé sozinho, o que dirá matar uma pessoa. — Ele deu um singelo sorriso.

— É... — confirmou sem muita convicção.

— Só vou lhe dar um conselho, Aidan, como amigo. Precisa tomar mais cuidado quando beber, muitas pessoas te viram brigando com aquele homem e muitas delas sabem seu nome. Aqui nesta cidade você pode ser derrubado de todas as direções, lembre-se disso. — Ele colocou a mão sobre o ombro de Aidan, como que para consolá-lo.

Após a conversa, Aidan estava inquieto, atordoado com o assassinato, poderia ter sido ele? Não saberia dizer, quem sabe Akilli estivesse tramando algo? Ou algumas das pessoas com quem estivera na noite anterior? Se a vítima estivesse sendo um estorvo para algum deles, seria fácil matá-lo e colocar a culpa em um recém-chegado, que ainda por cima estava bêbado. Poderiam tê-lo envenenado, colocado algo em sua bebida, Aidan conhecia no mínimo duas plantas que poderiam causar um efeito parecido com amnésia ou embriaguez. Com tantos pensamentos perturbadores, ele resolveu passar o resto do dia dentro de seu quarto, não queria chamar muita atenção.

Quando pegou no sono, Aidan sonhou com o calabouço do castelo. Bruga, o brutamontes, o prendia às correntes no teto, enquanto Akilli lhe fazia perguntas.

— Confesse. Você o matou?

— Não sei — respondeu em tom nervoso.

— Escute aqui, se eu tiver que investigar a fundo, vou descobrir que foi você. Vai me fazer ter todo esse trabalho? — Akilli era assustadoramente intimidador. — Quando eu descobrir que o assassinou, irei garantir que Bruga te torture por anos. Agora confesse ou sofra.

— Eu o matei, confesso! — berrou, enquanto Akilli ria.

Ofegante e ensopado de suor, Aidan acordou. Seu quarto estava vazio, quieto, exceto pelos pássaros no jardim que cantavam naquela manhã ensolarada. Logo após o desjejum, ele resolveu passar um tempo com Koral, ela sempre o deixava feliz, os dois conversaram, se divertiram brincando com Pulguinha, comeram e ficaram juntos até o final da tarde, quando Aidan precisou ir para a academia.

# Capítulo 33

## O Conselho

— Aproxime-se do centro — disse Edenor, quando Aidan entrou. A sala em que o Conselho se reunia era oval e mal-iluminada. As cadeiras dos professores eram dispostas em círculo ao redor do centro da sala e, logo acima de suas cabeças, uma tocha ardia em cada uma das paredes atrás deles. Aidan obedeceu e aguardou ansiosamente próximo a uma vasilha de metal que o banhava com a luz das chamas que saíam de seu interior.

— É este garoto? — uma voz meio desafinada perguntou, mas não dava para ver seu rosto direito. — Não parece grande coisa.

— Por que não joga uma partida de savas com ele, Pimim? — desafiou Vromun.

— Aidan, sou o professor Malsel. — Sua voz não passava nenhum tipo de emoção. — Mor Edenor nos contou que você está bem familiarizado com Faléria; Mor Quemet, Mor Vromun e Mor Friedrich falam a seu favor também. Mesmo assim... — Suas palavras cessaram repentinamente e voltaram com uma pergunta. — Você compreende que poderá morrer durante a prova?

— Sim, senhor — *Será moleza*, pensou.

— Sabe caçar?

Aidan balançou afirmativamente a cabeça.

— Então deve saber se esconder de sua caça, não é? — o professor Malsel questionou, quase num tom cínico. — Como pode ver, esta sala é bem escura, sinta-se à vontade e me convença de que você não está mais nela.

— Quer que eu suma?

— É. Digamos que eu seja sua presa e, como tal, não posso perceber que meu predador está por perto.

— Entendi — falou já andando de costas.

Ao chegar em um canto escuro, a sombra o cobriu como uma colcha negra escondendo seu corpo por inteiro. Ele fechou os olhos, respirou fundo e se concentrou, seus batimentos diminuíram e a sensação de calmaria, que fazia seu corpo flutuar num mar negro, como quando duelou com Friedrich, voltou a aparecer.

Toda a sala estava sob um silêncio fúnebre, o único ruído perceptível era o de algumas respirações.

— Hum? — Malsel levantou-se de seu lugar. Daquela posição, o rosto magro do professor ficou visível, seus cabelos eram castanhos e alcançavam os ombros. Sem dizer nenhuma palavra ele voltou a se sentar e disse: — Estou satisfeito, pode voltar ao centro. — E deu uma rápida olhada por sobre o ombro.

Aidan apareceu e obedeceu.

— Mais alguém? — Edenor perguntou, o diretor parecia estar se divertindo, pelo tom de sua pergunta. Após um breve silêncio, continuou: — Acredito que Aidan tenha sido aprovado. Parabéns, rapaz. — Seu rosto esboçou um leve sorriso.

— Obrigado, professores — disse sem saber o que fazer direito.

— Daqui a uma semana haverá um festival, uma celebração da paz e demonstração de riqueza e poder da cidade. Lá apresentaremos você ao rei e ao povo, um pouco antes da prova começar.

— Eu não farei a prova de conhecimentos?

— Mas a prova já aconteceu, meu rapaz. — A voz era de Mor Friedrich. — Com exceção de Mor Pimim, todos nós o testamos de alguma maneira. Três professores precisam aprová-lo, e isso já é o suficiente.

— Então, eu só tenho que agradecer pela oportunidade — falou meio sem jeito.

— Não sei se agradecer seria bem a palavra — Mor Vromun falou, rindo.

— Não entendi, professor.

— Ora, Aidan, está para enfrentar a morte cara a cara. E não será fácil — Vromun explicou.

— Se não me engana a memória, esta foi a primeira vez que alguém veio por espontânea vontade nos pedir uma exceção para fazer a prova fora da época apropriada — Edenor comentou. — Você perderá a vida se não estiver bem preparado.

— Mas eu preciso fazer isso, Mor Edenor. — *Estive treinando para chegar a esse momento. Esse é meu primeiro degrau até o trono.*

— Então esta reunião está encerrada. Até o festival, Aidan.

***

No hall de entrada da academia, Aidan avistou Akilli e o cumprimentou com receio, pensando no que ele poderia estar fazendo ali.

— Ei, Aidan. — Como sempre, ele sorriu ao cumprimentá-lo. — Estava à sua espera, como foi lá dentro?

— Vão me apresentar no dia do festival.

— Ah, claro, o festival. Típico do meu avô, ele gosta de algo bem dramático.

— Está indo para casa? — Akilli perguntou.

— Sim — respondeu ainda desconfiado.

— Ótimo, vamos conversando no caminho.

Os dois caminharam em silêncio sem uma razão aparente, pegaram o caminho mais longo, o qual passava em frente a um templo. Aidan nunca havia passado por ali e acabou parando para apreciar a edificação.

— A igreja dos escolhidos do rei, o templo de Grediz — explicou Akilli.

— Grediz Theywinc, o primeiro rei — falou com o rosto todo voltado para cima, enquanto observava os detalhes.

— Sim. Existem muitos desses templos espalhados nas cidades, a maioria das pessoas tem Grediz como um Deus.

— E você não?

— Confio apenas na minha cabeça, Aidan, existem habilidades que, quando bem trabalhadas, podem ser confundidas com os poderes de um Deus, mas é apenas ciência. — Era incrível como Akilli sempre tinha certeza sobre tudo o que falava.

— Concordo com você. A magia é só outro nome para ciência.

— Hum, nunca tinha olhado por esse lado.

Após retomarem a caminhada, Akilli resolveu falar:

— Sabe, Aidan, eu cuidei de tudo.

— Do que está falando? — No fundo, ele sabia.

— Do assassinato — sussurrou.

— Eu — ele abaixou a cabeça — realmente não me lembro de nada, acha mesmo que eu poderia ter feito isso?

— É claro que não. Por isso já cuidei de tudo. Encontrei o culpado e já o prendemos. Ele tem quase o seu tamanho e o mesmo tipo de corpo. Seria fácil te confundir.

— Mas como chegou até ele?

— Pela arma do crime, uma faca. A lâmina era perfeitamente compatível com o ferimento causado na vítima. E o assassino tinha um bom motivo para matar esse cara, são muitos detalhes e eu não preciso ficar te enchendo com eles.

Feliz por tudo ter sido esclarecido, Aidan agradeceu:

— Sabe, Akilli, você tem sido um bom amigo, mais uma vez obrigado por tudo que está fazendo por mim e pela Koral. Vim sem um plano de sobrevivência decente e, graças a você, tudo está sendo possível.

— Eu que lhe devo desculpas, Aidan, por suspeitar de você. Quando as testemunhas me contaram sobre o suspeito do crime, imediatamente pensei em você, sinto muito.

— Só estava fazendo o seu trabalho. — Os ânimos se apaziguaram.

# Capítulo 34

## A INFORMANTE

— Eu me meti em confusão da última vez que estive no Sino Solto — dizia Aidan.

— É só uma noite, eu e você. Vamos voltar cedo, prometo, sabe-se lá quanto tempo você vai ficar fora nessa tal prova. Por favorzinho — Koral tentava convencê-lo. *Como dizer não?*

— Tá legal, mas vamos ficar pouco tempo.

— Ebaaa. Vou me arrumar.

Aidan já a esperava havia uma hora quando finalmente ela desceu, toda linda e exuberante em seu lindo vestido azul e branco.

— Oi — disse ela, sorrindo. — Como estou?

De bochechas ardidas e com cara de bobo, Aidan respondeu:

— Linda.

— Então, vamos logo. — Pegou sua mão e o puxou na direção da carruagem que os aguardava.

Quando chegaram ao Sino Solto, o senhor Woodson ainda arrumava as cadeiras no salão próximo ao palco.

— Boa noite, podem se sentar em qualquer lugar — disse ele aos dois.

*Seis homens no balcão, doze pessoas espalhadas pelo salão. Quem diria que o Sino Solto poderia ficar tão vazio*, observou Aidan.

— O que vão beber? — Woodson perguntou, ao mesmo tempo que limpava a mesa deles com um pano meio encardido.

— Um suco de ameixa. — Koral passou a língua pelos lábios.

— Dois, por favor — *Nada de álcool para mim.*

— Certo, trago em um instante.

— Aidan — Koral falava fitando seus olhos —, Akilli me disse que muitas pessoas morrem nessa prova, tome muito cuidado, eu não sei o que faria se você morresse.

— Não seja boba, eu conheço muito bem Faléria, você sabe disso, não há como eu morrer lá dentro.

— É, eu sei. — Koral mordeu levemente os lábios. Algo a preocupava, Aidan a conhecia.

Quando os sucos chegaram, ela bebeu um longo gole, sorriu e soltou um pequeno arroto.

— Desculpe — disse timidamente.

Aidan cruzou os braços e a encarou desconfiado.

— Você sempre arrotava lá na floresta, não precisa pedir desculpas para mim.

— É que não é um comportamento adequado para uma dama — ela explicou.

— Está mesmo aprendendo coisas novas, né? Hum — resmungou —, eu gostava mais de você antes.

— Ah, não diga isso, quando você se tornar rei, vou precisar agir como uma rainha de verdade. Por isso preciso aprender as regras de etiqueta. — Esticou as costas e elevou o rosto, como se esnobasse Aidan por não saber se portar direito. — Deveria aprender algumas coisas também.

— Minha nossa. — Balançou a cabeça, indignado com o que via. — Se continuar assim, escolherei outra rainha.

— O que disse? — Arregalou os olhos irritada.

— Vejam só, a sua postura de madame sumiu de repente. — Aidan sorriu, enquanto observava a falta de compostura dela, rosto emburrado, costas curvadas para a frente, uma perfeita posição de ataque.

Os dois caíram na gargalhada. Depois que o momento passou, Koral suspirou e disse:

— Escuta, Aidan. — Mordeu os lábios levemente. — Preciso te contar algo. Provavelmente não é nada, mas...

— Estou ouvindo.

— Sei que acha que vim aqui para passar um tempo com você, mas não é só por isso. Hoje de manhã estava brincando com o Pulguinha e acabei ouvindo uma conversa que Akilli teve com um homem magro e careca, que chegou numa carruagem.

Aidan se inclinou para a frente para ouvir melhor.

— O homem explicou para Akilli que um tal de Mor Yurus, não lembro se era esse o nome certo, estava furioso, algo aconteceu em uma das minas dele. Todos os escravos se revoltaram e um banho de sangue aconteceu.

*Isso não é bom, deixei o cozinheiro vivo e todos os outros sabem meu nome, não imaginei que a notícia fosse vir parar aqui tão rápido. Na verdade, não tinha como prever que estar hospedado na casa de um Mor que tem por objetivo capturar criminosos seria um problema.*

— O que mais o homem falou?

— Disse que duas testemunhas chegariam amanhã, ele não disse a hora. Pediu que Akilli tomasse as providências necessárias e que o tal Yurus pagaria o que ele pedisse.

— E é claro que Akilli aceitou.

— A princípio não, porque Akilli pensou que se tratasse de uma simples revolta de prisioneiros, mas quando o homem lhe disse que as testemunhas relataram que tudo havia sido arquitetado por uma pessoa, ele aceitou.

— Uma pessoa?

— Hum-hum, eu ouvi o seu nome. Akilli não disse que conhecia você, só disse que apenas poderia tomar alguma providência quando ouvisse as testemunhas.

Aidan trincou os dentes e cerrou as mãos pensativamente.

*As testemunhas podem me reconhecer.* O cérebro de Aidan trabalhava a toda potência. Quando ele se deu conta, Koral estava chorando.

— O que foi?

— Não quero que você seja preso. — Ela olhava para a caneca e as lágrimas caíam.

— Se continuar chorando assim — olhou ao redor —, isso poderá acontecer.

— Desculpe. — Ela enxugou as lágrimas.

— Lembra-se de mais alguma coisa? Sabe onde posso encontrar esse homem? — Seu rosto adquirira um ar sombrio.

— Ele disse para o Akilli que ficaria hospedado ali perto, acho que ele falou "Caminho do Vilarejo".

— É "Caminho do Viajante", sei onde fica. Ei. — Ergueu o rosto dela com dois dedos e a olhou diretamente nos olhos. — Eu vou dar um jeito, vai dar tudo certo. Acredita em mim?

— Acredito, sempre confiei em você.

— Muito bem. — Jogou o corpo para trás e sorriu. — Vamos comer alguma coisa que estou com uma fome de matar.

# Capítulo 35

## O FESTIVAL

— Aiii, estou tão animada — disse Koral a caminho da festa.

— Ficou a semana toda falando sobre isso, pelo menos agora vai ficar quieta.

— Deixe-a em paz, Aidan, ela só está extravasando sua alegria — falou Akilli num tom animado.

— Isso mesmo. — Koral cruzou os braços e virou o rosto para Aidan.

A festa era sempre realizada na praça, do lado populoso da cidade. Assim que estavam se aproximando, já era possível ouvir a música e as centenas de guardas que reforçavam a segurança. As pessoas se aglomeravam no centro da praça, onde havia um espaço, delimitado por uma cerca, em que aconteceriam as apresentações. Os atores representavam suas mais famosas peças, músicos cantavam suas melhores canções, os melhores lutadores demonstravam suas habilidades. Competições e brincadeiras entretinham a todos, este era um dia de muita alegria e comemoração.

Aidan, Koral, Akilli e sua mãe Gisela ficaram em um palanque recém-construído em frente à arena, um local de *status* para aqueles que possuíam alguma influência e dinheiro. Todos aguardavam o rei, pois somente ele poderia iniciar as festividades com o assopro do chifre dourado.

Koral estava nervosa, mas tentava não demonstrar. Há cerca de dois dias ela havia avisado Aidan sobre o emissário de Mor Yurus, desde então os dois não tocaram mais nesse assunto. Enquanto se acomodavam nas cadeiras, Koral olhava para Aidan e Akilli, eles conversavam sobre alguém e davam pequenas gargalhadas algumas vezes, era impressionante como os dois se relacionavam tão bem, pareciam atores interpretando uma peça, Akilli precisava investigar Aidan e este, por sua vez, sabendo disso, empenhava-se em interpretar seu papel de rapaz inocente e cínico.

Após um breve momento, um homem subiu em um pequeno palco onde o rei ficaria e o anunciou:

— Todos de joelhos para Sua Majestade, o rei Condigor! — E então uma linda carruagem, dourada e cheia de adornos brilhantes, apareceu.

— Aí vem ele. — Akilli se levantou e ficou de joelhos, assim como todos na praça.

Aidan foi o último a se ajoelhar e o fez com uma expressão carrancuda. Saindo pela porta de trás da carruagem, um imenso homem apareceu. Com cabelos cor de fogo e braços grossos como os galhos das árvores em Faléria, ele carregava uma espada bem larga sobre o ombro. De longe, esse era o homem mais forte que Aidan já vira. Parado na frente da porta da carruagem, ele olhou em volta, como que se certificando de que nada estava a ameaçar a segurança do rei, e falou para um criado:

— Pode abrir. — Sua voz era grossa e estrondosa.

Logo que a porta foi aberta, um homem de cabelos pretos aparentando ter seus 30 e poucos anos saiu de dentro da carruagem.

— Eis seu rei Condigor! — o homem de cabelos vermelhos gritou.

E assim se seguiram muitos aplausos e gritos. Olhando para a multidão, Aidan pôde ver muitos cidadãos que não compartilhavam tanto dessa alegria. Alguns simplesmente ficaram parados, observando o homem baixo e bem vestido que acenava e sorria para todos.

O rei se sentou no palanque central, onde havia apenas cinco assentos. À sua esquerda estava sua esposa, uma mulher muito bonita de cabelos loiros, seguida de seu filho, um menino alguns anos mais novo que Aidan. Sentados à direita do rei estavam Edenor e o homem de cabelos vermelhos.

Um servo se aproximou, ajoelhou-se e estendeu as mãos que seguravam uma caixa vermelha. O rei a abriu e retirou o chifre dourado, que não era mais longo que o braço de uma pessoa, ele tomou fôlego e assoprou.

— UUUUUUUUUUUUU — o chifre soou alto.

— Que o festival comece — disse o rei alegremente. E então vários malabaristas entraram na arena e bobos começaram a fazer a alegria das pessoas.

— Seu avô é mesmo influente, ele se senta à direita do rei — Aidan comentou.

— É, sim, meu avô deu aulas para Condigor até que ele se tornasse um Mor, hoje ele é o conselheiro de maior influência, sem dúvida.

— E o homem que está ao lado do seu avô?

— Ah, esse é o grande Mor Bisar, o principal guarda-costas do rei. Deve ser o homem mais forte que já conheci depois do meu avô. Está vendo a espada? Foi feita sob medida para ele, somente Bisar consegue manipulá-la com destreza, a maioria das pessoas nem consegue erguê-la.

Aidan olhou a espada que se encontrava embrulhada sob um material de couro. Sua lâmina era larga, mas não muito comprida.

— Existem muitas histórias sobre ele, dizem por aí que um guerreiro foi tentar bloquear o golpe de Bisar com seu escudo de aço e foi retalhado ao meio por completo como se fosse feito de papel.

— Uau!

— Uau mesmo, Mor Bisar é impressionante. Ele foi aluno de meu avô, assim como o rei, assim como eu e assim como você será quando voltar da prova em Faléria. Assim que Bisar passou na prova, ele foi obrigado a vestir uma armadura muito pesada feita de ferro puro. Treinando todos os dias com ela até a exaustão, meu avô o moldou como um verdadeiro guerreiro. Uma pessoa comum teria morrido nas primeiras semanas.

— Nossa. Espero que ele não me faça vestir uma armadura dessas.

— Haha. — Akilli riu. — Aidan, é por isso que existem os testes, é tudo para identificar melhor suas habilidades, conhecer você de uma maneira mais eficaz. Meu avô viu o potencial de Bisar como guerreiro e o poliu até virar um diamante.

Depois da apresentação de malabarismo, o rei se pronunciou.

— Caros cidadãos, peço a atenção de todos. Como de costume, teremos a apresentação de Mor Edenor e Mor Bisar, uma incrível demonstração de força que sempre me deixa estupefato.

Mor Edenor vestia roupas simples, uma calça curta e uma blusinha de seda, enquanto Bisar usava uma pesada armadura em seu peito, uma calça e botas. Os dois se posicionaram um na frente do outro ao centro da arena.

— Está pronto, meu velho? — Bisar sorriu e retirou a proteção de couro da lâmina.

Um enorme "ohhh" se seguiu, feito pelas pessoas que assistiam. A espada não tinha ponta e Bisar a manejava como se ela fosse feita de madeira.

— Um lado da lâmina é feito para cortar, o outro é para quebrar.

— Bem observado, Aidan, um lado ele usa para quebrar seus oponentes, o outro para cortar praticamente qualquer coisa. Se for pego por essa espada, mesmo que de raspão, vai ficar incapacitado, no mínimo.

Edenor tirou as sandálias, fez uns alongamentos nos braços, pernas e pescoço.

— Vai demorar muito, velhote? — Bisar estava parado à sua frente.

— Estou pronto.

— Hoje te corto ao meio. — Mesmo conseguindo manejar a espada com uma mão, Bisar fez questão de utilizar as duas para golpear Edenor com o máximo de força. — Aaaaahhh! — gritou ao descer a espada sobre seu velho professor.

A espada fez um grande "bac" ao acertar a mão de Edenor, o golpe fora dado com tanta força que a terra em volta deles voou longe pela forte rajada de vento criada. Muitas pessoas não tiveram coragem de olhar, outras gritaram, mas a expressão de assombro foi igual em todos os rostos ao testemunharem Edenor absorvendo todo aquele forte golpe com a palma das mãos.

— Mas que dro... ga.

Bisar colocava toda sua força na espada, as pernas de Edenor fraquejaram fazendo-o encostar o joelho direito no chão. Suas mãos tremiam e seu rosto fazia uma careta. No entanto, Bisar estava pior, com a cara toda vermelha e com uma veia que parecia que iria saltar de sua testa a qualquer momento.

— Vo... cê não vai ven... cer. — As palavras de Bisar saíam cortadas. A lâmina já estava quase encostando no ombro de Edenor.

— Seu avô está fraquejando — Aidan estava aflito e Akilli, tranquilo.

Edenor fechou os olhos, aspirando uma grande quantidade de ar, como se tivesse um barril dentro do peito, quando chegou ao limite de seus pulmões, suas mãos pararam de tremer, a espada já não se movia um milímetro. Calmamente, ele levantou a perna direita e tomou uma posição com as pernas flexionadas. Aos poucos, foi tirando uma das mãos que segurava a lâmina e a levou até o peito. A grande façanha de suportar a força de Mor Bisar com apenas um dos braços arrancou aplausos e suspiros de surpresa dos espectadores.

— Já vi essa posição antes. — Aidan lembrou-se da primeira vez que encontrou Edenor, foi o barulho que suas mãos faziam ao acertar o tronco de uma sequoia que chamou sua atenção.

E então Edenor soltou um grito abafado, um "aaahhh", e golpeou Mor Bisar com a palma da mão logo acima do umbigo, ao mesmo tempo que abria seus olhos. O peitoral de aço ressoou, ecoando pela praça um enorme "bonng". Inacreditavelmente, o golpe fez Bisar soltar a espada e cair a três passos de distância sobre um joelho. Com a boca meio retorcida e a mão sobre a armadura, ele falou:

— Ainda continua em forma. — E se levantou, se aproximou de seu velho professor que jogara sua espada no chão e o abraçou amigavelmente.

Os dois se entreolharam e riram como dois bons amigos, todos ao redor aplaudiram a bela apresentação. Edenor deu um aceno teatral para as pessoas e se retirou. Bisar continuou lá parado, sua armadura estava intacta, sem um amassado sequer.

Com um sorriso confiante, ele perguntou para a plateia:

— Quem quer tentar levantar minha espada? — Muitos levantaram a mão, principalmente as crianças.

— Seu avô é mesmo o máximo. — O queixo de Aidan ainda estava caído.

— Eu sei. — Deu um sorriso torcido com o canto da boca.

Aidan se esqueceu do que ia dizer ao ouvir uma voz familiar.

— Vamos, pai, eu disse que a gente se atrasaria. — Uma garota subia as escadas reclamando. — Já perdemos o evento principal.

Quando Aidan a viu, algo em seu peito se moveu, ou teria sido na barriga? Isso não importava, porque lá estava ela. Sirranda, a garota que Aidan havia salvado e com quem tanto se preocupara por muito tempo, estava ali a alguns metros de distância. Enquanto a observava, Akilli falava alguma coisa, entretanto, qualquer que fosse o assunto já não tinha mais a atenção de Aidan, tudo o que ele conseguia enxergar era Sirranda, agora mais alta, mas com os mesmos olhos verdes e seus cabelos encaracolados castanhos. Aidan não pôde deixar de notar que os seios dela haviam crescido, ele não sabia dizer o porquê, mas isso chamava sua atenção de um jeito bom.

# Capítulo 36

## Uma velha amiga

— Desculpe, Akilli, eu preciso falar com uma pessoa — avisou, sem ao menos esperar uma resposta.

Enquanto caminhava na sua direção, ele pensava: *Será que ela me reconhecerá? O que devo dizer? E se eu for um completo estranho e ela nem se lembrar mais de mim?* As dúvidas inundavam sua cabeça, porém, assim que ela o viu, elas se dissiparam como névoa. O rosto de espanto de Sirranda já transmitia tudo.

— Aidan? — Olhou-o como se visse um fantasma. — É você mesmo? — Ela o abraçou com muita força e começou a chorar. — Grediz seja louvado.

Sem saber como reagir, ele retribuiu o abraço com a mesma intensidade. Enquanto a abraçava, ele se deu conta de que estava mais alto que ela, isso o fez se sentir ligeiramente mais confiante.

— Mas o que é aquilo? — Koral observava o encontro repentino com uma cara nada amigável.

Assim que se recompôs, Sirranda falou:

— O que faz aqui, Aidan? — perguntou, enxugando as lágrimas.

— Eu vim para os testes, vou tentar ser um Mor.

— Uau! — Sirranda estava chocada. — Um Mor, é? — Olhou bem para o corpo dele. — Você está forte, alto e bonito. Se já conseguiu fazer tanto quando era menor, imagina agora.

— Você também está mais alta e... claro... — Engoliu em seco. — Bonita também.

Ela retribuiu o elogio com um deslumbrante sorriso.

— Ei, pai, deixe-me apresentá-lo ao Aidan, foi ele quem me salvou daquela vez.

O pai de Sirranda tinha olhos verdes e um bigode volumoso.

— O Aidan? — Franziu o cenho. — Minha nossa — apertaram as mãos —, sou Glovon, muito prazer, Aidan. Tenho que lhe agradecer, se não fosse por você, minha Sirranda... — Suas palavras secaram como água, mas ele voltou a falar. — Obrigado, se tiver algo que eu possa fazer, é só pedir.

— Só fiz o que tinha de fazer, senhor Glovon — respondeu com o ego inflamado.

— Aidan. — Glovon repetiu o nome como se o fizesse lembrar de algo. — Não foi você que teve uma partida extraordinária com o professor Mor Friedrich?

— Isso mesmo, senhor.

— Então é você que vai fazer a prova em Faléria — concluiu.

— Já ficou sabendo? — Aidan estranhou.

— A maioria das pessoas já sabe. As notícias correm rápido nesta cidade, meu rapaz.

— É, estou vendo.

— Uau, deve ter impressionado um bocado de gente para conseguir isso. Ou você conhece alguém muito influente. — Glovon alisou seu bigode pensativamente.

— O que é isso, pai? — Sirranda envolveu o braço de Aidan. — Ele é perfeitamente capaz, não precisa de nenhum tipo de influência.

— Se o que diz é verdade, Aidan irá se tornar um Mor. Por que vocês não se casam quando isso acontecer? Um Mor te daria uma boa vida, com certeza.

Ruborizado, Aidan começou a suar frio, sem saber o que dizer.

— Hum, eu não sei. — Ela piscou para Aidan e sorriu de canto de boca.

— Mas que droga, menina, com esse seu comportamento, eu nunca conseguirei te arrumar um marido — resmungou nervosamente.

— Não quero me casar por interesse, e sim por amor — falou zangada.

— Você vai arruinar nossa família, garota, escute o que estou te dizendo. — Seu pai puxou as calças, que caíam, para cima do umbigo.

— Chega dessa conversa, pai. — Ela revirou os olhos. — Ei, Aidan, por que não damos uma voltinha?

— Ãh — disse timidamente, enquanto olhava para o pai dela.

— Venha, vamos. — Sirranda o puxou impulsivamente, sem dar satisfação para seu pai.

— Foi um prazer, senhor Glovon. — Aidan acenou e o senhor Glovon retribuiu com um sorriso.

Eles andaram por um tempo em silêncio, até chegarem a uma árvore, em um lugar mais reservado dentro dos muros da cidade.

— Aidan. — Sua voz estava trêmula. — Pode me perdoar por aquele dia? Se eu não tivesse ido para Faléria, aquilo não teria acontecido.

— Sirranda, não precisa pedir meu perdão. O importante é que estamos bem, graças àquele dia fatídico hoje estou aqui, quem sabe onde eu estaria se tivesse continuado na fazenda?

— Obrigada, Aidan, você sempre foi tão gentil. Quando soube que havia sumido dentro de Faléria, eu não tive mais esperanças e me culpo desde então. — Algumas lágrimas escorreram por seu rosto. — Onde esteve esse tempo todo?

— Resumidamente, depois que me perdi na floresta, fui sequestrado e obrigado a trabalhar como escravo.

— Quer minha resposta resumida também? — Aproximou-se de seu rosto e o encarou diretamente nos olhos. — Você ainda não sabe mentir bem — sussurrou.

Ele deu de ombros sem se importar.

— Pensando bem, foi uma época não muito diferente de quando eu trabalhava na fazenda. — Tentou fazê-la rir.

— Isso não tem graça — falou rispidamente. — Eu ficava indignada pela maneira como vocês eram tratados na fazenda, assim que eu assumir os negócios isso tudo acabará. — Repentinamente, a expressão pesada que cobria seu rosto se dissipou. — Veja ali. — Apontou para o lado.

— É uma macieira — falou como se não significasse nada.

— Vamos nos sentar debaixo dela e relembrar nosso primeiro encontro. — Ela o pegou pela mão, guiando-o até a árvore.

— Hum? — Aidan olhou de relance uma sombra. *Droga*, pensou.

— Algo errado? — Sirranda perguntou.

— Ah, não — respondeu sorridente.

Sirranda deitou-se sob a árvore e ficou admirando o céu azul, aquele realmente era um dia bonito.

— Sabe, costumava vir aqui para pensar em você, espairecer um pouco a cabeça. Não lembro se te falei, mas fui para a fazenda, naquela época, porque meu pai recebia muitas ameaças. Ele devia dinheiro a algumas pessoas, mas agora está tudo bem.

— Que bom, fico aliviado. Não posso estar perto para salvá-la sempre.

— Seria bom ter você como meu guarda pessoal.

— E o que tem feito em Nolat, Sirranda? Estuda na academia? — Aidan perguntou, enquanto tentava encontrar alguma maçã.

— Não me interesso muito por essas coisas. Passo boa parte do tempo acompanhando meu pai, aprendendo sobre os negócios da família, mas gosto de praticar com meu arco e flecha, ver brigas no salão de treinamento da academia e também passo algum tempo ajudando madame Corindon na enfermaria. E algumas vezes faço visitas com meu pai na casa de famílias ricas, sendo exibida como um troféu para algum pretendente.

— E ninguém pediu sua mão em casamento ainda?

— Muitos, mas ninguém que me interessasse. Meu pai não é do tipo que consegue impor sua vontade sobre mim. Eu já disse a ele que tem que ser alguém de quem eu goste. — Ela o olhou nos olhos e sorriu carinhosamente, deixando Aidan desconcertado.

— Você fala muito sobre seu pai. E sua mãe?

— Ela morreu há cerca de um ano, estava muito doente. — Comprimiu os lábios ao lembrar.

— Sinto pela sua perda.

— Ahá, aí está você — disse Koral, quebrando todo o clima.

*Então resolveu aparecer*, ele pensou meio sem graça. O choque em encontrar Sirranda foi tão grande que Aidan se esqueceu completamente de Koral ao sair do festival. Quando notou que alguém os estava seguindo, ele teve medo, pois sabia que era ela, mas sua falta de tato em relações sociais só o fez empurrar a situação com a barriga e aguardar o que estava por vir.

— Sua amiga? — Sirranda perguntou.

— É — respondeu desconcertado.

— Como vai? Me chamo Koral. — Forçou-se a produzir um sorriso no rosto.

*Uau, esse sorriso é de dar medo*, Aidan pensou, receoso de que Sirranda percebesse.

— Que nome bonito, eu me chamo Sirranda, muito prazer. Sente-se com a gente — Sirranda falou, retribuindo o sorriso com outro que parecia ser natural.

Koral agradeceu e se acomodou bem no meio dos dois.

— E então, sobre o que vocês estavam conversando?

— Sobre a época em que a gente se conheceu, há alguns anos — explicou Sirranda, que se endireitou, ficando de frente para eles dois.

Paralisado, Aidan suava frio, enquanto tentava disfarçar o nervosismo.

— Ah, é mesmo? Engraçado, ele nunca me falou nada sobre você. — Ela olhou para Aidan. Se os olhos dela pudessem lançar flechas, ele estaria morto.

— Acho que ele pensou que nunca mais fosse me encontrar. Por isso acabou se esquecendo de mim. — Sirranda o encarou rapidamente, mas Aidan não a conhecia tão bem como conhecia Koral para identificar que tipo de olhar era aquele.

— Acho que tem razão, nós ficamos tanto tempo juntos que provavelmente o fiz se esquecer de você. — Dessa vez sua voz saiu um pouco alta e alterada. — Pois, afinal de contas, eu serei a esposa dele. — Koral envolveu o braço de Aidan, que por sua vez não fazia ideia alguma de como proceder naquela situação, estava se sentindo um boneco.

— Esposa? Você até que é bonitinha, mas acredito que o Aidan iria preferir uma mulher de verdade em vez de uma menina. — Dessa vez, Sirranda fez uma careta debochando de Koral.

*Essa não!*

— Olhem, garotas, acho que começamos com o pé errado. — Ele sorria sem jeito, enquanto mostrava as palmas das mãos em sinal de paz. — Não seria melhor conversarmos sobre outra coisa?

As duas o ignoraram por completo. Com o ego arranhado, Koral falou:

— Aidan prefere meninas como eu, e não mulheres experientes como você. Quem sabe quantos homens você já trouxe aqui? — Ao mesmo tempo que cuspia as palavras, quase perdendo a calma, Koral cravava suas unhas no braço dele.

— Nunca trouxe ninguém para cá, só achei um bom lugar para...

— Para beijá-lo — Koral completou a frase.

— Fique sabendo que eu não sou qualquer uma. Nem sei por que ainda estou aqui discutindo com uma garotinha. — Agora Sirranda estava irritada. — E, pelo visto, aonde eu for com ele você irá atrás, então depois nos falamos, Aidan, quando estiver sem o seu cachorrinho. — Dito isto, ela se levantou e se afastou.

— Cachorrinho? — Koral largou o braço de Aidan e já se preparava para ir atrás de Sirranda, quando foi agarrada por Aidan, totalmente sem graça pelo que estava acontecendo. — Me solta! — ela berrou.

— Não vou te soltar até Sirranda sair de vista.

— Ela me chamou de cachorra, quem ela pensa que é? — Koral se contorcia tentando desvencilhar-se dos braços dele, um esforço em vão.

Antes de sair completamente de vista, Sirranda deu um assobio fazendo com que os dois parassem de se atracar no chão e olhassem para ela, que assoprou um beijo para Aidan junto com uma piscadinha, apenas para provocar Koral.

— Essa garota não sabe com quem está se metendo! — Koral gritava, louca de raiva.

Quem passava pelo local se afastava ou voltava pelo caminho pelo qual tinha vindo.

— Calma, ela já foi! — avisou aos berros.

— Como vou me acalmar, quando vejo essa mulher roubando você de mim? — Dessa vez ela não gritou.

— Ninguém está me roubando de você, nós só saímos para conversar — falou com uma voz menos nervosa.

Aos poucos, Koral se acalmou e Aidan pôde largá-la cautelosamente. Quando ele percebeu, ela estava chorando. *Oh, não.*

— Não precisa chorar, Koral.

— Por que me acha tão feia? O que quer de mim? Você a ama?

— Você é linda, Koral, só quero que se acalme.

— Você não respondeu se a ama.

— Amar? Tenho assuntos mais importantes para me preocupar, não estou pensando em nada disso agora. Venha. — Ele esticou a mão para ela, que mesmo chorosa a segurou e foi andando com ele, como uma menina dengosa.

# Capítulo 37

## O INVESTIGADOR

Akilli observava Aidan abraçando a filha de Glovon Honny. *Então ele a conhece.*

— Mor Akilli — um soldado o chamou cortando seu raciocínio.

Akilli o encarou, analisando o homem.

*Respiração ofegante, suor, aflição nos olhos, mão direita segurando o cabo da espada com força, um reflexo subconsciente de proteção.*

— Onde foi o assassinato? — perguntou, deixando o soldado perplexo.

— Na estrada de Nolat.

— Me arrume um cavalo — ordenou, enquanto o soldado obedecia. Akilli se virou para avisar Koral que iria se retirar, porém ela já não estava mais lá.

***

A uma hora de cavalgada pela estrada de Nolat, Akilli viu o que parecia ser uma carruagem-forte, uma carruagem usada para transportar criminosos.

— Mor Akilli. — O homem de bigode e barriga avantajada aproximou-se.

— Sargento Fordman. — Akilli desceu do cavalo.

— Isolamos toda a área ao redor como o senhor sempre pede. Há quatro corpos, dois são soldados de Helsinborg e os outros dois são prisioneiros.

— Hum... — Akilli olhou mais de perto os homens, havia, estampado em suas malhas de aço, um martelo cruzado por uma espada, símbolo da cidade de Helsinborg.

— Mor Yurus não vai gostar nada disso — falou o sargento com preocupação.

— Esses soldados estavam levando duas testemunhas para mim. — *Parece que você chegou primeiro, não é, Aidan?* — Sargento, peça a um de seus homens para ir até a cidade e procurar um homem chamado Portigus, traga-o até aqui. Ele está na hospedaria Caminho do Viajante. Se não encontrá-lo lá, procure no festival, ele é magro e careca.

— Sim, senhor.

Fordman foi falar com um de seus homens, enquanto Akilli dava uma boa olhada nos corpos. Ele agachou-se para olhar de perto. Os dois soldados tiveram o tronco perfurado diversas vezes, a espada de um deles estava ensanguentada e fora deixada ao lado do prisioneiro gordo, que teve a garganta cortada. A espada do outro guarda ainda estava embainhada. O segundo prisioneiro, um jovem alto e forte, teve o peito perfurado bem no coração e estava ao lado do corpo do soldado. Akilli também olhou dentro, nas laterais e em cima da carruagem-forte.

— E então, senhor, o que vê? — O sargento Fordman voltara, ele sempre gostava de ouvir as análises de Akilli sobre os crimes, era como se estivesse diante de um feiticeiro ou vidente, isso sempre o impressionava.

— Bom, todos eles foram mortos pela mesma espada, a deste soldado. — Apontou para o homem morto.

— Isso é óbvio. — O sargento também queria parecer esperto.

— Sim. E foram mortos enquanto ainda estavam desmaiados.

— Desmaiados, senhor? — O rosto de Fordman transmitia toda sua aflição por não compreender como Akilli havia chegado a essa conclusão.

— Há uma pedra em cima da carruagem e os dois guardas possuem hematomas nas laterais da cabeça, isso indica que o objetivo do nosso assassino não era matá-los. Ele usou a pedra para deixá-los inconscientes. Primeiro fez com que parassem a carruagem, subiu por trás silenciosamente e os acertou em cheio, assim ele garantiu que os soldados não o vissem e consequentemente não precisaria matá-los. Nosso assassino estava atrás das testemunhas e deixou a pedra para me dizer que não matou os soldados, o jovem prisioneiro é que o fez, provavelmente os odiava, ou odiava qualquer coisa relacionada a Helsinborg ou

Yurus. Posso dizer isso devido aos vários golpes que eles levaram no peito, são irregulares e de diferentes profundidades. Além disso, o prisioneiro está com o rosto, as mãos e as pernas salpicadas de sangue, sendo que a região das canelas estão mais sujas, o que indica que ele ficou em pé ao lado dos corpos dos soldados enquanto os golpeava. E embaixo dos soldados podemos ver perfurações na terra feitas pela ponta da espada, que transpassou seus corpos atingindo o chão.

Fordman estava feliz consigo mesmo por ter conseguido acompanhar o raciocínio de Mor Akilli dessa vez.

— Eu havia pensado que era uma tentativa de resgatá-los...

— É claro que não, sargento, veja a posição em que o prisioneiro gordo se encontra. — Akilli apontou, as pernas dele ainda estavam um pouco dobradas e o corpo estava caído para o lado. — Este homem implorou pela vida antes de morrer. O assassino só queria calar as testemunhas. Vamos esperar por Portigus, ele ficará furioso.

— E como faremos para achar o assassino, senhor? Parece não haver pistas.

— Eu tenho uma ideia de quem seja. Portigus conversou comigo há cerca de dois dias, porém, sem testemunhas ou alguma outra prova, não posso fazer nada.

Enquanto aguardava a chegada do emissário de Mor Yurus, Akilli observava toda aquela cena horrenda recostado no tronco de uma árvore e com as mãos nos bolsos da calça, sozinho com seus pensamentos. *Sua frase deveria ser completada da seguinte maneira, sargento Fordman, parece não haver pistas para olhos desatentos. De qualquer forma, essas mortes só aconteceram porque eu deixei uma trilha de migalhas para Koral. Aidan simplesmente as seguiu como se fosse um pombo numa praça.* Akilli achou graça de seu pensamento. *Agora sei que as histórias que Portigus contou são verdadeiras, porém estou meio decepcionado, com tanto talento achei que ele poderia ser um bom adversário.*

— Ahn... — Akilli suspirou entediado.

Duas horas depois, o soldado a quem o sargento incumbira a missão de encontrar Portigus retornou sozinho.

— Sargento Fordman, Mor Akilli. — O homem desceu do cavalo às pressas. — Portigus está morto.

— Ele estava na hospedaria?

— Sim, Mor Akilli.

— Vou até lá. Sargento, recolha esses corpos, já sei tudo o que preciso saber aqui.

***

Dois soldados guardavam a entrada do quarto. Quando entrou, Akilli percebeu que o cômodo não estava bagunçado. Portigus estava sentado com a cabeça sobre a mesa, parecia estar dormindo. Akilli o olhou, analisou, o tocou e o moveu.

— Droga. — Ele deu uma singela gargalhada, em seu rosto a expressão de alguém que estava se divertindo. — Vou precisar levar este homem, a princípio, não sei dizer como ele morreu. — *Isso está ficando interessante.*

— Provavelmente foi envenenado, Mor Akilli — comentou o soldado.

— É possível, mas venenos deixam rastros, aparentemente ele não estava bebendo nem comendo nada, não há cheiros estranhos na mão dele, nem cortes ou furos aparentes em sua pele. Precisarei de ajuda para analisar o corpo melhor. Levem-no para o departamento de Mor Quemet na academia.

— Sim, senhor.

— O senhor é o dono do estabelecimento? — perguntou a um homem que estava próximo da porta.

Ele fez que sim com a cabeça.

— Não viu ou ouviu nada de estranho vindo deste quarto? Alguém veio procurá-lo?

— Não, Mor Akilli, o homem ficou o dia todo aqui dentro, não pediu nada para comer, eu juro — respondeu, esfregando as mãos, era evidente que ele estava com medo.

Akilli deu uma boa olhada novamente em todo o quarto, estava tudo tão arrumado, principalmente a escrivaninha em que Portigus morrera. Não havia marcas de dedo, e o tinteiro com a pena embebida no frasco era o que mais destoava daquela cena toda, estava cuidadosamente posicionado ali.

Uma sensação de angústia começou a tomar conta de Akilli, isso era um tanto estranho para ele e o deixou apreensivo, ansioso. E foi com passos largos e pesados que ele deixou o quarto, precisava analisar o corpo imediatamente.

# Capítulo 38

## Um novo meio de matar

— O que temos aí, Akilli? — O professor Quemet olhava para o corpo nu estendido em sua mesa de dissecação. — Para me tirar do festival, creio que seja bem sério.

— Professor, este homem foi assassinado, mas não consegui dizer qual foi a causa da morte. — Akilli debruçou-se na mesa e observou o corpo em busca de algo que lhe tenha passado despercebido.

— Hum, vamos dar uma olhada — disse Quemet, prendendo algo parecido com um cinto na cabeça, com muitas lentes de aumento acopladas próximo à posição dos olhos. O professor se curvou sobre o corpo, abaixou duas das lentes presas ao cinto para a frente de seu olho direito e começou a análise do cadáver. — Sem hematomas, inchaços, cortes. Pegue meu kit, está ali em cima da prateleira. — Quemet colocou a palma da mão sobre o peito de Portigus, parou por alguns segundos e falou: — Vinte e seis graus centígrados. — Depois abriu as pálpebras. — Os olhos estão secos — comentou. Em seguida, apertou os músculos em vários pontos do corpo do cadáver. — *Rigor mortis* elevado — observou. Com o auxílio de uma lâmina, Quemet fez um pequeno talho nas costas de Portigus, coletou um pouco de sangue sobre uma placa de vidro e o misturou a uma solução de um de seus pequenos frascos. Após alguns minutos observando a placa, ele disse: — Não houve reação, a morte ocorreu há pelo menos vinte e quatro horas e há menos de dois dias.

— Os homens cujos corpos encontrei hoje na estrada morreram bem depois de Portigus. O assassino veio até ele, conseguiu a informação sobre a provável hora em que a carruagem-forte chegaria e então o matou. Depois foi para a estrada e esperou. — A informação do professor só confirmou suas suspeitas.

Akilli entregou um velho estojo para Quemet, que o desenrolou com grande habilidade sobre uma segunda mesa. Nele havia pinças, lupas, várias lâminas retangulares feitas de vidro e dezenas de pequenos frascos cheios de líquidos coloridos. Quemet colocou uma gota de sangue de Portigus em três lâminas de vidro e pingou sobre elas uma gota de diferentes soluções de seus frascos. Na primeira lâmina colocou gillaes, na segunda, clotrinum, e na terceira, maunguado. Esses reagentes mostrariam qual o tipo de veneno foi utilizado na vítima, se foi de origem animal, vegetal ou mineral. Quando identificada uma dessas origens, outras substâncias seriam utilizadas até se encontrar o veneno exato. Enquanto esperava para ver se haveria alguma reação, Quemet vasculhou minuciosamente cada centímetro do corpo de Portigus com sua lente de aumento.

— Hum, o que temos aqui? — As palavras de Quemet fizeram Akilli se aproximar. — Dê uma olhada mais de perto aqui na nuca — disse ao mesmo tempo que pegava uma de suas lupas para Akilli poder enxergar melhor.

— Parece um pequeno arranhão — reparou ao olhar pela lente.

— Ponta de faca — explicou. — O assassino provavelmente o surpreendeu dessa maneira, o ameaçou com a ponta de sua faca. Foi assim que Portigus contou para ele.

— Não houve reação — Akilli falou e Quemet olhou intrigado para as lâminas. — Não é nenhum veneno, pelo menos não um que a gente conheça.

— Isso é impossível. — Os dois olhavam para as lâminas na esperança de que num último segundo elas reagissem, mas nada aconteceu. — Posso tentar fazer reagentes novos, esses podem estar velhos demais.

Akilli resistia à vontade incontrolável que tinha de rir, era demasiadamente inapropriado, mas a excitação de estar diante de algo novo o consumia por dentro, ele precisava, ansiava por entender o que acontecera, como Portigus morrera.

— Vamos abri-lo — disse Akilli.

— O quê? — Quemet o encarou, abrir o corpo de um homem sem autorização, ainda mais sendo de outra cidade, poderia trazer implicações. —

Este homem não é um qualquer, Akilli. Deve ter família e Mor Yurus pode começar uma grande confusão por causa disso, talvez uma guerra.

— Em primeiro lugar, Mor Quemet, Yurus ficará mais furioso ainda se não descobrirmos como um de seus emissários morreu. E em segundo lugar, estou pouco me importando para o que ele pensa. — E foi com esta frase que eles encerraram a breve discussão.

Por duas horas, os dois dissecaram o corpo, cada órgão foi retirado e estudado.

— Não consigo acreditar. — Quemet sentara-se na cadeira, exausto e suado, enquanto mordia o lábio inferior, consternado.

Todos os órgãos estavam espalhados pela segunda mesa, por toda parte viam-se sangue e vísceras. Por um momento, Akilli lembrou-se de seu quarto ano na academia, a oficina do professor Rimegan ficara uma bagunça na disciplina de estudos do corpo humano.

Aquele jogo estava ficando muito interessante, aparentemente Aidan tinha cartas escondidas na manga. Submerso em pensamentos, Akilli jogou sua camisa suja de sangue fora e lavou as mãos com bastante sabão em uma bacia com água.

— O que pensa em fazer? — Quemet perguntou, sabendo que seu antigo pupilo já considerava outras ideias.

— Vou procurar ler alguns livros, de repente falo com meu avô, ele é muito sábio; nós, mais que ninguém, sabemos disso.

— É, faça isso. — Quemet encarava Portigus e seus órgãos, tentando imaginar como limparia aquilo.

# Capítulo 39

## O INÍCIO DA PROVA

— Atenção para o pronunciamento do rei. — Todo o murmúrio na praça cessou.

O rei se levantou limpando a boca suja de vinho e falou:

— Nobre povo de Nolat e seus convidados, gostaria de lhes apresentar o novo candidato a se tornar um Mor. Pelo que ouvi dizer até o momento, ele possui grandes habilidades e é muito inteligente, com seus catorze anos quase venceu o melhor estrategista das sete cidades, Mor Friedrich, numa partida de savas. Aidan Kirek, se aproxime. — O rei ergueu os braços, fazendo reluzir seus anéis de ouro.

Ao subir no palanque, Aidan foi ovacionado e recebido com um abraço pelo rei Condigor. A rainha lhe fez uma singela reverência com a cabeça e seu filho o ignorou, enquanto, por sua vez, Aidan forçava seu melhor sorriso, retribuindo educadamente os cumprimentos que recebia.

— Está pronto, Aidan? — Condigor perguntou, parecia estar mais ansioso que ele.

— Sim, Majestade — respondeu.

O rei se sentou e Edenor se levantou, alisando sua barba, e falou:

— Aidan, o Conselho dos Professores Mor da academia de Nolat aprovou sua participação na famosa prova, em Faléria, para começar seus estudos como aluno Mor. Vou lhe explicar as regras, responder suas dúvidas e imediatamente depois daremos início à sua prova. Entendeu?

— Sim. — Aidan virou a cabeça e olhou a multidão, todos estavam assombrosamente calados.

*Pensando bem, uma prova exclusiva e para alguém tão jovem é realmente algo assustador*, pensou.

— A prova terá duração de três meses no máximo, você precisará encontrar um dos sete objetos que estão escondidos em Faléria e me entregar um. Aqui está o mapa com a localização de todos. — Aidan deu uma boa olhada no mapa e o dobrou, guardando-o no bolso.

*Os objetos mais próximos estão em locais mais perigosos. Devo levar no mínimo uns quinze dias para completar a tarefa. Moleza.* A confiança inundou seu interior e ele teve de lutar contra a vontade de sorrir.

— Entretanto — Edenor continuou —, como esta é uma prova especial, requer regras um pouco — ele fez uma pausa dramática e deu o que pareceu ser uma rápida piscadela para Aidan — especiais.

— Ãh? Regras especiais? — Sua cara se entortou em uma careta.

— Que entrem nossos outros concorrentes — anunciou.

Um homem magro com um bigode, que ia até o final de seu queixo, e dois rapazes subiram no palanque. Logo depois, uma carruagem-forte parou próximo a eles, formaram uma espécie de parede com lanças e abriram as portas, de onde dois homens mal-encarados saíram com grilhões presos às suas mãos. Assim que todos foram postos um ao lado do outro, Edenor começou as apresentações.

— Senhoras e senhores, eis nossos concorrentes, eles irão participar desta prova assim como Aidan, com uma pequena diferença. Mas primeiro deixe-me apresentá-los. Estes dois jovens, alguns de vocês já devem conhecê-los, Caico Demortras e Rebdiz Baldgar. Há poucos anos eles conseguiram passar na prova em Faléria, juntamente com Akilli. Entretanto, estão com dificuldades de conseguir atender às expectativas dos professores Mor. — Aidan lembrou-se de Caico, o garoto de cabelos pretos compridos, ele estava no salão de lutas enfrentando dois garotos ao mesmo tempo. O outro ao seu lado, Rebdiz, o rapaz de cabelos crespos, era mais baixo e ele não o conhecia. — Este — colocou a mão sobre o ombro do homem de bigode comprido — é Ianos, um excelente rastreador e caçador que conheci. Ele se mostrou interessado e então eu o convidei. Este outro — apontou para um dos homens acorrentados, raquítico, sem pelo algum no corpo, suas duas orelhas eram adornadas com seis pequenos brincos de argola e algumas partes de seu corpo eram cobertas com pinturas grotescas de pessoas deformadas — é Mor Plondus, treinado pelo próprio professor Mor Malsel. — As pessoas ao redor fizeram um som de espanto, o homem tinha cara de mau e principalmente de louco. — Quando seus olhares se cruzaram, o homem balançou a língua para Aidan e passou um dedo no pescoço, ao mesmo tempo que arregalava seus olhos. — E por último temos Krom. — O maior e mais forte dos cinco, com cabelos longos até o meio das costas. Seus ossos do rosto pareciam querer saltar da pele, assim como as veias de seus braços musculosos. — Um bárbaro que prendemos recentemente.

Enquanto os observava, Aidan pensava no que estava por vir. *São meus concorrentes, mas Edenor disse que as regras seriam especiais, um Mor vai participar da prova, os dois garotos já participaram dessa prova, então não podem fazer a mesma prova novamente, não seria válido. Então, não estarão atrás dos objetos.*

— Ah, droga! — A conclusão de seus pensamentos o acertou como uma flecha.

— Estes cinco senhores aqui têm muito a perder, com exceção de Ianos, que tem muito a ganhar. Não é, meu amigo? — Edenor deu uma risada ao bater com sua mão no bolso para ele. — Eis as regras para vocês. Para vencerem a prova, terão que encontrar Aidan e me trazer a sua cabeça. Utilizem qualquer meio que acharem necessário, não existem restrições. A única regra que não podem deixar de seguir é que devem matá-lo com suas próprias mãos. Alguma pergunta? — Edenor entrelaçou as mãos atrás das costas e aguardou.

*Não ia deixar que fosse tão fácil, não é, velho miserável?* Como se estivesse lendo sua mente, Edenor deu um pequeno sorriso para ele.

— Como você vai saber que foram eles mesmos que cortaram minha cabeça?

— Ora, Aidan, esses são homens honrados, é claro que... — levou a mão até sua barba e a coçou pensativamente — Ianos e Mor Plondus não devem se importar mais com algo tão imaterial como a honra, e o bárbaro muito menos. — Coçou a cabeça. — Bom, fazer o quê, né? Mais alguma outra pergunta?

Aidan precisou trincar os dentes para extravasar a raiva.

— Fique calmo, garoto, não perca a cabeça. Não ainda. — Plondus caiu na gargalhada, enquanto cutucava o bárbaro ao seu lado, mas não obteve resposta.

— Muito bem, sem mais perguntas. Majestade, por gentileza. — Edenor levou a mão até ele. Atrapalhadamente, Condigor passou as mãos por sua roupa vistosa, procurando alguma coisa. Quando achou, fez um bico e tirou um objeto redondo de ouro de dentro de um bolso escondido em seu robe. Edenor o pegou, abriu o objeto puxando uma espécie de tampa para cima e disse: — Aidan, a partir de agora você tem uma hora de vantagem, boa sorte. O tempo está correndo. — Mostrou a frente do objeto, que tinha três ponteiros e muitos números.

Sem pensar muito, Aidan correu, passou pelo palanque onde Koral e Sirranda estavam, olhou para as duas e fez um cumprimento rápido com a mão, sem saber direito para qual das duas havia direcionado. Preparado, ele já estava com sua faca na cintura e um cavalo à sua espera. A princípio, isso era tudo o que iria precisar para sobreviver.

— Tome cuidado! — ouviu Koral gritar.

Ao se desvencilhar da multidão eufórica, Aidan viu seu cavalo onde o tinha amarrado meia hora antes. Quando montou nele, saiu em disparada para a estrada, no entanto, como um fantasma, Akilli apareceu montado em um cavalo, bloqueando o avanço de Aidan ao se posicionar na sua frente.

— Akilli, estou no meio da prova — se irritou. *Não pode me prender, não há testemunhas nem evidências.*

— Que bom que o alcancei. — Seu rosto aparentava alegria. — Tomei a liberdade de lhe trazer um dos nossos cavalos, um garanhão da mais pura raça Spart. Ele lhe fará economizar uma hora de viagem.

Aidan observou o animal, era magnífico e, sem pensar muito, fez a troca, agradecendo a gentileza de Akilli.

— Tome cuidado, Aidan, passei rapidamente pela praça e vi que Plondus foi apresentado para participar. Acredito que, de todos ali, esse é o mais perigoso, um exímio assassino.

— Obrigado, Akilli, você é um bom amigo. — Os dois se despediram com um forte aperto de mãos.

# Capítulo 40

## Emboscada

Quando passou pelo vilarejo de Corpein, Aidan se sentiu aliviado. A sensação de estar sendo caçado e não saber o que o aguardava a cada curva na estrada o estava deixando angustiado. Ao mesmo tempo que queria ganhar tempo, uma parte dele achava que deveria ir devagar, sair da estrada e seguir a pé pela mata que a circundava. Entretanto, faltava pouco para chegar em Faléria. Quando conseguisse entrar na floresta, estaria em casa.

— Sinto muito cavalinho, iou! — Bateu com os calcanhares no animal, exigindo mais velocidade.

Espantosamente, o cavalo respondeu correndo com a mesma energia do começo da jornada. Quando a noite dava sinais de que alcançaria os céus, Aidan viu ao longe Faléria com sua cobertura verde que alcançava até onde os olhos podiam enxergar. O sol estava se pondo no horizonte, dando a impressão de que se esconderia atrás dos milhares de árvores da floresta. Seus lábios não puderam deixar de formar um sorriso, provavelmente o sorriso mais natural que dava desde que viera para Nolat. Por um momento muito breve, Aidan se esqueceu de suas preocupações e sentiu um peso saindo de suas costas, era como se pudesse voar. Ironicamente seu cavalo soltou um relincho, parando abruptamente, fazendo com que Aidan fosse arremessado para a frente. Quando estava para cair de cara no chão, ele pensou rapidamente e fez com que o ombro recebesse o primeiro impacto e dissipasse a força da queda ao longo das costas em uma espécie de cambalhota. Aidan teve o cotovelo e parte das costas raladas, uma pequena consequência para um acidente tão perigoso, ainda mais na velocidade em que estava cavalgando. Contudo, antes que pudesse levantar, uma besta já estava apontada diretamente para sua cara.

— Calminha aê, garoto. — A voz vinha de um homem de barba negra, parado na beirada da estrada. — Está vendo esse homem com a besta? Se tentar alguma coisa, qualquer coisa, acertamos você, simples assim. Você me entendeu? Balance a cabeça para eu ver. — Aidan obedeceu. — Ótimo. Agora, levante-se devagar.

Novamente, Aidan obedeceu. Seu cavalo tivera as duas patas da frente decepadas, no chão ele notou uma fina corrente rodeada por pequenas lâminas.

Dois homens arrastaram o cavalo para dentro da mata, limparam os rastros e o sangue da estrada. Um deles trouxe outro cavalo e com um tapa na traseira do animal o pôs a galopar na direção em que Aidan ia.

— Rápido, rápido. — O homem de barba negra coordenava a ação.

*São espertos e bem organizados, não são simples ladrões de estrada, estavam me esperando.* O homem da besta não tirava os olhos de Aidan. Em pouco tempo eles ajeitaram tudo.

— Você me segue e não tente nada. — Apontou para Aidan, depois olhou para o homem da besta e disse: — Se ele sair da trilha, atire, os outros três fiquem atentos.

Assim, Aidan seguiu o homem da barba negra, e foi seguido pelos quatro comparsas.

— Viu os olhos dele? — alguém cochichou lá atrás. — Esse garoto não é coisa boa.

— Cala a boca — outra voz respondeu.

Depois de andarem por um bom tempo, pararam no que parecia ser um acampamento. Uma fogueira ardia e um rapaz que devia ter seus 16 anos cozinhava alguma coisa numa panela de ferro.

— É ele? — perguntou.

— Não, nós apenas o trouxemos por prazer — debochou um dos homens.

— Dolian, veja se ele tem alguma arma escondida. — A pele marcada por cicatrizes que se escondiam atrás das rugas de seu rosto só confirmavam o que Aidan já sabia, o homem da barba negra era experiente, a vida com certeza lhe ensinara muito.

— De pé e fique de costas — disse Dolian, um homem de estatura baixa, mas de braços fortes.

Aidan o obedeceu ao mesmo tempo que seus olhos percorriam todo o acampamento. Um deles mantinha a besta apontada para ele o tempo todo. *Desviar de uma flecha enviada por uma coisa dessas, a uma distância tão curta, seria impossível.* Aidan olhava fixamente para a arma, enquanto Dolian o revistava. Ao terminar, ele se dirigiu ao líder carregando a faca e o mapa encontrados.

— Ele estava apenas com isso.

— Uma faca e um mapa? — disse com um toque de admiração. — Pensa em ir a Faléria só com essas coisas?

Eles riram debochadamente.

— Pelo visto não vou a lugar algum — respondeu imóvel e com o rosto livre de temor.

A singela Lua que brilhava naquela noite iluminava timidamente o céu.

O líder observou Aidan com curiosidade e disse:

— Você não me parece com medo. E, acredite, eu sei reconhecer o medo. — Seus olhos azuis reluziram conforme as chamas da fogueira se movimentaram. — Venha, vamos sentar perto do fogo para comermos algo. — Ele abriu a boca imitando o gesto de mastigar, com isso, alguns de seus dentes de ouro brilharam.

Aidan foi seguido de perto por Dolian e o homem da besta, os dois se sentaram a alguns metros atrás dele, que, por sua vez, sentou-se ao lado do líder, próximo à fogueira, como ele havia mandado.

— Mungo — o líder disse para o jovem rapaz —, dê ao nosso convidado um pouco do seu ensopado.

— Certo, chefe. — O rapaz pegou uma concha feita de partes emendadas de ossos e enfiou-a no caldeirão, que, por sinal, tinha muita água.

Aidan notou que até a fogueira era pequena e fora feita dentro de um buraco raso, para chamar o mínimo de atenção possível. *Tenho no máximo uma hora até meus concorrentes chegarem à minha posição. Mesmo assim, essa sensação é muito boa.* Ele bebeu um gole do ensopado. *Batatas*, percebeu, inibindo os pensamentos que o ensopado de batatas lhe trazia.

— Vejo que gostou do ensopado. — O líder o fitava com interesse.

— É muito bom. — Olhou para dentro da tigela. *Muito aguado.*

— Você me intriga, rapaz, estou aqui tentando desvendar seus pensamentos e não os compreendo. Não está suando frio, sua respiração está tranquila, não vejo sinais de tensão. — Ele o olhou de cima a baixo. — Não entendeu que vai morrer?

— Entendi, mas não são vocês que vão me matar — falou de boca cheia, estava faminto. — E sim um dos caras que está atrás de mim, ele os contratou apenas para me capturar e me manter vivo até ele chegar. Pois, afinal, ele tem que me matar com as próprias mãos.

— Esperto — disse num tom casual. — Mas não tente fugir, se fizer isso vamos queimar seus pés. E se notou — ele olhou ao redor —, todos os meus homens estão de olho em você, posicionados em todas as direções caso tente correr e acabe escapando de uma flecha do Gunter ali, mas, cá entre nós — cochichou —, ele raramente erra um alvo.

— Obrigado pela refeição. — Aidan terminou de beber a última gota, sem dar importância para o que o líder acabara de dizer. — Deixe-me agora lhe retribuir o gesto gentil com um conselho. Vão embora e eu esqueço tudo isso.

Imediatamente, todos eles caíram na gargalhada. Aidan olhou para o céu e respirou fundo, estar fora de Nolat era relaxante, ali ele podia ser ele mesmo, nada de interpretar um garoto bonzinho, risonho e amável. Ali não havia olhos espionando, ele não precisava se controlar, medir suas ações preocupado em deixar pistas, finalmente podia testar todo o potencial que adquirira.

— Obrigado pelo conselho. — Ele olhou para todos os seus homens, como se certificando de que estavam todos atentos e bem. — Uma pena você valer tanto dinheiro, caso contrário o convidaria para se juntar ao meu grupo. A gangue do Barba de Ouro.

— Ouro, né? Por causa dos dentes — Aidan afirmou.

— Isso mesmo — confirmou enquanto estudava seus olhos. — Posso perguntar por que suas íris são tão estranhas? Às vezes parecem ter uma cor avermelhada, talvez vinho.

— Claro que pode, assim como eu posso perguntar sobre você. — Aidan olhou para o céu. *Quase na hora.* — Como alguém que teve uma boa educação virou um mercenário? Viu? Ambos temos perguntas, mas não temos as respostas.

— Hum — o líder fungou. — Provavelmente você me conhece, ou já ouviu falar de mim — argumentou.

— Não. Você se porta bem, costas esticadas, é uma característica de quem já esteve no exército. Seus homens, com exceção do Gunter, têm um postura diferente. Por terem quase a mesma idade, diria que vocês dois já serviram na mesma unidade.

— Ô, por favor, garoto, só por causa de uma postura você acha que eu e Gunter viemos do exército? — O líder estava se divertindo, era evidente em seu rosto.

— Não só por isso. A arma que Gunter usa, a besta, é antiga, com muitas marcas de batalha, ele a manuseia como alguém que a usa há anos, o calo em sua mão direita confirma isso. Já a sua espada foi muito bem trabalhada, com detalhes e um símbolo pertencente a alguma família importante. — Aidan coçou o queixo e olhou para cima. *Está na hora de parar de enrolar*.

— Posso ter roubado a espada — tentou justificar.

— Desculpe cortar a conversa, mas será que posso pegar mais ensopado para terminar de contar a vocês minhas deduções?

— É claro, só lembre-se de não fazer nenhuma besteira.

— Continuando — caminhou em direção ao caldeirão —, o fato de ter deixado a barba crescer indica mudança, você queria mudar para sempre a pessoa que já foi um dia, deixar de ser reconhecido. Posso ver que conserva bem sua espada, a empunhadura está brilhando, e se fosse roubada você já teria no mínimo tirado o símbolo da árvore no punho dela, pois com certeza alguém o reconheceria. — Aidan se posicionou na frente do caldeirão e do líder, pegou a concha feita de ossos, ao mesmo tempo que perguntava: — E então, o que está achando até agora?

— Achei impressionante — disse com satisfação.

— Quer ver outra coisa impressionante? — Aidan não esperou uma resposta, com um golpe rápido e forte ele quebrou os dois suportes de madeira que mantinham o caldeirão acima do fogo. Ao atingir a fogueira, as chamas quase se dissiparam por completo; o acampamento foi tomado pela escuridão, logo depois que a água escorreu pelas laterais do caldeirão e atingiu o que restara do fogo. As nuvens fizeram sua parte cobrindo a Lua,

Aidan precisou ocupá-los até que elas estivessem em uma posição favorável para diminuir a luz do luar. Tudo foi tão rápido que nem mesmo Gunter se atreveu a disparar a flecha.

— Fiquem todos em suas posições! — gritou o líder audivelmente irritado.

Minutos depois, Gunter ergueu-se do chão já com uma tocha acesa em mãos.

— Ele nos fez de bobos, senhor — Gunter quase nem mexia o queixo para falar.

— Todos vocês façam uma tocha, vamos atrás dele, e dessa vez — dirigiu-se a Gunter — atire primeiro.

Os seis homens caminharam a passos largos seguindo os rastros que Aidan deixara. Todos empunhavam suas armas. Com o ego manchado pela humilhação, a gangue do Barba de Ouro ansiava por capturar aquele que os fizera de bobos. Quando terminou de preparar a segunda tocha, Gunter comentou:

— Estamos há pouco mais de meia hora seguindo esses rastros, se não nos apressarmos nosso contato vai aparecer no acampamento e não estaremos lá.

— Você tem razão. Dolian, Mungo. — Os dois homens se apresentaram. — Voltem para o acampamento e fiquem atentos. — Enquanto eles voltavam, o grupo do líder continuava em frente.

***

A mata estava escura, mas o rapaz conhecia o caminho, a trilha era sinuosa, cheia de buracos e raízes saltando para fora da terra, um trajeto que não podia ser feito a cavalo, por isso ele o amarrara a uma árvore, é claro que longe da vista de qualquer um que pudesse passar pela estrada. Assim que avistou o acampamento, ele andou mais devagar, uma fogueira ardia timidamente, mesmo assim não conseguia ver os mercenários. Receoso, ele travou por algum tempo, antes de adentrar o singelo acampamento. Estariam escondidos? Teria dado tudo errado? Não, não poderia, a gangue do Barba de Ouro havia deixado a marca, um sinal de que tudo acontecera como planejado. Além do mais, seu pai lhe garantira que eles eram os melhores para esse tipo de serviço.

— Malditos mercenários, desconfiados até os ossos. — Rebdiz andou em direção à fogueira com confiança e orgulho, que combinavam com toda sua roupa cara. Contudo, assim que deu dois passos, ele sentiu algo pontudo sendo prensado contra seu pescoço.

— Olá, Rebdiz — sussurrou a voz ao pé do ouvido.

No mesmo instante, o garoto engoliu em seco.

— Eu... eu trouxe o dinheiro — gaguejou.

— Ótimo, jogue-o no chão. — Rebdiz deixou a bolsa cheia de moedas cair. — Muito bem, agora a sua recompensa. — Aidan segurou-o pelo colarinho e enfiou o pedaço quebrado da concha de ossos logo abaixo das costelas de Rebdiz.

— Aaaaiii! — ele gritou. Seu rosto orgulhoso e arrogante havia se transformado em uma cara de choro infantil. — Por favor, nós tinhamos um acordo.

— Agora não temos mais. Se eu fosse você, deixaria esse pedaço de osso dentro do seu corpo, se não vai sangrar até a morte em menos de meia hora. — Rebdiz olhou para o pedaço pontudo que saía na lateral de sua barriga e desatou a chorar.

Como estava em choque, Aidan precisou direcioná-lo para o caminho de volta, tomando sempre o cuidado de não mostrar seu rosto.

***

Quando seguiram os rastros de Aidan, perceberam que eles terminavam na base de uma árvore, ao que tudo indicava ele havia escalado o tronco e feito, pela copa das árvores, o caminho de volta. Novamente foram feitos de bobos por um garoto. Ao retornarem apressadamente, o grupo acabou topando com Dolian e Mungo, que estavam perdidos. Já de volta ao acampamento, eles encontraram uma bolsa cheia de dinheiro e logo ao lado dela as seguintes palavras escritas na terra: "Vão embora e eu esqueço tudo isso".

— O que faremos, senhor? — Mungo perguntou.

— Bom, senhores, parece que temos um problema, não entregamos o garoto, ficamos com o dinheiro e não sabemos onde está o filho do Baldgar.

— É impressão minha ou fomos feitos de bobos mais uma vez? E olha que eu é que sou considerado o bobo aqui — Dolian comentou, enquanto abria a bolsa para contar as moedas.

— Cala a boca, Dolian, meu dedo está coçando para disparar essa belezinha aqui.

— É, senhores — o líder se sentou, estava visivelmente cansado e abalado. — Se formos atrás dele, vamos morrer, teremos que lidar com os outros que querem sua cabeça e com os perigos de Faléria, além do próprio Aidan, que já sabemos que é mais esperto que todos nós juntos. Mesmo se devolvêssemos o dinheiro, não saberia dizer qual seria a reação de Mor Luciani Baldgar, ainda mais se o filho estiver morto ou gravemente ferido. E, ainda que capturemos Aidan, Rebdiz não está mais aqui para matá-lo, e se olhos nos vissem conversando com a família Baldgar, isso mancharia a reputação deles, o que seria desastroso para ambos.

— Então... — Mungo estava atraído pelo brilho do ouro, mas não estava desinteressado nas palavras do chefe.

— E então é que vamos aproveitar o dinheiro fácil, gastando-o bem longe daqui.

# Capítulo 41

## O FALCÃO

Na manhã do dia seguinte ao de seu encontro com a gangue do Barba de Ouro, Aidan acordou com o piado estridente de dois pássaros que disputavam o mesmo inseto, próximo ao galho em que estava. Pronto para sobreviver a mais um dia, ele desceu da árvore em que passara a noite e pôs-se a caminhar, faltava pouco para chegar em Faléria, e dessa vez seguiria pela mata, por um caminho longe da estrada. Enquanto avançava, seus pensamentos o ajudavam a se distrair: *De acordo com o mapa que me roubaram, o objeto mais próximo está na caverna da serpente prateada, só entrei ali uma vez e precisei de todos os meus sentidos para completar a tarefa que Eliah me deu, foi muito difícil, sem falar dos outros animais perigosos que vivem por lá. Acho que o melhor a fazer é ir para o pântano, não é tão longe e eu o conheço bem.*

Após uma hora de caminhada, as árvores ficaram maiores, Aidan aspirou aquele ar até preencher completamente seus pulmões: o cheiro da terra, das plantas, os sons.

— Estou em casa — falou com uma estranha alegria na voz. *Agora minha atenção precisa ser redobrada, podem estar em qualquer lugar.*

Aidan caminhou por muitas horas até resolver comer. Descascando um tronco quase apodrecido, ele capturou vermes de insetos e os comeu, o sabor era de terra gosmenta, mas ele não fez caretas, há muito tempo o gosto já não o incomodava mais. Esse seria o seu tipo de comida por bastante tempo; frutas, insetos, cogumelos, legumes ou qualquer outra coisa que pudesse ser comida crua, pois ele precisava ser discreto, prático, deixando o mínimo de rastros possíveis. Ali ele não poderia acender uma fogueira ou perder tempo caçando, pois estava sendo caçado.

Quando anoiteceu, Aidan subiu em uma sequoia, se ajeitou sobre um galho a dezesseis metros de altura e dormiu. No dia seguinte, ele se levantou junto com o sol e continuou seu caminho. À tarde, o som alto de uma ave de rapina chamou sua atenção. *Um falcão?* Observou, porém o animal acabou sumindo de vista. Depois de andar por mais meia hora, ele topou novamente com a ave, que desta vez estava empoleirada sobre um galho, encarando-o como se fosse um esquilo. Aidan a ignorou, pois se concentrava na direção que devia seguir e em possíveis armadilhas. Conforme foi caminhando, ele notou que o falcão não o perdia de vista. *Algo está errado.* Sua respiração parou por poucos segundos ao trabalhar as ideias em sua mente. *Droga. Como pude ser tão descuidado? O falcão está me observando há algum tempo.* A verdade estava clara para ele, entretanto, esse erro poderia custar a sua vida. Até onde sabia, já poderia estar sendo observado.

*O que fazer? Posso ser atacado a qualquer momento.* Sem querer ser pego de surpresa, Aidan decidiu tomar a iniciativa e correu o mais rápido que pôde, era o melhor que poderia fazer, já que não sabia onde seu inimigo estava. Quando ficou exausto, ele andou até o céu ficar escuro. *Um falcão não caça à noite, a escuridão vai me proteger*, pensou aliviado. E assim Aidan continuou seu percurso com cuidado, ninguém melhor do que ele para ganhar terreno à noite. *Não será muito difícil me encontrar novamente, aquele falcão é uma grande ajuda.* O dia seguinte passou sem nenhum transtorno. Surpreso e desconfiado, Aidan não se sentia seguro de forma alguma. Ao pegar no sono, constantemente acordava achando que alguém o observava.

*Estou ficando paranoico, mas, se não for cuidadoso, vou morrer.*

O dia amanheceu mais rápido do que ele esperava. Quando desceu daquela árvore que fora seu abrigo durante a noite, Aidan sabia exatamente o que devia fazer. Seu corpo pedia água, há pouco mais de um dia que não bebia uma gota. Somente alguns tipos de árvore armazenavam água em seus troncos. No entanto, ao seu redor só havia sequoias. *Saí com tanta pressa que nem vi se aqueles mercenários tinham um odre para armazenar água. Se não me engano, há um riacho mais à frente*. Aidan continuou por muitas horas, até finalmente ouvir o som mais relaxante do mundo, o da água. O tímido riacho ficava em uma clareira, um espaço amplo, livre de árvores e com muita vegetação rasteira. Cauteloso, ele se escorou atrás de um tronco e ficou quieto, observando e ouvindo qualquer coisa que fosse suspeita. *Parece seguro*. Devagar, Aidan se aproximou com atenção.

— Que delícia — disse ao beber seu primeiro gole atrapalhadamente, a sede era feroz. Conforme levantava a cabeça, Aidan olhava ao redor para ver se alguém se aproximava. Ao repetir o movimento de abaixar para beber e se levantar, ele resmungou: — Pareço a merda de um cervo bebendo água, que humilhante. — Depois de se saciar ele se levantou, mas assim que o fez, uma dor forte na coxa o impediu de completar o movimento, fazendo-o permanecer de joelhos. Ao levar a mão instintivamente à perna, viu que fora alvejado por uma flecha. Ao olhar na direção do disparo, viu Ianos a vários metros de distância ao lado de uma árvore segurando um arco. Aidan nunca o teria visto.

O caçador veio sem pressa, ao mesmo tempo que pegava uma de suas flechas e a colocava no arco. Na sua cintura, havia uma faca e no seu ombro estava o falcão, com uma espécie de máscara tapando seus olhos. Aidan retirou a flecha com um único puxão, o que fez o ferimento jorrar sangue, depois quebrou a flecha com o polegar, mantendo a ponta de metal envolvida na mão ensanguentada.

— Você é bom, garoto, percebeu que eu estava por perto e saiu em disparada, no entanto, ninguém consegue fugir do Falcon, o treinei especificamente para encontrar pessoas. Era só uma questão de tempo. — Ianos esticou a corda do arco, agora a poucos metros de distância de Aidan, que, agachado, analisava a situação e o ambiente à sua volta. Sua mente estava tão afiada que ele complementou seu plano inicial com uma pedra e, em dois segundos, já tinha tudo planejado.

Aidan girou levemente o rosto para o lado, observando o caçador de rabo de olho por trás dos cabelos que lhe caíam na face. Quando o viu com o arco esticado, ele focou toda sua atenção em Ianos. Aidan sabia que uma das técnicas básicas da arquearia era ficar imóvel no momento do disparo, o que incluía segurar a respiração.

Quando Ianos ficou imóvel, disse "dinheiro fácil". Seus pulmões seguraram o ar e sua mão soltou a corda fazendo a flecha deslizar. Ao mesmo tempo, Aidan usou a perna boa para dar um impulso para a frente na direção do caçador, a dor do ferimento era forte, mas sua concentração o focou totalmente em seu alvo, deixando a dor em segundo plano. Como uma forma de tentar proteger seu coração e outras partes vitais, Aidan dobrou o braço sobre o pescoço, a flecha o acertou próximo ao cotovelo. Com a outra mão ele arremessou a pedra que pegara próximo ao rio.

— Aaaiii! — Ianos soltou um urro de dor quando a pedra o atingiu no rosto.

Em nenhum momento, Aidan parou, continuou movimentando as pernas até o máximo da velocidade que conseguia e se chocou contra Ianos, derrubando-o no chão. Ao mesmo tempo, o pedaço de flecha que carregava na outra mão encontrou o pescoço do caçador. Ianos arregalou os olhos e começou a tossir sangue, sua expressão poderia ser resumida em apenas uma palavra: incredulidade. Aidan pegou a faca do cinto dele, apontou-a contra seu coração e declarou, ainda arfante:

— Obrigado pela flecha. — E enterrou a lâmina em seu peito, acabando com o sofrimento de Ianos. Seus olhos se perderam no vazio, enquanto suas pálpebras desciam para escondê-los.

# Capítulo 42

## Batalha impossível

Depois de retirar a flecha do braço, Aidan amarrou firmemente pedaços da roupa de Ianos em volta dos ferimentos. Andar era dolorido, mas Aidan usou o arco como muleta, conseguindo o apoio necessário para seguir seu caminho. Além do arco, ele pegou um odre com água e a faca. Já o falcão ficou junto ao corpo de seu velho mestre, pelo jeito como o bicava parecia não comer há um bom tempo. A forma como Falcon puxava a carne vermelha esticando-a como um elástico fez Aidan refletir. *Vou precisar de alguns dias para me recuperar, se topar com os outros ou com um animal, estarei perdido*.

Aidan sabia o que fazer, só precisava ter sorte. Naquele estado, até uma criança seguiria seus rastros. Quando encontrou a planta de flor roxa, seus lábios formaram um sorriso, Candamar não era difícil de ser encontrada se soubesse procurá-la. Sem pressa ele deitou, mascou algumas folhas e as colocou sobre seus ferimentos, prendendo-os novamente com o pano.

— Vou precisar costurar. — O sangramento havia diminuído, mas fechar os ferimentos era essencial para sua recuperação. *Posso usar ossos de pequenos animais ou espinhos*. Aidan procurou, andou até achar uma planta com um espinho pontudo e comprido, descascou um tronco de uma árvore para retirar extensas fibras as quais desfiou até chegar a uma fina linha. Agora com tudo pronto, ele furou a pele com o espinho fazendo-o de agulha, fechando os furos da sua perna e braço, a cada vez que o espinho entrava em sua pele seus lábios se comprimiam e seu rosto fazia uma careta. Logo depois, cobriu com folhas de candamar os remendos em sua pele e fechou tudo com o resto das fibras que descascara do tronco, que estavam mais limpas que os pedaços de pano que amarrara em volta dos ferimentos. O tempo passou trazendo a noite sobre ele. Estava exausto, o sangramento cessara, tinha feito um belo trabalho graças à prática que adquirira costurando seus mais variados ferimentos durante seu treinamento com Eliah, mas havia perdido um bocado de sangue. Entretanto, sua maior preocupação era a trilha que suas feridas deixaram para trás ao sangrarem, assim como a ponta do arco que deixava sua marca na terra toda vez que ele o usava como apoio.

Levado por seus pensamentos, Aidan só se deu conta de que havia pegado no sono no dia seguinte, quando acordou. Sua cabeça doía, assim como seu braço e perna, estava fraco, com fome e com sede. Ele bebeu o que restara da água em seu odre e adormeceu mais uma vez.

O javali era grande, maior do que um homem normal. Pela combinação de pelos vermelhos e pretos em cima das costas, dava para dizer que era um javali carniceiro, uma espécie carnívora que usava seu olfato apurado para caçar outros animais. Sua forma de matar consistia em correr até a presa e dar-lhe uma cabeçada, quebrando seus ossos ou ainda furando sua pele com os dentes pontudos e grossos que se projetavam para fora de sua boca. Mesmo armado, um homem teria poucas chances de sair vivo, o que dirá ileso, ao dar de cara com um javali carniceiro. O couro desse animal era resistente, espadas e facas não conseguiam penetrar profundamente em sua pele. Ao seguir o rastro de Aidan, o javali o viu recostado a uma árvore com os olhos fechados. Sem demora ele se aproximou de sua presa indefesa e o cheirou, começando pela perna ferida. Quando abriu a boca para abocanhá-la, Aidan acordou com solavanco, projetando a mão escondida entre as folhas que segurava a faca e cravando a lâmina por completo dentro do olho do javali, que guinchou de dor por um breve momento e desabou ao seu lado.

Aidan deu um suspiro de alívio, fez um pequeno talho no pescoço do animal e sugou o sangue que jorrou da artéria.

— Que delícia — disse com dentes avermelhados.

***

Plondus seguia os rastros assobiando uma canção de taberna, "O Velho Morto". Desde que chegara em Faléria, ele só caminhava, parava para comer, dormir e voltava a andar, despreocupado. O notório assassino apenas relaxava, como se estivesse passeando. Ele observava os passarinhos que cantavam, as folhas que caíam com o vento, matava os animais que tentavam predá-lo. A vida era boa e precisava aproveitar cada segundo longe de Tocturum. Quando Mor Edenor lhe ofereceu essa chance de sair daquele inferno, ele não pensou duas vezes. Matar era bom e já não fazia isso há um bom tempo, desde que os guardas descobriram que era ele quem assassinava os outros lunáticos da prisão. Precisaram colocá-lo na cela do medo por tempo indeterminado. Plondus sabia que deveria matar aquele garoto, mal podia esperar, mas também sabia que precisava de paciência. Uma coisa que entendia bem era caçar intuitivamente, esse era seu dom e foi Mor Malsel quem o descobrira e o moldara até a perfeição. Agora estava ali, seguindo os rastros de sangue seco e as marcas da ponta do arco de Ianos, o homem que encontrara morto.

— Um velho apareceu, dentro da sua capa — cantava Plondus —, alguém o parou e então lhe perguntou. O senhor está bem? E o velho respondeu: por que não estaria? Já não sinto minhas pernas, já não sinto minhas mãos, me apunhalaram aqui no meu coração. Por quê? Por quê? Por que não estaria? Me apunhalaram aqui no meu coração. — A canção parou abruptamente quando Plondus viu o corpo de um enorme javali. — O que temos aqui? — contornou a carcaça despreocupadamente. — Uuuuhh... — Torceu o nariz para o fedor que saía de dentro do rasgo na barriga do animal. — Está cheirando como a minha falecida mulher, hahaha! — gargalhou, olhando para a cara do javali, como se estivesse querendo que ele risse junto. — Parece que roubaram seu coração e o fígado. — Analisou o interior da barriga — hum —, pegou algumas folhas do chão olhando-as bem, tocou o solo com a ponta dos dedos, olhou ao redor. — Parece que o tal Aidan ficou aqui deitado um bom tempo, esse bicho está morto há uns três dias, então meu amigo deve estar perto.

Faminto, Plondus retirou uma das três facas presas em sua cintura e cortou um belo pedaço de lombo do javali, acendeu uma fogueira e assou a carne.

***

Plondus dormia de boca aberta, sentado com as costas apoiada na árvore. Aos poucos, Aidan foi saindo de debaixo do javali, primeiro o braço depois seu tronco, há dias havia cavado um buraco no formato de seu corpo embaixo do animal. Vagarosamente, ele retirou a faca de sua bainha e se aproximou de Plondus, que estava de costas para ele. Aidan contornou a árvore até chegar a poucos centímetros dele, ergueu a faca e desferiu o golpe diretamente em sua cabeça raspada. Como se adivinhasse, Plondus ergueu a mão, pondo-a na frente da lâmina, frustrando o ataque surpresa. De uma maneira habilidosa, Plondus usou a outra mão para investir sobre Aidan com uma de suas facas, ao mesmo tempo que usava as pernas para se levantar girando. Surpreso, Aidan deu um pulo para trás, puxando sua faca junto, mesmo assim a investida fez um longo corte logo abaixo de seu umbigo.

— Vejam só, um ratinho saindo escondido à noite. — Plondus sorria. Depois olhou para a mão ensanguentada e disse: — Foi por pouco. — Esticou a mão para Aidan ver. — Não pense que vai ser fácil me matar, ratinho. Como percebeu, tenho bons reflexos.

*Como? Tenho certeza de que não fiz nenhum barulho.*

A perplexidade de Aidan era notada em seu rosto, a incerteza sobre o que estava enfrentando o fez começar a dar passos curtos para trás.

— Uma boa faca você tem aí, eu te cortei com uma do mesmo tipo. São para caça. Já esta aqui — ele puxou uma faca com um gancho na ponta — é minha estripadora, não é muito boa para cortar, porém eu a uso mais para causar dor e sofrimento às minhas vítimas. Está vendo? O gancho prende-se às tripas e, quando eu puxo a faca, elas saem do corpo, uma visão extraordinária, diga-se de passagem. — Plondus parou momentaneamente, relembrando esses momentos com um sorriso estampado no rosto. — Eles gritam tanto — Concluiu o pensamento. — Já essa outra aqui — tirou uma faca de lâmina reta, só que menor que as outras — é boa para arremessar contra alvos. — Ele olhou para Aidan com um sorriso no canto da boca e Aidan correu.

*Esse cara é muito perigoso, não dá para enfrentá-lo sem um plano.*

Sua perna não estava completamente curada, entretanto, correr já não era mais impossível. Aidan ziguezagueava por entre as árvores, tentando não ser um alvo fácil para a faca de arremesso de Plondus.

— Corra, meu ratinho, corra! — ele gritava empolgado.

Durante muito tempo, Aidan correu. Graças à forma como amarrara firmemente as fibras do tronco da árvore em volta de seus ferimentos, seus pontos não abriram, o corte na barriga estava começando a parar de sangrar, não fora tão profundo como ele pensara. Estava tudo muito escuro, e assim que se afastou de Plondus o assassino já não conseguia mais vê-lo, talvez por isso é que tenha conseguido escapar. Ofegante e molhado de suor, Aidan finalmente sentou-se para descansar. Quando amanheceu, ele começou novamente sua peregrinação.

— Ratinhoooo! — Aidan ouviu o chamado ecoando.

— Não pode ser. — Seus olhos se arregalaram assustados, Aidan se agachou e procurou indícios da figura de Plondus, não havia nada. *Ele deve estar longe, o eco pode se propagar a grandes distâncias*, seu pensamento o acalmou. Percebendo que não via ou ouvia nada, ele continuou a caminhar apressadamente.

— Ratinhoooo! — o grito ecoou novamente.

No mesmo instante, Aidan olhou para trás, um longo corredor se formava pelas várias árvores que se enfileiravam, mas apenas isso.

*Maldito, está brincando comigo.* Suas emoções eram uma mistura de medo e raiva. Perdido, Aidan olhava para um lado e para outro; confuso, ele não sabia o que fazer. Correr? Se esconder? Lutar? A faca estava em sua mão fortemente apertada contra seus dedos. Com a mente atenta para qualquer surpresa, Aidan respirava fundo tentando se acalmar.

— Onde está o ratinho? — perguntou Plondus. — Achei. — E ele apareceu sorrindo a vários metros de distância no longo corredor de árvores. Em uma mão havia uma faca de caça e na outra, a faca com o gancho. — Acho melhor começar a fugir — disse, correndo com tudo na direção de sua presa.

Aidan não teve dúvidas, correu para o lado contrário. Em todo seu treinamento, nunca aprendera a lutar, pois afinal de contas, não dava para treinar luta, com um fantasma.

Plondus avançava como um cavalo, sua velocidade era impressionante, Aidan seria alcançado em pouco tempo. *Terei de lutar*, concluiu, ao olhar para trás. *Mas como? Seria suicíd...* Seu pensamento foi interrompido pela visão à sua frente. A menos de vinte passos, o chão acabaria. Sem pensar duas vezes, Aidan fechou os olhos e saltou para o abismo.

Plondus parou bem na beirada e olhou para baixo.

— Fiuuu — assobiou espantado com o tamanho da queda. Dali de cima ele não conseguia ver nada, apenas o verde dos milhares de árvores que se estendiam até o horizonte. — Porra. Esse garoto é maluco — disse com o queixo caído. — Parece que o jogo se estendeu um pouco mais. — Plondus adorou. Deu meia-volta, guardou suas facas e começou a cantar alegremente. — Um velho apareceu, dentro da sua capa. Alguém o parou e então lhe perguntou. O senhor está bem?...

# Capítulo 43

## A CAVERNA

Os galhos amorteceram sua queda, mesmo assim, a força com que atingiu o chão foi suficiente para deixá-lo inconsciente. Ele acordou sem nenhuma noção de tempo, seus olhos estavam turvos e demoraram até se acostumarem com a penumbra da noite. Todo seu corpo doía, havia várias escoriações pelos braços, tronco e pernas, seu pé estava inchado e roxo, quando tentou movê-lo, uma dor insuportável o consumiu. Suas mãos procuraram algum osso quebrado, mas aparentemente era apenas uma torção.

— Por quanto tempo será que apaguei? — Aidan se perguntou.

Sabendo que não poderia ficar ali por muito tempo, ele começou a engatinhar, já que não conseguia ficar de pé. *Depois desta queda, fiquei totalmente fora da rota, mas que inferno.* Aidan só parou quando seus joelhos já não conseguiam mais suportar a dor de serem arrastados, deitado, ele pensou em Koral, sentia falta dela. Com o tempo, suas pálpebras começaram a ficar pesadas e o sono começava a dar sinais de que estava chegando. Entretanto, um clarão amarelado rompeu a escuridão, formando sombras que se contorciam como se estivessem vivas. Aidan olhou com atenção. *Seriam vaga-lumes-brasas? Ou...* Sua mente se calou, ao enxergar o homem alto e forte segurando uma tocha. *É o Krom!* O simples vislumbre do bárbaro fez Aidan tremer. No estado em que se encontrava, qualquer um poderia matá-lo, e se no caso essa pessoa fosse Krom bastaria apenas uma mão para quebrá-lo como um graveto.

*Está vindo na minha direção. Ele encontrou meus rastros, mas ainda não me viu.* Aidan se arrastou pelo chão da floresta, tentando não fazer barulho.

Krom estava bem perto, Aidan já não tinha forças, seu corpo coberto de feridas cobrava um preço alto. Calmamente, o bárbaro foi seguindo a trilha. Aidan assistia a tudo, arrastando-se o quanto podia, mas já estava sem fôlego. Por fim, Krom o encontrou, sua expressão era pesada, séria e cruel.

*Esse cara vai me matar sem hesitar*. Krom caminhou rapidamente em sua direção. Olhando ao seu redor, Aidan tentava bolar um plano, achar algo que pudesse vir a calhar, porém nada, a única coisa que podia fazer era continuar se arrastando e preparar um ataque surpresa com sua faca. O bárbaro o encarava sem expressar reação, ao alcançá-lo, ele esticou o braço e sua mão se abriu.

*Então é assim que eu vou morrer*. Aidan arqueou o corpo para trás esperando ser agarrado, porém, ao fazer isso sua mão não encontrou apoio no solo, e, sim, um buraco. Aidan caiu, cambaleando por entre o túnel íngreme, até encontrar o fundo.

— Aaahhh — gemeu de dor. *Uma caverna?* Não dava para dizer, estava tudo muito escuro. O túnel pelo qual havia caído era apertado, e isso era bom. Considerando o tamanho de Krom, ele teria de deitar para conseguir passar.

Aidan seguiu tateando a parede; conforme ia avançando pesarosamente a caverna, aos poucos, começava a se expandir, cogumelos brilhantes clareavam as paredes, iluminando o caminho. O som de algumas pedras caindo indicava que Krom estava vindo. Apoiando-se nas paredes, Aidan continuava da maneira que podia, e, vários metros atrás, a tocha do bárbaro começava a iluminar as paredes. Quando colocou a mão no chão para puxar o corpo, ele sentiu algo mole, quase como um tecido bem maleável. Ao colocar contra a luz azul para ver o que era, Aidan deixou o queixo cair. Em suas mãos estava um enorme pedaço de pele de cobra. Assim que a viu, ele teve certeza: o túnel por onde havia caído era uma das entradas da caverna da serpente prateada. Sem perder tempo, ele pegou uma pedra e começou a bater com ela no chão, com toda a força que podia produzir. O golpe ecoava alto a cada batida, Aidan só parou quando ouviu o som característico do rastejar dela.

Aidan deitou-se rente à parede, fechou os olhos e se concentrou, respirou fundo e começou a meditar. A técnica o ajudaria a diminuir seus batimentos cardíacos e a ficar imóvel, era nessas horas que ele entendia por que

Eliah havia insistido tanto nisso. "Na dúvida, medite", lembrou-se mais uma vez dele falando.

— Shiiiiii... — O som estava ao seu lado e, quando a língua da serpente roçou em seu rosto, Aidan não pôde evitar o frio na espinha.

*Acalme-se, não respire.* A serpente prateada estava entre os animais mais inteligentes e antigos da floresta, ela não iria ignorá-lo facilmente. No entanto, Aidan contava com Krom para que o plano desse certo. Se um bárbaro segurando uma tocha brilhante no meio da escuridão não chamasse a atenção da serpente, nada chamaria.

Cara a cara com Aidan, a serpente abriu sua mandíbula. Ele conseguiu sentir seu hálito e o calor fraco de dentro de seu corpo. Petrificado, a calma que Aidan demonstrou foi sobre-humana. E, como planejado, ao perceber Krom se aproximando, a serpente perdeu o interesse. Ignorando-o, ela passou ao lado de seu corpo, indo para a direção do bárbaro. Agora de olhos abertos, Aidan se lembrou de como ela era imensa, doze metros de comprimento, bem grossa e com olhos vermelho-escuros.

Sem perder tempo, a serpente se aproximou rapidamente. Krom, assustado, tentou mantê-la longe com sua tocha. Ela buscava algum lado para dar o bote, mas era impedida; como um animal acostumado com a escuridão, seu medo do fogo fazia sentido.

*Agora é a minha chance de ir.* Quando Aidan tentou caminhar, a parte de trás do corpo da serpente se enroscou em sua perna, impedindo-o de fugir. A força do aperto, que aos poucos começava a ficar mais forte, fez Aidan pegar sua faca e começar a tentar furar a pele da víbora. Entretanto, suas escamas eram resistentes demais para a lâmina.

*É bem mais inteligente do que eu pensava.* Mesmo assim, Aidan não se deu por vencido, continuou tentando, enquanto observava a luta que Krom travava.

Aquela disputa se manteve por mais algum tempo, ela armando um bote enquanto Krom a ameaçava com o fogo. Dentro de pouco tempo, ele começou a retroceder, provavelmente percebera que sem uma arma não poderia matá-la. Então a cobra, em um veloz movimento, fingiu ir para esquerda e o atacou pela direita, mordendo seu braço. Krom a agarrou pela cabeça e ela o soltou, suas mãos fortes tentavam fechar sua mandíbula e seus braços musculosos batiam a cabeça da serpente na parede. De um lado para outro, ele a sacolejava. Aidan arregalou os olhos ao ver aquela demonstração incrível de força. Ao perceber que estava em dificuldades, a serpente teve de soltar Aidan para usar toda a força de seu corpo. Por mais que Krom fosse forte, nada poderia resistir ao abraço daquela cobra. Ela começou enroscando-se em volta de seus pés depois foi subindo para sua cintura.

— Ahhh — o bárbaro grunhiu enquanto ela o apertava. Sem ter para onde correr, Krom usou toda a força restante antes que ela o abraçasse por completo, pegou a cabeça da serpente e a bateu várias e várias vezes contra a parede. — Aaaahhh... — ele berrou enquanto trincava os dentes, aguentando a dor de ser esmagado.

Da parede, pequenos pedaços de pedra começavam a cair, tamanha era a força das pancadas. Então a serpente o soltou e impulsionou seu corpo para cima, fazendo com que Krom batesse com muita força no teto, tendo a lateral de sua barriga perfurada por uma pequena estalactite. Quando atingiu o chão ele já não tinha mais forças, todo o esforço e o veneno correndo em suas veias já cobravam o seu preço. Parecia que a morte era certa para Krom. No entanto, de alguma maneira inexplicável, a serpente prateada o deixou em paz, virou-se e voltou pelo túnel de onde veio, cambaleando atordoada. Em uma parte na cabeça dela saía um pouco de sangue entre as escamas.

— Minha nossa! — Aidan suspirou aliviado.

— Ahnnn... — Krom gemeu ao se movimentar. Escorou-se na parede e lá ficou sentado.

Sem saber ao certo o que fazer, Aidan se aproximou com cuidado. Quando olhou para Krom, ele sentou-se de frente para o bárbaro. Os dois se encararam sem dizer nada. Havia algo ali, uma sensação que Aidan não sabia dizer o que era, mas não sentiu que aquele homem merecia morrer.

— Por que está aqui? — Aidan perguntou, franzindo os olhos. A tocha ainda brilhava caída no chão.

— Estava em uma taberna em Nolat, só queria comer. — Conforme falava, seu gogó saltava para cima e para baixo em seu pescoço. — Embora nossos povos estejam em paz, ainda existe muito ódio. Eu não queria confusão, disse que ia sair, mas não foi o bastante. Tentaram me matar e eu apenas me defendi, nem saquei minhas armas, usei apenas as mãos. No fim, deixei quatro homens gravemente feridos. Quando os soldados chegaram, eu apenas me entreguei. Não iria começar uma guerra. — A voz do bárbaro era grossa.

— Entendo, mas como veio participar da prova?

— Acredite em mim, eu não queria participar dessa prova de merda. Mas... e... eles me obrigaram. — Sua voz estava ficando cada vez mais fraca. Seus olhos estavam começando a perder o foco.

— Você é realmente forte, qualquer outra pessoa já teria caído.

— Morrerei como um verdadeiro guerreiro. — Seus olhos se fecharam.

— Você parece ser honrado — falou para um Krom que já não estava mais ouvindo.

# Capítulo 44

## A CHAVE

— Hummm — Krom resmungou ao acordar. — Este é o palácio do altos guerreiros?

— Se quer saber se está morto, a resposta é *não.* — Aidan passava uma pasta branca meio azulada sobre os ferimentos de Krom, depois os cobriu com folhas.

— Mas como? Eu fui mordido, e o veneno?

— O efeito do veneno é fazer com que a vítima caia em um sono profundo. Enquanto você dorme, ela o engole e te digere em apenas oito horas.

— E quanto tempo eu dormi?

— Três dias.

A resposta fez a cara carrancuda do bárbaro se mover para uma expressão de surpresa. Krom olhou para seus ferimentos e disse:

— Obrigado. Ãh... — Ao tentar se levantar, ele sentiu dor.

— Precisa ficar deitado, você vai melhorar. Nós dois não estamos em condições de ficar andando.

— O que é essa pasta branca? — Sua voz era fraca.

— Existem muitas formas de se curarem feridas aqui em Faléria, basta conhecê-las. O importante é saber que em pouco tempo você estará pronto para lutar de novo. Também precisei dar pontos na sua barriga. Usei um osso que achei e linhas da minha roupa para fazer. — Aidan apontou para sua canela direita, a altura da calça estava visivelmente mais curta que a da perna esquerda.

— Você parece mesmo saber o que está fazendo.

— Tive um bom professor. — Por um momento, ele se perdeu em pensamentos antigos, mas não se deixou levar. — Krom, preciso saber, como te obrigaram a participar da prova?

— Eles disseram que só devolveriam minha Aurora se eu te matasse.

— Aurora?

— É o nome do meu machado.

— Ah, claro — lembrou-se. — Assim que os bárbaros completam seu treinamento, ganham uma arma, que ficará com eles pelo resto de sua vida.

— Hum, é mais que isso. Nós a forjamos e damos um nome para ela. Meu povo acredita que parte de nossa alma fica aprisionada em nossa companheira de aço. Sem ela, nunca estaremos completos. Seria como perder um braço.

— Eu compreendo. — Ele não compreendia, para Aidan, armas eram apenas armas; mas uma coisa não podia ser negada: as armas dos bárbaros eram de longe as mais cobiçadas de todas as sete cidades. — Deve ser por isso que suas armas são tão caras.

— Acredito que sim. Ah... — Krom levou a mão até a barriga, onde sentia dor.

— Aqui, beba isso. — Aidan levou até os lábios de Krom um crânio cheio de um líquido.

— Isso não tem gosto de água — reclamou.

— É mel de gizzy. Vai te fazer dormir.

— Tenho uma dívida com você — falou, olhando em seus olhos.

*Eu sei e um dia vou cobrar*. Descanse agora.

Com mais dois dias de descanso, Aidan já não precisava mais de um apoio para andar. Sendo assim, achou que seria seguro procurar mais ao fundo da caverna pelo objeto escondido. Esse não era o plano inicial, mas ir para o pântano agora seria perda de tempo.

Depois de andar por algum tempo, o túnel começava a ficar íngreme, se aprofundando mais na terra. Armado com sua inseparável faca, uma tocha, e com um punhado de cogumelos brilhantes no bolso, para o caso de o fogo se apagar, Aidan desceu pelo túnel, que agora havia ficado mais baixo, fazendo-o andar inclinado. Mais à frente, o túnel se estendeu em uma espécie de clareira subterrânea, por onde raios de sol passavam por furos no teto.

— O salão das aranhas — falou Aidan. Havia muitos buracos no teto que levavam até a superfície, um ou dois deles eram espaçosos o suficiente para uma pessoa, porém somente alguém louco ou desesperado para fugir passaria por ali; dentro deles e penduradas quase até o chão da caverna, pequenas aranhas transparentes, do tamanho de uma unha, pareciam flutuar no ar. — São aranhas-diamantes, tenho que tomar cuidado para não ser picado. — Com sua tocha, ele procurou queimar todas as que estavam penduradas, suas teias e corpos foram lambidos rapidamente pelo fogo. Embora pequenas, o veneno dessas aranhas era capaz de degenerar os músculos, é claro que a pessoa teria de ser picada por uma grande quantidade delas, o que naquele lugar era perfeitamente possível. Era uma forma de morrer muito dolorosa.

Aidan continuou, passou por duas bifurcações, sem saber direito se era esse o caminho correto. Aos poucos, o túnel começou a ficar estreito e ele precisou rastejar. Alguns metros à frente, uma surpresa desagradável o impedia de prosseguir.

— Droga, essa parte está inundada. — As raízes, que perfuravam o teto da caverna levando a água da chuva, e as minas d'água, que criavam lagos subterrâneos, eram as responsáveis por esses inundamentos. — Lembro que o objeto está a noroeste, tenho quase certeza de que estou na direção certa. —

Deixando a tocha de lado, Aidan prendeu a respiração e mergulhou naquela água gelada e escura. Estranhamente, o túnel se tornou mais amplo e profundo. Quando emergiu, Aidan se viu em um lago sob a terra.

— Que incrível. — Ele segurava seus cogumelos brilhantes. — Me faz lembrar de quando estive embaixo das montanhas gêmeas, lá também havia um lago, só que esse é maior. — Aidan procurou por toda a extensão daquele lugar, mas nada encontrou. Restava apenas o fundo do lago. Ele precisava ser rápido, pois sua única fonte de luz estava começando a diminuir de intensidade. Se ela apagasse, nunca mais encontraria o caminho de volta. Aidan prendeu a respiração e mergulhou. *Mas o que é isso?* Algo no fundo reluziu com a luz azul de seus cogumelos, estava parcialmente fincado na terra. *A chave de prata.* Finalmente conseguiu encontrá-la. Segurando firmemente a chave, que era um pouco maior que sua mão, ele começou a percorrer o caminho de volta. Passou pelo túnel inundado, pelo pedaço de madeira que usou para fazer sua tocha e seguiu pelos túneis à frente. E foi no meio de um deles, que a luz azul de seus cogumelos foi ficando mais fraca, diminuindo, até cessar.

— Não! Aguentem mais um pouco — falou na esperança de que suas palavras pudessem mudar alguma coisa. — Droga — disse ao ficar totalmente no escuro. Estranhamente, sem a luz, o ambiente pareceu mudar, o ar ficou mais pesado e frio, o túnel estava mais estreito, as paredes o esmagavam, o medo foi tomando conta de sua mente. — Acalme-se — disse para si mesmo —, você conhece o caminho. — Seu coração batia desesperadamente. — Ficar nervoso não vai adiantar. — Suas palavras lhe traziam conforto e racionalidade para aquela situação. Devagar, ele foi apalpando o chão, as paredes e o teto, assim, conseguiu passar por uma das bifurcações. *Só falta mais uma, depois vem o salão das aranhas.*

Concentrado, ele seguia cautelosamente, porém um som familiar o arrepiou.

— Shiiiiii... — A serpente estava vindo.

Aidan apressou-se, esticou seu braço à frente para que não desse de cara com uma pedra e começou a andar rapidamente. Naquele túnel, suas costas ficavam um pouco arqueadas, mas se estivesse engatinhando não teria chances. Após seguir por muito tempo em uma escuridão total, caindo e levantando várias vezes, uma claridade azul apareceu ao longe. Mais confiante, ele se atreveu a dar passos mais rápidos. Ao chegar bem próximo, Aidan viu que a luz na verdade era a Lua iluminando o interior do salão das aranhas.

— Mas que merda — esbravejou ao ver o brilho prateado da teia das aranhas, que se encontravam penduradas até a metade da altura do túnel. — Como pode? Eu acabei de queimá-las há algumas horas. Agora parece que eu nem estive aqui. Será outro salão? — Aidan procurava entender, mas não havia tempo, pois o som da serpente voltara a ficar mais próximo.

Então, deitando no chão, ele rastejou, o som dela continuava cada vez mais alto atrás dele. No início da travessia pelo salão das aranhas, uma delas caiu sobre seu pescoço e o picou.

— Aaahhh! — Ele não conseguira segurar o grito, a dor era aguda. O veneno penetrou em sua pele, queimando. Depois de esmagá-la, Aidan continuou. Alguns metros mais à frente, outra o picou na mão, e depois outra na bochecha. Aidan precisava se controlar, pois a angústia e a dor que o veneno proporcionava eram tão grandes que a vontade de levantar e sair correndo era tentadora, mas ele sabia que se o fizesse seria a sua morte.

O preço por atravessar o salão com pressa e sem uma tocha estava sendo muito alto, Aidan já havia levado oito picadas, ele suava, seu coração batia acelerado, sua temperatura corporal caíra, mas faltava pouco para atravessar aquele inferno. Logo depois, em pouco tempo, estaria com Krom. Pelo menos assim pensava.

Suas esperanças voltaram quando alcançou o fim do salão. Sentado, ofegante, Aidan sorria, o pior já passara. Mas então:

— Shiiiiii... — O som apareceu logo atrás de sua cabeça.

— Ãh? — Assustado, ele deitou e rastejou com as costas voltadas para o chão, retornando ao salão das aranhas. Só que, desta vez, a cobra já estava erguendo-se para o bote. *Ela contornou a caverna para me pegar pela frente.* Ele fez uma careta por causa das dores e agarrou a faca. — Pode vir, desgraçada.

Quando a serpente saltou em sua direção, ela hesitou, parando a poucos centímetros de seu rosto. Aidan franziu os olhos, erguendo a faca na direção dela. Ao perceber que ela estava retornando, ele a encarou sem compreender nada. A luz da Lua passava por um dos buracos no teto da caverna, iluminando todo o seu rosto coberto de suor. Após um breve momento, a serpente virou-se e voltou para a escuridão do túnel.

— Uau, isso foi estranho. — Talvez tenha sido coisa da sua mente, mas Aidan teve a leve impressão de ter visto a serpente prateada lhe fazendo uma reverência com a cabeça. Cambaleando, ele foi ao encontro de Krom que, a alguns metros dali, sentado, observava o fogo da fogueira queimar.

— Krom — chamou com a voz baixa, quase inaudível. Fora um longo caminho percorrido, as picadas doíam, andar era difícil, o susto com a serpente prateada lhe rendera mais algumas picadas. Aidan precisou se escorar nas paredes o tempo todo, a visão de Krom o fez relaxar um pouco, mal ou bem havia conseguido. Contudo, se o bárbaro não o encontrasse a tempo, ele morreria. Então, como um último esforço, Aidan deixou-se cair. *Espero fazer barulho o suficiente.*

"Bum" fez o corpo dele ao bater no chão.

— Hum? — Krom olhou ao redor e nada viu, pegou uma tocha e foi na direção do som. — Aidan! — Saiu a passos largos para acudi-lo. Levando-o para a fogueira, deu-lhe água e uns tapas na cara. — Ei, acorde.

Aidan abriu os olhos e falou:

— Não precisava me socar, Krom. — Ele sorriu brandamente.

— Você não acordava, aí dei uns tapinhas.

— Ah, entendi. Escute bem, amigo — ele se esforçava para falar. — Preciso que faça uma coisa por mim. Preciso que me alimente com mel de gizzy. Quando eu dormir, estoure as bolhas que se formaram em todo meu corpo. Lave minha pele e os ferimentos com água morna e folhas de candamar, eu separei um bocado delas para emergências. Outra coisa, preciso beber três litros de água por dia.

— Ãh? Como saberei o que são três litros?

— Droga. Su... sua mão — Aidan se esforçava para falar.

— O que tem ela? — Ele olhava para a mão, confuso.

— Deixe-me dar uma olhada. — Krom a ergueu. — Certo, coloque água na mesma proporção do tamanho da sua mão, preciso beber essa quantidade umas cinco vezes ao longo do dia.

— Agora entendi, Aidan, não se preocupe.

Assim que deu suas instruções, Aidan pôde se dar ao luxo de desmaiar, e, enfim descansar. Antes que seu subconsciente tomasse a frente de seus sonhos, a ideia de que Krom não cumpriria as tarefas à risca ou que poderia cortar a sua cabeça para ter sua arma de volta lhe passou pela cabeça, mas àquela altura isso já não importava mais, a dor estava indo embora e a calmaria começava a rodeá-lo.

# Capítulo 45

## Apenas negócios

Krom não gostava daquela caverna, os sons estranhos, a escuridão e a possibilidade de ser pego desprevenido pela serpente o faziam dormir mal, muitas vezes ele acordava no meio da noite, suado e ofegante. Esses foram os motivos pelos quais ele mudou o acampamento improvisado para outro lugar, fora daquela caverna. Aidan dormia como uma rocha, Krom amarrou-o com um cipó e o puxou até a superfície.

— Aaaahh! — soltou um grito de alívio, esticando os braços. Ali o ar era puro, leve.

No dia seguinte, Aidan acordou. Como ainda estava anestesiado pelos efeitos do mel de gizzy, seus sentidos não percebiam o mundo ao seu redor, sua visão era um borrão, os sons confusos e distantes não o ajudavam em nada. Naquele estado, ele não tinha a percepção de tempo, algumas vezes seus sonhos se tornavam tão realistas que já não podiam ser diferenciados do irreal.

***

Aidan sonhava com sua volta para Nolat quando estalos de madeiras sendo queimadas em alguma fogueira o trouxeram para a realidade novamente. A primeira coisa que sentiu foi o ar entrando em seus pulmões. Ao abrir os olhos, viu o céu cheio de estrelas. Não importava quanto tempo havia se passado, ali estavam as mesmas estrelas, a mesma Lua, tudo estava em seu lugar. Aidan ficou um tempo deitado apreciando a vista.

— De fato, esta é uma noite muito bonita — falou uma voz jovem.

— Ãh? — Seu sossego havia terminado, o fato de não reconhecer aquela voz indicava muita coisa. Ao levantar a cabeça, viu seu adversário sentado com uma espada desembainhada sobre o colo. — Caico? — Sua mente inundou sua cabeça com diversas perguntas, a primeira delas era: onde estava Krom?

— Me sinto honrado por lembrar do meu nome, oh, grande Aidan — fez uma reverência com a cabeça.

— Eu não sou grande. — *Será que Krom foi pego? Não vejo sinais de luta.* — Com dificuldade, Aidan sentou-se, seu tornozelo direito estava amarrado a uma estaca fincada na terra.

— Que modesto. Você já fez tanto e ainda é tão novo, eu te invejo. — Apertou os lábios consternado.

— Como me encontrou? — *Preciso ganhar tempo, talvez Krom esteja por perto.*

— Eu tinha um cão de caça. Antes de ser comido por uma ninhada de ratos da floresta, ele me deixou próximo ao corpo daquele caçador que provavelmente você matou. Depois segui alguns rastros, demorou um pouco, mas consegui te encontrar. Observando com cautela, vi que aquele bárbaro estava te ajudando. A propósito, não sei como conseguiu que um selvagem o obedecesse, mas achei fantástico. E, quando ele saiu da caverna, foi a oportunidade que eu estava esperando. Forte como era, não poderia encará-lo e pegá-lo desprevenido enquanto dormia, era arriscado demais. Então, durante dois dias, cavei um buraco fundo o suficiente para que ele não conseguisse subir, depois disso só precisei atraí-lo para a armadilha.

— Perspicaz. — *Você é um idiota. Parece que Krom não virá tão cedo.*

— Obrigado. — Sorriu. — Na verdade, tenho que te agradecer mais de uma vez. Se não fosse por você, eu não teria tido outra chance para seguir minhas provas para o título de Mor... — Enquanto Caico falava, Aidan teve um pressentimento ruim, instintivamente, seus olhos começaram a percorrer ao redor.

Ao ver que sua atenção estava direcionada para outro lugar, Caico se irritou.

— Eu estou falando com você. — Ele se levantou com a espada na mão. — Preste atenção! — gritou. Ser ignorado, não era algo rotineiro na vida de Caico.

— Eu estou te ouvindo — falou rispidamente. — *A sensação sumiu.*

— Hã — pigarreou e se recompôs —, você deve estar com fome, tenho um assado aqui, se quiser.

Assim que ouviu a palavra "assado", ele não conseguiu disfarçar sua ansiedade por algum alimento. *Por quanto tempo dormi? Estou com tanta fome.*

— Sim, eu gostaria.

— Aqui, tome. — Jogou uma coxa assada de algum animal.

Quando abocanhou a carne, Aidan se sentiu como um cão esfomeado, mas não podia evitar, seu estômago doía. Em poucos segundos, não restava mais nada, até o tutano dos ossos ele sugou.

— Uau. — Caico observava assombrado, parecia se divertir. — Estava mesmo com fome.

— Obrigado — arrotou.

— É o máximo que eu podia fazer. Te matar dormindo seria muito desonroso e morrer com fome seria desumano. Mas infelizmente isso é uma prova. — Segurando firmemente a espada, Caico se aproximou de Aidan vagarosamente.

Aidan puxou o nó para lá e para cá, tentou desatá-lo, porém a corda estava muito bem amarrada a seu tornozelo. Ele correu para trás o máximo que o comprimento da corda lhe permitia, tentou achar uma pedra, um pedaço de madeira, não havia nada, exceto...

— É inútil, fique parado e prometo que serei rápido.

De repente, Aidan sentiu novamente a sensação ruim. Intuitivamente, uma palavra lhe veio a cabeça e ele falou:

— Morte. — E seus olhos clarearam ao entender seu pressentimento. — Caico, atrás de você — o avisou, antes mesmo de conseguir enxergar a ameaça.

No entanto, o rapaz deu apenas um sorriso e balançou a cabeça sinalizando que não iria cair em truques.

Como num passe de mágica, um rosto diabólico surgiu sobre o ombro de Caico e, sem produzir um ruído qualquer, o braço do homem segurou-lhe os cabelos compridos e ele o apunhalou no meio das costas.

Caico caiu de joelhos, com olhos arregalados de surpresa. A ponta da lâmina havia saído pelo outro lado do tronco. Na hora em que a viu, Aidan lembrou-se da faca de caça. Sorrindo, Plondus deu um chute na espada e encarou Aidan com admiração.

— Como vai, ratinho maluco? — Ele apoiou as mãos nos joelhos para falar com ele, que observava tudo com espanto. — Eu sabia que você estava por perto, por isso esperei e esperei. Pela primeira vez na vida, já estava ficando irritado por não conseguir encontrar meu alvo, mas aqui está você, em perfeito estado. Impressionante. Durante todo esse tempo, eu... — Plondus foi interrompido pelos ruídos de dor que Caico produziu ao tentar se arrastar. — Hum... — Ele apertou os lábios um contra o outro, balançou a cabeça negativamente e caminhou na direção do rapaz.

Ao ser agarrado, Caico tentou reagir, sem sucesso. Plondus o colocou novamente de joelhos.

— Se há uma coisa que eu odeio é ser interrompido. Você fez barulho, Caico — falou ao pé do ouvido dele.

Em resposta, o rapaz se esforçou para falar.

— Vai pro inferno, seu pirado. — As palavras quase não saíram.

Após ouvir isso, o sorriso no rosto de Plondus foi embora. Ele retirou sua faca estripadora e enterrou abaixo do umbigo de Caico, que soltou um urro de dor. Quando a puxou de volta, o gancho havia trazido junto as tripas, pondo-as todas para fora.

Aidan estava sentado observando tudo, por fora ele aparentava estar calmo.

— Que tripas bonitas você tem aí. — Fez um carinho nos cabelos dele. — Agora — ele se virou para Aidan. —, vamos continuar de onde paramos. — Voltou a se aproximar.

Caico olhava para Aidan sem esboçar expressão. Seus olhos estavam perdidos, sua boca mexia formando palavras inaudíveis, lágrimas escorreram pelo seu rosto e logo depois sua respiração parou e ele ficou imóvel, ajoelhado sobre suas próprias vísceras.

# Capítulo 46

## O ASSASSINO HABILIDOSO

PLONDUS SENTOU-SE AO LADO DE AIDAN E FALOU COM NATURALIDADE.

— Durante todo esse tempo, eu tenho pensado muito em você. — Ele remexeu a cicatriz na mão e a mostrou para Aidan. — Vou ter sempre uma lembrança sua depois que te matar.

— Ou você pode simplesmente esquecer tudo isso. Ir para outras cidades. Com certeza, um assassino tão habilidoso como você não teria problemas para sumir. — *Não importa o que eu diga, deixá-lo vivo seria uma atrocidade para com as pessoas. Com certeza ele deve ter perdido a cabeça. Caico o chamou de pirado, perderam o controle sobre ele, mas o mantiveram vivo em vez de executá-lo, provavelmente pensando em usá-lo mais uma vez, se fosse preciso.*

— O que você diz é verdade, mas me prometeram o perdão real e o meu trabalho de volta.

— Mentira. Nunca te aceitarão, você é um perigo para toda a cidade. — *Fique calmo, isso soou quase como uma ameaça.*

— Akilli me deu sua palavra, ele não ia mentir.

— Por favor, você mesmo sabe como esses nobres pensam. Akilli protege a cidade e seus cidadãos, e você é um assassino que mata qualquer pessoa que acha que merece sentir a ponta da sua faca. Ninguém nunca vai te deixar voltar para a sua antiga vida, principalmente com a opinião que todos aqueles nobres têm sobre você. — Embora seu rosto fosse o mais sério possível, em sua mente havia um sorriso tão diabólico quanto o de Plondus.

— O que dizem? — Ele piscou repetidas vezes.

— Te chamam de *o assassino pirado.*

Plondus deu um sorriso sem graça.

— Eu já sabia disso.

— Sabia também que eu estou sendo treinado para tomar o seu lugar?

Plondus franziu o cenho. Pela forma como o olhava, dava para perceber que estava pensando a respeito.

— Sabe que digo a verdade. — Aidan encarava o assassino sem medo, olhando cada reação de seu rosto.

— Não pode ser, você nem é um Mor. Eu sou um Mor. — Ele apontou para o próprio peito com a ponta da faca de caça.

— Oh, minha nossa, Mor Plondus, conheço o seu trabalho e o admiro muito. Mas não está sendo razoavelmente inteligente como antigamente. Pense bem, as provas para Mor não acontecem dessa maneira. Pense, são cinco caras contra um. Isso é o meu treinamento, o que contaram para as pessoas é que eu estava tentando me tornar um Mor e faria a prova em Faléria com regras especiais. Os professores conselheiros, Akilli e o rei sabiam a verdade. E assim que eu matasse um dos maiores assassinos que a academia já criou, eu estaria à sua altura.

Plondus ouvia cada palavra com atenção, tudo parecia fazer sentido.

— O professor Mor Malsel queria se livrar de você por ordem do rei. Disseram que você sabe de muitas coisas, que pode prejudicá-los. Se voltar para a cidade com a minha cabeça, será recebido com uma grande festa, mas não passará do primeiro dia. — *Parece que estou entrando na sua cabeça, não é?*

Plondus coçou a careca e balançou a cabeça em sinal de desaprovação.

— Não, não, isso não é possível. Eu sempre fui o melhor assassino, meus trabalhos são impecáveis. Nunca os trairia, eles sabem disso. Por isso tive uma segunda chance, todos me querem de volta. — Ele piscou repetidas vezes mais uma vez.

— O mais provável é que te tranquem de novo em Tocturum.

Ele encarou Aidan com olhos esbugalhados.

— Não, eu não quero voltar para lá — explicou.

Aidan quase pôde sentir pena.

— Entenda, de qualquer jeito morrerá. A não ser que façamos uma dupla.

Plondus inspirou profundamente, cozinhou as ideias em sua mente, olhou para o céu estrelado e falou:

— Sabe, já matei muitas pessoas, e todas elas, ao perceberem que iriam morrer, inventavam vários tipos de histórias. Um cara uma vez disse que tinha um baú cheio de ouro enterrado, mesmo assim eu o matei. O prazer de tirar uma vida não tem preço, é algo divino. — Plondus agora olhava para a lâmina de sua faca. — Te agradeço por ter aberto meus olhos, isso me fez pensar que terei que matar Akilli, os professores e o rei.

Aidan suspirou.

— Entendo você, Mor Plondus, eu sempre o admirei. Mate o professor Malsel por mim, ele é o pior deles.

— Matarei todos eles. Obrigado, ratinho. — Ele chegou por trás de Aidan, que estava sentado.

Plondus segurou firme sua faca, puxou os cabelos de Aidan, expondo seu pescoço, colocou a lâmina gentilmente abaixo de seu queixo. Os dois se entreolharam e Aidan fechou sua mão, expondo a ponta do osso da coxa assada, que Caico tinha lhe dado, entre os dedos. Caico ainda estava vivo quando Aidan furtivamente quebrou o ossinho para formar uma ponta afiada.

— Ahhh! — veio o grito de dor.

Aidan perfurou o punho de Plondus com o osso e, sem perder tempo, se levantou, torcendo a mão dele para roubar sua faca. Assim que ele a soltou, Aidan projetou a lâmina na direção do pescoço de Plondus, que, em um rápido movimento, abaixou o rosto fazendo com que a faca lhe cortasse a bochecha. Pego de surpresa, o assassino expressou medo, mesmo que por um breve momento, e como consequência recuou para colocar os pensamentos em ordem.

Aidan agachou-se e começou a cortar a corda que prendia seu tornozelo. Diante daquela situação, Plondus não hesitou, pegou sua terceira faca e a arremessou. De maneira que nem Aidan soube como, talvez por reflexo, sua mão entrou na frente do rosto e o protegeu de um golpe mortal. A lâmina atravessou, provocando uma dor forte. Plondus correu para cima dele e o socou bem no rosto. Aidan caiu e, antes que pudesse pensar em se defender outro soco desceu sobre seu rosto, depois outro. Plondus estava sorrindo, uma mistura de euforia e prazer marcavam sua expressão.

— Você é incrível, garoto! Hahaha! — gritou, enquanto sua mão se manchava com o sangue do rosto de Aidan, que já não tinha mais reações ou pensamentos claros. O punho de Plondus descia pela sexta vez, mas foi impedido de chegar ao rosto de Aidan por uma mão que agarrou seu braço.

— Agora é comigo. — Crac fez o braço de Plondus ao ser quebrado por um Krom bem irritado e sujo de lama. Segurando-o firme, ele o arremessou a quatro metros de distância. Ao encontrar o chão, o corpo magro do assassino fez um barulho abafado e oco.

— Krom. — Aidan tentou sorrir, a lateral de seu rosto inchara rapidamente.

— Desculpe a demora, sair daquele buraco me custou muito tempo. — Com as duas mãos, ele retirou a estaca que prendia Aidan ao chão pela corda. — Eu já volto, vou pendurar aquele cachorro praguento em uma árvore. — Mostrou a ponta da estaca, ao mesmo tempo que arrebentava a corda presa a ela. Porém, ao virar-se para encará-lo, Plondus já havia sumido. — Desapareceu. — Suas palavras transmitiram a mesma incredulidade que seu rosto.

— Não siga os rastros dele, pode ser uma armadilha. — Falar era difícil para Aidan, sua cabeça inteira doía e sua boca estava toda cortada por fora e por dentro. — Ele está com um braço quebrado e sem suas facas. — Aidan pegou uma do chão e cortou a corda que envolvia seu tornozelo.

— Não sei se é sensato deixarmos esse monstro à solta. Quando fiquei preso com ele, dias antes de sermos apresentados na praça, esse filho de uma mãe desonrada me contou como matou algumas pessoas, inclusive crianças. Plondus vangloriava-se de seus assassinatos cruéis, como se fossem glórias de uma batalha. Se estivéssemos na mesma cela... — Krom fechou as mãos com força, deixando seu pensamento terminar a frase.

— Concordo que Plondus é um perigo para qualquer um. Nós temos o dever de acabar com ele, mas não estou em condições de fazer isso.

— Eu vou atrás dele, Aidan. — Como qualquer bárbaro, Krom não fugia de uma batalha.

— É arriscado, e no escuro ele pode estar em qualquer lugar, lembre-se de que um assassino sabe se esconder muito bem. Melhor esperarmos amanhecer. — Sua cabeça latejava, ele só queria deitar e fechar os olhos.

— Tudo bem, você sabe das coisas. E acho melhor descansar, sua cara está toda inchada, eu ficarei de guarda.

— Por favor. — Aidan esticou sua mão para Krom vê-la. — Sabe costurar um ferimento?

— Que tipo de guerreiro seria se não soubesse? Pode deixar, eu cuido disso.

Antes de deitar, Aidan olhou para Caico. O aluno Mor ainda estava de joelhos com os entranhas voltadas para fora.

***

Aidan cochilava e acordava, o céu dava indícios de que iria amanhecer. Perto dali, flutuando a poucos metros de altura, alguns pontos vermelhos chamavam a atenção no meio da escuridão da floresta. Ao vê-los Aidan sorriu, os vaga-lumes-brasas traziam-lhe a lembrança de Guimen e o início de sua jornada.

— Bom dia, ratinhooo! — gritou uma voz conhecida.

Ao ouvi-la, seu coração acelerou e o desespero voltou. Aidan não esperava que Plondus voltasse, ainda mais nas condições em que se encontrava.

Plondus caminhava tranquilamente na direção dos dois, seu braço, antes quebrado, agora estava no lugar, sua bochecha ainda estampava o corte profundo e seu punho estava enfaixado.

Com rapidez, Aidan engatinhou até Krom, que dormia.

— Krom, acorde. — Balançou seu corpo. — Kroommm! — gritou, mas o bárbaro continuava a dormir.

— Hahaha. — Plondus riu. — Ele não vai acordar, ratinho, demorou um pouco para fazer efeito, mas finalmente o selvagem dormiu.

— O que você fez?

— Antes do miserável me arremessar, eu o arranhei com minha faca de madeira, um pequeno pedaço que eu levo escondido em meu cinto. — Ele a mostrou. O objeto tinha uns seis centímetros de comprimento.

— Veneno? — Aidan procurava se afastar enquanto falava.

— Uma mistura especial que eu mesmo criei, a madeira é excelente para absorver esses compostos, basta algumas farpas em sua pele e pronto. Mas é apenas um sonífero, eu gosto de torturar minhas vítimas por bastante tempo. — Sorriu com ternura.

*Droga, já chega. Vamos acabar logo com isso.* Cambaleando, Aidan pôs-se de pé, a passos largos e desajeitados, tentando ganhar distância de Plondus.

— Fugir só irá me divertir mais. — Ele olhou para Krom, que estava ao lado, puxou seus cabelos negros expondo o pescoço. — Está vendo? — Passou a lâmina da faca, que Aidan deixara para trás, pela garganta do bárbaro sem cortar sua pele, apenas para causar temor. — O sangue vai jorrar como água brotando da terra — falou como uma criança feliz.

— Eu já tenho a chave. — Mostrou para ele. — E assim que você me perder de vista, eu vou sumir. E quando estiver em Tocturum, vou poder olhar na sua cara e te chamar de pirado uma centena de vezes, sem você ter chance de revidar. E a propósito, para mim você é medíocre, eu nunca teria usado veneno — dito isto, Aidan voltou a andar.

Largando o pescoço de Krom, Plondus correu o melhor que pôde, estava enfurecido.

— Como é arrogante. — A veia de seu braço direito estava sobressaltada, indicando que ele apertava com força o cabo da faca. — Deve ser a sua cara, vou alterá-la para você antes de te matar, e não vou usar nenhum tipo de veneno, será somente a lâmina e sua pele.

— Se alterar o meu rosto, não vão me reconhecer quando levar minha cabeça. Acho que queriam te matar porque você é muito burro — Aidan gargalhou, enquanto tentava apressar seu passo o máximo que podia.

— Haaaaaa... — Plondus ignorou qualquer dor em seu corpo e largou em disparada.

Vendo que seria alcançado rapidamente, Aidan parou, agachou e pegou uma pedra do tamanho da palma da sua mão. Plondus o jogou no chão, caindo sobre ele.

— Acabou para você, garoto. — Arregalou seus olhos de lunático, pousando a lâmina no pescoço dele.

Aidan o encarou, parecia um pouco zonzo. Num esforço aparentemente inútil, ele arremessou a pedra que havia pegado na direção da cabeça de Plondus, errando o alvo.

— Hahaha! — gargalhou. — Você é que é medíocre. — Enquanto falava, a pedra voltou de sua subida e quase acertou Plondus, errando por poucos centímetros. — Vai sentir muita dor. — Ao terminar a frase, Plondus sentiu algo pousar em suas costas, seguido de uma dor forte. — Aaahhh! — Ao bater no local com a mão, viu que se tratava de um pequeno inseto. — Mas que drog... aaahhh! —, Desta vez, a dor lhe atingiu a nuca, cabeça, e vários pontos nas costas.

Um princípio de sorriso apareceu no canto da boca de Aidan e ele falou:

— É você quem vai sentir dor. — As palavras saíram fracas, mas o suficiente para Plondus saber que o pior ainda estava por vir.

Debatendo-se, Plondus não conseguiu suportar a dor e saiu de cima de Aidan, que permanecia deitado totalmente imóvel. Conforme se contorcia tentando tirar os insetos de seu corpo, mais deles apareciam, milhares de luzes vermelhas surgiram piscando no ar com a rapidez de pequenas flechas de fogo. Elas voavam sobre Plondus, que corria sem saber o que fazer. Em poucos instantes, o assassino entrou em combustão, seu corpo ardeu em chamas como se tivesse sido jogado em uma fogueira. Plondus só parou de berrar quando caiu morto no chão.

Quando, por fim, começou a amanhecer, Aidan se deu ao luxo de se mover. Os vaga-lumes já haviam ido embora, deixando para trás uma massa carbonizada, que era o que restara de Plondus.

# Capítulo 47

## Pensamentos

A biblioteca era escura, com pouca ou nenhuma iluminação, não havia janelas, pois o vento poderia danificar os exemplares, a ventilação era feita por pequenos dutos espalhados pelo chão, algo parecido com tocas de ratos. O prédio, feito há mais de três mil anos, continha relíquias inestimáveis, livros com segredos há muito esquecidos. Os corredores eram compridos, ladeados por estantes altas que abrigavam, além de livros e pergaminhos, muitas teias de aranhas. E, no meio da escuridão gelada, uma redoma de vidro com uma vela acesa no meio iluminava as páginas dos muitos livros empilhados sobre uma mesa, onde um rapaz de cabelos brancos os lia com afinco.

— Hummm, há muitos dias que não o vejo, meu neto — disse a voz vinda de um dos corredores escuros.

Sobressaltado, mas não totalmente surpreso, Akilli continuou atento às páginas, ao mesmo tempo que pensava o que falar.

— Sabe muito bem que ainda estou procurando respostas — disse, enquanto virava uma página.

— Já confirmou suas suspeitas? O assassino usou mesmo um veneno indetectável?

Akilli observou de relance que seu avô estava com os pés descalços.

— Não existe veneno indetectável — falou em voz baixa, com a cabeça abaixada para o livro.

— Hummm — Edenor alisou a barba —, precisou olhar em livros para confirmar o que eu havia lhe dito?

— Eu precisava, o senhor poderia ter se esquecido de algum.

— Ainda não estou tão velho assim. — Ele riu. — Mas conseguiu descobrir como Portigus morreu? — Coçou a cabeça.

— Mor Quemet revirou o corpo de todas as formas e não encontrou nada. — Sua voz indicava frustração. — Portigus morreu inexplicavelmente. Estou começando a acreditar que o assassino usou algum tipo de... — ele relutou em dizer — método sobrenatural.

A resposta não pareceu surpreender seu avô, que mantinha a mesma calma de sempre.

— O que o fez crer nessa possibilidade?

— Relatos de livros bem antigos. Veja este. — Ele o pegou com cuidado, parecia velho, sua capa e as páginas estavam um pouco esverdeadas. — O autor conta que os primeiros reis possuíam o poder de selar uma espécie de contrato com quem jurasse lealdade. A partir daí, ambos estariam ligados pelo que ele chama de linha da honra, uma conexão que levaria o juramentado à morte caso viesse a trair seu rei, ou até se o desobedecesse.

Olhando atentamente para as páginas, Edenor esboçou uma reação forçada de surpresa e falou:

— Então isso foi o melhor que conseguiu?

— Encontrei também formas de se matar por magia negra, feitiços... — Akilli pôs a mão na têmpora e suspirou. Não havia solucionado nada.

— Lembro de ler um livro que falava sobre pessoas que tentavam tomar o lugar de um rei e morriam só pelo simples fato de pensarem nisso. — Edenor riu de como isso soava absurdo.

— Contos e lendas, meu caro avô. No tempo do idioma ancestral, quando o rei Grediz surgiu com o livro Mor, os autores relatam tudo com muita fantasia, como essa história da linha da honra. Juramentos que não podiam ser quebrados, os segredos do mundo revelados em um único livro.

Edenor sorriu, parecia estar revivendo algum pensamento.

— A maioria das pessoas diria que tudo isso não passa de uma lenda. Mas sabemos que o livro dos reis já existiu. — Sua mão alisava a barba calmamente.

— Há quem discorde do senhor. O Ensinador Lino diria que o livro é só uma figura de linguagem, algo que deve ser interpretado.

— É mesmo? — Edenor fez um olhar de desdém. — Como aquele homem obtuso pode dirigir a fé Grediziana? Como explicar o caos que se formou depois de Faléria ter fugido com o livro e assassinado o rei Eliah? É fato que o vice-rei Gorgon tomou o trono de maneira desonrosa. Várias guerras foram travadas depois disso. — Edenor parecia se divertir com a discussão.

— Foi uma guerra pelo poder e pelas riquezas de Nolat, simples assim — Akilli rebateu. As conversas com seu avô eram sempre gratificantes. — O senhor sabe que existem centenas de histórias.

— Eu particularmente gosto mais dessa.

Os dois riram.

*O Livro dos Reis*. Akilli saboreou o pensamento antes de falar.

— E se *O Livro dos Reis* realmente existir?

— O livro Mor? — Sua mão parou de alisar a barba por um instante, mas retomou o processo logo em seguida. — Se existisse, alguém já o teria encontrado.

— É, alguém teria encontrado. — A figura de Aidan debruçado sobre a escrivaninha de seu quarto com o livro aberto sobre ela veio naturalmente em sua mente. — O livro com certeza conteria segredos que nós não conhecemos. Talvez uma forma de matar indetectável.

— Hum. — Ele fez beicinho. — É, talvez.

*Aidan matou Portigus e as testemunhas que iam acusá-lo. Como um garoto criado em uma fazenda pode entender sobre tantos assuntos avançados e ser um exímio assassino, conseguindo, inclusive, impressionar os professores do conselho? Meu avô particularmente gosta muito dele. Tanto que acredito que me esconda algumas coisas. O enorme livro que Aidan carrega, o sem letras, ele pareceu um pouco tenso quando me pegou mexendo nele.* A ideia de que Aidan pudesse ter a posse do mais valioso dos livros fez Akilli ficar com a nuca arrepiada. *Na primeira vez que nos vimos, ele estava na floresta, muito longe da fazenda. E se ele encontrou o livro? E se... alguém lhe deu o livro e ele esteve treinando esse tempo todo? Isso explicaria o fato de um garoto saber tanto sem ter frequentado a academia.* Em apenas três segundos, Akilli criou uma teoria plausível. Aidan era, no mínimo, misterioso. De fato ele tinha segredos, e o livro era um deles.

— Ah, sim — a voz de seu avô interrompeu seu pensamento abruptamente. — Acabo de me lembrar o que vim fazer aqui. Mor Yurus está aí, e veio conversar com você.

— Hum — Akilli assentiu. — Então ele resolveu mover aquele traseiro de Helsinborg.

— Haha, é, aquele carinha tem suas peculiaridades. Como de costume, ele está hospedado no castelo, trouxe presentes para o rei, a rainha e o princípe.

— Aahh — bufou aparentemente cansado. Ao tentar se levantar, Akilli perdeu o equilíbrio, caindo apoiado sobre um joelho.

Seu avô observou desconfiado.

— Está há muitos dias aqui dentro. — Olhou para os restos de comida em cima da mesa. — Se alimentou mal e dormiu pouco. Parabéns, está se esforçando para morrer jovem.

— Estou bem, me recupero rápido — disse ao se levantar com um pouco de esforço.

Ao saírem da biblioteca, Akilli disse:

— Me faça um favor, Avô, vou para casa tomar um banho e trocar de roupa. Diga para Yurus me encontrar na Taberna de Pedra.

— Muito bem, mas não demore, sabe como é aquele cara. — E tomou a direção oposta à de Akilli, rumo ao castelo.

Descalço e com roupas no mínimo duvidosas, Edenor ia assobiando pela rua, quem não o conhecesse provavelmente o confundiria com um pedinte.

# Capítulo 48

## O RETORNO

TODOS ESTAVAM REUNIDOS NA PRAÇA À ESPERA DO VENCEDOR. SEMPRE AO pôr do sol, uma multidão se aglomerava na esperança de que um dos participantes aparecesse ao longe, caminhando pela estrada, porém, durante aqueles longos meses, nada aconteceu. Apostas foram feitas, dívidas foram cobradas, mas nenhum campeão aparecera até aquele momento. No entanto, aquele dia em particular seria especial, pois era o último dia da prova. Tudo acabaria naquela noite. Muitos nobres, inclusive o rei, Akilli e Edenor observavam, ansiosos, enquanto o sol se punha.

— Por Grediz, essa espera é terrível — reclamava o rei. — O que acha, Edenor, estão todos mortos?

— É difícil dizer.

— Maldito seja, velho, está calmo como um cachorro preguiçoso. — Sua testa suava e a coroa escorregava até as sobrancelhas.

— De qualquer forma, o fato de nenhum dos outros quatro homens terem aparecido pode dizer muita coisa. — Ninguém percebia, mas Edenor estava um tiquinho ansioso.

— Vejam! — alguém gritou.

— Pelas roupas de baixo da minha vó — disse o rei, olhando para o horizonte.

A multidão de pessoas gritou e aplaudiu o garoto que vinha sobre o cavalo. O sol se pondo às suas costas proporcionou uma entrada triunfal. Por um breve momento, houve um silêncio. Sob a luz final do Sol, Akilli observava Aidan confiante em seu cavalo, com o rosto sério, as costas eretas, ele parecia um homem, e não um garoto.

*Parece que estão todos me esperando. Fiz bem em fazer uma chegada meio dramática com o Sol nas minhas costas.* Aidan esforçava-se para manter o rosto confiante e não rir.

— Seja bem-vindo, Aidan! — gritou o rei espalhafatosamente.

Quando desceu do cavalo, todos quiseram cumprimentá-lo, ou pelo menos encostar a mão nele. O rei precisou enviar os guardas para ajudá-lo a chegar até ele.

— Muito bem, Aidan, muito bem. — Ao chegar perto, o rei o abraçou forte.

Aidan acenou para todos, agradecendo.

— Majestade. — Sua voz soou num tom de seriedade.

— Sim?

— Pode mandar alguém entregar Caico à família dele? — Ele olhava para o cavalo, havia um corpo embrulhado em um pano.

— Mas é claro. — O rei o encarou com admiração.

Assim que viu Akilli se aproximando, Aidan falou:

— O seu cavalo... — Aidan hesitou. — Eu te trouxe outro, não é tão bom, mas...

Amigavelmente, Akilli o interrompeu.

— Não tem problema, meu amigo, pode ficar com esse cavalo. O importante é que conseguiu. — Ele franziu o cenho, olhou para Aidan com desconfiança, perguntando: — Você conseguiu, não é?

— Esperem — disse Edenor, e todos se calaram. — Aidan ainda precisa me entregar um dos objetos.

Aidan sorriu com o canto da boca, colocou a mão por dentro da blusa e retirou a chave de prata, que estava amarrada em seu pescoço. Todos que presenciaram pareciam ter perdido a fala, o silêncio que se seguiu foi alto o suficiente para toda a Nolat ouvir.

— A chave de prata — Edenor falou como se estivesse vendo um fantasma.

— Sim, é um dos objetos que o senhor me pediu — Aidan explicou, com medo de que tivesse feito algo errado.

Edenor a girava em sua mão, e a chave reluzia em resposta ao movimento.

— O que aconteceu, Mor Edenor? — o rei perguntou aflito.

— Diga logo, vô, não nos deixe esperando. — Akilli também queria saber o que havia de errado.

— Sou muito velho e em toda minha vida não me lembro de ter visto alguém conseguir achá-la. Precisaria ver nos registros se isso já aconteceu algum dia.

— Isso é sério? Quer dizer, ninguém nunca a encontrou? — O rei se surpreendia com o garoto cada vez mais.

— Não sei ao certo. — Edenor olhava para Aidan, contente e empolgado.

— Mas eu pensei que fosse o senhor que escondesse os objetos — disse Aidan confuso.

— Verdade. Mas esta chave eu nunca escondi, ela foi colocada na caverna acredito que até mesmo antes de eu nascer. É claro que, depois que comecei a organizar a prova em Faléria, eu a procurei e a encontrei, confesso que não foi nada fácil, entretanto a deixei lá. Foi um feito e tanto, Aidan. — Ele sorria. — Meus parabéns.

As pessoas em volta aplaudiram em resposta à aprovação de Aidan.

— Acredito que isso merece uma comemoração. — Akilli soltou suas palavras ao ar, sabendo que o rei iria pescá-las.

— Por Grediz, você está certo! Prepararemos um banquete amanhã para homenagear o nosso mais novo campeão. Lá, poderá nos contar tudo o que aconteceu.

— Majestade, não vejo necessidad...

— Bobagem, garoto, descanse bastante hoje, pois amanhã será o seu dia. — O rei olhou para Akilli. — Garanta que ele esteja descansado para amanhã.

— Mas é claro, sua graça. — Ele lhe fez uma reverência. — Vamos, Aidan, ou prefere ficar?

— Na verdade, estou louco para ter uma boa refeição. — E caminhou junto a ele, não sem antes se despedir do rei e de Edenor.

O fato era que Aidan queria ver Koral e o livro, a ausência dela o deixou preocupado.

— Algo o preocupa, meu amigo? — Akilli o observava pelo canto dos olhos.

— Eu pensei que ela estaria lá.

— Refere-se à Koral ou à outra garota? Sirranda, se não me engano.

— À Koral, é claro. Sirranda mora com o pai e com certeza está bem.

— Koral não quis vir, tinha medo de ver quem apareceria no horizonte.

— Hum. — Deu um pequeno sorriso. — É, esse parece mesmo o jeito dela.

Akilli estudou Aidan de cima a baixo e falou:

— Você parece bem.

— O que quer dizer? Que passei pela prova sem lutar com ninguém? — Utilizou todo seu sarcasmo. *Antes de vir, comprei roupas novas e ainda tomei um banho, é como se eu não tivesse sofrido nada, como se tivesse acabado com todos sem sofrer um arranhão. Era essa impressão que eu queria passar para todos.* Aidan já sabia que muitas pessoas estariam olhando e ele precisava construir sua reputação.

— Não quis dizer isso, percebi algumas cicatrizes novas, como essa próxima ao seu cotovelo, uma flecha, não é?

— Isso mesmo. — Ele passou a mão por cima, como se tentasse tirá-la.

— Só quis dizer que você soube se virar muito bem por lá e saiu praticamente ileso. Foi uma façanha e tanto realmente. — *Algo impressionante.*

Os pensamentos de Aidan o levaram de volta até o ponto após a morte de Plondus. Depois de ter analisado as estrelas e descobrir a data em que estava, Aidan teve mais um mês para se recuperar. Durante esse tempo, ele e Krom ficaram amigos. A história do bárbaro era simples: em algumas épocas do ano, seu povo selecionava alguém para procurar trabalho e conseguir dinheiro para a aldeia. Como Krom nunca havia descido para tão longe das montanhas, sua curiosidade o instigou a ir mais e mais longe, até vir parar em Nolat, onde acabou preso. Antes de partir, Aidan explicou que iria tentar recuperar sua arma, a Aurora, e ele deveria esperá-lo em Faléria por cinco dias; caso ele não voltasse, Krom deveria ir embora.

Assim que pisou dentro da casa de Akilli, Koral desceu as escadas para vê-lo. Mas, diferentemente do que ele esperava, ela não veio correndo e gritando, como de costume; desceu as escadas calmamente, de maneira elegante, vestindo um vestido branco bem bonito, parecia as mulheres educadas da alta sociedade de Nolat. Ao chegar próximo a Aidan, ela o abraçou forte.

— Eu sabia que ia conseguir, nunca duvidei — falou com a voz chorosa. Ele retribuiu o abraço com a mesma força, era bom estar com ela novamente. Koral olhou-o nos olhos e disse: — E então, o que achou da minha descida triunfal?

— Quase me convenceu. — Ele riu.

— Estou praticando. Madame Gisela está me ensinando, e ainda estou tendo aulas particulares, vou entrar para a academia. — Estava empolgada, Aidan podia ver.

— Mas ainda parece um menino. — A mãe de Akilli apareceu, alta e bem vestida como sempre. — Fico feliz que tenha conseguido passar, Aidan. — Ela fez uma curta reverência com a cabeça.

*Fica mesmo?*, pensou ele, mas o que disse foi:

— Obrigado, madame, fico muito agradecido por todos terem torcido por mim.

— Seu quarto está do jeito que deixou, acredito que queira descansar, vou mandar Adestor lhe trazer algo para comer. — A mulher sempre o olhava como se fosse um inseto, mas dessa vez não tanto.

— Obrigado, senhora. — Depois de agradecer e se despedir de Akilli, ele subiu para o quarto e pediu para Koral ir junto.

Já dentro do cômodo, ele perguntou:

— Tudo bem com você? — Passou a mão pelo rosto dela. — Te trataram bem, pelo visto.

— Ah, sim, não tenho do que reclamar. — Ela parecia estar tímida.

— Há algo errado?

— Ah, não, está tudo bem. — Suas bochechas coraram.

— Mesmo? Você não parece aquela menina que eu conheci, está um pouco diferente.

— Estou tentando melhorar meus modos, como uma garota de classe.

— Ah, eu gostava mais de quando você era... — Ele pensou um pouco. — Você — disse por fim.

— Poxa, Aidan — resmungou —, eu quero ser alguém na vida, quero que me ache esperta, como Sirranda e as outras garotas da academia.

Aidan se divertiu e caiu na gargalhada.

— Pare de rir — ficou emburrada.

— Koral, não precisa se preocupar, sempre vou cuidar de você, não importa se será uma graduada ou não, se será uma mulher de classe ou sei lá mais o quê. — Ele a olhou nos olhos, deixando-a encabulada.

— Eu sei — falou baixinho —, mas ainda assim quero ser uma mulher melhor para você.

— Hum... — *Ainda com essa ideia de casar, melhor ir por outro caminho.* — Koral, e o meu... — Fez um gesto com as mãos.

— Seu livro está na minha gaveta trancada à chave.

— Essa é a minha garota. — E deu-lhe um abraço e um beijo na bochecha.

Koral corou e saiu para pegar o livro. Quando retornou, Aidan o segurou, deu uma boa olhada para ele e agradeceu à Koral.

— Não foi nada. — Ela o conhecia bem para entender o que aquelas palavras queriam dizer e então o deixou a sós com seu melhor amigo. E ela precisava estudar.

# Capítulo 49

## O BANQUETE

O BANQUETE EM SUA HONRA SERIA REALIZADO NO SALÃO REAL QUE FICAVA dentro do castelo, um evento no qual somente os mais ilustres estariam presentes.

— Aí está ele. — O rei estava no corredor junto de outras pessoas.

— Majestade — Aidan o cumprimentou.

— Como vai, filho, espero que tenha descansado bem. — Condigor apertava sua mão com força e sacudia seu braço como uma vassoura. Ele parecia feliz. A taça de ouro em sua mão já estava vazia.

— Sim, Majestade, descansei bem. — Aidan se divertia com a empolgação do rei.

— Venha, tem algumas pessoas ansiosas para conhecê-lo. — E o direcionou ao bolo de gente que estava às suas costas.

O primeiro foi um homem religioso, sua roupa era branca com adornos dourados, que mais pareciam ouro, em seu peito havia um Sol e a silhueta de um homem. O mesmo símbolo da cidade de Nolat, com poucas diferenças.

— Esta é Sua Eminência, o Ensinador Lino.

Lino era um senhor de idade com uma barba longa e cabelos apenas nas laterais da cabeça, todos da cor branca. Olhou para Aidan e inclinou um pouco a cabeça, cumprimentando-o.

— Prazer em conhecê-lo, Aidan. — Lino esticou o braço, evidenciando o grande anel de ouro com o desenho de um Sol, na direção do rosto de Aidan.

Aidan observou o anel e disse:

— O prazer é meu, Eminência. Seu anel é muito bonito. — O grande Ensinador pareceu levar aquilo como um grande deboche.

Mas alguns homens, não, pois começaram a rir, inclusive o rei.

Mesmo sem graça, Lino mantinha seu ar de superioridade, olhando Aidan de cabeça erguida.

— Conhece a palavra de Grediz, senhor Aidan? — o Ensinador perguntou.

— Temo que não, Eminência — respondeu educadamente.

— Então o convido para ir ao santuário participar de nossas reuniões, nas quais veneramos Grediz, o grande Deus iluminador. Afinal de contas, o senhor não quer ser considerado um herege, não é mesmo?

— É claro, Eminência, farei uma visita assim que possível — mentiu.

— Excelente, fico feliz em ouvir isso. Que Grediz o abençoe e ilumine seu caminho. — Lino levantou sua mão enrugada e cheia de pequenas pintas e fez um círculo no ar para abençoar Aidan, que ficou imóvel esperando acabar.

Dando continuidade às apresentações, o rei guiou Aidan até o próximo convidado.

— Este aqui — indicou um senhor bem vestido, de botas e roupa preta, estampando o símbolo de Nolat no peito; o homem tinha cara de mau, cabelos raspados, cavanhaque grisalho e um bom porte físico —, este é Mor Luciani Baldgar, comandante da segunda infantaria e pai...

— Pai de Rebdiz Baldgar. — O homem completou a frase do rei. Sua voz carregava raiva e ressentimento.

*Já o vi em algum lugar.*

— Ah, sim, Rebdiz. E ele está bem, senhor? Graças a Grediz eu não o encontrei durante a competição. — Aidan fez sua melhor cara de preocupação.

Rebdiz não tinha visto seu rosto, por isso fingiu ser um mercenário ao apunhalá-lo pela costas. Até onde se sabia, foram os mercenários corruptos e gananciosos que feriram seu filho, e não Aidan.

— Ele está se recuperando, acabou sendo ferido por um dos participantes. Meu filho não viu quem era. — A resposta veio pronta, como alguém que já a havia repetido muitas vezes. — Encontraram-no na entrada da cidade, pálido e desmaiado sobre o cavalo. Grediz o guiou até nós, são e salvo.

— Fico feliz que ele esteja bem. Uma pena isso ter acontecido, mas acredito que seja melhor do que ele ter voltado morto. — Luciani concordou com Aidan, mas seu rosto ainda demonstrava um certo rancor.

— Todos nós sabíamos dos riscos — falou um homem de cabelos compridos negros, também com o uniforme negro dos comandantes de Nolat.

— Este é Mor Theron Demortras, o filho dele também estava competindo com você.

— Caico era um grande homem, senhor. — O pai era a imagem mais velha do filho. Aidan o cumprimentou com respeito. — Seu filho era bem talentoso. Ele salvou a minha vida.

— Verdade? — o rei perguntou.

— Sim. Eu usei a distração que Caico criou para matar o assassino — mentiu. — Seu filho era uma pessoa honrada. Plondus o matou de uma maneira brutal. O mínimo que eu podia fazer era trazê-lo de volta. — Aidan tentou produzir uma lágrima, mas não conseguiu. Isso daria um tom dramático e emoção às suas palavras, pena não ter nascido para ser ator. Porém ele não perderia a chance e fingiu enxugar uma lágrima ao coçar o olho.

— Obrigado, Aidan. — Theron colocou sua mão no ombro dele. Seu tom era de complacência. — Tenho certeza de que não foi nada fácil para você. Mas esta é sua noite, aproveite-a, você a mereceu. — Theron parecia ser um homem honrado também.

Aidan lhe fez uma reverência com a cabeça e continuou a ser guiado.

— Creio que os professores da academia você já conhece.

— Quase todos os professores, Mor Pimim ainda não chegou — Edenor esclareceu, se aproximando de Aidan com sua simpatia de sempre.

Todos eles o cumprimentaram, os mais calorosos foram Mor Friedrich e Mor Vromun. O professor Malsel apenas acenou com a cabeça e disse "parabéns, Kirek" da forma mais seca possível.

Aidan conheceu mais alguns comandantes. Até o brutamontes guarda-costas do rei, Mor Bisar, que quase lhe quebrou os ossos da mão ao apertá-la.

— E por último, mas não menos importante, o gênio das finanças. — O rei apontou para um jovem de cabelos loiros compridos e pele branca como leite. Ele vestia uma camisa branca e uma calça preta um pouco justa. Luvas brancas davam o toque final. Seu rosto tinha feições femininas, não dava para deixar de notar.

Quando fez um gesto com a cabeça para cumprimentar o homem, Aidan precisou de toda sua força para não expressar emoção quando o rei disse seu nome:

— Mor Yurus Clodio, governador da cidade de Helsinborg.

O homem deu um sorriso cavalheiresco e o cumprimentou inclinando a cabeça. Com uma voz suave e um hálito doce que Aidan sentiu de longe, ele disse:

— É uma grande honra finalmente conhecê-lo. Ouvi falar muito de você. — Seu tom era calmo e gentil.

Aidan estava paralisado, milhares de pensamentos passavam por sua cabeça, principalmente suas memórias do tempo que passara nas minas. Ele não poderia dizer por quanto tempo ficou congelado, mas ouviu-se dizendo:

— A honra é minha. — Soou mais forçado do que desejava.

— Você está bem? Parece que viu um fantasma. — Seus lábios avermelhados abriram-se em um sorriso.

— Mor Yurus, não se esqueça de que não é fácil conhecer tantas pessoas importantes de uma vez só, ainda mais quando não se está acostumado a ter todas as atenções — Akilli surgiu, tentando amenizar a situação.

— Akilli está certo — o rei falou quase num grito. — E agora para o salão, senhores, vamos nos empanturrar com vinho e comida! — Dessa vez, ele gritou animadamente.

— Agora o senhor falou a minha língua — disse o professor Vromun, esfregando sua barriga avantajada.

Ao entrar no salão, Aidan ainda estava impressionado demais para falar alguma coisa, não pelas tochas douradas presas à parede, ou pelos escudos que decoravam as pilastras, mas, sim, por Yurus.

*Se acalme, você sabia que esse dia chegaria. Yurus veio pessoalmente exigir que Akilli tome uma atitude quanto ao cara que matou seus homens na mina. O cozinheiro era uma das testemunhas que eu matei, ele sabia meu nome, então Yurus também. De qualquer forma, Akilli sabe o que fiz, mas não pode me acusar sem provas*. Aidan estava tão preso aos seus pensamentos que quase não percebeu quando o rei falou com ele.

— O que achou do salão?

— Achei-o bem limpo e a decoração é esplêndida. — Tentou parecer maravilhado com tudo.

— Hum, já ouvi muitas coisas sobre este salão, menos sobre a limpeza dele — o rei se divertia. — Venha, sente-se perto de mim.

As cadeiras eram dispostas em formato de U, Aidan sentou-se ao lado esquerdo do rei, e do lado direito estava Edenor. Quando todos estavam com suas taças cheias de vinho, Sua Majestade levantou-se para fazer um brinde.

— Senhores, espero que me perdoem por esse banquete feito às pressas. Mas tenho certeza de que será do agrado de todos, já que não convidei nossas mulheres. — Todos riram. Logo depois, Condigor ergueu a taça bem alto e fez um brinde: — Aidan, que você consiga logo o seu título de Mor, para que possa servir bem ao seu reino com suas habilidades melhor desenvolvidas. E sabemos que nossos professores fazem isso melhor do que ninguém. — Ele deu uma rápida olhadela para os Mors presentes. — Parabéns por sua vitória. Ao Aidan!

Em uníssono, todos gritaram com suas taças erguidas:

— *Ao Aidan!*

Primeiro foram servidos cogumelos amanteigados, logo depois porcos assados com uma maçã na boca, tudo estava delicioso. Durante o banquete, Aidan foi questionado sobre seu teste, as perguntas vinham de todos os lados e acabou por contar tudo o que acontecera. Ou melhor, dizendo, quase tudo.

Aidan contou que Krom tinha morrido caindo em uma armadilha criada por ele. Essa parte em particular fez o rei bater na mesa de tanto rir.

— Esses bárbaros são mesmo uns idiotas — vociferou o rei.

Depois de contar tudo, os ânimos se acalmaram e Aidan resolveu que era hora de interagir com o rei.

— Majestade, posso lhe pedir uma coisa?

— Se estiver ao meu alcance... — A boca de Condigor estava roxa de tanto vinho.

— Já que matei o bárbaro, pensei que seria justo se eu ficasse com a arma dele.

— Bem, acho que não haveria problema. Mor Vromun deve saber onde ela está, peça a ele depois.

— Obrigado, Majestade.

Yurus não estava sentado muito longe, apenas a três cadeiras de distância, durante toda a noite o homem o encarou, mas sem esboçar qualquer tipo de expressão. Seu olhar lhe causava calafrios. Pensando em não ficar acuado como um cachorro sendo espancado, Aidan resolveu puxar assunto.

— Mor Yurus. — Ele pareceu se surpreender com a iniciativa de Aidan. — O que faz tão longe de casa, se não me engano o senhor é quem comanda Helsinborg.

— É verdade, mas preciso sair de vez em quando. Eu venho a Nolat duas vezes ao ano para entregar o dinheiro dos impostos. Conhece a minha cidade, Aidan? — Ele fez que não com a cabeça. — Por que não vem comigo? Seria meu convidado de honra.

*Com certeza seria, e meu quarto ficaria no seu calabouço.* Aidan percebeu que Yurus tinha uma mania no mínimo peculiar; em nenhum momento da noite ele retirou as luvas. Sempre que tocava a carne e a taça, fazia-o com dois dedos, como se estivesse enojado.

— Eu gostaria muito. Sua Majestade o apresentou como o gênio das finanças, ficaria imensamente grato se aprendesse alguma coisa com o senhor.

— Infelizmente — Edenor intrometeu-se —, suas aulas começam daqui a alguns dias, você não poderá ir.

— Ahhh — Aidan lamentou. *Pena, aproveite bem o tempo extra que ganhou de vida.*

— Não se preocupe, haverá outras oportunidades, quando menos esperar estará em Helsinborg. — Yurus deu um pequeno sorriso malicioso.

— Obrigado, Mor Yurus, o senhor é muito gentil — Aidan agradeceu com um sorriso simpático.

— Onde está aquela maravilhosa torta? — o rei gritou.

# Capítulo 50

## Uma breve conversa

A porta grossa de madeira e ferro rangeu quando Vromun a abriu. O cômodo era amplo, repleto de diversas armas; ao fundo, em cima de uma mesa, estava Aurora, o machado de Krom.

— Aí está. — Vromun o pegou com as duas mãos.

O machado tinha uma lâmina grande de um lado e, do outro, uma ponta metálica pontiaguda. O cabo era incrustado de desenhos e símbolos do povo bárbaro. Aurora era grande, feita com o melhor aço das montanhas de Nórdis, de ponta a ponta.

— É uma obra de arte. Cuide bem dela. Ou, se for vender, não o faça por menos de dez mil moedas de ouro.

— Sim, professor. — Vromun a entregou a Aidan, que a enrolou em um pano, colocou Aurora sobre o ombro e se apressou para chegar ao cavalo antes que o peso dela o matasse.

Aidan cavalgou pela estrada próxima ao vilarejo de Corpein pensando em todo o percurso que teria de enfrentar até se tornar um Mor e, depois, tomar o lugar de Condigor.

Horas depois, Aidan chegava ao local onde deveria encontrar Krom, que para variar estava comendo o que restou de um animal.

— Meu pequeno amigo. — Seu rosto se iluminou de alegria. — Venha, ainda tenho um pouco de carne. — Seus dedos estavam lambuzados de gordura.

— Demorei mais do que imaginei, tive que deixar meu cavalo logo no início da floresta e essa coisa é pesada. — Deixou o machado cair próximo a Krom.

— Aurora! — O bárbaro a desembrulhou do pano e a admirou. Seu rosto de contornos brutos agora se parecia ao de uma criança ao receber um presente.

— Bem... — Aidan levantou-se e bateu em suas calças para retirar o excesso de terra. — Acho que já vou indo. Se sair agora, consigo chegar em Nolat antes de escurecer.

— Precisa de ajuda? — zombou.

— Acho que eu consigo me virar sozinho. — Usou seu melhor tom de sarcasmo. — Cuidado para não ficar perdido por aí, ouvi dizer que existem muitas criaturas perigosas nesta floresta.

— É verdade, a pior delas é um rapaz chamado Aidan.

Os dois se encararam por um tempo, até que riram um do outro.

— Lembre-se, só precisa contornar pela estrada a oeste para pegar o caminho de volta a Nórdis.

Krom assentiu.

— Obrigado, Aidan, você é um homem de palavra, tem certeza de que não quer vir comigo? Seria bem-vindo em Nórdis.

— Eu sei — disse ele com olhos tristes. — Vá em paz, meu amigo. Um dia tenho certeza de que nos veremos de novo. — Ele se despediu e virou-se.

— Adeus, grande guerreiro. — Krom tinha certeza de que Aidan era um guerreiro ancestral, que voltou para guiar as pessoas até a guerra final, a última batalha dos bárbaros, que abalaria todo o mundo. Ele sabia disso devido ao fato de que Aidan não precisava de armas ou grandes músculos para fazer coisas incríveis. Krom precisava voltar para avisar a todos, o fim estava próximo.

Aidan olhou para cima e viu as nuvens negras se formando, a chuva iria cair em breve. Se fosse tão forte como as nuvens indicavam que seria, seu passeio com Koral naquela noite teria de ser adiado.

***

A noite estava cheia de nuvens, o som dos trovões ecoava pelas ruas de paralelepípedos, mas a chuva até então não aparecera. E na frente da casa dos Friggs, uma linda e ampla carruagem permanecia parada. Em suas janelas, cortinas impediam que qualquer pessoa visse o que acontecia em seu interior. Ainda assim, era bem tarde e a rua estava deserta. Os dois homens lá dentro cochichavam para que ninguém pudesse ter a chance de ouvi-los.

— E então, o que veio fazer aqui? Se despedir?

— Exatamente — afirmou o homem de mãos enluvadas.

— Hum, e o que achou do Aidan? Não era bem o que você esperava? — acrescentou.

— É impetuoso, infantil, até um pouco arrogante, eu diria.

— Só não é mais arrogante que você — declarou, enquanto olhava pelo friso da janela.

— Muito bem. — Ignorou o comentário. — Você tem oito meses.

— Doze — falou em um tom incisivo.

— Dez — Yurus retrucou.

— Doze. — Akilli o encarou com um olhar que não admitia negociações.

— Vocês, Friggs, são tão petulantes, acham que são donos de Nolat. — Conforme Yurus ficava irritado, sua boca fazia uma curva para cima, do lado esquerdo. Akilli achava aquilo divertido.

— Não me importo com o que você acha, só que para fazer da maneira correta preciso de doze meses.

— Maldito seja, Akilli, o garoto destruiu minha mina e libertou centenas de escravos, estou perdendo muito dinheiro graças a ele. Aidan precisa sofrer, servir de exemplo, se não todos vão achar que podem fazer isso comigo. — Yurus tentava manter sua voz calma e baixa.

Akilli apenas esperou em silêncio, já haviam tido essa conversa antes e parecia estar se repetindo.

— Eu já te expliquei, posso prendê-lo agora se quiser, mas para o que planejei, teremos que esperar. Você sabe que estou certo, no final, todos vamos sair ganhando — concluiu.

Yurus respirou fundo, fechou os olhos e, quando os abriu novamente, um sorriso brotou de seus lábios e seu rosto voltou a ter o ar angelical de antes.

— Você me conhece, perco a cabeça facilmente. — Passou a mão na lateral do rosto de Akilli carinhosamente, seu rosto mostrava compaixão e ternura. — Doze meses e nem uma hora a mais, ou nem toda a sua influência e inteligência poderá salvá-lo da morte horrível que vou lhe proporcionar.

Akilli riu como se tivesse acabado de ouvir uma besteira dita por um bêbado.

— Cuidado na estrada, essas viagens são sempre perigosas; mesmo tendo guardas para escoltá-lo, nunca se sabe o que pode acontecer. — Dito isso, ele saiu da carruagem e mandou o cocheiro partir.

# Capítulo 51

## As primeiras semanas de aula

— Bata com mais força, garoto — Vromun instigava. Aidan socava a grande barriga redonda de seu professor, mas era como bater em um saco de areia.

— Estou batendo. — O suor escorria pela sua cabeça e braços. Já há algumas horas, eles estavam fazendo um treinamento físico intenso sem descanso. Aidan conseguiu manter o ritmo por mais algum tempo, até que não teve mais forças e caiu sentado no chão, ofegante e exausto.

— Hum, já cansou? — perguntou com as mãos apoiadas sobre a barriga.

— Me desculpe, professor, o senhor acabou comigo. — Até falar era difícil.

— Não se preocupe, apesar de tudo, foi bem para o seu primeiro dia. Tem um bom fôlego, mas seus golpes são fracos como os de uma menina de cinco anos. Não preciso fazer outro teste para ver que você não é do tipo lutador. — Vromun de repente se calou, deu dois tapinhas em sua pança e arrotou, depois prosseguiu. — Vamos melhorar sua força primeiro, depois te ensino a lutar. Terá que se esforçar muito para ser um bom lutador. Nos veremos amanhã no salão de treino, está dispensado.

Assim que acabou, ele correu para a oficina do professor Quemet. Suas aulas não eram difíceis, havia cadáveres estendidos sobre mesas e eles os dissecavam para estudo. Durante aquele primeiro ano, Aidan precisaria aprender o nome e a reconhecer órgãos e ossos, diferenciar os de humanos e de animais, identificar venenos por diferentes técnicas, aprender a extrair substâncias de plantas e estudar sobre remédios e tratamentos para doenças. E depois, se conseguisse ser considerado um aluno excepcional pelo professor Quemet, aprenderia o mais complicado, a arte de como "ler" um coração.

À tardezinha seria a aula de Friedrich, responsável por ensinar os conhecimentos avançados de estratégias de guerra, história, culturas e linguística.

— Pensei que aprenderia a jogar savas também — Aidan brincou, enquanto o professor explicava.

— Quem sabe a gente não joga uma partida. — O professor riu. — Como você não frequentou a academia, resolvi concentrar-me em outros pontos. A grande essência do savas você já adquiriu, é praticamente um mestre.

— Um mestre? O que é isso, professor? — Deu uma de humilde. — A única coisa que pretendo é ter a sua genialidade um dia.

— Pare de puxar meu saco, rapaz.

Os dois riram.

***

O professor Pimim tinha a altura de uma criança de 10 anos, era rechonchudo, com bochechas rosadas, barba bem aparada que seguia todo o contorno de seu rosto terminando em uma trancinha embaixo do queixo. Seus cabelos eram brancos, penteados para trás. Todo o visual bem cuidado disfarçava um pouco os seus 58 anos.

— Muito jovem — observou ao abrir a porta —, mas pontual. Vamos, entre.

As aulas eram ministradas na oficina, um imenso cômodo onde Pimim ensinava e fazia seus experimentos. Lá dentro, Aidan viu que estantes cheias de livros ficavam em uma sala separada, na área principal havia muitos objetos espalhados, tubos, galões e potes de vidros, caldeirões de vários tamanhos, instrumentos de metal e centenas de caixas grandes e pequenas etiquetadas. O lugar era barulhento e quente, estudantes passavam de lá para cá, sempre carregando alguma coisa para suas tarefas.

— Seja bem-vindo à minha oficina. Que estranho, nunca falei isso para nenhum outro aluno que estava a poucos passos de se tornar um Mor. Você deve ser o primeiro em muitos séculos que passou sem ter frequentado a academia. Isso é assombroso, deveras assombroso — salientou.

— Professor Pimim — um rapaz se aproximou. — Veja, terminei o relógio. — Mostrou-lhe um pequeno objeto metálico, um pouco menor que a palma de sua mão.

— Oh, muito bom, Bartor, excelente trabalho. Olhe, Aidan, já viu um relógio antes?

— Já, Mor Quemet tinha um.

— Nossa, você é o Aidan, muito prazer, sou Bartor. — Eles apertaram as mãos. — Estou no último ano da academia. Fique sabendo que você me inspirou a tentar a prova em Faléria. — Os dentes brancos do rapaz contrastavam com seus cabelos pretos.

Antes que Aidan pudesse dizer alguma coisa, o professor interveio.

— Certo, certo, já terminamos por aqui. Venha, Aidan — chamou-o e começou a andar.

— Foi um prazer, Bartor — foi a única coisa que conseguiu falar antes de seguir Pimim.

— Instrumentinho interessante esse, não tem nem dois anos e já é bem apreciado pelas pessoas. E o inventor fica com noventa por cento dos lucros, entende?

— Mas e os outros dez por cento?

— Ora, meu rapaz, vão para a academia — falou como se fosse óbvio.

— E foi Bartor que criou o relógio, senhor?

— Oh, não, meu rapaz. O nome dele é Berg Pontius. É claro que devo enfatizar que eu o ajudei — disse enquanto pegava uma chave no bolso. — Ali. — Apontou para uma porta.

A porta rangeu e eles entraram. O cômodo não era tão grande como a oficina, mas não era pequeno.

Aidan olhou ao redor e comentou:

— É uma minioficina.

— Muito bem observado, gênio, esta é uma oficina exclusiva para treinamentos de Mors. — Conforme ia falando, o professor abria as janelas. — Enquanto trabalhar aqui, certifique-se de manter as janelas sempre abertas, devemos manter o ar circulando, isso evita intoxicações por inalação de substâncias nocivas.

— Entendi, professor. — Sua cabeça girava de um lado para o outro prestando atenção em cada canto.

— E muita atenção. Levando em consideração que os conhecimentos de um aluno formado são muito bons, essa oficina possui substâncias mais perigosas que na outra. Portanto, tenha muito cuidado, pois você pode morrer sem nem se dar conta do que está acontecendo.

— Mas, professor, ainda não sei o que vim fazer aqui. — Aidan não estava habituado com aquele tipo de ambiente, isso lhe dava uma certa insegurança.

— O que sabe sobre alquimia? — Os pés de Pimim balançaram para a frente e para trás, enquanto esperava a resposta.

— Sei que é uma arte milenar, que engloba vários tipos de conhecimentos.

— Alquimia é ciência, Aidan, alguns têm talento, outros nem tanto. Por isso não é uma aula tão difícil como as outras. Aqui você só precisa aprender sobre os elementos da natureza, os metais, gases, minerais, líquidos e suas reações quando expostos a certos elementos ou condições. — Soou como se fosse algo muito fácil. — Para os Mors, nos concentramos mais na área da alquimia, já que é uma ciência, digamos, mais letal.

Aidan se mantinha tranquilo. Algo nas palavras do professor lhe dava a impressão de que queria que ele desistisse logo.

— Eu entendo, professor, e estou disposto a dar o meu melhor.

Pimim suspirou, contemplou por um tempo o chão e depois o encarou.

— Infelizmente não conseguimos conversar antes de você participar da prova em Faléria. Estou meio receoso, pois não cursou nossa academia. Não me entenda mal, você é mais do que capaz nas outras áreas, mas foram pouquíssimos alunos Mors que tiveram talento para a alquimia. O que se dirá de um que veio de fora? Consegue identificar os metais apenas olhando-os? — O professor pegou uma caixa e, de dentro dela, puxou metais de cores diferentes.

— Bronze, ferro... — Conforme Pimim colocava as pequenas peças na mesa, Aidan ia reconhecendo os metais. — Prata, aço, chumbo...

E então o professor parou.

— Conhece a tabela de elementos?

Aidan fez que sim com a cabeça.

— Bem — Aidan pareceu impressioná-lo —, desculpe por tê-lo subestimado. É — pensou por um tempo —, seja um bom aprendiz e pegue aquela lente de aumento ali na parede.

Aidan o obedeceu. Ao voltar com a lente, Pimim o olhou cara a cara, indicando que o que viria a seguir seria algo de extrema seriedade, talvez até sigiloso.

— Antes de ser considerado um mito e até algo diabólico, a magia e a ciência andavam de mãos dadas. Como eu havia lhe dito, alquimia é ciência, mas não apenas isso, ela mexe com os mais puros elementos da natureza, a essência primária da vida do mundo. Portanto, alquimia também é magia, que é...

— Uma ciência que ainda não compreendemos — completou, lembrando-se das palavras de Faléria.

Com cara de surpreso, o professor prosseguiu.

— E muito dos conhecimentos antigos foram perdidos com o passar dos séculos, principalmente por causa dos fanáticos ensinadores de Grediz — essa parte ele falou com a voz baixa —, que queimaram milhares de livros que consideraram impróprios para serem ensinados. Enfim, essa história já tem mais de dois mil anos, acabei me afastando um pouco do que iria lhe contar. — Respirando fundo, para ordenar seus pensamentos, Pimim continuou. — A alquimia surgiu para tentar fazer milagres. Se você conhece os elementos da natureza, sabe como funcionam e ainda compreende as outras artes do conhecimento humano, por que não buscar criar coisas que seriam teoricamente impossíveis de se fazer?

— Impossíveis? — Seu interesse por aquele assunto estava aumentando.

— Sim. Existem três grandes lendas na alquimia, histórias que os livros contam, mas que ninguém conseguiu recriar até os dias de hoje. A primeira delas é o elemento da existência, dentro do qual poderia ser criado um elixir que seria capaz de prolongar sua vida indefinidamente, não importando se você estivesse ferido ou muito doente.

— Uma vez eu li sobre o elixir da vida.

— Elixir da vida, da vitalidade, da existência, você vai encontrar muitos nomes por aí, mas todos são a mesma coisa.

— E o segundo? — Aidan deixou que o professor falasse, mas já conhecia os três pilares da alquimia.

— Criar vida ou dar vida.

— Como assim?

— Criar um ser vivo de carne e osso por meios artificiais, ou dar vida a algo inanimado, como um boneco de barro, por exemplo.

*Um boneco de barro*. Aidan segurou o pensamento por um momento e lembrou-se de Guimen, o pequeno homenzinho que trocava o "s" por "x" em suas frases.

— A terceira lenda seria a transmutação. — Pimim continuava sem perceber se Aidan estava mesmo prestando atenção. A fala do professor o trouxe de volta para o presente — Que talvez seja o objetivo mais cobiçado de todos, pois inclui a capacidade de transformar metal em ouro.

— Professor, sabemos que tudo isso é impossível. Ou quase tudo.

— Eu também pensei assim por muito tempo. Porém — abaixou um pouco a voz —, há mais ou menos trinta anos, Mor Lourel, o professor a quem sucedi, me mostrou isto. — Pimim abriu o pingente preso em seu pescoço e, com o auxílio de uma pinça, pôs um pedaço pequenino do que parecia ser ferro sobre a mesa.

— Hum, acho que isso é ferro. — O pequeno fragmento não tinha mais do que um centímetro de comprimento, mas Aidan percebeu sua grandeza ao inspecioná-la com a lente de aumento. — Minha nossa, aqui na ponta.

— Isso mesmo. — Pimim sorria de orelha a orelha contagiado pela empolgação de seu novo aluno.

— Mas, professor Pimim, como saber se realmente é ouro? Pode ser apenas tinta.

— Blá — debochou e abriu uma gaveta retirando uma pedra polida cor de carvão. — Veja, isto é um ímã. Conhece?

— Não.

— Os ímãs atraem metais, só que em ouro e prata essa atração não ocorre. Se eu colocar o ímã na ponta dourada — ele o fez e o pequeno fragmento se afastou ao aproximar-se do ímã —, o metal é repelido. Contudo, se eu trocar de lado... — Como mágica, a parte onde havia o ferro pulou, grudando-se ao ímã.

— Não pode ser! — A cara de espanto de Aidan fez seu professor rir. — Só pode ser uma brincadeira.

— Brincadeira? Não, meu caro aluno. Esse fragmento esteve nas mãos de todos os professores que estiveram em meu lugar, acredito que todos eles eram espertos o suficiente para perceber uma brincadeira. Existe um jeito ainda desconhecido por nós...

— Ou desaprendido por nós... — Aidan acrescentou e Pimim concordou, continuando.

— Para fazermos coisas que achamos que são impossíveis de serem feitas. — O professor observava o rosto de Aidan, seus olhos estavam fixos em um ponto, mas seu cérebro trabalhava a toda força como uma carroça puxada por cem cavalos. — E isso é a prova de que é possível fazer o impossível. — Pimim deu um tempo para Aidan absorver toda a informação, não se esquecendo de guardar seu pequeno fragmento. — Agora você pode ir. A oficina está aberta apenas para você. Faça seus experimentos, tire suas dúvidas, acompanhe outros alunos em suas tarefas, esta é uma aula livre, você só precisa criar alguma coisa, qualquer coisa.

— Pensei que um futuro Mor precisaria criar um grande projeto.

— Cada um tem um tipo de talento, não posso exigir muito de alunos que não nasceram para esse tipo de arte. Eu não o conheço direito, Aidan, então faça o que for possível. Outra coisa, o que aconteceu aqui hoje é um segredo, somente algumas pessoas sabem sobre isso — tocou o pingente —, então é melhor que não saia por aí comentando nada, seria terrível se esse tipo de boato se espalhasse pela cidade.

— Tudo bem, professor.

***

Naquela noite, Aidan procurou em seu livro algo sobre os três pilares da alquimia, esperando que houvesse instruções que o ajudassem a criar uma das tarefas impossíveis.

— Não tem nada aqui — disse frustrado, ao folhear todas as páginas.

"Toc toc", bateram em sua porta.

— Sim?

— Sou eu, Aidan — a voz de Koral veio do outro lado da porta.

— Pode entrar.

— Tá tudo bem com você? — perguntou, entrando timidamente.

— Está, sim. — Sorriu ao vê-la.

— O que está fazendo? — Seus olhos inspecionavam o quarto.

— Só lendo. E como foram seus primeiros dias na academia?

— Me saí muito bem, acabei fazendo muitos amigos, principalmente quando disse que era sua garota. — Ela mordeu o lábio, um pouco envergonhada.

Aidan pigarreou.

— Você é bem popular, todos na cidade conhecem seu nome.

— Ãh, não sei se é seguro ficar dizendo que me conhece, existem pessoas más por aí que poderiam usá-la contra mim.

— Ah, não seja tão pessimista. Vamos. — Puxou-o pelo braço.

— Vamos? — Fez uma careta. — Para onde?

— Iremos tomar um ar. Eu, você e Pulguinha.

— Ô, droga — resmungou enquanto era tragado para fora do quarto.

# Capítulo 52

## Amor antigo

"Taberna do Lobo Louco", indicava um pedaço entalhado de madeira sobre uma porta, e ao lado dela havia um homem caído no chão e que ainda segurava sua garrafa vazia. De fora da taberna era possível ouvir o som de um bandolim sendo tocado rapidamente, juntamente com gritos e risadas que misturavam-se ao cheiro de álcool que impregnava o ar. Cinco homens fortes e mal-encarados entraram fazendo barulho com suas botas, arrumaram uma mesa e pediram algumas cervejas de trigo.

— O que está olhando, Frost? — perguntou um senhor para o jovem sujeito de costeletas e bigode.

— Ah, não é nada, só me distraí com aqueles caras que entraram. E então, está preparado para mais uma rodada? O dobro? — Puxou a orelha para baixo, coçando-a.

— Se você quiser perder tudo o que tem, eu não vejo problema. — O senhor riu, mostrando alguns dentes apodrecidos.

— Muito bem.

E de uma pequena caixa guardada em seu bolso, Frost jogou uma aranha dentro de uma caixa de vidro, onde um escorpião aguardava por outra disputa.

Os sujeitos reunidos para assistir à batalha faziam suas apostas.

Dois centímetros menor que o escorpião, a aranha parecia indefesa, o ferrão venenoso na ponta da calda atingiu-a duas vezes, mas sem surtir efeitos fatais, como o seu dono gostaria. Após mais alguns segundos de confrontos calorosos entre os dois aracnídeos, a aranha levou a melhor, matando o escorpião mais facilmente do que deveria ter sido.

— É, parece que ganhei, Més. — Frost recolheu o saco de moedas da mesa, ignorando os resmungos do mau perdedor.

— Você trapaceou — acusava-o. — Como pode ter ganhado se era o mesmo tipo de aranha que perdeu na primeira disputa? Não era para ter perdido?

— Meu caro Més. — Alisou o bigode com o dedo indicador. — Não posso fazer nada. Seu escorpião estava cansado, deveria ter pensado melhor antes de fazer a aposta.

— Trapaceiro, trapaceiro! — gritava.

Revirando os olhos, Frost se levantou. Já estava acostumado com aquele tipo de conduta e sabia que precisava sair antes que acabasse em briga. Contudo, antes que conseguisse dar um passo para fora da taberna, os cinco homens que bebiam suas cervejas de trigo levantaram-se. Quatro deles bloquearam a porta, enquanto o que restou vinha em sua direção.

— Você — apontou acusadoramente — precisa vir com a gente. — Seu tom não admitia discussões.

Mostrando-lhe as palmas das mãos, Frost sorriu.

— Sem problemas, só preciso ir até o meu quarto pegar as minhas coisas. — E virou-se em direção às escadas, dando as costas para o homem.

— Não! É para ir agora mesmo. — O homem agarrou o ombro de Frost com uma das mãos.

O que aconteceu a seguir foi tão rápido que os outros quatro mal-encarados demoraram um pouco para agir. De uma maneira habilidosa, Frost torceu o punho do homem e chutou seu joelho, quebrando-o. Quando ele caiu em lamentos de dor, o jovem rapaz já estava subindo as escadas.

— Peguem-no! — ordenou.

Ao sacarem suas espadas, Frost não pôde deixar de observar que, por baixo dos mantos que os cobriam, havia a figura do Sol com a silhueta de um homem na frente, o que indicava que esses homens eram soldados de Nolat.

A mulher que se trocava em seu quarto gritou quando Frost entrou apressadamente, pedindo desculpas pelo incômodo e saindo pela janela com um pulo que estilhaçou o vidro. Para sua felicidade, ele caiu sobre barris cheios de vinho que amorteceram a sua queda.

— Nossa. — Olhou para cima. — Mais alto do que eu imaginei.

De forma atrapalhada, ele se levantou e correu para as árvores que havia atrás da taberna. Assim que passou pela primeira, algo o acertou nas pernas e o fez cair com força.

— Como vai, Liz? — O homem escondido atrás do tronco perguntou, ao mesmo tempo que seus pés faziam barulho ao caminhar sobre a terra seca.

— Liz? Acho que está me confundindo, senhor — respondeu, tentando ficar sentado.

— Passou tanto tempo assim que não reconhece mais a minha voz? — A voz calma saiu da sombra e mostrou seu rosto.

Frost arregalou seus olhos azuis, surpreendendo-se com o que via. No final, acabou rindo e se arrastou, encostando-se em um tronco. Os quatro soldados chegaram correndo, com suas lâminas reluzindo à luz da Lua.

— Mor Akilli — disse um deles ofegante. — Parece que o senhor conseguiu capturá-lo.

— Podem ir agora, vão tomar uma bebida ou sei lá o quê. — Gesticulou para que saíssem.

— Senhor, ele é perigoso, deu uma boa surra em Darbran e foi bem rápido.

O olhar com que Akilli subjugou o soldado não precisava de palavras para ser entendido. Ele não admitia discussões e seus homens compreendiam bem isso. Foram embora mais rápido do que chegaram.

— Então, o grande Akilli veio pessoalmente me capturar dessa vez — Frost indagou, mas dessa vez com uma voz bem feminina.

— Não — respondeu. — Sabe, você fica muito mais bonita como mulher.

Frost tirou as costeletas, o bigode falso, o chapéu e a peruca preta, deixando cair seus cabelos loiros.

— Você sabe como é, nós, mulheres, não podemos ficar entrando em qualquer taberna, ainda mais para apostar.

— Ah, por favor, Liz. Sabemos muito bem que consegue se virar em uma taberna cheia de homens. Eu diria que você não quer é ser reconhecida em alguns lugares. Na verdade, eu diria que seu joguinho com aqueles animais foi bem sujo. A primeira aranha estava envenenada, não é mesmo? O escorpião a matou tão rapidamente que não tinha como aquele senhor negar o seu pedido para dobrar a aposta, porém o escorpião já havia sido envenenado pela sua aranha encharcada de — Akilli alisou seu queixo pensativamente — silanutroma, provavelmente. Você só precisou calcular o tempo e colocar a segunda aranha no momento certo, fazendo com que parecesse que o escorpião havia perdido para ela, mas na verdade ele apenas ficou paralisado.

— Ah, cala essa boca — Liz gargalhou. — Você nem estava lá, só os seus guardinhas.

— Eu estava, sim, antes mesmo dos soldados entrarem. Precisava ter certeza de que era você mesma.

— E como soube que era eu? — Liz desemaranhava seus cabelos, passando os dedos por eles. Um ato que de alguma forma chamou a atenção de Akilli, deixando-o encabulado, ela não pôde deixar de notar.

— Bem... — Tentou disfarçar, fingindo olhar para o lado. — Você tem uma mania bem peculiar.

— Nossa, é mesmo? — Sorriu interessada.

— Desde a época em que estudávamos juntos, você puxa a sua orelha para baixo e também tem uma forma de andar que é só sua.

— Hum, tenho que me lembrar disso. — Ela havia gostado do comentário. — E então — disse com uma voz mais séria —, por que está aqui? Se acha que vou voltar para Tocturum está muito enganado, prefiro a morte.

— Fique calma, vim para pedir um favor.

— Ãh? O incrível Akilli precisa de ajuda. — Ela se levantou devagar. — Diga e eu verei o que posso fazer.

— Sei que conhece muita gente e é boa em encontrar pessoas.

— Hummm... — Liz passou suas mãos gentilmente pelos ombros de Akilli, olhando-o maliciosamente. — Mas você também é bom em encontrar pessoas, conseguiu me achar.

— Não tenho tempo para perder e preciso de alguém que seja de confiança para esse serviço.

— Ah, claro, e depois que eu completar a tarefa, você vai e me prende! — Nestas últimas palavras, ela gritou e apertou seus ombros com raiva.

— Lizzy... — Sua voz soou com gentileza, depois seus braços a envolveram, lenta e delicadamente. Quando ela recostou seu rosto no ombro dele, Lizzy chorou. — Eu sei, eu sei... — Akilli a confortou.

— Você me abandonou — fungou. — Eu deveria cortar a sua garganta. Seu desgraçado.

— Ei, ei, se acalme. — *Muito cuidado, estou pisando em ovos.* Uma ameaça feita por ela deveria ser levada com total seriedade. — Lembra-se de quando aqueles alunos morreram? Eu fiquei do seu lado, estava lá quando você foi julgada, se não fosse por mim eles teriam te sentenciado à morte. Eu sempre a ajudei por baixo dos panos e nunca vim atrás de você para prendê-la, mesmo sabendo que não estava longe. Eu a deixei livre.

— Havia folhetos com meu rosto espalhados por aí. — Akilli pôde sentir os dedos dela se contraindo, aquilo não era um bom sinal. — Foi você, era você que os mandava colocar. — Sua voz estava carregada de raiva.

— Eu precisava fazer o meu trabalho, se não iriam desconfiar. E sempre quando enviei alguma patrulha para tentar encontrá-la, foram os piores soldados que eu tinha, eles nunca teriam êxito. Não contra você. — A pressão dos dedos dela diminuíram um pouco. — E eu fiz tudo isso porque a amo, Lizzy. E voltei porque, desta vez, vamos ficar juntos.

— Você jura? — perguntou, olhando-o nos olhos.

Sem responder com palavras, ele a beijou tão profundamente que, quando suas bocas se separaram, Liz estava sem ar e com calor.

— E então, ainda preciso responder? — perguntou, jogando seu charme nela, tentando parecer engraçado.

— Bom — ela disse —, e quem eu terei que encontrar?

— Duas pessoas: Meredith e Ron Kirek.

# Capítulo 53

## A APOSTA

— Vamos, qual a resposta? — perguntou o professor Opundos rispidamente.

Aquela era a sexta semana de aulas e o professor Opundos em particular era bem rigoroso e fazia Aidan calcular equações e diversos problemas por horas até a exaustão. Até aquele momento ele já havia feito mais de cinquenta páginas com cálculos gigantescos, totalizando quarenta problemas feitos.

— Um milhão trezentos e quarenta e seis quartzos em trinta e seis por cento da área do triângulo de uma manobra de batalha seguindo a formação em ponta de lança — deu a resposta apressadamente mantendo a pena na mão.

— Interessante. — Mais uma vez, Opundos retirou um piolho de sua longa barba negra e o jogou no fogo. — Nas últimas semanas você não errou mais nenhum cálculo, mesmo eu levando-o ao esgotamento.

— Obrigado, professor — disse, secando o suor de seu rosto com a manga da blusa.

— Descanse um pouco, beba água. — Aidan deu um grande gole demorado. — Percebe agora — continuou — o quão árduo é o preparo para se tornar um Mor? Quando você chegou aqui, não acreditei no que estava ouvindo ao me contar que estava querendo fazer os testes. Por mais que soubesse o quanto era inteligente, fiquei com medo por você, poderia ter morrido, sabe? Não o conhecia bem, por isso o julguei de maneira errada. Seja como for, se saiu melhor do que eu esperava. — Ele suspirou. — Akilli foi de longe o melhor aluno que eu já tive e você está seguindo pelo mesmo caminho.

— Me sinto honrado, professor, por estar sendo instruído pelo senhor.

— Agora que dominou a parte fácil, vamos para a complexa. — Por um momento, Aidan pensou que ele estivesse brincando, mas recordou que Opundos não era do tipo que fazia piadas. Com uma das mãos, ele jogou os papéis de cálculos que estavam sobre a mesa no chão e, no lugar deles, pôs uma pedra quase oval.

—Hum... — Aidan estreitou os olhos.

— Me diga o que vê.

Aidan a pegou, olhou, apertou, jogou-a para o alto e a sacudiu, tirou suas conclusões e respondeu:

— Parece uma pedra.

— É mesmo? Demorou tanto para responder que pensei que não soubesse o que era — falou irritado.

— Eu só quis analisá-la bem — respondeu, tentando não parecer um idiota. — Poderia ser outra coisa.

— Ah, tá bom, cala essa boca. — Ele não estava brincando, Aidan o obedeceu. — Você vê uma pedra, mas também é uma equação matemática.

— O senhor está me dizendo que... dentro dessa pedra tem... uma equação? — perguntou, tentando não rir.

Porém, Opundos deve ter percebido algo em sua voz, pois logo em seguida à sua pergunta Aidan recebeu um tapa na lateral da cabeça.

— Se eu afirmo uma coisa, você precisa entendê-la como uma verdade e não fazer perguntas estúpidas — repreendeu.

— Eu não quis ofender o senhor, Mor Opundos, por favor, continue a me ensinar — desculpou-se, esfregando a cabeça.

— Então feche esse ânus que você chama de boca e preste atenção. — Aidan balançou a cabeça, assentindo. — Na matemática — começou a explicar. —, existe algo chamado equação divina. Através dela pode-se encontrar muitas variáveis, que são como peças em um quebra-cabeça. Se olhar para a natureza, verá muitas formas geométricas, padrões numéricos que arquitetam uma sequência lógica, como as pétalas das flores, ou as sucessivas gerações em uma ninhada de ratos. Com a equação divina, sabemos o porquê desta pedra aqui — a pegou com o dedos — ser quase redonda, o quanto ela irá perdurar no tempo, onde eu preciso acertar para rachá-la e a quantidade de força que precisarei aplicar para isso...

Aidan levantou a mão indicando que gostaria de falar, cessando a linha de pensamento de seu professor.

— O que é agora? — Revirou os olhos.

— Professor, eu não preciso de uma equação para saber onde acertar essa pedra para despedaçá-la. Só preciso de um martelo e bater com toda minha força — concluiu.

— Então você é um maldito sabichão — constatou. — Nesse caso, vamos apostar.

— Que tipo de aposta, senhor?

— Um audrar — disse ele, colocando uma moeda de ouro na mesa — que não consegue quebrar a pedra.

— É um bocado de dinheiro, professor, e eu não tenho nada.

— Ora, é dinheiro fácil. Se não tem certeza sobre o que fala, fique de boca fechada.

Opundos já ia recolhendo a moeda quando Aidan segurou sua mão.

— Eu aceito a aposta — disse confiante.

Minutos depois, lá estava ele retornando à sala de Opundos, que o aguardava sonolento.

— Consegui o martelo, professor. — O baque da marreta sendo apoiada no chão fez um som de ferro bruto.

— E isso é um martelo? — perguntou enquanto olhava a ferramenta com um metro de comprimento.

— Sim, não deixa de ser um martelo. — *Peguei logo uma marreta*. Aidan segurou a risada.

— Está bem — disse Opundos aparentando cansaço na voz. — Vamos para o pátio, se não você pode acabar fazendo um buraco no chão da minha sala.

Já estava escurecendo e poucos alunos se encontravam por ali. Opundos posicionou a pedra no chão, próximo ao muro da academia. Alguns poucos alunos se aproximaram curiosos para saber o que acontecia ali.

— Afastem-se! — gritou o professor. — Aidan, de frente para o muro. — Indicou o local.

Posicionado e pronto para dar o golpe, ele aguardou a ordem.

— Todo mundo para trás. — Todos, inclusive Opundos, ficaram a uma distância segura atrás de Aidan, que estava de frente para o muro e a pedra. — Tudo bem, manda ver, garoto. — Deu o sinal para prosseguir.

Segurando a marreta firme pelo cabo, ele a ergueu por sobre a cabeça até a altura do ombro. Por um breve momento, Aidan teve a estranha sensação de que não deveria fazer aquilo, sua mente trabalhava analisando a situação, mas não sabia o que poderia dar errado. Portanto, sua curiosidade falou mais alto. Usando toda sua força e o peso do corpo, ele desceu a marreta sobre a pedra. Depois disso, ele só ouviu um enorme "bac" e tudo ficou escuro.

# Capítulo 54

## Uma menina zelosa

— Ãh... — Aidan começava a acordar, sua cabeça doía muito.

— Olha, ele está acordando — uma voz feminina alertou.

— Hum, Koral, é você? — Sua visão estava embaçada.

— Não é Koral, fique calmo, você vai ficar bem. — A voz era familiar. — Fique deitado, não faça esforço.

— Minha visão... — Ele piscou algumas vezes, depois esfregou os olhos, abrindo-os lentamente — Sirranda? — indagou surpreso.

— Pelo visto está enxergando melhor agora. Como está se sentindo?

— A cabeça dói — falou ainda com um pouco de dificuldade. — Mas o que foi que aconteceu?

— Pelo que eu soube, você martelou uma pedra, que bateu em um muro e ricocheteou na sua testa. Mor Opundos o trouxe na mesma hora.

— Aquele velho sabia que isso ia acontecer. — Aidan riu.

— Beba esse chá, vai melhorar um pouco a dor. — Com cuidado, ela lhe ofereceu uma caneca com um líquido adocicado.

— Estou na enfermaria — afirmou. O cômodo era amplo e havia muitos leitos com outras pessoas doentes.

— Onde mais estaria?

— E você, o que está fazendo neste lugar? — Ele olhou a roupa branca de Sirranda e tirou suas conclusões. — Trabalha aqui?

— Não se lembra de que eu lhe disse que venho ajudar a madame Corindon às vezes?

— Ah — falou —, eu me lembro de algo parecido. Há quanto tempo estou aqui?

— Dois dias.

— Caramba.

— Foi uma pancada e tanto. Teve sorte, poderia ter sido mais sério. — Ela aproximou seu rosto do dele para olhar o estado do ferimento. — Parece bom, o inchaço diminuiu — concluiu.

— Sai de perto dele. — A voz furiosa de Koral chamou a atenção de todos os olhares na enfermaria.

— Opa, parece que ela chegou. — Sirranda se divertiu e saiu de perto do leito de Aidan, indo na direção de Koral, que caminhava com as mãozinhas fechadas e com passos agitados.

— Fique longe dele, sua sequoia asquerosa. — Apontou o dedo para ela.

— Relaxa, nanica, não vamos ficar brigando. Aidan precisa descansar e eu sou madura demais para ficar discutindo com criança. — Ela continuou andando com a cabeça erguida, ignorando completamente Koral que, a essa altura, enchia as bochechas de ar para segurar algumas palavras malcriadas dentro da boca.

— Oi, Koral — Aidan quis chamar sua atenção.

Ao caminhar na sua direção, Koral tentava conter as lágrimas, mas ao chegar ao lado de seu leito ela o abraçou carinhosamente e chorou com o rosto colado ao peito de Aidan.

— Eu não suporto vê-lo nesse estado. — Sua voz saía abafada.

Ele sentiu as lágrimas quentes caindo em seu peito, e gentilmente a consolou fazendo um cafuné.

— Fique tranquila, sobrevivi a coisas piores.

— O que aquela monstra da Sirranda ia fazer com você? Ela estava tentando te beijar? Huuuu... — Ela ficou vermelha e nervosa. — Será que foi por isso que a madame Corindon insistiu tanto para eu sair da enfermaria? "É melhor você sair, vá comer um pouco", disse ela. "Ele não gostaria que você perdesse as aulas." Ora bolas, aquela velha. Vou ficar aqui e cuidar de você, vou te proteger.

— Não precisa, você tem aulas para assistir. — *Oh, não*, pensou ao ver aquela cara de zangada.

— Escute bem, Aidan Kirek, se digo que vou cuidar de você, então eu farei isso.

*Não tem como discutir quando ela fica assim.*

— Bom, acho que terei que melhorar o mais rápido possível para que não perca as aulas, não é? — gracejou.

Koral abriu a boca para dizer alguma coisa, mas o que se ouviu foi uma voz grossa de homem.

— Olha quem resolveu acordar.

— Professor Opundos! — Aidan arregalou os olhos ao lembrar-se da voz.

O barbudo careca se aproximou com um singelo sorriso no rosto.

— Olá, professor — cumprimentou-o.

— Como vai essa cabeça, Aidan? Olá, menina dos olhos rosa. — Acenou com a mão.

— Oi, professor — respondeu delicadamente.

— Posso te pedir um favor?

— Sim — ela assentiu.

— Pode pegar um pouco de água que está na minha sala?

Ela já estava preparada para dizer um enorme não, mas o professor adiantou-se dizendo:

— Essa água vai ajudar o Aidan a se curar mais rápido.

Seu semblante se iluminou e ela concordou. Koral saiu apressadamente na busca pela água.

— Existe mesmo alguma água na sua sala?

Opundos apenas revirou os olhos, tentando ignorar a pergunta.

— Sabe que me deve um audrar — desconversou.

— Eu... eu vou conseguir o dinheiro, professor — concordou, ainda que não tivesse nenhum plano, mas uma aposta era uma aposta e ele precisava pagar.

— Quer saber por que a pedra não se despedaçou?

Aidan assentiu.

— Simples, eu verifiquei o tipo de superfície em que colocaria a pedra, conhecia a força que precisaria aplicar para quebrá-la, e a forma como a posicionei no chão foi premeditada para que acontecesse o que aconteceu — explicou ao passo em que tirava mais um piolho da barba.

— Portanto, o senhor previu que a pedra iria me acertar. Agora entendi por que precisei estar de frente para o muro.

— Conforme caminhávamos, fiz os cálculos de cabeça; ângulo, trajetória, força, peso e tantas outras variáveis. Tudo para ensiná-lo, mostrar que, se conhecer bem o objeto com que se está trabalhando, acaba que você saberá como ele vai reagir diante de determinados fatores.

— Equação divina parece ser bem poderosa — compreendeu. — Funciona para prever o resultado de uma batalha?

— Huff — soltou o ar. — Infelizmente, não, é preciso que algo seja estático, como uma pedra. O vento, a água, as pessoas — deu ênfase nessa última parte — são imprevisíveis, não podemos saber como se comportarão expostos a determinados fatores.

— As pessoas eu posso compreender, mas vento e água... podemos entendê-los, deve haver um padrão.

— Há um padrão, é possível calcular, mas não é exato, pois eles estão sempre mudando. — Opundos sentiu confiança em seu aluno e isso o alegrou, no entanto, ele não expressou a alegria. — Sabe, quanto à aposta, tenho uma ideia de como poderá pagá-la.

— Como?

— Aulas para o quinto ano. — Seus lábios se contorceram por sob a barba, formando um sorriso.

— Encontrei. — Do outro lado do cômodo, Koral vinha correndo, segurando um odre. — Achei a água, professor — disse feliz e aliviada.

— Mas o que é isso? — Olhou com surpresa para o odre. — Sabe de uma coisa? Eu não me lembro de ter um odre assim — gargalhou de maneira rouca, uma evidência de que ele não costumava rir com frequência.

— O que é isso, professor? — Aidan perguntou assustado.

Ao pé do ouvido, Opundos lhe respondeu:

— Não bebo de um odre há pelo menos uns dez anos. — Ele se virou para Koral e perguntou: — Achou isso na minha sala mesmo?

— Hum, hum — assentiu.

— Que diabos! — exclamou comicamente. — Então está certo. Dê a ele, então.

— O quê? — Aidan olhou apavorado para Opundos.

— Pode deixar, professor Opundos, vou cuidar bem dele, para ficar forte para suas aulas — Koral concordou, retirando a rolha.

— Melhor tomar cuidado com essa garota — disse se afastando com uma mistura de tosses e risos.

— Espere, professor, não pode me deixar aqui assim! — Aidan gritava enquanto Koral o prendia com seu braço e o peso do corpo.

— Vamos, abra a boca — mandou. O cheiro do que quer que estivesse lá dentro não era nada agradável.

— Professor! Socorrooo!

— Pare de ser criança, é para o seu bem — Koral argumentou. E ao longe ainda podia-se ouvir uma risada rouca se afastando da enfermaria.

# Capítulo 55

## Novo na academia

— Senhores — dizia o professor Opundos para um grupo de vinte alunos —, hoje vocês verão a complexa arte de medir distâncias baseando-se apenas em uma coisa: a visão. Entretanto — suas mãos estavam entrelaçadas atrás das costas —, não serei eu que darei essa aula. Aidan, por favor, queira se aproximar.

E do fundo da sala uma pequena figura veio andando, tentando não se parecer com uma criatura tímida e amedrontada. Enquanto caminhava até o quadro, murmúrios se espalhavam pela sala como ecos em um cômodo vazio.

*Peito estufado, cabeça erguida, confiança. Fale pouco, ensine o que precisa ensinar e mais nada. Deixe sua reputação falar por si só.* Aidan repetia esse pensamento para tentar ganhar mais coragem.

Quando Aidan subiu no tablado, Opundos cochichou para ele:

— Já sabe o que fazer, estarei na minha sala se precisar de alguma coisa. — E saiu grosseiramente.

Aidan observou todos aqueles jovens, que provavelmente tinham a mesma idade que ele. Todos estavam em silêncio, esperando suas palavras. Ele respirou fundo e falou:

— Muito bem. — Sua voz saiu num bom tom. — Acho que todos aqui me conhecem e não vou ficar perdendo tempo me apresentando. Vamos direto ao assunto de hoje. Como vocês sabem, a geometria... — Parou ao perceber a mão de um rapaz levantada. — Sim? — Fez um gesto para que ele falasse.

— Aidan, é verdade que você deu uma martelada na própria cabeça? — perguntou, rindo, olhando para a testa enfaixada de seu novo professor. Junto a ele, alguns poucos alunos também se divertiram com a pergunta.

*O professor me avisou que isso poderia acontecer*, pensou, olhando para o rapaz de sardas. O suor e o constrangimento começaram a deixar seu coração agitado, o nervosismo tomou conta de seu corpo, isso fez com que ele se desesperasse, levando-o a sair de sala a passos largos. Lá fora, Aidan pôde aspirar um pouco de ar puro e se acalmar. Debruçado na janela, podia ouvir algumas risadas vindas de sua sala.

— Mas o que foi isso, Aidan? — perguntava para si mesmo. — Passei por tanta coisa e fiquei constrangido por causa de um idiota. — *Não. Isso está errado!*, sua mente gritava.

— Uau. Será que ele ficou tão envergonhado que agora está chorando lá fora? Assim que o vi, eu soube que as histórias eram falsas — contava o garoto de sardas. — É tudo trapaça, meu pai já havia me avisado. E vocês com essas caras de bunda.

Surpreendendo todos, Aidan apareceu furtivamente por trás do garoto que o ridicularizava. Com rapidez, agarrou os cabelos ruivos dele e empurrou sua cabeça com força contra a mesa de carvalho.

— Aaaiii! — o rapaz gritou, levando as mãos ao rosto. Em poucos segundos, foi possível ver o sangue escorrendo.

Todos agora estavam de queixo caído, aterrorizados.

— Faça outra piadinha e verá do que eu sou capaz — disse com uma voz diabólica e uma expressão nada amigável. — Acredito que você saiba onde fica a enfermaria, agora suma da minha frente.

Cambaleando, o rapaz se levantou com as mãos apoiadas na parede e sobre alguns colegas. Com pena, Aidan mandou que o ajudassem.

— Meu nome é Aidan Kirek. — Caminhou para a frente da turma. — Eu venci Faléria e os homens que deveriam me matar, e antes disso precisei convencer os professores Mor de que era bom o suficiente para participar da prova. — Sua voz se erguia através da sala conforme ele ganhava confiança. — E antes disso — se repetiu — passei por situações que muitos de vocês não experimentarão durante toda sua vida. — Todos os alunos estavam no maior silêncio possível, somente suas respirações produziam ruídos. Naquele momento, eles não viam mais o garoto que entrou quando o professor Opundos chamou. Este era o responsável pelas histórias que estavam sendo contadas em cada canto de Nolat. Parado ali na frente, os alunos enxergaram sua grandeza, sentiram que ele era diferente. Aidan, o intrépido, o astuto, o novo prodígio da academia. Todos os boatos agora pareciam fazer sentido.

***

Depois da aula, Aidan foi até a enfermaria para ver Dio, o rapaz de quem quebrara o nariz. Contudo, o rapaz já havia saído. Ao caminhar por um dos corredores, Aidan percebeu um tumulto formando-se num dos pátios da academia. Três rapazes altos e fortes se divertiam empurrando um garoto franzino, que provavelmente era do primeiro ano.

— Por favor — ele implorava. — Parem.

Outros alunos acompanhavam a situação, mas nada faziam, alguns deles até se divertiam junto. Com raiva, Aidan se aproximou rapidamente.

— O que estão fazendo? — perguntou com sua melhor cara de poucos amigos.

Foi um dos rapazes que estavam de costas que respondeu.

— Estamos brincando um pouco. Algum problema com isso? — Seus dois colegas se entreolharam e saíram correndo. — O que foi? — perguntou confuso olhando para trás. Foi aí que todo o sangue de seu rosto pareceu sumir. — Se... senh... profe... Aidan — gaguejou com olhos arregalados.

— Você perguntou se eu tinha algum problema. Eu tenho um, sim, e estou olhando para ele — respondeu com rispidez.

— Nós só estávamos brincando um pouco. — O valentão o olhava com medo. Naquela altura, praticamente todos na academia já sabiam o que acontecera com Dio.

— Seus dois amigos foram inteligentes. Se vir vocês implicando com outros alunos novamente, tomarei providências para que ninguém encontre o corpo de vocês.

O valentão arregalou os olhos, Aidan até pensou que ele começaria a chorar ali mesmo, mas o rapaz saiu correndo antes que as lágrimas escorressem.

— Vamos, levante-se. — Aidan estendeu a mão para ajudar o garoto a se levantar. — Aqueles três não voltarão a implicar com você, tenho certeza.

Aparentando sair de um transe, o rapaz falou:

— Aidan Kirek? — fitou-o sem piscar.

— Sim? Você está bem?

— Puxa, é uma grande honra conhecê-lo — cumprimentou-o, chacoalhando sua mão fervorosamente.

Meio sem graça por causa das pessoas que estavam à sua volta, Aidan tentou mudar de assunto.

— É novo por aqui?

— Entrei tem algumas semanas, mas esses caras nunca me deixaram em paz. Me chamo Baso, Dom Baso. — O garoto deu um sorriso que evidenciou suas covas das bochechas.

— E você é daqui mesmo, Baso?

— Venho da parte central de Redeby.

— E como estão as coisas para aqueles lados?

— Rezamos para que chova. Minha cidade é bem pobre, muitos animais estão morrendo...

Baso continuou a falar, mas a atenção de Aidan logo se desviou para a menina sorridente que passava pelo corredor à sua direita. Carregando seus livros abraçados junto ao corpo, ela ia andando calmamente enquanto um garoto alto de cabelos castanhos e dentes mais brancos que uma porcelana falava algo engraçado ao seu ouvido.

— Koral? — O nome saiu de seus lábios quase sem som. Baso falava alguma coisa sobre mortos ou morte, Aidan não sabia direito. A única coisa que ouvia naquele momento era a risada dela.

— Ei, Aidan, você tá legal? — perguntou angustiado. E instintivamente seguiu o olhar dele para a menina que passava. — Se quiser, posso te ajudar.

— Ajuda? — Aidan o fitou. — Sim, ajuda — falou como uma ideia que acabara de ser digerida. — Conhece aquela garota ali? — Apontou com a cabeça.

— Koral? Claro. No primeiro dia de aula ela disse que era sua garota.

— E o cara com ela?

— Não o conheço.

— Muito bem, Baso. Acho que vou precisar da sua ajuda.

O rosto do garoto se iluminou de alegria.

— Sim, grande Aidan, é só falar.

— Ãh... grande o quê? — Ele pareceu não ter entendido.

— Grande Ai...

— Tá, tá... — interrompeu-o. — Vamos parar com esse negócio de grande. Me chame pelo nome e vou ficar feliz.

— Sim, senhor.

Aidan balançou a cabeça.

— Também não precisa me chamar de senhor, você é mais novo que eu, mas não sou tão velho assim para me chamar dessa maneira.

— Entendi, sen... Aidan — endireitou sua fala a tempo.

— Ótimo. Agora que nos entendemos posso continuar. Quero que você seja meu espião. — O som desta última palavra pareceu empolgar Baso. — Fique de olho em Koral, me relate tudo, com quem ela costuma falar, para onde vai e mais o que puder. Consegue fazer isso para mim?

— Mas é claro, Aidan — Baso esboçou um enorme sorriso.

— Só me prometa que não vai se prejudicar em seus estudos para segui-la, entendeu? E, é claro, não conte a ninguém sobre esta nossa conversa.

— Sim, grand... — parou no meio da frase. — Sim, Aidan. — E saiu correndo em busca de Koral.

# Capítulo 56

## Uma lição a ser aprendida

Dias depois, na oficina de alquimia, Aidan estudava alguns exemplares antigos sobre as práticas avançadas de experimentos alquímicos. Intrigado com as tais tarefas impossíveis de serem realizadas, às vezes ficava confinado por horas sem perceber o dia ou a noite passando. Naquela tarde, concentrado em uma solução líquida rochosa, Aidan foi surpreendido por uma mulher que o informou que sua presença estava sendo requisitada na sala de Mor Edenor.

Minutos depois, a velha porta do diretor se abria. Atrás dela, um senhor de barba branca comprida e pés descalços apresentava um sorriso convidativo e sua mão indicava o assento mais próximo para que Aidan pudesse se acomodar.

A sala era sempre bem iluminada por grandes janelas pelas quais a luz do Sol transpassava, fazendo com que o cômodo parecesse uma imensa bola de luz, o que sempre dificultava a visibilidade.

— Fico feliz que tenha vindo tão depressa — agradeceu, mas em sua voz havia um peso.

Calado, Aidan esperou sentado, de alguma forma ele sabia o porquê de ter sido chamado até ali.

— Aidan, o que vou lhe dizer não será muito agradável. — Respirou fundo e continuou: — Fiquei sabendo que quebrou o nariz de um aluno.

— Ele me desrespeitou no meio da sala. O que queria que eu fizesse? — A raiva era evidente em seu tom.

— Na verdade, eu o parabenizo por ter tomado essa atitude. Se condutas como essa tivessem sido tomadas há muito tempo, não estaríamos tendo esta conversa. Entretanto, devo lhe avisar que o rapaz a quem você feriu, o Dio, é de uma família nobre, e o pai dele é amigo de Sua Majestade. Acho que sabe aonde quero chegar.

— Talvez.

— O rei em pessoa veio até mim e pediu esclarecimentos. Todo esse alarde foi feito porque você machucou alguém de uma família com amigos poderosos.

— Mas, senhor, ele me desrespeitou na frente de todos — voltou a se repetir, furioso.

— Estou do seu lado, acredite. Mas, se eu não obedecer ao rei, serei considerado um traidor e no dia seguinte estarei morto. Após conversar muito com Sua Majestade sobre as possíveis formas de puni-lo, chegamos a uma conclusão que apeteceu a fome de justiça do rei. — Soltou a ar pela boca como uma válvula tirando a pressão. — Você terá que ficar pendurado pelos punhos, por um dia inteiro, na praça. Seus pés serão acorrentados a uma bola de ferro e seu corpo ficará içado a alguns metros do chão. — Edenor estudava as feições de Aidan com uma sobrancelha erguida. — Também preciso dizer que você não será mais o professor temporário, é claro.

— Mas... — Desistiu de tentar falar, nada poderia salvá-lo de uma ordem do rei.

— A punição terá que ser cumprida em uma hora — disse com pesar.

Aidan trincou o maxilar para comprimir a raiva que estava sentindo.

— Você é forte, Aidan, extremamente talentoso. Os professores dizem que você progride a uma velocidade espantosa. Dizem que poderá estar pronto até mesmo antes de completar dois anos. Friedrich comentou que já está quase dominando o idioma ancestral.

Edenor tentava amenizar a situação mudando de assunto, fingindo não estar abalado pelo castigo que seu aluno teria de suportar.

— É verdade, não é muito difícil — comentou. Porém, seus pensamentos estavam mais à frente. *Preciso fazer alguma coisa, ou serei ridicularizado na frente de todos.*

Os olhos de Aidan moviam-se de um lado para outro, encarando o vazio. Edenor esperou em silêncio, parecia entender que seu aluno estava bolando um plano. Subitamente, Aidan ergueu a cabeça e olhou diretamente para Mor Edenor com um pequeno sorriso contorcido no canto esquerdo da boca.

— Antes de irmos, preciso fazer uma coisa.

***

— Aidan Kirek — o porta-voz da coroa conclamava para a multidão reunida na praça —, devido ao seu comportamento inapropriado contra um membro da nobreza, você foi sentenciado a permanecer um dia inteiro içado por correntes com um peso de trinta quilos preso aos pés.

Vestido apenas com suas calças, Aidan teve seus punhos e pés presos por algemas enferrujadas, tudo pensado para que seu castigo fosse o mais desconfortável possível. A notícia tinha se espalhado depressa, assim sendo, todos estavam lá. Koral com seus olhos cheios de lágrimas, Dio, com sua cara inchada, e seu pai, um homem corpulento de barba escura.

— Seja forte, não demonstre medo, não dê esse gostinho a eles — disse Opundos em seu ouvido.

Mas ele não estava com medo, há muito não era mais aquele garotinho assustado, as cicatrizes pelo seu corpo mostravam sua força. Em momento algum, ele abaixou a cabeça, e fez questão de encarar Dio e seu pai.

Após o sinal para continuar, Bruga, o carcereiro brutamontes, hasteou Aidan como uma bandeira a três metros do chão. Quando seus pés foram presos no peso de ferro, todo seu corpo se esticou, seus punhos estrangularam-se por entre as algemas, proporcionando certa dor. No entanto, seu rosto estava impassível.

O pai de Dio lhe falou algo ao ouvido. Logo depois, o rapaz se aproximou de Aidan rindo.

— Muito se ouviu falar dele, mas eu digo a vocês: olhem, é só um garoto! — gritou para a multidão. — Ele não tem nada de especial. Provavelmente trapaceou em várias de suas conquistas! — cuspiu enojado.

— Mas o quê? Eu vou tirar esse garoto daí. — Irritado, Vromum quis interferir, mas foi impedido por Edenor.

— Ele é uma mentira, senhores, não passa de um impostor. — Após dizer essas palavras, Dio arremessou um ovo sobre Aidan, acertando-o em cheio no peito.

— Edenor, isso é um ultraje, já não basta o que ele terá que passar?

— Mor Vromun — Edenor falou calmamente —, intrometer-se pode piorar as coisas para Aidan. Melhor se acalmar.

Muito contrariado, ele aceitou o conselho.

Dio se empenhava em seu teatro, gritando insultos e acusações. Mas Aidan não dava um pio. Desde que pisara na praça, não dissera uma palavra sequer. Pendurado pelas correntes, ele parecia observar seu acusador, mas na verdade estava atento ao que o cercava. Vento, altura, gravidade, ângulo, os cálculos ocupavam sua cabeça. Até que, por fim, no meio de uma frase ensaiada de Dio, Aidan cuspiu, acertando-o no braço direito. Pela primeira vez, ele sorriu. Seus cabelos negros, que caíam sobre seu rosto, davam-lhe uma aparência aterradora.

— Ugh — o rapaz fez cara de nojo. Ele fez menção de que falaria alguma coisa, mas logo se calou. Seu semblante transformou-se em confusão, quando inexplicavelmente começou a arrancar a manga de sua blusa e a berrar.

Todos os presentes se entreolharam confusos. O que estaria acontecendo?

— Ahhhh! — gritou. — Pai, me ajude, faça alguma coisa — falou se contorcendo de dor no chão.

Correndo, o pai de Dio se agachou e deu uma boa olhada no braço de seu filho. Logo abaixo do ombro, uma mancha vermelha se formava em sua pele, como se uma mão invisível estivesse desenhando um mapa em sua carne.

— Está queimando, pai — queixou-se.

— Água, tragam água! — seu pai bradou a ordem ao vento, sem saber ao certo se alguém ajudaria.

Enquanto isso, Dio berrava como um bebê.

— O que fez com meu filho? — Seu rosto exteriorizava ódio e medo.

Aidan o ignorou, virando o rosto para o lado.

— Aqui, senhor. — Um guarda havia trazido um odre com água.

— Ótimo.

Antes que pudesse jogar a água sobre a queimadura, Aidan interveio.

— Eu não faria isso, se fosse você.

— Não lhe dê ouvidos, pai, jogue logo — grunhiu em meio ao berros de dor. O desenho vermelho continuava a aumentar aos poucos em seu braço.

A dúvida tocou o rosto do pai de Dio, que perguntou:

— Do que está falando?

— Jogar água só irá piorar a dor e o ferimento ficará bem mais sério. Quanto mais tempo levar para tomar sua decisão, mais seu filho vai sofrer. Se olhar bem, está se expandindo para outras áreas. Em alguns minutos, vai cobrir todo o braço e passará para o ombro, depois o rosto — blefou. A queimadura do ácido não chegaria nem ao antebraço e nem ao pescoço. A mancha se estenderia até certo ponto. Mas Aidan torcia por sua ideia, um pai preocupado não deixaria seu filho sofrer.

O homem olhava para o braço de seu filho, avaliando o que Aidan lhe acabara de dizer.

— Está bem. O que quer? Eu retiro as acusações — declarou, com a testa toda suada e os olhos cheios de preocupação.

— Tenho a sua palavra, senhor? — perguntou, para que não houvesse dúvidas. A palavra de um nobre era uma de suas moedas.

— Sim, tem.

— Me soltem, então — Aidan ordenou.

Rapidamente, ele foi solto. Caminhando com firmeza até Dio, ele encheu sua mão com o pó amarelado que estava em seu bolso da calça e o passou na queimadura. Quase de imediato, a dor parou, os choramingos do garoto sardento pararam e só então pôde-se perceber o quão silenciosa se encontrava a praça. Vendo que seu filho melhorara, o homem falou:

— Isso não vai ficar assim. — Sua boca contorcia-se para baixo em sinal de raiva.

— Isso é uma ameaça? — perguntou, intimidando-o com seu olhar mais aterrorizante.

Não houve resposta.

O homem ajudou seu filho a se levantar e foram embora.

Muitas das pessoas observavam intrigadas, sem entender absolutamente nada. Conforme Aidan passava pela multidão, alguns apavorados entoavam orações achando que estavam vendo um demônio.

— Grande Aidan. — Baso vinha correndo saindo da multidão. — Seus sapatos, senhor, o chão está bem quente.

— Eu disse que daria tudo certo — comentou baixinho enquanto os calçava.

— Foi como o senhor disse, quando entreguei o ovo para Dio, ele nem desconfiou.

— É claro. E lembre-se, não conte a ninguém, deixe que a imaginação das pessoas dê a explicação para o que aconteceu hoje. E já disse que não precisa me tratar tão formalmente.

— Ah, sim, claro. É que diante da sua genialidade me sinto pequeno, eu o vejo como um grande sábio.

Revirando os olhos, Aidan falou:

— De qualquer maneira, eu lhe agradeço.

Na verdade, Aidan pensou, precisaria não só agradecer a Baso, mas também a Edenor por ter permitido que ele arquitetasse aquele plano.

# Capítulo 57

## Separação

Ainda andando ao lado de Baso, Aidan ouviu passos apressados em sua direção. Antes mesmo de se virar para ver quem era, uma voz estridente e zangada gritou seu nome. Fechando os olhos, a imagem dela apareceu em sua mente. *Koral, e não está feliz.*

Quando ela chegou perto, e antes que ele pudesse dizer alguma coisa, sua mão veio voando em direção ao seu rosto. O estalo foi alto e doloroso. Aidan a olhou sem entender nada.

— Estou cansada — declarou com irritação —, você só se mete em confusão, se machuca o tempo todo. — As lágrimas escorreram.

— Koral, não precisa ficar desse jeito. Eu me saí muito bem lá — tentou se defender com cautela na voz.

Como um bom entendedor, Baso viu que aquele tipo de conversa não lhe dizia respeito e se retirou de fininho.

— Se saiu bem, mas até quando? — Koral continuou. — Quanto tempo mais vou precisar me preocupar, chorar, passar noites em claro pensando se você está vivo? Eu não aguento. — Ela chorava como Aidan nunca havia visto.

Ela não estava errada, sabia disso, mas o caminho seria árduo, eles o avisaram. Sem saber o que dizer, ele tentou abraçá-la, geralmente isso resolvia. Um abraço sempre a deixava mais calma.

— Não — negou, dando um passo para trás.

— Vai ficar tudo bem, eu sempre cuidei de você. — Ele esticou a mão para que ela a segurasse. Aquilo estava começando a assustá-lo.

— Então, vamos embora. Vamos viver em outro lugar, em paz, livres de confusão.

— Paz? — Sua voz mudou de um tom meigo e acolhedor para algo rancoroso, cheio de ódio. — Olhe à sua volta, há muitas pessoas que não têm nada e o rei Condigor continua tirando mais e mais delas. Em algumas ocasiões, o rei manda pendurar corpos na entrada da cidade, como um aviso para ladrões. Já vi um menino pendurado porque roubou pão. E, em outras cidades, crianças são raptadas para trabalharem como escravos e nem quero imaginar o que mais acontece de errado para além de Nolat. — Seus olhos pegavam fogo, imaginando as outras minas de Yurus e quantos mais ele teria raptado de suas casas.

— E... eu não sabia disso. — A expressão de raiva havia sumido.

— É claro que não. Você vive aqui. Ainda não percebeu? Você come, fala e se veste como eles. Absorveu outra identidade que não era sua. E acabou ficando como eles, os nobres de Nolat, a alta sociedade. Que não pensa em mais ninguém senão neles próprios.

— Eu precisava me adaptar, você não estava aqui. Sempre está fazendo alguma coisa, estudando ou se colocando em perigo. Se eu não o chamo para conversar ou sair, você nunca tem tempo para mim. Nós — fez uma pausa — quase não ficamos mais juntos. — Sua voz parecia concluir um pensamento. — Eu precisei me misturar, estava infeliz. — Nesse momento, seu rosto voltou a expressar raiva. — Sentia-me muito só. Se eu virei um deles, a culpa é toda sua! — ergueu a voz acusadoramente.

— Eu pensei que você entendesse o porquê de eu estar fazendo tudo isso! — Aidan retribuiu a voz acusadora.

— É, eu entendo, foi por isso que nunca te disse que estava infeliz aqui. É — refletiu —, eu entendo que você tem algo que pode ajudar as pessoas, às vezes me esqueço. É por isso que acho melhor ficarmos longe um do outro. — Essas últimas palavras a fizeram soluçar junto com o choro. — Eu vou para o alojamento de meninas na academia.

— Não seja boba, você tem conforto, segurança e comida na casa dos Friggs. — Seu coração batia desesperadamente.

— Eu não me importo, não posso ficar mais no mesmo lugar que você. — Koral estava mais calma agora.

— Não. Eu saio de lá. Não precisa fazer isso.

— Não, você não manda em mim. — Uma fagulha de raiva apareceu. — Eu vou para o alojamento — disse decidida —, e veja se não fica mais no meu caminho, porque eu nunca mais — começou a chorar de novo — quero te ver. — Essas foram suas últimas palavras antes de partir.

Parado, vendo-a ir embora, Aidan não se lembrava de nenhum momento em que ficara sem ação, sem saber no que pensar. O vazio o preencheu e, junto com ele, a tristeza.

Pela primeira vez em sua vida, ele se sentiu verdadeiramente só. O peso do mundo o esmagava e dúvidas lhe apareciam como flashes de pensamentos. *O que eu fiz?* Olhando para suas mãos, que estavam geladas e trêmulas, a coragem apareceu no fundo de seu coração como uma pequena faísca.

— Ela me avisou que eu iria sofrer. O rei carrega o peso do mundo em suas costas. — Fechou as mãos com força, conforme as lágrimas escorregavam pelo rosto.

# Capítulo 58

## Um passeio em Faléria

Faléria estava bem úmida, pois havia chovido no dia anterior. O cheiro de terra molhada era agradável. Como de costume, estar ali lhe dava uma sensação boa. Aidan estava há pouco mais de um dia na floresta. Passaram-se nove meses desde que suas aulas começaram, e aquela estava sendo sua primeira tarefa e, consequentemente, sua primeira aula com o professor Malsel.

Foi na manhã do dia anterior, na beirada de sua janela, que uma coruja apareceu com um pequeno recado amarrado em sua pata. Nele estava escrito: "Como vai, Kirek? Quem lhe escreve é o professor Malsel, gostaria que arrumasse suas coisas e viesse me encontrar mais uma vez em Faléria. P.s.: agora mesmo".

A carta estava assinada pelo próprio e, ao questionar Mor Edenor se era verdadeira, este disse a Aidan que Malsel costumava dar algumas aulas em Faléria e que, se ele havia mandado ir imediatamente, então deveria obedecer. O curioso é que não havia nada dizendo onde poderia encontrá-lo, nenhuma coordenada ou direção. Assim sendo, Aidan concluiu que poderia tratar-se de um teste no qual ele teria de encontrar Malsel. Armado com sua faca e nada mais que isso, ele partiu apressadamente, afinal de contas, não queria decepcionar seu professor em sua primeira aula.

Aidan caminhava despreocupadamente pela floresta, observando qualquer indício de rastros que pudessem levá-lo até seu professor. Já estava de noite quando ele resolveu sentar e comer o cogumelo que pegara mais cedo. Enquanto fitava a escuridão à sua frente, Aidan refletia sobre a mensagem que a ave lhe entregara:

*A coruja quer dizer alguma coisa? Corujas não sobrevoam um local específico aqui em Faléria, o recado não dizia mais nada, o que é estranho.* Deu mais uma mordida no cogumelo. *"Me encontrar mais uma vez", estava escrito.*

— E se... — A ideia lhe veio à cabeça como uma lança a perfurar seu cérebro. Ansioso para saber se estava certo, ele prosseguiu viagem noite adentro. Aidan andou por doze horas seguidas até chegar à caverna da serpente prateada. — Ele só pode estar aqui, no local onde encontrei a chave.

Ele se agachou, esgueirando-se pelo túnel escuro. Assim que a caverna começou a ficar mais larga, Aidan retirou dois gravetos presos na sua cintura e começou a friccioná-los para fazer uma pequena fogueira. Quando a primeira brasa acendeu, ele a assoprou com cuidado, o fogo lambeu a casca de pinheiro selvagem, que continha uma resina inflamável, e rapidamente a fogueira ganhou vida. Depois de alimentar o fogo com mais alguns gravetos e folhas secas, ele se aventurou caverna adentro. Aidan avançou por cerca de meia hora, até finalmente ver uma sombra sentada, de pernas entrelaçadas.

— Professor Malsel? — perguntou, aproximando-se devagar.

O homem parecia estar meditando.

— Ãh? — Suas pálpebras se abriram e Aidan pôde ver o branco de seus olhos. — Maldito seja, garoto — praguejou, com uma das mãos no coração. — Maldito seja, duas vezes.

— O que eu fiz? — Aparentemente dera um susto em seu professor.

— Primeiro, apareceu sem fazer barulho; segundo, está com uma tocha na caverna da serpente prateada. Quer mesmo chamar a atenção dela?

— Eu precisava enxergar — se defendeu.

De todos os sete professores Mors, Malsel era o único que não tinha barba e, sem dúvida, era o mais novo dentre eles. Possuía estatura média e um corpo atlético.

Dito isto, Malsel se esticou melhorando a postura, ajeitou sua túnica preta e encarou Aidan com um olhar avaliativo, logo depois balançou a cabeça, como se estivesse concordando com seus pensamentos.

— Só estava brincando com você, meu caro rapaz. — Ele esboçou um sorriso.

— Hum, tudo bem, então. — *Ele é maluco.*

— Venha, vamos voltar lá para cima para conversarmos. Você arruma a comida, eu acendo o fogo.

Em poucas horas, o céu estrelado apareceu. E, bem a tempo, Aidan conseguiu o jantar.

— Uau. Demorou um pouco, mas parece que você conseguiu alguma coisa. — O professor o esperava sentado junto à fogueira. — Vejamos o que trouxe aí.

Aidan sentou-se próximo a ele e começou a enumerar os achados comestíveis que encontrara.

— Seis larvas de besouro-carapaça. — Eram do tamanho da palma da mão de um adulto e estavam espetadas em um galho fino. — Uma flor amarela, dois cogumelos e, por sorte, encontrei uma carcaça de cervo. Como já estava apodrecendo, arranquei os olhos e o coração. — Ele os levantou para que o professor visse melhor.

— Nossa, parecem deliciosos. — Deu um sorriso não muito sincero. — E... eu fico com o coração — disse meio sem jeito, agarrando o órgão.

Os dois comeram em silêncio, Malsel assou o coração e o comeu por inteiro, parecia faminto. Aidan comeu todo o resto. Ofereceu ao seu professor, mas este recusou educadamente, dizendo que já estava cheio.

— Você foi bem — disse, remoendo as brasas do fogo. — Me achou em tempo recorde. Dá para perceber que sabe se virar muito bem em Faléria. — Olhou de relance para o resto dos besouros. — A maioria dos alunos não é tão boa.

Aidan se remexeu incomodado.

— Meu pai era caçador, praticamente fui criado em Faléria — explicou.

— Hummm — bocejou —, bom para você. Nos vemos amanhã, então, boa noite. — E deitou abraçando-se às pernas.

*Que figura peculiar*, Aidan pensou enquanto o observava. *Não parece o homem sombrio que eu enxergava. Está mais para um cara doido. Entretanto, isso tudo pode ser só encenação, talvez um teste.*

Aidan esticou as pernas e deitou, olhou as estrelas e tentou achar a Lua, mas foi em vão. Antes de pegar no sono, se perguntou o que Koral estaria fazendo. Há muitas semanas nem sequer a via, ficava sabendo como ela estava através de Baso, que lhe contava tudo. Quando tentou visitá-la, Koral nem se deu ao trabalho de abrir a porta, apenas mandou que fosse embora. Aquela era uma situação completamente diferente; dessa vez, quando retornasse, ela não estaria lá. Pensar nela o deixava vazio, oco. Mas ela estava cansada, ele não a culpava, muito pelo contrário, Aidan a compreendia. Por mais que a tristeza o consumisse, ficar o mais longe possível dele era o mais sensato a fazer. Em alguma hora, os inimigos que Aidan fez, e que ainda faria, iriam aparecer e, se precisassem, usariam Koral para atingi-lo.

***

Pela manhã, Aidan foi o primeiro a se levantar. Sem acordar o professor, ele procurou seu desjejum por entre as cascas de árvores, um excelente local para achar larvas de insetos. Mais adiante, pegou um pouco de água de uma nascente, apreciou o silêncio, o ar, a beleza natural da floresta. Fez tudo o que pôde para se entreter até Malsel acordar.

Depois de muito esperar, olhou para o Sol e viu que já eram mais de duas horas da tarde. Aproximando-se, Aidan descartou a possibilidade de ele estar morto ao ouvir seu ronco.

— Mas que absurdo! Eu querendo aprender e ele dormindo — irritou-se. — Professor Malsel! — gritou. — Professor Malsel!

E o homem continuava deitado.

Aquela era a gota d'água. Decidido, Aidan se aproximou e segurou no braço de seu professor para sacudi-lo com força. Mas, ao primeiro toque, Malsel se levantou com a rapidez de um raio, jogando Aidan ao chão e apontando para seu pescoço uma lâmina tirada sabe-se lá de onde.

Ofegante e um pouco assustado, Malsel perguntou:

— Onde estou?

— E... em Faléria. — Uma lâmina apertada contra sua garganta tornava uma básica ação como falar complicada. Ele poderia matá-lo com um simples movimento.

— Ah. — Pôs a mão na cabeça e se sentou. — Puxa — resmungou —, seis dias sem dormir fazem isso com uma pessoa.

Enquanto esfregava a pequena ferida que se formara em seu pescoço, Aidan perguntou:

— O senhor sofre de insônia?

— O quê? Insônia? — Franziu o cenho. — Oh, não, não. O que realmente sabe sobre mim, Kirek? O que eu ensino, o que faço?

— Uma vez perguntei isso a um professor, que me disse que saber muito sobre o senhor pode ser perigoso. Mas que se eu estivesse mesmo muito curioso deveria ir perguntar pessoalmente a você.

— Qual o seu palpite?

— Tem a ver com assassinos.

Malsel o olhou com a cara séria e depois riu.

— Você é bom — disse, concordando com a cabeça. — É mais ou menos isso. Sabe aquele assassino que você matou aqui durante a prova para Mor?

— Seu nome era Plondus. — Aidan lembrou-se do sorriso medonho do homem.

— Esse mesmo. Mor Plondus trabalhava diretamente para a coroa, cuidava de assuntos delicados. Porém, sua cabeça começou a ficar perturbada com o tempo, pensamentos confusos e loucos. De um assassino eficiente, ele se transformou em um monstro sedento por sangue. — Seus olhos fitaram o nada enquanto lembravam o passado.

— Percebi.

— Eu ficaria surpreso se não percebesse. — Deu uma fungada e continuou. — O fato é que eu o treinei, ele era talentoso e obediente. No entanto, matar exige mais do que isso. Ao ser responsável pelo fim da vida de alguém, você precisa estar consciente de que essa é uma ação que o estará assombrando para o resto de seus dias, se não tiver uma mente forte.

— Eu entendo. — E ele realmente entendia.

— Sei disso. Seus olhos me dizem.

Aidan ficou quieto.

— Matar é errado, e carregaremos essa marca em nossas almas até depois da morte. — Malsel o olhou com seriedade. — Sempre mantenha o controle. Nunca, mas nunca perca a sua humanidade. Matar requer seriedade, respeito e responsabilidade. No dia em que perder um desses requisitos, então perderá a sua humanidade.

— Acho que entendi — respondeu meio confuso.

— Bem — disse se esforçando para levantar do chão —, acho melhor darmos continuidade à sua aula.

Nos três dias seguintes, Aidan mostrou estar bem acima das expectativas. Equilibrou-se em cima de cipós com destreza, escalou árvores, soube se esconder e aproximar-se sem produzir ruídos e, por fim, a cereja do bolo: caçar e matar um lobo de forma rápida, eficaz e silenciosa.

— E então, já podemos voltar? — perguntou todo orgulhoso de suas habilidades. Já que era tão bom, o que mais tinha que aprender?

— Voltar? Mas acabamos de começar.

# Capítulo 59

## Uma noite linda

"Toc toc", alguém bateu na porta do quarto.

— Entre — respondeu Koral, enquanto ajeitava suas roupas em um baú.

— Oi — disse com um largo sorriso ao entrar.

— Akilli. — Ela sorriu de volta. — O que está fazendo aqui?

— Ué, vim ver se está tudo bem com a minha amiga. — Seus olhos percorriam o cômodo reparando cada detalhe.

— Ah, obrigada. Está tudo bem, sim.

— Está se adaptando bem? Você sabe que não precisa ficar aqui, se não quiser. — Seu olhar galanteador a deixava desconcertada.

— Sim, eu sei. Você já me disse. — Desde que se mudou, Akilli sempre era muito solícito em ajudá-la. Os dias que passou após ter saído da casa dos Friggs não foram fáceis, a dor de saber que Aidan não estava mais ali para cuidar dela a deixou em pânico, angustiada. Contudo, a cada dia, a dor no coração diminuía. Não era mais uma criança e não voltaria atrás em sua decisão.

Tentando animá-la, Akilli se aproximou e, pondo suas mãos sobre os ombros magros dela, disse:

— Se precisar de alguma coisa, qualquer coisa, saiba que pode contar comigo.

Ela assentiu com a cabeça, seus olhos começavam a se encharcar de lágrimas.

— Venha aqui. — Ele a abraçou forte. — Vai ficar tudo bem, eu vou cuidar de você.

— Não, Akilli. — Ela se libertou de seu abraço gentilmente. — Agradeço por ser meu amigo, mas sei me virar sozinha. — *Tenho que me virar sozinha.*

— É claro, eu compreendo.

— E obrigada por tomar conta do Pulguinha.

— Haha — riu educadamente —, ele é bem legal. Pode visitá-lo quando quiser.

— Obrigada. De novo. Por tudo — falou quase gaguejando.

Akilli fez uma reverência e ia saindo, quando parou de repente e perguntou:

— Será que estaria interessada em sair comigo depois da aula? Soube que hoje haverá uma apresentação muito boa no Sino Solto.

— Ãh, hum. Eu não sei... — Ela olhou para baixo, enquanto alisava o cotovelo.

— Vamos, você também precisa se divertir. Além do mais, você me deve e vou cobrar esse favor agora — falou em um tom zombeteiro.

No entanto, isso não era bem uma mentira, foi Akilli e sua influência que conseguiram um quarto para ela no dormitório da academia. Sem contar que não estaria estudando se não fosse por toda ajuda que recebeu da família Friggs. Então, um pouco relutante, Koral disse sim.

— Ótimo, venho te pegar às sete.

***

A noite estava agradável, no céu havia muitas estrelas. Os postes da rua armados com lamparinas brilhavam tanto quanto a Lua.

— É, a noite está linda — Akilli comentou, reparando que Koral observava o céu.

— Verdade — falou com encanto nos olhos.

Os dois iam na direção da academia. Tinham assistido às apresentações de canto e dança que ocorreram no Sino Solto, e agora, a pedido de Koral, caminhavam calmamente pela rua.

— Koral, eu não queria entrar nesse assunto, mas... — Hesitou por um momento, mordeu os lábios e falou: — Aidan é meu amigo, você sabe. Eu sei que às vezes ele deve parecer um pouco longe, sem te dar muita bola. Só que estudar para se tornar um Mor exige muito de alguém, há uma grande pressão dos professores sobre ele, isso deixa qualquer um louco. Precisa entendê-lo um pouco.

— Eu entendo, Akilli, foi por isso que me afastei.

— Talvez não tenha sido a coisa certa a fazer.

— Não — negou decidida —, por mais que isso me machuque por dentro. Ele não pode se dedicar aos estudos enquanto eu encho a cabeça dele, ou exijo que se comporte de uma determinada maneira comigo. Aidan sempre cuidou de mim, acho que acabei me acomodando. Mas felizmente percebi que, para que ele cresça, precisa se concentrar em suas prioridades. Se tiver que se preocupar comigo, isso só irá atrapalhá-lo. E também não posso esquecer o motivo principal por ter me afastado. — Ela fez uma pausa.

— Hum... — Akilli ficou quieto, esperando saber o motivo.

Vendo que ele esperava uma resposta, Koral sorriu sem graça.

— Aidan sempre está metido em alguma encrenca. Não suporto vê-lo se machucar.

Akilli riu alto.

— É verdade. Isso me lembra de quando o conheci.

Os dois pararam em frente ao portão da academia.

— Chegamos — disse, olhando algumas janelas que estavam acesas.

— Olha, eu me diverti muito hoje. Foi bom ter saído. — Seus grandes olhos rosa brilhavam.

— Tenho que confessar que eu adorei sair com você também. E mais uma vez volto a dizer: você estava mais linda que essas estrelas, a Lua e qualquer outra garota das sete cidades.

Koral ficou ruborizada com o elogio, ao mesmo tempo que apertava os dedos da mão.

— Boa noite. — Akilli lhe deu uma piscadela e deu meia-volta.

— Boa noite — Koral retrucou e entrou.

Akilli andava vagarosamente pela rua, com as mãos nos bolsos da calça quando parou de repente em meio a uma esquina.

— Pode sair daí — disse para o beco escuro.

E então uma figura magra, desprovida de cabelos, saiu para a luz das lamparinas que banhavam a rua.

— Eu já o vi antes na academia — falou para o garoto. — Por que estava nos seguindo? — perguntou grosseiramente.

— Mor... Mor Akilli, eu só estava caminhando assim como voc...

— Quer que eu te prenda? — o interrompeu. — Algumas semanas no calabouço vão fazer com que me conte qualquer coisa.

O garoto arregalou os olhos com medo.

— Eu só estava seguindo vocês porque ela é a garota do Aidan, só isso.

Akilli pensou que ele fosse chorar e falou com mais delicadeza.

— Ela não é mais a garota do Aidan. Foi ele quem pediu para nos seguir?

Baso demorou um pouco para responder, mas acabou negando.

— Não, senhor. Só pensei que...

Akilli lhe deu uma bofetada com as costas da mão, fazendo-o cair.

— Se mentir para mim mais uma vez, te mato aqui mesmo. — Apontou para a espada em sua cintura. — Por que estava nos seguindo? — O rapaz o olhava com olhos marejados.

— O grande Aidan me pediu para seguir a Koral, ele quer que eu fique de olho nela — respondeu de joelhos, com a cara virada para o chão.

— Grande Aidan? — O apelido pareceu irritá-lo. — Diga-me, como se chama?

— Dom Baso, senhor.

— Como conheceu o Aidan?

— Foi na academia, Mor Akilli, ele me salvou de alguns valentões.

— Hum... — Akilli ficou pensativo. — Certo, Dom, faremos o seguinte: vai agir normalmente como sempre faz, apenas peço que fique de olho em Aidan, seja o amigo que você é.

— Bom, isso eu posso fazer.

— Ótimo. Nesse momento, ele está em Faléria, mas assim que ele chegar, se o vir, me avise. E, é claro, não preciso dizer que essa nossa conversa nunca aconteceu. Entendeu?

O rapaz balançou a cabeça positivamente.

— Sei recompensar muito bem aqueles que são fiéis a mim. — Akilli lhe jogou uma pequena bolsa com moedas de ouro. — E então, temos um trato, Mor Baso? — Akilli deu um pequeno sorriso com o canto da boca.

E os olhos do garoto brilharam.

# Capítulo 60

## Intimidação

— Impressionante! — Malsel exclamou.

— Obrigado, professor — Aidan desabou no chão. Estava exausto.

Ficar dois dias sem dormir foi uma provação. Mas só depois que completasse a tarefa é que poderia se dar ao luxo de um descanso. O que ele precisava fazer, a princípio, parecia simples, mas depois provou se tratar de um desafio e tanto. Quatro pequenos sinos foram amarrados aos seus punhos e tornozelos, e por um quilômetro ele deveria andar, escalar, se pendurar e por fim chegar até Malsel, desembainhar sua faca e encostar a lâmina no pescoço dele.

Enquanto Aidan tentava, seu professor dormia. Ou pelo menos era isso o que ele pensava a princípio, pois, ao sinal de qualquer tilintar do sino, a voz de Malsel aparecia dizendo "volte!", e Aidan percorria todo o trajeto novamente.

***

Por quase um dia inteiro ele dormiu, e quando acordou teve uma desagradável surpresa. Suas mãos e seus pés estavam amarrados. Aidan parecia um grande X preso pelos cipós. À sua frente estava Malsel olhando-o fixamente.

— Acordou. — Fez a observação de uma maneira nada amigável. Seu rosto era uma rocha sólida. Ali estava o homem que Aidan viu no dia em que participou do Conselho.

— O que significa isso, professor? — Puxou os braços, balançou as pernas, de nada adiantou.

— Sabe, Kirek, às vezes os assassinos não recebem a missão de apenas matar. Em alguns casos, precisamos extrair informações, segredos valiosos para os ouvidos certos. — Dito isso, ele retirou a faca fincada entre as chamas da fogueira. A lâmina saiu do fogo com um tom meio alaranjado.

Olhando desconfiado para sua faca, Aidan começou a suar frio.

— Está bem quente — comentou, aproximando a ponta da lâmina das costas de sua mão. O som do aço raspando de leve na pele fez os pelos da nuca de Aidan se arrepiarem.

Malsel se levantou e caminhou vagarosamente em sua direção. Pela primeira vez, ele estava sem sua túnica, totalmente nu. Seu corpo era bem definido e com algumas marcas de ferimentos.

— A grande arte de causar dor é crucial para que se obtenham confissões verdadeiras. Qualquer pessoa irá lhe contar seus mais profundos segredos sob tortura. Os mais fortes que já interroguei aguentaram por um dia e meio. A verdade é só uma, mais cedo ou mais tarde eles contam o que eu quero ouvir. — O rosto de Malsel e a lâmina incandescente em sua mão davam a impressão de que Aidan estava no próprio inferno e aquele era o demônio em pessoa. — E você, Kirek, tem algum segredo que precise me contar?

Aidan se debateu, usou toda sua força. *Não adianta, não dá para sair.*

— Eu não te ouvi — Malsel esperava uma resposta.

— Não tenho segredos. — Seu coração estava quase saltando do peito.

— Sabe de uma cosia, não acredito em você. — Ele agora estava a pouco menos de meio metro de Aidan.

— O que quer saber? — A lâmina agora vinha em sua direção.

— Tudo.

— “Tudo” é muito vago. Preciso de algo mais específico. Mesmo que esteja buscando uma confissão, eu preciso saber o que tenho que confessar. — Sua voz saía alta, o desespero tomava conta de sua mente.

— Acho que está tentando apenas ganhar tempo. — Malsel aproximou a lâmina na direção do rosto de Aidan. — Acha que eu não sei? Observei você por muito tempo. Só quero ouvir de sua boca.

*Do que ele está falando? Será que ele sabe? De fato, nesses últimos dias, a Lua pode ter mostrado a ele a cor dos meus olhos. Mas para isso ele teria que conhecer as regras. Drogaaaa.*

Sentindo o calor da lâmina se aproximando de seu rosto, e disposto a não revelar seu mais profundo segredo, Aidan então fechou os olhos, virou a cabeça para o lado o máximo que conseguiu e esperou a dor chegar. Todos os seus músculos estavam tensos, suas mãos apertavam os cipós que as prendiam, sua boca sugava o ar grosseiramente. O calor da lâmina a poucos centímetros de seu ouvido fazia sons de brasas queimando ao tocarem nas pontas de seu cabelo. Ele cerrou os olhos com força e gritou, enquanto aguardava a lâmina o tocar. Mas a faca não o tocou.

Quando percebeu que a lâmina fora afastada, ele abriu os olhos um de cada vez. E avistou Malsel, sorridente.

— Você gritou como um recém-nascido — gargalhou.

— Ãh? — Olhou para ele confuso. — Isso foi um teste? — a pergunta saiu pausadamente por causa de sua respiração ofegante.

— Hum. — Balançou a cabeça. — Pode-se dizer que sim.

— Ooouu! — Soltou todo ar. Aliviado, ele relaxou todo o corpo. — Fui reprovado? — perguntou preocupado.

— Não, se saiu bem. Já tive alunos que choraram, espernearam e contaram tudo, até o que não sabiam. — Ele riu de novo. — E eu só precisei mostrar o ferro incandescente. Você se mostrou bem corajoso, a meu ver.

— E o que aconteceu a esses alunos, foram reprovados?

— Depende. Eu avalio vocês em várias qualidades que considero importantes. A cada tarefa estou te analisando. No final digo se você é excepcional, bom ou inaceitável.

— Ah, sim — recordou. — Ao final dos estudos, todos os professores devem responder com um desses comentários. Só passarei para o segundo ano de formação se obtiver pelo menos um "excepcional".

— Exatamente. Depois ficará apenas com os professores que o aprovaram para essa segunda etapa. Você pode escolher no máximo dois de nós e, após isso, se for considerado apto, será um Mor.

— Entendi, mas será que posso sair daqui agora?

— É claro, fique à vontade — disse, dando meia-volta na direção da fogueira.

— Por favor, professor. Droga — praguejou.

Passando ao lado da fogueira, o corpo de Malsel foi banhado pela luz do fogo. Ao olhar para suas costas, Aidan ficou surpreso ao ver o número "sete" desenhado.

— O que significa o número? — perguntou sem demora.

— Ãh? — Olhou para Aidan meio confuso, depois olhou por sobre o ombro como se lembrasse que havia um número desenhado em suas costas. — Eu sou o sétimo professor Mor, por isso o sete — respondeu como se fosse a coisa mais óbvia do mundo.

— Então, não há nenhum significado nisso?

Malsel bufou como alguém que já tivesse respondido a essa pergunta uma centena de vezes.

— Se fosse um aluno da academia, saberia o significado. O sete representa a obscuridade, a morte, coisas desse tipo. — Fez um ligeiro gesto de desdém com os olhos e a boca. E antes que Aidan abrisse a boca para perguntar sobre os outros números, Malsel ergueu a mão, respirou fundo e falou, ligeiramente consternado. — O seis representa a engenhosidade, criatividade. O cinco é a força. O quatro, a vida. O número três, a certeza. O dois, a sabedoria, e o um, a espiritualidade. Resumidamente, é isso. São as sete qualidades de Grediz.

# Capítulo 61

## Lua

Poucas horas depois, os primeiros raios solares apareceram.

— Bom dia, campeão. — Malsel se espreguiçou no chão.

Aidan ainda estava amarrado, seus punhos doíam, mas fora isso estava bem. De alguma forma, desde que se tornara rei, só precisava de três horas de sono por dia. Percebeu essa habilidade enquanto ficava madrugadas adentro lendo seu livro.

— Realmente uma pena — falou ao cortar os cipós que amarravam seu aluno. — Pensei que você conseguiria sair dessa.

— Aaahhh... — Soltou um suspiro de alívio ao apoiar as costas no chão. — Como é bom deitar.

— Levanta, nós temos que ir.

— Para onde? — a pergunta soou quase como uma reclamação.

— Uma cidadezinha perto de Alaspur. Videne. Aqui está sua faca. Se formos correndo, chegaremos lá em menos de uma semana. Acha que pode me acompanhar? — A forma como ele fez a pergunta, sério e avaliativo, indicava que só havia uma resposta possível.

— Claro. — *O quanto poderei aguentar eu não sei.*

Os dois correram numa marcha lenta e contínua, passaram por lindos vales, por cachoeiras e até escalaram um rochedo. Somente à noite é que pararam para descansar. É claro que, durante o percurso, Malsel precisou parar para que Aidan descansasse, ele parecia se divertir vendo seu aluno quase vomitando as tripas depois de correr por quatro horas seguidas.

— O senhor não se cansa — afirmou.

— Tenho uma boa reserva de energia.

— Reserva de energia? — Fez uma cara feia. — O que quer dizer com isso?

Malsel sorriu para ele, colocou a mão sobre o ombro de Aidan, dizendo:

— Se ficar comigo, lhe ensinarei, mas só no segundo ano de estudos.

— Então irá me considerar excepcional — afirmou com confiança.

— Não seja tão precipitado. Sua aula ainda não acabou, até lá, muita coisa pode mudar.

***

Agora de estômago cheio, os dois conversavam em volta da fogueira.

— Todos temos segredos — Malsel falava, enquanto olhava atentamente o fogo —, mas você — apontou — desperta meus instintos de uma maneira estranha. É uma sensação forte, pesada. Às vezes sinto como se você fosse me matar a qualquer momento. — Malsel não estava brincando.

— Não entendi aonde quer chegar.

— Não sei explicar bem. Sabe o que disseram sobre você quando cuspiu ácido naquele garoto? O tal do Dio, se não me engano.

— Sim, senhor. — Aidan esperava que aquilo lhe rendesse mais alguma reputação e, nesse caso, não se enganou.

— Pois é. Dizem que você é um demônio, cuspiu um ácido tão corrosivo que quase derreteu o braço de um garoto.

— Quase derreteu? — *O que mais as pessoas poderiam inventar?*

— Precisa tomar cuidado com as coisas que faz. Os Ensinadores, aqueles que pregam a palavra do primeiro rei Grediz, não hesitarão em acusá-lo, se acharem que é um demônio de verdade. Aqueles que conhecem as ciências sabem que isso não é verdade, mas a maioria das pessoas no mundo não entende nada e vai temer aquilo que não conhece. — Os olhos de Malsel pararam olhando para algo entre as chamas, talvez lembrando do passado. Ele costumava fazer muito isso.

— Então, o senhor não acredita que eu seja um demônio?

— Sinceramente, nunca vi um demônio. Não sei se existem. Será que você é um? — Malsel sorriu pelo canto da boca.

Aidan fez uma expressão exagerada de superioridade.

— Bem, eu cuspi ácido, posso ser.

— Não foi ácido que cuspiu — garantiu. — Você utilizou alguma combinação de substâncias alquímicas para criar o ácido e, como consequência, queimar o braço de Dio. De alguma forma, você ou um comparsa colocou a substância no braço do rapaz, a outra parte estava em sua boca, você só precisava cuspir no lugar certo e esperar. A imaginação das pessoas faria o resto. Uma jogada esperta, mas perigosa.

Aidan balançou a cabeça como se não acreditasse nas conclusões de Malsel. Contudo, por baixo daquela máscara inexpressiva de seu rosto, ele ficou surpreso com a exatidão com que seu professor percebera o plano.

*Na verdade, foi Baso que colocou o outro elemento no braço de Dio, ele usou um ovo como pretexto para encostar nele, dizendo que seria vergonhoso ver aquele que chamavam de grande Aidan levando uma ovada.*

— O interessante é que uma hora atrás você estava sob custódia de Edenor, ele teria que ter ajudado você. Quer me contar a respeito disso?

— Não — respondeu. *Tenho que tomar cuidado, Malsel percebe cada detalhe de uma expressão corporal e o analisa, me faz lembrar de Mor Friedrich, que sempre parece saber o que estou pensando. De qualquer maneira, não vou dedurar o diretor.*

Aidan não conseguiu evitar a cara de aborrecido.

— Tudo bem. Vamos voltar ao assunto sobre você ser um demônio. Notei uma particularidade sua, seus olhos.

Aidan mantinha seu rosto impassível.

— O que tem eles? São negros. — *Cuidado.*

— Sim, olhos negros são raros, entretanto, mudar a cor deles é impossível. Há alguns dias, percebi que a luz da Lua muda a cor de suas pupilas para o vermelho. É algo sutil, mas para um bom observador não passa despercebido. Tentei bolar alguma explicação para esse fenômeno, porém não me ocorreu nada, a não ser que você seja mesmo um demônio. — Malsel esperou que Aidan se explicasse, enquanto observava atentamente seu rosto.

*A mentira tem que ser quase verdade, se for outra coisa ele perceberá.*

— Não sei explicar o que é isso, só sei que aparece quando me exponho à Lua. — Aidan tentava parecer se divertir com a situação, mostrar que era algo inusitado e raríssimo. Mesmo assim, estava pisando em ovos ali. Precisava tomar cuidado com esse professor.

— Meu avô costumava me contar uma história interessante. A Lua era um ser puro, inocente, nascera e fora criada pela própria natureza. Vivia no interior da floresta, amiga dos animais, das plantas e de todos os outros seres vivos que se possa imaginar. Naquela época, a Lua que conhecemos não existia, não havia nada iluminando os céus à noite. E foi em uma dessas noites escuras que ela encontrou um homem ferido, quase morto. Horrorizada, ela o ajudou imediatamente, cuidou de seus ferimentos e ficou ali com ele, até que o dia clareasse. Quando o sol nasceu, o homem conseguiu vê-la e ficou pasmo, ela era linda. Branca como a neve, de olhos azuis-claros e de cabelos gelados como a prata. No mesmo instante, ele se declarou para ela, disse que viveria ao seu lado, que cuidaria dela e a amaria eternamente. Lua também sentiu algo por ele e acabou amando-o. Satisfeita por ter encontrado um companheiro, ela cantou e dançou, estava tão feliz que compartilhou com ele os segredos da natureza. E esse foi seu erro.

— O homem a traiu — Aidan concluiu. De pernas cruzadas, ele parecia uma criança feliz por ouvir uma historinha.

— Sim. Ele a abandonou, preferiu percorrer o mundo, dominar reinos, acumular riquezas, glória, conhecimentos e mais segredos. E Lua, assim que ele foi embora, começou a morrer por dentro. Triste e amargurada, ela chorou por dias e, antes que seu tempo chegasse ao fim, ela fez um último esforço. Caminhou até o topo da montanha mais alta e lá plantou uma semente. Com suas lágrimas, ela molhou o solo e fez crescer a árvore que, em questão de minutos, ultrapassou as nuvens. A partir desse dia, uma forma branca brilhante começou a iluminar o céu à noite, era a Lua caminhando até a ponta do galho da árvore. Sob a luz que ela emitia, tão pura e verdadeira como a própria natureza, a essência no coração dos homens era revelada.

Perplexo, Aidan falou:

— E o que aconteceu com o homem depois disso?

— Ele logo percebeu que as pessoas o olhavam de forma diferente e se afastavam. E então começou a sair somente de dia e ficou assim por muitos anos. Todos tinham medo dele, já não tinha mais amigos ou com quem conversar, e depois disso ele partiu.

— Para onde ele foi?

— Não sei. O importante é entender a essência dessas lendas, podemos sempre tirar muitas mentiras de uma história, mas podemos tirar uma verdade.

— Então a luz da Lua revela que eu sou um demônio? — a pergunta soou melancólica. — *Talvez exista mesmo um fundo de verdade nessa história.*

— Talvez...

Tirou um pedaço de carne do dente. — Por que não me conta a verdade?

Sabendo que não havia como mentir para Malsel, Aidan optou por uma abordagem menos mentirosa.

— Não posso — disse, se concentrando nas chamas. — Existem segredos que podem nos matar.

Malsel deu um longo sorriso sinistro e disse:

— Eu sei.

# Capítulo 62

## Segredos

— Um segredo por outro — Malsel tentou negociar.

— O meu segredo é muito maior que o seu. — Cruzou os braços em negação à proposta.

— O meu segredo me colocaria em perigo e te faria muito rico.

— E o meu faria você me matar aqui mesmo.

Os dois estavam se divertindo com aquela disputa.

— Faremos um pacto, então, um juramento.

— Que tipo de juramento? — *Não seja curioso, não seja curioso.*

— Juraremos não contar a ninguém nossos segredos e eu juro não fazer nada para te matar, contanto que você também não tente me matar.

Aidan analisou a proposta, mas não se convenceu.

— Está desconfiado, eu entendo. Façamos o seguinte: vou contar o meu segredo, se achar que é tão valioso e arriscado quanto o seu, você tem que contar também. E manteremos o juramento de não contar a ninguém. O que acha?

— Acho justo. — *Por que sou tão curioso?*

— Então jure.

— Eu juro que não vou contar a ninguém seu segredo.

— Vou confiar em você, mas, se quebrar seu juramento, terei o direito de matá-lo. Agora vamos ao segredo: eu sou o Olho Cinzento, o bandido mais procurado das sete cidades nomeadas — falou com naturalidade.

No mesmo instante, a imagem de Scarob veio à mente de Aidan. Os quatro ferrolhos da fazenda queriam a cabeça de Sirranda para trazê-la ao

Olho Cinzento e ganhar uma recompensa. Havia folhetos espalhados por Nolat oferecendo uma recompensa de vinte mil moedas de ouro para quem o capturasse vivo ou morto. Porém, em todos eles o desenho era o mesmo: uma página em branco. A única característica desse bandido era justamente o que o identificava pelo nome.

Malsel ficou ali parado esperando seu aluno organizar os pensamentos.

*Ele é o Olho Cinzento? E por que não? É por isso que sempre anda nas sombras, ou fica com o rosto encoberto. Mas seus olhos são azuis e não cinza, a não ser que...* — O queixo de Aidan caiu quando Malsel se levantou e caminhou até a luz da Lua, que revelou pupilas num tom tão cinza como um dia nublado.

— É por isso que dou minhas aulas aqui em Faléria. É reservado.

*Olho Cinzento.* Aidan esmagou a terra com as mãos.

— Olho Cinzento é você? — Tentou conter a raiva que estava sentindo. — Tentaram matar uma amiga minha por sua causa. Disseram que daria uma recompensa pela cabeça dela. — *Meu pai ficou ferido. Minha família se desfez.*

— Hum, sinto muito por isso. Mas, pela forma como falou, parece que ela não morreu — observou.

— Não, mas e quantas pessoas morreram por sua causa? — Sua voz começou a mudar o tom calmo para furioso. — Quantas famílias foram desfeitas? — Sua mão pousou sobre o punho da faca em sua cintura. *Não.* Sua consciência lhe chamou a atenção. *Seria simplesmente impossível matá-lo agora.* — Por quê? — perguntou com olhos marejados.

— Estratégia, meu caro aluno. O rei usa o Olho Cinzento para manter a ordem. É para proteger a coroa.

— É para proteger os interesses do rei, você quer dizer. Qualquer um no caminho dele pode ser eliminado e só precisa dar a desculpa de que foi o famoso criminoso Olho Cinzento o culpado. Por isso nunca o pegam — afirmou. — Caso contrário, Akilli já o teria feito.

Malsel deu de ombros.

— Pode não perceber a importância do Olho Cinzento agora, mas um dia irá entender. E então — se aproximou de Aidan —, acha que o meu segredo vale o seu?

*Se eu mentir, ele vai saber. O que fazer? Será que ele vai tentar me matar? De qualquer forma, Malsel vai ter que morrer. Assim como o rei. É por isso que estou aqui, para mudar tudo.*

— Relaxa, Kirek, eu não vou te matar, se é o que está pensando. E juro não contar a ninguém o seu segredo.

Aidan estudou as feições de Malsel, mas não conseguiu ver nenhuma mentira. Por fim, resolveu que falar a verdade seria o melhor a fazer.

— Sou o legítimo rei — declarou, tentando parecer convincente.

Malsel não pôde deixar de rir, mas então parou ao entender que Aidan falava sério.

— Por que acredita nisso?

— Porque me foi confiado o livro dos reis e desde os doze anos venho sendo preparado para tomar o trono.

Agora era o queixo de Malsel que caíra. Sua mente estava em polvorosa. Aidan podia perceber, seu professor estava repassando tudo o que sabia sobre ele.

— Isso faz todo sentido. — Malsel achou graça. — Que loucura!

— Agora que sabe a verdade, vai me matar? Pois eu vou tomar o trono e é só uma questão de tempo. — Aidan fitou seu professor com um olhar maléfico, encarando-o como se estivesse pronto para lutar contra ele.

Uma faísca de medo passeou rapidamente pelos olhos de Malsel, que a apagou com um ligeiro sorriso.

— Não se preocupe, nesse momento você é meu aluno e não fez nada de errado. Além do mais, eu fiz um juramento e vou mantê-lo. Agora vamos descansar, tivemos uma longa conversa.

— E quanto aos nossos olhos? — Aidan questionou. — O que significam as cores?

— Bom. Como na história da Lua, revela nosso interior. Acredito que a sua alma esteja manchada de sangue.

— E quanto à sua, professor?

Ele riu.

— Eu já não tenho uma.

# Capítulo 63

## Videne

Videne era uma cidadezinha pobre, com casas feitas de madeira e telhados de palha. Em suas ruas, algumas barracas vendiam frutas ou utensílios básicos de má qualidade.

— É uma cidade bem humilde — Aidan comentou, enquanto olhava algumas crianças jogando bolinhas de barro umas nas outras.

— Praticamente todos os vilarejos e cidades em Alaspur são assim. Ela e Redeby são centros rurais, fornecem alimentos às outras cidades nomeadas. É claro que uma parte do que é colhido vai para Nolat como tributo.

— Por favor, senhor, pode me dar uma moeda para eu comprar um pão? — perguntou uma senhora magra de olhos fundos.

— Saia da minha frente, mulher — falou rispidamente, ignorando-a por completo.

Aidan a olhou com pena.

— Não ouse dar dinheiro para ela — ordenou Malsel. — Nem para outro pedinte, se der uma moeda, virão mais deles, roubarão até suas calças, se deixar. São apenas vagabundos, ladrões e oportunistas.

— Não me parecem ladrões. — Fulminou-o com um olhar desaprovador. — E o mais estranho é que esta é uma cidade que produz comida. Então, logicamente, a quantidade de pessoas desnutridas como aquela mulher e outros que vi não deveria existir.

— Certo. — Ignorou o comentário, olhando para uma estalagem. — Alugue um quarto para passarmos a noite e me encontre na taberna. — Malsel lhe deu uma bolsinha com moedas.

— Sim, senhor — concordou um pouco aborrecido.

***

"Taberna do Milho", leu ao entrar.

— Aidan, aqui! — Malsel o chamou. Estava sentado no canto, à direita.

— É prudente me chamar pelo nome? — perguntou desconfiado.

— E por que não? Só pessoas suspeitas se escondem demais — cochichou. — Tome. — Empurrou uma caneca.

— O que é isso?

— Cerveja de milho. Aproveite, eu estou pagando.

— Qual o próximo passo agora? — Deu uma golada na cerveja.

— Manter nossos ouvidos e olhos atentos.

O plano era simples. Ficar sentado à espera do próprio Daigio, o homem que procuravam, ou de alguém mencionando seu nome. Essa era a melhor forma de se investigar sem levantar muitas suspeitas. Enquanto aguardavam, Malsel comentou:

— Sabe, Aidan, você foi o aluno mais bem preparado que eu já ensinei. Na verdade, só atestei suas habilidades e ensinei poucas coisas. Domina como ninguém as artes dos assassinos. Quem quer que o tenha instruído fez de você uma obra-prima. E, cá entre nós — se aproximou falando baixinho —, não gostaria nada de ser seu inimigo no futuro. — Sorriu amigavelmente. — Mas vou matá-lo, se tiver que fazê-lo.

— Eu compreendo. — *Você morre mais cedo ou mais tarde, Olho Cinzento.*

— Essa será sua última lição, até aqui te considerei excepcional, veremos se continuará assim.

Três horas depois, um grupo de sete homens entrou na taberna. Calçavam botas desgastadas e vestiam roupas velhas. Aparentemente, pareciam fazendeiros.

— Uma cerveja para mim e os rapazes, Tom! — gritou o mais velho deles para o taberneiro.

— Sim, senhor Daigio — o taberneiro respondeu, agarrando uma garrafa.

Sem falar nada, Malsel passou os olhos por Aidan e os fixou em Daigio.

— Daigio de Lafon — falou ao se levantar da cadeira.

Olhando sobressaltado para Malsel, o homem perguntou:

— Quem é você?

— Henrikensmal Seldor — respondeu, avançando em sua direção. — Mais muitos me conhecem pelo nome de Malsel.

A boca de Daigio se retorceu.

— O assassino do rei — falou rispidamente.

— Sou apenas um humilde servo de Sua Majestade — fez uma reverência exagerada, como se estivesse num palco. — Sigo apenas ordens.

— Veio me matar, assassino?

— Acredite, se fosse para matá-lo não estaríamos tendo essa conversa. Vim para prendê-lo e, se isso não for possível, aí sim o matarei. — Malsel andava vagarosamente na direção de Daigio, até ter seu caminho bloqueado por um homem com cara de mau.

— Do que estão me acusando?

— Deslealdade. Está incitando as pessoas a se rebelarem.

— O rei pega todas as nossas colheitas e nos deixa restos. Nós passamos fome enquanto as famílias ricas sobrevivem às nossas custas.

— Não estou interessado em suas desculpas. Vai vir por bem? Diga que não, por favor — pediu com jeitinho.

O homem que impedia o avanço de Malsel o encarou dizendo:

— Escuta, é melhor ir embora ou vai... — Suas palavras cessaram por causa do forte golpe que recebeu na garganta.

Quando viram seu amigo agonizar no chão, os cinco homens que estavam com Daigio avançaram em Malsel. O primeiro a tentar acertar seu rosto teve o punho desviado, e a têmpora atingida por uma forte cotovelada. Antes de alcançar o chão, ele já havia perdido a consciência. O segundo homem portava um punhal e investiu sobre Malsel com fúria. Ele esquivou do primeiro golpe e, no segundo, parou o movimento com uma das mãos e quebrou o braço do sujeito, depois agarrou-o pela camisa e o arremessou a dois metros de distância sobre as mesas. O terceiro veio rápido, descendo sobre Malsel com uma cadeira. Sem poder desviar, ele precisou usar o braço para suportar a força do golpe. Uma pessoa comum teria sucumbido ao receber uma pancada com tamanha força, mas não Malsel. Seu braço despedaçou a cadeira e, com destreza, acertou em cheio o rosto do homem com um soco. Já os dois últimos atacaram ao mesmo tempo. Foram derrubados com facilidade.

Sem nem sequer ficar ofegante, Malsel tirou os cabelos da frente do rosto, passou sobre dois homens caídos e disse cara a cara para Daigio.

— Você está preso.

Daigio apenas expressava medo.

— Quanto ao resto de vocês — gritou para os seis homens —, é um crime muito grave obstruir a lei. Como um Mor de alta classe, respondo somente ao rei e também falo por ele! Portanto, eu, Malsel, os sentencio à morte. E que sirva de exemplo.

— Por favor, não precisa fazer isso — Daigio suplicou. — Estavam apenas tentando me proteger, puna a mim. Eu lhe imploro.

— É melhor ficar quieto, se não eu o mato aqui mesmo.

# Capítulo 64

## Sussurro da morte

— Esses homens obstruíram a lei e serão mortos! — Malsel gritava para as pessoas que se aglomeraram na entrada da cidade. — Aprendam com o erro deles!

Cinco dos homens esperavam amarrados pela sua morte, o sexto não resistiu e acabou morrendo no dia anterior. Aidan estava ao lado de Daigio assistindo a tudo. Malsel se posicionou atrás do primeiro homem na fila e puxou seus cabelos para expor o pescoço. O gesto fez as pessoas que ali se encontravam chorarem ou torcerem o rosto para aquela atrocidade.

— Não se preocupe, serei rápido — disse para ele, enquanto segurava firmemente uma faca.

— Hum! — Aidan pressentiu algo estranho.

E no mesmo momento, Malsel parou, o objeto veio voando com velocidade. A visão periférica de Aidan captou o movimento, mas, em poucos segundos, não interpretou o que era. Estava indo na direção de Malsel, que se inclinou para o lado fazendo com que a flecha passasse direto.

Boquiaberto, Aidan não acreditou no que vira, seu professor acabara de desviar de uma flecha, e ainda por cima estava de costas.

— Solte-os e vá embora! — gritou uma moça de cabelos castanhos. — Ou não errarei a próxima flecha — declarou, puxando mais a corda do arco.

— Cometeu o pior erro de sua vida. — Irritado, Malsel deixou o homem de lado e correu de encontro a ela.

Flechas voaram, mas não conseguiram acertar seu alvo. Os movimentos rápidos de Malsel pareciam quase sobre-humanos. Ao chegar perto o bastante, ele a desarmou e lhe deu um tabefe. A menina foi ao chão e, sem pena, ele a segurou pelos cabelos e a arrastou em meio a gritos, pondo-a ao lado dos homens amarrados.

Aidan observava as pessoas. Alguns homens prontos para agir eram segurados por suas mulheres, outros apenas olhavam, tristes e impotentes. *Não podem reagir. Se o fizerem, toda Nolat cairá sobre eles e mais gente vai morrer.*

— Ajudar esses condenados obstruindo o cumprimento da lei não foi nada inteligente, mocinha. Sua sentença será a morte.

— Miserável. — Ela se debatia, tentando se livrar da mão que a segurava. — Lacaio de um rei desprezível.

Daigio ficava apenas olhando, com uma cara de preocupação e desespero, suas mãos amarradas atrás das costas sinalizavam que ele queria reagir.

— Puxa! — bradou. — As pessoas desta cidade gostam mesmo de morrer — Malsel comentou, achando cômica aquela situação. Olhou para Aidan e falou: — Venha, essa será sua lição final.

Aidan respirou fundo, sabia que não tinha como voltar atrás, pegou o odre que Daigio carregava na cintura, deu um longo gole, fazendo uma careta de desaprovação e andou pesarosamente até a garota.

— Muito bem. Segure-a firme e corte-lhe a garganta. — Entregou-lhe a faca, ficando atrás dele a mais ou menos um metro de distância.

Aidan a pôs em pé e a segurou meio sem jeito e, assim que percebeu que conseguiria escapar, a garota jogou a cabeça para trás, acertando o rosto de Aidan, que a soltou e caiu. Foi tudo muito rápido.

— Está brincando comigo, Aidan! — Malsel gritou visivelmente irritado.

Depois da pancada, Aidan havia ficado imóvel, agachado com os joelhos apoiados no chão. De costas para ele, Malsel não conseguira ver direito o que acontecera, seu jovem aluno parecia ter se ferido. Ele se agachou, colocou uma das mãos sobre o ombro de Aidan e o virou para inspecioná-lo. Então se ouviu o barulho seco do metal cortando o ar, o golpe veio em alta velocidade, caso alguém tivesse piscado, não teria visto. Mesmo assim, a mão de Aidan parou a milímetros de distância do pescoço de seu professor, que de uma maneira assombrosa interceptara o golpe com uma das mãos. Sem se abater, Aidan cuspiu o líquido ardente que bebera do odre de Daigio no rosto de Malsel. Desta vez, ele não conseguiu se esquivar. Praguejando ofensas contra seu aluno e impossibilitado de enxergar, Malsel torceu a mão de Aidan, quebrando seu punho, imobilizou-o no chão, roubou a faca de sua mão e desceu a lâmina sobre seu pescoço. Contudo, antes que pudesse acertá-lo, um ancinho foi cravado do lado direito das costas de Malsel, a dor o fez cambalear para o lado. Após esfregar os olhos com a manga da roupa, viu que fora Daigio que o atacara e que agora ajudava Aidan a se levantar.

Seu aluno se ergueu como um gigante, mesmo com a mão quebrada, ele não demonstrava que estava sentindo dor. De pé à sua frente, Aidan o encarou sem medo nos olhos, logo abaixo de seu olho direito, um corte sangrava onde a garota o acertara com a cabeça.

— Não confie em ninguém, professor — falou com o rosto inabalável. — Ficou tão distraído ao enfrentar a garota que nem percebeu que desamarrei o senhor Daigio.

Sem dificuldade, Malsel tirou o ancinho das costas, seus olhos avermelhados fulminaram Aidan com um profundo ódio.

— Cometeu um grande erro, meu caro aluno. — Ao falar, seus lábios se contorceram como um cão raivoso.

Após isso, sua atenção foi atraída para as pessoas que se amontoavam, agora armadas com foices, ancinhos e alguns arcos com flechas. Antes que pudessem falar qualquer coisa, Malsel agarrou um dos condenados e o usou como um escudo. Sem demora, os dois começaram a andar para trás, em direção à estrada. No mesmo instante, os ânimos ficaram exaltados, mas Aidan esticou a mão para os moradores, indicando que não tentassem nada. O sinal foi apoiado por Daigio, que o repetiu.

Armado apenas com sua faca, Aidan começou a ir na direção de Malsel.

— Não fuja como um covarde, professor, vamos terminar isso aqui e agora. Eu e você. Não precisa ter medo, só vou conseguir usar uma mão.

A provocação funcionou, os dois estavam longe o suficiente dos outros. Malsel empurrou com força o homem que usara como escudo, imediatamente partiu para cima de Aidan, que tentou esfaqueá-lo na barriga. Habilidosamente, Malsel agarrou o braço de Aidan e o dobrou para dentro num rápido movimento, voltando a faca para a barriga de seu aluno. Quando a lâmina cravou-se profundamente em seu corpo, Aidan soltou um urro abafado de dor.

— Acabou — Malsel fez questão de dizer olhando em seus olhos.

Antes que puxasse a faca de sua barriga, Aidan agarrou-lhe o braço com força e, umedecendo os lábios com a língua, disse algo baixo demais para ser ouvido. Curioso, Malsel aproximou o ouvido para escutar melhor, daquela distância, era possível sentir o cheiro de seu suor e ver os finos pelos que recobriam sua orelha. Aidan deixou que ele se aproximasse e o mordeu bem no pescoço, onde ele sabia que ficava a principal artéria do corpo. O gosto ferruginoso do sangue preencheu sua boca e Aidan só soltou seu professor quando teve certeza de que arrancaria parte de seu pescoço. Foi tudo muito rápido e Malsel pareceu ficar sem reação. Aidan trincou os dentes e se jogou para trás, deixando cair-se ao chão. Com a boca inteiramente avermelhada, ele cuspiu parte da pele e sangue, enquanto observava seu professor com as mãos sobre a ferida aberta no pescoço. O sangue esguichava, vazando por entre os dedos e escorrendo pelos braços. Malsel se ajoelhou e foi engatinhando até Aidan, que estava deitado, ainda com a faca cravada na barriga.

Com um meio sorriso misturado a uma expressão de dor, Aidan disse:

— Pelo menos não tenho mais que ficar bancando o aluno bonzinho. — Foi a última coisa que Malsel ouviu.

E ali, deitado sobre a própria poça de sangue, o sétimo professor Mor morreu.

Imediatamente depois, Daigio veio até Aidan gritando ordens para as pessoas, mas já não era possível para ele discernir o que estava acontecendo e sabia que seu ferimento era profundo demais para que conseguisse sobreviver.

# Capítulo 65

## Futuro

— Ele está acordando — a voz de uma mulher avisou.

Aidan abriu os olhos vagarosamente, acostumando-se com a luz do dia. A primeira coisa que viu foi o senhor de cabelos brancos sorrindo para ele.

— Está vivo.

— Onde estou? — Seus olhos percorreram o cômodo, aparentemente uma casa feita de madeira, com um telhado de palha.

— Está em Videne, não se lembra do que aconteceu?

— Sim — respondeu com esforço. — Há quanto tempo estou aqui? — Com dificuldade se sentou. Sua barriga estava enfaixada.

— Oito dias. Você teve febre, delirou. Na verdade era para você ter morrido, um ferimento como aquele... — O senhor Daigio balançou a cabeça negativamente. — Foi um milagre.

— Obrigado, mas tenho que partir, ou virão nos procurar.

— Acha que está forte o suficiente?

— O pior já passou, fizeram um bom trabalho na minha barriga. — Aidan viu a cicatriz que a faca lhe deixara.

— Bem, posso lhe arrumar um pouco de comida, não é muito, mas...

— Não será necessário, senhor Daigio. Já fez muito por mim, só preciso de um favor.

— É claro, meu rapaz, se estiver ao meu alcance.

— Reúna o povo, preciso dar uma palavrinha com eles.

***

O celeiro era velho, buracos no teto iluminavam o grande vão onde algumas dezenas de pessoas reuniram-se para discutir os recentes acontecimentos. Ao fundo, em uma espécie de palanque improvisado, encontravam-se Daigio e, logo ao lado dele, Aidan, quieto e pensativo.

— Silêncio — Daigio exigiu e o murmúrio cessou. — Estamos aqui reunidos a pedido dele. — Indicou Aidan com a cabeça. — Por isso, vamos ouvir o que tem para dizer.

— Cidadãos de Videne, sei que não me conhecem direito, porém estamos no mesmo barco e preciso de um voto de confiança, pois salvei a vida de muitos. Para que Nolat não caia com fúria e cause mais mortes, precisamos contar a mesma história. Acham que podem fazer isso?

— É claro — Daigio respondeu convicto.

— Muito bem. Nós fomos emboscados em uma estrada perto daqui, para salvar a minha vida, ele acabou se sacrificando e me mandando fugir até este vilarejo. Depois vocês cuidaram de mim por oito dias e eu fui embora. É simples assim, alguma dúvida? — Olhou em volta. — Não? Ótimo, obrigado a todos. Senhor Daigio... — Fez uma reverência e andou apressadamente para a saída.

— Não quer ficar pelo menos mais uma noite? — Daigio perguntou.

— Agradeço, senhor Daigio, mas tenho outros assuntos a tratar. E mais uma coisa: sumam com o corpo do meu antigo professor. — E saiu.

Saindo, Aidan viu a jovem que tentara acertar Malsel com o arco e flecha esperando-o. Ao vê-la, ele sorriu amigavelmente e perguntou:

— Não está me esperando para dar uma caçada em mim novamente, está?

Meio envergonhada, ela pediu desculpas.

— Você é bem corajoso, só queria te agradecer.

— Nós dois somos corajosos.

Eles sorriram desajeitados.

— Agora tenho que ir. — Ele deu um tchauzinho e partiu.

***

*Eu matei um professor.* Agora que estava sozinho em algum lugar de Faléria, Aidan permitiu que algumas lágrimas escorressem pelo canto dos olhos. Estava sentado, encostado em uma árvore com as mãos apoiadas nos joelhos. *Não podia deixá-lo matar aqueles homens, quanto mais a garota. De qualquer maneira, depois que ele me contou que era o Olho Cinzento, eu sabia que devia matá-lo e ele também sabia que tinha que me matar.*

— Olá, meu jovem. — A voz trêmula fez Aidan se levantar alarmado. — Ora, não reconhece mais a minha voz?

— Faléria — respondeu. Ele ainda não havia localizado de onde o som vinha, mas a voz sem dúvida era dela.

— Pelo visto, está triste.

Ele enxugou o excesso de lágrimas retidas nas pálpebras.

— Só estou cansado.

— Eu avisei que o caminho seria difícil. Mas não está chorando só porque matou aquele homem, não é? Está assim porque foi por causa dele que tudo aconteceu, não estou certa?

Aidan ficou em silêncio sem ter coragem de admitir.

— Se não fosse por ele, ainda estaria na fazenda. Os ferrolhos não teriam tentado matar você e Sirranda. — Ele ainda não sabia de onde a voz estava vindo.

— Como eu disse — falou num tom sério —, só estou cansado, há muito que não descanso, tenho um peso grande nas costas e imagino o que terei que enfrentar daqui para frente.

— Pobre garoto, não imagina mesmo o que terá que enfrentar. Escute, não vim aqui para consolá-lo, vim para avisá-lo. — De alguma maneira, a voz dela parecia estar mais velha e mais cansada. — O tempo está acabando, você precisa restabelecer tudo o que Grediz ensinou aos homens, a honra, a bondade. Precisa conseguir o trono.

— Ainda não dá. Nem sou um Mor ainda.

— Você tem o livro, pode fazer grandes coisas que outros homens não podem.

— O livro? — Balançou a cabeça. — Eu já terminei de lê-lo, aprendi muito, mas nada incrível o suficiente para me ajudar a fazer grandes coisas.

— Meu jovem — ele a imaginou sorrindo naquele momento —, olhe para tudo o que você já fez.

— Não acho que são grandes feitos. Para alguém que tem um livro que foi tão cobiçado no passado, esperava mais.

— Isso é porque você ainda não descobriu como usá-lo.

— O quê? — Franziu o cenho.

— Meu tempo está acabando, em breve vou partir, e quanto mais falo com você, mais depressa vou morrendo. Existem pelo menos duas formas de você conseguir se sentar no trono, uma com menos mortes e outra com mais. Lembre-se, você é o rei Aidan.

— Mas como aprendo a usar o livro? — Não houve resposta, ela já havia partido.

# Capítulo 66

## De volta

Aidan achava que a visão de Nolat poderia melhorar seu humor, entretanto, saber que outras cidades enfrentavam a fome e a pobreza e que o rei pouco se importava com isso o deixava mais irritado. Mesmo a parte mais pobre da cidade de Nolat era um pouco melhor do que Videne.

Andar pelas ruas de Nolat sem chamar atenção era uma tarefa árdua e difícil, quase impossível. Aidan só precisava dar alguns passos que alguém o cumprimentava, crianças queriam apertar sua mão e as mulheres de algumas tabernas o chamavam para lhes fazer uma visita. Contudo, desde o último acontecimento, as pessoas desviavam o olhar, ou saíam de seu caminho, todos pareciam ter medo dele. *Agora pensam que eu sou um demônio, só porque acham que me viram cuspir ácido*. Ignorando-os, ele apressou o passo em direção à academia. Àquela hora, Edenor estaria em sua sala.

***

— Ah, Aidan, meu rapaz, entre. — Edenor lhe deu um abraço. — Já terminou seu treino com Malsel? — perguntou como se esperasse que o treinamento tivesse demorado mais.

— Parece que sim, senhor. — Usou sua melhor expressão de tristeza.

— Hummm... — O diretor alisou a barba. — Aconteceu algo?

— Temo que sim. — Ele tomou fôlego e contou a história. — Mor Malsel e eu fomos emboscados próximo a Alaspur por uns dezoito mercenários. Eu fui ferido na barriga e corri o máximo que pude depois do professor ter mandado. Acabei desmaiando e só acordei dias depois na pacata cidade de Videne. Eles acabaram cuidando de mim, salvando a minha vida. Quanto ao professor, não sei o que aconteceu a ele, tinha esperanças de que estivesse aqui. — Aidan quase chorou ao contar os acontecimentos. Sua atuação estava impecável.

— Entendo. — Edenor pareceu cair na encenação de Aidan. — Não precisa se preocupar, Malsel sabe se cuidar sozinho. Daqui a alguns dias, ele estará de volta. Você verá. — Edenor pôs sua mão amiga no ombro de Aidan, indicando que poderia contar com ele.

— Obrigado, Mor Edenor, já me sinto um pouco melhor. — Deu um meio sorriso e foi embora.

***

Mesmo cansado, Aidan ainda passou no dormitório de Baso a fim de saber como estava Koral.

— Está tudo bem, Aidan, pelo que vejo ela tem estado bem ocupada com as matérias.

*Aidan?* Estranhou ouvir seu nome da boca de Baso sem um adjetivo.

— Você parece diferente — observou. — Ganhou peso?

Um pouco sem jeito, o menino respondeu.

— Parece que sim, estou me alimentando melhor agora que consegui um trabalho. — Alisou sua barriga.

— Bom, fico feliz que esteja bem, meu amigo. Qualquer problema, me avise que tentarei ajudá-lo. Agora vou ver se consigo dormir um pouco. — Ele já estava há quase três dias sem dormir.

— Tenha uma boa noite, Aidan. — Fechou a porta gentilmente.

*Que estranho! Baso parecia querer que eu fosse logo embora*, Aidan pensou, mas deu de ombros.

Chegando em seu quarto na casa dos Friggs, Aidan trancou a porta, certificou-se de que seu livro ainda estava na gaveta e deitou na cama, tentando imaginar como faria para descobrir como usar o livro. Entretanto, ele não conseguia se concentrar direito. Em sua mente, Koral sempre aparecia em sua porta com um sorriso, mas não desta vez. Justo quando seus olhos começavam a se fechar, alguém bateu na porta.

— Ãh, sim?

— Aidan, sou eu, pode abrir a porta?

Muito contrariado, por causa da preguiça e do cansaço, Aidan abriu.

— Olha ele aí. — Akilli estava parado à porta, com um enorme sorriso. Assim que ela se abriu o suficiente, ele adentrou no quarto e deu um enorme abraço em Aidan, chegando até a suspendê-lo do chão. — Que bom que você está bem, sobreviveu ao treinamento do Malsel. E em tão pouco tempo! Você é incrível.

Com um sorriso forçado, Aidan agradeceu.

— Sei que está cansado e peço desculpas por isso, mas precisava ver como você estava e dizer que Koral está indo muito bem na academia. Estou de olho nela para você.

— Fico feliz por você cuidar dela, obrigado — falou meio sem graça por não conseguir retribuir a alegria de Akilli.

— Você me parece muito cansado, vou te deixar em paz. Tomei a liberdade de pedir a Adestor que lhe trouxesse leite quente e pão. Não pode dormir de estômago vazio. Tenha uma boa noite, meu amigo. — Akilli deu um tchauzinho com a mão e foi embora. Logo depois, o mordomo entrou com uma bandeja cheia de pães e o copo com leite.

Por mais que estivesse cansado, Aidan se deu conta de que estava com fome. Depois de se alimentar, ele finalmente dormiu. Só precisava de algumas poucas horas de sono para ficar novinho em folha.

Sem saber por quanto tempo dormira, Aidan se viu retirado de sua cama por um par de corpulentos guardas, cada um segurando um braço. Sua cabeça latejava, as paredes do quarto giravam, tudo estava confuso. Com a visão turva, ele viu Akilli se aproximar rapidamente com uma expressão séria, com dois dedos ele retirou a faca que pendia na cintura de Aidan, levantou-a até a altura dos olhos e observou o sangue que ainda pingava da lâmina.

— Podem prendê-lo — Aidan ouviu Akilli dizer.

***

Aidan acordou com alguma coisa dando mordiscadas em seu dedo, o local era abafado, tinha cheiro de podridão. Havia uma luz que atravessava a parte de baixo da grossa porta de carvalho, provavelmente provinda de alguma tocha ou vela.

Mais lúcido que da última vez que estivera acordado, Aidan agarrou o que quer que estivesse mordendo seu dedo. Ao perceber que se tratava de um rato, ele imediatamente quebrou o pescoço do roedor e o arremessou para o lado.

— Espero que eu não precise te comer — disse, arrastando-se até a fresta da porta. — Eiii! — gritou com toda sua força. — Tem alguém aí? Eeeiiii! — gritou novamente, mas não houve resposta.

Ele não saberia dizer quantas horas haviam se passado, mas depois de um tempo a porta se abriu. O primeiro a entrar foi Bruga. O carcereiro segurava uma tocha e a encaixou em um pequeno buraco na parede da cela. Logo atrás, um dos guardas entrou e posicionou um banquinho de madeira próximo de Aidan. Depois disso, Akilli apareceu, estava sério e concentrado. Sem dizer uma palavra, sentou-se no banco e fez sinal para que os dois homens saíssem. Somente quando a porta foi trancada, ele falou.

— Aqui é bem abafado, espero que tenha ar suficiente para manter a chama acesa. — Akilli não parecia irritado, pelo contrário, sua voz estava calma, talvez até mesmo alegre.

— O que foi que eu fiz desta vez? — Aidan perguntou preocupado. *Será que descobriram sobre Malsel?*

Com um tímido sorriso, Akilli respondeu.

— O rei está morto — falou com leveza. — Ele, a rainha e seu herdeiro.

A notícia o atingiu como um raio, Aidan suou frio ao entender o que estava acontecendo.

— Fui preso porque suspeitam de mim.

— Exatamente.

*A dor de cabeça, a sonolência, as paredes girando, a faca em minha cintura, nem era minha. A verdadeira ficou em Videne.*

— Fui drogado — concluiu. — Por você — afirmou boquiaberto.

Akilli tentou conter seus lábios, mas o sorriso acabou aparecendo.

— Excelente — confirmou com a cabeça. — Coloquei a droga no leite, você apagou bem rapidinho.

— Desgraçado. — A raiva subiu-lhe à cabeça.

Irado, Aidan saltou para cima de Akilli, que esquivou-se para o lado, agarrou seu braço e o imobilizou de cara para o chão.

— Sabemos que você não pode comigo. Não me confunda com seus adversários medíocres.

— Eu vou te matar — declarou com a respiração ofegante.

— Não vai, não, será executado — respondeu sem perder sua paciência.

— Achava que era esperto, Akilli, mas se meter no meu caminho foi a coisa mais idiota que poderia ter feito.

— Meu caro Aidan, olhe à sua volta. Não tem amigos, nem qualquer outro recurso que possa usar. E, mesmo assim, eu o respeito como adversário, por isso tomei precauções — disse, largando o braço de Aidan, que permaneceu no chão, intimidado.

— Precauções? — Ele pensou um pouco. — Koral. — O nome fez eco, ressaltando o tom alarmado de Aidan.

— Não só ela, meu caro. Encontrei seus pais, Meredith e Ron Kirek. — Akilli lhe lançou um olhar perverso, com uma expressão de superioridade.

Um frio choque percorreu a coluna de Aidan ao ouvir o nome de seus pais. Sua cara de assombro não passou despercebida, pois Akilli a achou divertida.

— Impossível, não haveria como você descobrir onde eles estavam.

— Eu tenho uma amiga que consegue, ela tem muitos contatos. Mas, para o caso de não acreditar em mim, aqui está. — Akilli jogou um pedaço de cabelo cortado para Aidan.

*Não pode ser*. Observou o cabelo com espanto, como se fosse feito de ouro. *Tem o mesmo cheiro de quando eu era criança*. Não havia como negar.

Depois que percebeu que Aidan se convencera, Akilli continuou:

— Se algum mal me acontecer, ou se não cooperar, seus pais irão sofrer e, é claro, Koral também.

Naquele momento, Aidan ficou imóvel, impotente. De cabeça baixa e mãos caídas ao lado dos joelhos, suas forças se esvaíram, ele já não oferecia nenhuma resistência. Tudo indicava que Akilli havia vencido.

— Parece que entendeu. — Akilli finalmente se sentou no banquinho. — Sabe, quando você apareceu na academia pela primeira vez, todo excitado para se tornar um Mor, eu também fiquei empolgado. Naquele dia, vi uma oportunidade. Lembro de pensar: aí está alguém que posso usar. Então o trouxe mais para perto de mim, fingi ser seu amigo. Durante todo o tempo, amadureci minha ideia, testei as possibilidades. Uma vez, no Sino Solto, fiz com que ficasse bêbado e o levei para casa. É claro que, antes, fiz você arrumar confusão com um homem e mais tarde naquela noite eu o matei com a sua faca, como fiz com o rei. Você lembrou de pouca coisa e ficou grato quando eu disse que o acobertei, porém mal sabia que o que realmente estava fazendo era testando um plano. Olhe para mim quando estiver falando com você — ordenou.

Aidan pareceu não escutá-lo.

— Olhe para mim — disse com ódio, agarrando o maxilar de Aidan com brutalidade. Os dois se encararam, mas um deles não tinha ímpeto no olhar. — Hum. — Largou-o, dando uma risada de desdém, ao ver que ele desistira. — Vai confessar que matou o rei e sua família, também vai confessar que matou Portigus, o emissário de Yurus, as testemunhas e os soldados dele. E não ache que só porque não deixou pistas eu não sabia que não tinha sido você. Eu estava sempre um passo à sua frente. De fato, será executado, pois as provas são incontestáveis, porém uma confissão vai impedir que professores falem a seu favor e tornará tudo bem mais prático. E então, o que me diz?

— Eu vou cooperar. — Sua voz saiu trêmula.

— Excelente. — Ele sorriu. — Vou pedir que lhe tragam uma refeição decente.

# Capítulo 67

## A APOSTA

— Estava tão cego em querer tomar meu lugar de direito que nem percebi o que Akilli planejava. Me deixei levar... — Aidan falava sozinho. Não tocou em sua comida desde que a colocaram ali.

Lá embaixo, na escuridão, era impossível ter qualquer noção de tempo. Nem se quisesse Aidan conseguiria dizer se tinha dormido ou não. Cansado, fraco e principalmente abatido, ele só esperava a hora da sua execução.

Passos ecoaram, indicando que alguém vinha descendo pela escadaria do calabouço. A porta rangeu ao ser aberta e novamente Akilli passou por ela. Dessa vez, trazendo um tabuleiro de savas.

— Hum, vejo que preferiu que sua comida fosse devorada pelos ratos.

Aidan nada falou, continuou deitado.

— Precisa comer, pelo menos beba água.

— Já estou morto, por que eu deveria me importar?

— Faça como quiser, seu julgamento será daqui a algumas horas. Para passar o tempo, eu trouxe isto. — Colocou o tabuleiro no chão. — Você adora jogar, então pensei: por que não?

— O que realmente você quer? Não veio aqui para isso.

— Incrível. Eu venho aqui tentar amenizar o seu sofrimento e é assim que me recebe. — Gesticulou como se fosse a vítima.

— Vá pro inferno — praguejou e virou-se, dando as costas para Akilli.

— Ora, vamos lá — protestou. — Que tal um estímulo? Se vencer, poderá ver Koral.

— Koral não quer me ver mais. E ela está melhor sem mim. — Ele não sabia ao certo o que aconteceria quando a visse e tinha medo disso.

— Hum, talvez os seus pais, não gostaria de revê-los?

*Meus pais?* A ideia de vê-los fez seu coração bater mais forte, sua respiração se intensificou. *Mas... o que eles diriam? Viriam só para me ver morrer. Não. Espere, talvez...* Vagarosamente, ele se levantou e soltou a ideia.

— O meu livro, traga o livro que ficou no meu quarto para eu lê-lo uma última vez.

Akilli parou por um momento enquanto analisava aquele pedido, não parecia convencido, mas no final cedeu.

Aidan escolheu suas peças e começou a posicioná-las.

— Ah, só mais uma coisa, Aidan. Um pequeno detalhe, que gostaria que você aprovasse.

Vendo que seu adversário ficou quieto, Akilli continuou.

— Se eu vencer, gostaria que respondesse a uma pergunta, e preciso que seja o mais sincero possível. De acordo?

— Tudo bem. — *Eu não vou perder.*

Concentrados, os dois fizeram seus primeiros movimentos. Enquanto isso, um prisioneiro passou pela cela em que eles se encontravam, gritando e sendo arrastado por Bruga. Mesmo essa distração pareceu não tirar a atenção deles. Todo o tempo, Aidan encarava o tabuleiro, não desviava o olhar nem por um segundo sequer. Do outro lado, Akilli parecia mais calmo, sua expressão estava mais leve, a coluna ereta, o pescoço esticado, cada músculo do seu corpo demonstrava confiança.

Com agilidade, eles movimentavam suas peças, uma após a outra, seus raciocínios eram rápidos, suas respostas, imediatas. Mas foi Akilli que perdeu a primeira peça do jogo e, oito jogadas à frente, perdeu a segunda. No entanto, isso não o abalou, pois, afinal, um dos segredos do savas era manter a calma. O nervosismo só poderia atrapalhar as coisas.

— Sabe, Aidan, muitas pessoas lá fora adorariam ver esse jogo. Aposto que, se cobrássemos para as pessoas assistirem, arrecadaríamos uma boa quantia. — Moveu uma peça.

Aidan nada falou.

— Duas grandes mentes se enfrentando. — Outro movimento. — Talvez você já saiba, mas vou lhe contar mesmo assim. O savas é como a vida real, às vezes precisamos usar pessoas para conseguirmos chegar ao nosso objetivo final. — Agora Akilli conseguira uma peça de Aidan. — Sacrificamos alguns — outra peça — apenas para não revelarmos o verdadeiro plano — mais uma se foi.

A partir daí, Aidan não conseguiu mais se recuperar. Começou a perder desenfreadamente as preciosas unidades de seu exército. Até que...

— Morte ao rei. — Akilli proferiu as palavras que alguns jogadores usavam ao vencerem uma partida.

*Eu perdi! Ele não só me venceu. Me humilhou.* Paralisado, Aidan observava o tabuleiro e as três únicas peças pertencentes ao exército de Akilli que conseguira capturar.

— Olha, não fique assim, jogou muito bem. Algumas vezes perdemos, em outras ganhamos. De qualquer maneira, acho que me deve uma resposta — falou, mostrando seu melhor sorriso.

# Capítulo 68

## A PERGUNTA

— Certamente, você está lembrado de Portigus, o emissário de Mor Yurus. Ele era magro, careca. Só pela cara, qualquer um poderia dizer que estava sempre de mau humor.

— Aahhhh! — Um grito de dor veio ecoando pelas escadas.

Akilli não se importou e prosseguiu.

— Acontece que Portigus foi assassinado de uma maneira misteriosa. Testei o sangue da vítima para todos os tipos de venenos. Mor Quemet verificou cada pedaço do corpo, mas, mesmo assim, não encontramos nada. Esse tipo de coisa nunca aconteceu antes, passei dias remoendo livros em busca de uma resposta e, no final, só encontrei uma. Juntei-a com o que sabia sobre você e de repente a ideia não me pareceu tão absurda. Pensei comigo mesmo: Aidan passa noites lendo um livro com páginas em branco. É, eu sei, é feio espionar as pessoas. Ainda assim, não acreditei que fosse louco. Então, o que poderia ser? Acabei chegando à seguinte conclusão...

O raciocínio de Akilli o estava deixando espantado, até onde ele sabia?

— Só você conseguia enxergar as palavras no livro. E que tipo de livro é esse que só uma pessoa consegue ler? Fiquei pensando nisso até encontrar uma referência ao livro dos reis que dizia que, se alguém tentasse se tornar rei, havendo um rei legítimo vivo, aquela pessoa morreria de forma misteriosa. Sabemos que seu livro é especial, então acredito que existam coisas especiais naquelas páginas, já que não é qualquer um que consegue lê-las. Essa hipótese explicaria a morte de Portigus sem vestígios.

— Vai fazer a pergunta? Ou vai continuar falando um monte de asneiras? — fez a pergunta já sem paciência. No final daquilo tudo, ele iria morrer mesmo e não veria seus pais. Não havia motivos para ficar falando a verdade.

Akilli riu.

— Preciso que me diga se estou certo.

— Não está — respondeu, cruzando os braços irritado.

— Lembro-me da pena e do tinteiro, estavam cuidadosamente posicionados sobre a mesa. Você o fez assinar o livro, não é? Tentou fazê-lo se tornar rei.

*Ele é incrível. Eu o subestimei. Está quase totalmente certo.*

Akilli esperou para ver a reação de Aidan, mas ele não se pronunciou.

— Hum, não quer me contar. Eu entendo, vai morrer mesmo, não tem nada a perder. E não posso torturá-lo, deixaria marcas demais.

— Só tinha que responder a uma pergunta. — Aidan se levantou rispidamente, andou até seu cantinho escuro e lá se deitou.

— E se eu queimar o seu livro?

— Faça o que quiser — respondeu como alguém que já não se importava mais.

— Mor Akilli. — Um guarda apareceu na porta.

— Ah, sim. — Olhou para ele. — Já estamos indo. Parece que não terá tempo para uma soneca, meu amigo. Seu julgamento está para começar.

# Capítulo 69

## O JULGAMENTO

A sala onde o julgamento seria realizado dispunha de duas mesas compridas e estreitas que, juntas, formavam um corredor por todo o cômodo até chegar a um enorme trono dourado. Sobre ele estava Edenor, que vestia roupas pesadas demais para seu gosto. Ao seu lado, estava o Ensinador Lino com suas vestes cerimoniais. Já nas mesas se encontravam os professores e outros senhores influentes na corte.

Com as mãos acorrentadas, Aidan passou pelo corredor, seguido por Akilli. Xingamentos e vaias podiam ser ouvidos das pequenas sacadas que ficavam acima deles. Quando Aidan chegou próximo do trono, Akilli mandou que parasse, se posicionou em pé, do lado direito de Edenor, e pediu silêncio erguendo uma das mãos. Seu avô respirou profundamente, inclinou-se para a frente, observando Aidan atentamente e falou:

— Aidan Kirek, você foi acusado de ser o responsável pela morte de doze pessoas, dentre elas o rei e sua família. Por ser um membro de grande renome desta cidade e a pedido de seus professores, foi-lhe concedida a honra de se defender de suas acusações. Prossiga — disse para Akilli, que, dando um passo à frente, falou.

— Caros membros desta corte, fico muito triste em ter que falar contra meu amigo Aidan, mas os fatos são bem claros e, por mais que eu não queira, preciso fazer o meu trabalho. Eu estava em casa, dormindo, quando fui notificado sobre as mortes. Os quatro guardas que realizavam a segurança de Sua Majestade naquele dia foram mortos silenciosamente, um a um. Acredito nessa hipótese, pois não encontrei qualquer sinal de luta e nenhum outro guarda escutou ou viu algo estranho. E então, furtivamente, Aidan entrou nos aposentos de Sua Majestade, apunhalou-o no coração, cortou a garganta de sua esposa e herdeiro e fugiu sem ser visto. Observei que, pelo ferimento das vítimas, a arma do crime teria que ser uma faca. Lembrei que mais cedo, naquela noite, Aidan estava agitado, irritado com alguma coisa. Perguntei o que havia acontecido que o deixara tão irritado. Não entendi bem o que ele disse, pois parecia embriagado, mas pude discernir duas palavras. "Rei" e "matá-lo". Ahhh. — Akilli suspirou pesarosamente. — Quando vi os corpos, disse a mim mesmo: não, não pode ter sido ele. Meu amigo, aquele que acolhi embaixo do meu teto, não faria isso. — Aparentemente, Aidan notou, Akilli era um grande orador também, com sua forma de interpretar a história, ele comovia algumas pessoas. — Corri com os guardas até o quarto de Aidan, ele estava em sua cama, parecia dormir, nós tentamos acordá-lo, mas ele aparentava estar bêbado, e foi quando retirei a faca de sua cintura que vimos como ela estava suja — pausa dramática — de sangue fresco.

Foi aí que o murmúrio começou e deu lugar a uma conversa alta de revolta e indignação.

— Matem o traidor! — gritavam. — Queimem o assassino! — outros diziam.

*Hum, nobres. Se nessas sacadas estivessem os pobres, estariam me chamando de herói*, Aidan pensava, enquanto Edenor exigia silêncio.

— Poderia falar sobre os outros assassinatos que ele cometeu e mostrar outras provas. Mas para quê? Só com esse crime hediondo ele já pagará por todos os outros.

— Agora que ouviu a acusação e os fatos, daremos prosseguimento ao julgamento. O que tem a dizer em sua defesa, Aidan? — Edenor perguntou em um tom quase amável.

— Sou culpado das acusações — declarou, ao mesmo tempo que fitava o chão.

Assim que sua confissão foi ouvida, o salão inteiro entrou em um silêncio ensurdecedor. Aparentemente, ninguém esperava por uma confissão. E nessa hora o tempo pareceu parar por alguns segundos.

— Aidan, o que está dizendo? — o professor Vromun levantou-se de sua cadeira revoltado, quebrando toda a taciturnidade daquele momento.

— Mor Vromun — Edenor elevou um pouco a voz —, volte ao seu lugar.

Muito contrariado, ele obedeceu, sendo consolado por Friedrich com um tapinha nas costas.

— Aidan, tem ciência de que, confessando, não terá direito a defesa? — Edenor parecia preocupado.

— Sim, Mor Edenor. — *Será que Koral está me vendo?*

Suspirando, Edenor falou com pesar.

— Então, Aidan, terei que condená-lo à morte. Podem levá-lo.

Ao sair do tribunal, Aidan foi ovacionado pelos populares que se aglomeravam do lado de fora da edificação. Todos gritavam pelo seu nome e o chamavam de salvador.

*Salvador?* Aidan quase se divertiu ao ouvir. *Mal sabem que quem está para se tornar rei é alguém muito pior.*

# Capítulo 70

## Detalhes

— Senhores, agradeço por terem sido tão receptivos à minha ideia de nos reunirmos logo após o julgamento. O meu coração chora, acredito que mais do que todos nesta sala. Mas não há tempo para tristezas, nesse momento difícil precisamos de força e liderança. Nolat está fraca, as sete cidades precisam de um rei. O meu avô, Mor Edenor, está desempenhando seu papel de rei suplente com muita competência, mas, cá entre nós, ele odeia ser rei. — Alguns dos presentes riram. — Por isso, vim aqui lhes apresentar uma ideia, normalmente a linha de sucessão segue a linhagem sanguínea. Temos dois possíveis candidatos, se formos considerar essa forma de eleição: o irmão da rainha, que acho pouco provável, e o tio do rei. Mas quem realmente estará pronto para tal tarefa? Se escolhermos errado, poderemos desencadear uma guerra novamente. Então peço que ouçam a minha ideia e deem sua opinião.

— E qual seria ela? — perguntou Theron Demortras, um dos oito homens presentes na sala do Conselho. Um imenso salão com tapeçarias e adornos de ouro maciço.

— Gostaria de convocar os líderes das outras seis cidades nomeadas para elegermos um novo rei.

De início, a ideia pareceu ousada demais para eles, por um momento, todos ficaram quietos, pesando os prós e contras.

— Bom — disse Luciani Baldgar —, o que está pretendendo fazer não tem precedentes. Pelo menos não nos últimos quinhentos anos.

— Pode dar certo — Theron Demortras admitiu.

Internamente, Akilli se divertia, aquilo era apenas um teatro. Algo para excluir de vez da cúpula real homens como Sesfrir, o irmão idiota da rainha, e Ing-grim, o tio incorruptível do rei.

Erguendo-se com veemência de sua cadeira, um homem de cabelos encaracolados e barba branca falou com fervor.

— Isso é ridículo. Não vou deixar um pirralho como você mudar as leis. Isso não existe.

— Senhor Ing-grim, não depende só de sua vontade. A cúpula decidirá. E acredito que não levarão em consideração a opinião de homens como você e o senhor Sesfrir, que só estão sentados aqui porque tiveram um empurrãozinho do rei, e não por sua própria competência.

— Está nos insultando, Mor Akilli. — O irmão da rainha, um homenzinho careca e rechonchudo, elevou a voz.

— Fico espantado de ter conseguido perceber isso sozinho, Sesfrir.

— Que queime no inferno do ferro incandescente — disse Sesfrir —, você e seus comparsas. — Dito isto, ele caminhou em direção à porta. No fundo, ele sabia que as políticas mudariam drasticamente e não seria seguro permanecer em Nolat.

— Não é sábio ter-me como seu inimigo, Akilli. — Como um comandante experiente, Ing-grim não tinha medo de nada.

— Não se preocupe, senhor Ing-grim, para eu considerar alguém como inimigo ele precisaria estar à minha altura, assim me sentiria de alguma maneira ameaçado. E, para mim, o senhor não é nada mais do que uma criança a fazer pirraças.

O insulto fez os olhos de Ing-grim ficarem vermelhos de fúria.

— Acha que seus insultos me farão sair daqui como um cãozinho com o rabo entre as pernas? — Desembainhou sua espada. — Vou pintar este lugar com o seu sangue — disse, aproximando-se enquanto erguia a espada.

A lâmina caiu sobre Akilli com ferocidade, mas encontrou apenas o ar. A segunda investida foi interrompida pelo antebraço de Akilli, que agarrou o punho da espada, desarmando seu agressor, e com um giro rápido e preciso cortou a cabeça de Ing-grim. Seu corpo pesado fez um estrondo ao atingir o chão.

Os seis homens permaneceram sentados, aparentemente calmos.

— Peço desculpas por esse inconveniente, senhores. — Akilli largou a espada.

— Já esperávamos por esse tipo de comportamento, Mor Akilli — Luciani Baldgar salientou. — Acho que podemos dar continuidade ao plano.

— Concordo com Mor Luciani. Agora que aqueles dois se foram, não teremos mais entraves — Mor Friedrich explicou.

— Exato. E, com a morte de Ing-grim, acredito que o melhor a fazer é colocar o comando de sua companhia a encargo de Mor Bisar — Akilli deu a sugestão.

O ex-guarda-costas do rei assentiu com a cabeça.

— Mor Bisar é admirado por todos, ser um soldado de sua nova divisão seria considerado uma grande honra. Isso irá evitar qualquer pensamento de rebeldia por parte dos soldados de Ing-grim.

— Como sempre, você está certo, Mor Akilli — Luciani o elogiou.

— E quando perguntarem sobre sua morte, digam a verdade. Que eu apenas me defendi.

— Ninguém gostava dele mesmo — um homem com olheiras profundas, magricela e de poucos cabelos falou.

— E o nosso balanço financeiro, Hixus? — Mor Friedrich indagou ao homem das olheiras.

— Os tributos estão sendo pagos. Estamos conseguindo acumular bastante dinheiro — disse com um sorriso amarelado.

— Ótimo. Acredito que terminamos por aqui — disse Mor Friedrich com pressa.

Mas, antes que pudessem se levantar, Akilli voltou a falar.

— Existe algo que nem todos nesta sala ainda sabem. Na verdade, apenas Mor Friedrich e Mor Malsel estavam a par da situação. — Akilli olhou para a cadeira que ficou vazia durante toda a reunião.

— Que situação? — Theron perguntou.

— É, que situação? — Bisar perguntou, gritando. — E onde diabos está Malsel?

— Será que Malsel viu alguma falha em nosso plano e fugiu? — Hixus questionou.

— Provavelmente nos traiu — Luciani concluiu, enquanto alisava seu cavanhaque grisalho.

— Temo, meus caros aliados — Mor Friedrich começou sua própria conclusão —, que Mor Malsel já esteja morto a essa altura.

— Ãh? — Bisar riu, achando que fosse uma piada. — O velho está ficando louco. Talvez fraco da memória. Já vi aquele cara derrubar dez homens armados como se fossem crianças aprendendo a andar. Não tem como ele estar morto.

— De fato, era um homem extremamente habilidoso. Jamais deixou de cumprir uma missão. Se tivesse que arrancar o próprio braço para ter êxito, ele o faria. Contudo, Malsel não cumpriu esta última missão. Só precisava trazer Aidan na data certa. E o que aconteceu? — Friedrich soltou a pergunta no ar.

— Um atraso de três dias — Theron respondeu.

— Exato, aí está o erro. Só foram-lhe dadas duas tarefas, matar o líder da cidade de Videne e trazer Aidan na data combinada. Uma delas sabemos que não foi cumprida. Akilli? — Friedrich o fitou em busca de respostas.

— Como sabem, temos muitos espiões espalhados pelas cidades. A meu pedido, um deles foi investigar e hoje recebi uma ave com algumas informações. No papel, estava escrito que o coração ainda bate. O que significa que Daigio ainda está vivo.

— Então Malsel...

— Está morto. — Mor Theron completou a frase com as palavras que Mor Luciani não teve coragem de pronunciar.

— O espião não fala nada sobre Malsel, ainda está colhendo informações. Os habitantes de Videne são bem unidos e reconhecem qualquer um que não seja da cidade, infelizmente, o informante precisa ter o máximo de precaução lá. Então, a princípio, é provável que não tenhamos como saber o que aconteceu a Malsel. As chances de ele estar vivo são extremamente baixas.

— Será que Aidan o matou? — Hixus perguntou com uma expressão de terror estampada no rosto.

— Isso é um absurdo, o garoto não conseguiria matá-lo nem se Malsel estivesse vendado — Bisar vociferou. — Você é um tolo só por considerar essa possibilidade.

— Não o subestime, já se esqueceu das coisas que Aidan fez? — Luciani perguntou indignado.

— Senhores! — Akilli chamou a atenção. — De qualquer forma, esse assunto não irá se resolver agora. Como eu dizia antes dessa conversa seguir outro rumo, teremos a reunião dos líderes amanhã.

A notícia causou espanto para a maioria.

— É uma reunião bem sigilosa, pedi a eles que tentassem ser o mais discretos possível.

— A reunião para escolher o rei será amanhã? — Hixus não acreditou, sua voz até afinou-se por um momento. — Minha nossa, mas como?

— Eu lhes disse que não precisariam se preocupar com nada, eu cuidaria de tudo. A reunião já havia sido planejada e comunicada aos líderes há cerca de dois meses. Para alguns, eu disse que iríamos discutir questões de tributos e, para outros, eu contei a verdade.

— Que iríamos escolher um novo rei? Foi uma estratégia arriscada, Akilli.

— Mor Theron está certo, poderíamos ter sido executados por traição. — Luciani quase esmurrou a mesa.

— Não me tomem por tolo, senhores. — O tom que Akilli usou intimidou todos. — Pois o plano que arquitetei está prosseguindo sem problemas, até mesmo os imprevistos levei em consideração. A esta altura, já deveriam saber que eu não cometo erros.

— Não nos entenda mal, Mor Akilli, às vezes deixamos o medo falar primeiro. Você já nos fez muitos favores e o ajudamos da melhor maneira possível. Já mostrou sua competência centenas de vezes e acho que falo por todos quando digo que não seguiríamos outro rei senão você — Mor Luciani falou com total sinceridade.

Sorrindo, Mor Friedrich se levantou e disse:

— Vida longa ao rei Akilli!

Seu clamor foi seguido pelos outros.

— Vida longa ao rei Akilli!

# Capítulo 71

## Pedidos

— Boa noite, senhor Akilli — disse seu mordomo ao vê-lo entrar na casa.

— Boa noite, Adestor. Hum... — Akilli reparou que seu empregado prendera a respiração momentaneamente, havia algo que ele queria falar. Provavelmente uma visita inesperada. — O que o incomoda?

— O senhor tem visita.

— Já está tarde.

— Ela disse que só sairia daqui quando o senhor a recebesse.

Soltando o ar de cansaço dos pulmões, Akilli mandou que Adestor o levasse até ela. Ao chegar na sala de chá, havia uma menina triste, com as mãos entrelaçadas e os ombros encolhidos.

— Koral? — Olhou-a com piedade.

— Akilli. — O som de sua voz indicava que ela já havia chorado um bocado.

— Eu sinto muito, Koral — disse com pesar e os dois se encontraram dando um forte abraço. — Estou tão triste quanto você. Ele era meu amigo.

— Akilli — ela fungou —, tem que ajudá-lo, por favor, só você pode.

— Ele matou o rei, Koral, não há como salvá-lo.

Inconformada, Koral se desvencilhou dos braços de Akilli e se sentou, colocou as mãos sobre o rosto e deixou a sombra da angústia envolvê-la.

De modo sério, Akilli a observava, sem deixar que ela visse seu rosto apático.

— Talvez eu possa ajudá-lo, Koral. — Agora sua voz demonstrava compaixão.

Quase de imediato, ela o fitou.

— Como? — perguntou esperançosa.

— Em breve, haverá uma reunião na qual o próximo rei será escolhido. E eu sou um dos favoritos para o trono. Diria que tenho oitenta por cento de chances de ser escolhido. E, sendo o rei, ninguém questionará minhas ordens, poderia de alguma forma anular a sentença dele, mantendo-o vivo.

— Isso seria maravilhoso, Akilli. Obrigada, você é incrível. — Abraçou-o e beijou-o no rosto.

— Ei, ei, espere um pouco. — Segurou-a nas mãos e olhou-a nos olhos. — Existem algumas condições para que eu fique convencido a manter essa ideia.

— Quais?

— Preciso que me ajude. Preciso que responda tudo o que eu lhe perguntar com total sinceridade. Tudo bem?

Koral balançou a cabeça apressadamente, mostrando que entendera.

— Adestor — chamou.

Prontamente, seu empregado apareceu.

— Senhor?

— Adestor, pode me trazer o livro que está na minha mesa?

— Com prazer, senhor.

— Lembre-se — dirigiu-se a Koral —, Aidan depende só de você. Tudo que peço em troca é a verdade.

Koral pensou um pouco, relutou por um momento. Mas então admitiu, que diferença faria mentir? Aidan morreria. E ela faria qualquer coisa para tentar salvá-lo.

— Aqui está, senhor.

— Obrigado, Adestor, pode se retirar agora.

— Tenham uma boa noite. Com licença. — Foi embora, fechando a porta da sala.

Koral ficou olhando o livro, a capa colada com a casca de uma árvore ainda estava lá, era evidente que Akilli o manuseara com cuidado.

— Reconhece este livro?

— Sim.

— A quem ele pertence?

— Pertence ao Aidan.

— Todas as páginas estão em branco. — Akilli as folheou para mostrar a Koral. — Mas mesmo assim Aidan conseguia lê-lo, não é verdade?

— Hum, hum — concordou. — Somente ele consegue ler, mais ninguém. A conversa o estava deixando cada vez mais animado.

— Então, este é o lendário livro dos reis? — perguntou sem enrolação.

Koral olhou para baixo, relutou por momento e por fim respondeu:

— Sim.

Akilli deu duas pequenas risadas e colocou a mão na frente da boca, tentando não parecer uma criança que achara um baú do tesouro.

— Como o livro funciona? Como conseguirei lê-lo?

— Eu não sei, Akilli. Muitas coisas ele não me contou, acredito que para a minha própria proteção.

Akilli balançou a cabeça positivamente.

— Sabe quem deu o livro para ele?

— Ele o achou na floresta. — Isso não era mentira.

Akilli soltou um suspiro, aparentemente, estava satisfeito.

— Muito obrigado por ter sido sincera.

— Então vai ajudá-lo? — perguntou com a expressão carregada de esperança.

— É claro, sou um homem honrado — falou com convicção.

— Oh, Akilli, muito obrigada. — Ela o abraçou, agora visivelmente mais aliviada.

— Sabe, Koral — ele a encarou e pegou na mão dela com delicadeza —, você é uma mulher incrível, nesse tempo em que estivemos juntos eu aprendi a gostar muito da sua companhia. Já recusei tantos pedidos formais de casamentos, feitos por pais desesperados, que nem sabia se um dia chegaria a amar alguém de verdade. Sei que é um momento muito difícil, mas quero deixar claro que se eu... quero dizer, quando me tornar o rei, vai ficar tudo bem. Não deixarei mais nenhuma preocupação chegar à sua cabeça. Não precisará mais ter medo, nem dúvidas sobre o lugar onde deveria estar. O que eu estou querendo dizer... — engoliu em seco — ou perguntar... — ele parecia nervoso — é se quer ser a minha rainha.

No mesmo instante, Koral enrubesceu e recolheu a mão apressadamente.

— Akilli, não sei o que te responder — disse sem ter coragem de encará-lo.

— Não precisa responder agora e é claro que eu casaria somente quando você estivesse pronta. Se preferir terminar seus estudos na academia primeiro, não me importarei. E, se depois disso, ainda assim, não quiser se casar comigo, não terá problema. Eu só quero vê-la feliz.

Ela deu um risinho gracioso e seus olhos brilharam num rosa vívido.

— Você sempre foi tão bom para mim. Quero dizer, para nós dois. Aidan o considerava um grande amigo.

— Apesar das circunstâncias, vocês dois são meus grandes amigos. Mas vou ser bem sincero, Koral, não vou alimentar falsas esperanças. Posso te garantir que Aidan ficará vivo. Mas não posso garantir que ele será libertado. Ele cometeu o mais alto dos crimes, além de ter assassinado quatro soldados e pelo menos mais cinco pessoas da cidade de Helsinborg, um deles emissário do governador de lá.

Koral ficou em silêncio, de cabeça baixa.

— Já lhe passou pela cabeça que o livro pode ser perigoso? O quanto diria que Aidan mudou desde a primeira vez que o viu? — Isso a fez pensar e ele continuou: — Você mesma se afastou dele e ele não se importou.

As lágrimas escorreram pelo rosto dela e, com suavidade, Akilli as enxugou.

— Tive uma conversa com Aidan na prisão. — Ele suspirou pesarosamente. — Parecia fora de si, estava com raiva. — Akilli balançou a cabeça enquanto olhava fixamente a parede.

— Acha que pode ter sido esse livro que o tornou o que ele é agora?

— O que mais poderia ser? Pense, Koral. Nos últimos meses, ele agrediu um aluno, depois cuspiu ácido nele. Logo depois, mata o rei; tenho informações de outra cidade chegando que diz que viram Aidan matar o professor Malsel.

Koral o olhou chocada.

— Manter Aidan vivo é até perigoso, mas por respeito a você e ao que ele já foi um dia, o manterei com vida. Mas libertá-lo seria como soltar um leão na cidade. Quem poderia ser o próximo a perecer pelas mãos dele? Você entende, Koral?

— Sim. — As gotas caíam apressadamente do queixo. — Obrigada mais uma vez. — Ela se levantou.

— Por favor, passe a noite no seu antigo quarto, já está tarde.

Koral concordou, balançando a cabeça.

— E, Koral — disse antes que ela saísse —, o livro deve ser esquecido, ele pode ser perigoso demais para nós que não o compreendemos. Aidan deve ter visto coisas que o perturbaram e o transformaram no monstro em que ele se tornou. Esse livro nunca existiu, nunca esteve aqui, você nunca o viu ou ouviu falar dele. Consegue fazer isso? Para o bem de todos.

— Claro. — Dito isso, ela saiu do cômodo abalada e deprimida.

Enquanto ouvia os passos dela subindo as escadas, Akilli permanecia imóvel observando o livro.

— Não preciso de um livro para dizer que sou rei, traço meu próprio caminho. Agora só preciso convencê-los a me coroarem.

# Capítulo 72

## O NOVO REI

A REUNIÃO ENTRE OS LÍDERES SERIA REALIZADA A PORTAS FECHADAS NA sala do Conselho. Sete cadeiras foram dispostas ao redor de uma mesa circular feita de pedra. Sobre ela, odres cheios de vinho matariam a sede dos recém-chegados representantes das cidades. Quando Akilli entrou na sala, cinco deles já estavam presentes.

— Boa tarde, senhores — disse de forma amigável. — Espero que o vinho esteja ao seu gosto, é de uma excelente safra. Mas não bebam muito, pois logo mais lhes serviremos porcos assados na manteiga.

— Só de pensar, meu estômago geme de euforia — um homem extremamente gordo e sem nenhum pelo no corpo falou com uma voz afeminada.

— Ainda não sei como não explodiu de tanto comer, Chuffy.

— Talvez se não tivesse tanto nojo de se sujar, Mor Yurus, iria entender como é bom comer com as próprias mãos. Sentir a carne entre os dedos, quente e gordurosa, hum... — Chuffy lambeu os lábios.

— Por favor, senhores, não viemos aqui para ficar discutindo sobre comida, hoje não — Akilli falou de forma autoritária. — Todos já sabem sobre a morte de nosso rei. Felizmente, sou uma pessoa de visão e vejo uma luz de esperança até mesmo nas situações mais obscuras, como essa em que nos encontramos. Aqueles que aqui estão digam seu nome e a cidade que governam. O escriba irá registrar e oficializar nossas decisões.

Yurus foi o primeiro a falar.

— Mor Yurus Clodio, governante da cidade de Helsinborg. — Seus cabelos lisos quase esvoaçaram com a leve brisa que entrou pela pequena janela. Sua roupa branca era elegante, decorada com linhas de ouro, que formavam o símbolo da cidade: um martelo e uma espada cruzados entre si.

— Evert Flinn, governador de Redeby. — O pequeno homem quase não se destacava ali sentado, qualquer um que não o conhecesse poderia confundi-lo com uma criança, por causa da estatura. A única coisa que lhe dava credibilidade eram suas feições robustas e seu olhar inquisidor. Em seu colete de lã, havia a figura de um moinho, o símbolo da cidade.

— Chuffy Unguran — as bochechas e o papo balançaram conforme ele falava —, governante de Skahara. — O desenho em seu robe mostrava uma muralha.

O próximo a se levantar foi um rapaz jovem e magro.

— E-eu — gaguejou — sou Vanis. Vanis Awson. — O rapaz se sentou nervoso. Sua roupa simples estampava a correnteza de um rio.

— Este rapaz é o representante da cidade de Alaspur — Akilli esclareceu. — Parece que Xaygin foi emboscado por ladrões na estrada ao vir para nosso encontro. Vanis conseguiu fugir, então é o único representante da cidade. — *Xaygin poderia arruinar os meus planos, ele sempre ouvia os conselhos de Daigio. Ainda bem que tomei as precauções necessárias. O garoto não vai causar problemas. Já o assustei o suficiente.*

— Hum... — Evert deu uma cafungada intrometida. — Emboscado, não é? Que conveniente, assim como esta reunião.

*Não será corajoso o suficiente para me acusar, anãozinho, não sem apoio.* Akilli fitou o homem sem esboçar reação.

O próximo a falar foi um senhor de cabelos brancos e pálpebras tão esticadas que quase não se dava para ver a cor de seus olhos castanhos.

— Mor Zalio Eltyes, governante de Petylus. — Sua forma de falar era vagarosa. A cota de ferro em seu peito mostrava o desenho de uma árvore, o símbolo da cidade.

— Como alguns aqui já sabem, meu avô não tem interesse em participar desta reunião. Por isso, estou aqui para substituí-lo. Mor Akilli de Friggs, representante de Nolat. — O escriba anotou. — E previsivelmente, como de costume, nossos amigos de Nórdis — apontou para a cadeira vazia — não irão participar desta reunião.

— Ótimo, eu não me sentaria com eles — disse Evert Flinn, cruzando os braços.

Ignorando-o, Zalio falou:

— E como funcionará a eleição para rei?

— É bem simples, na verdade. Cada um de nós indicará um candidato de sua cidade, qualquer um. Depois daremos nosso voto, sendo que não poderemos votar no candidato que indicamos. No final, ganha quem tiver o maior número de votos. Todos de acordo?

— Sim — responderam. Evert concordou a contragosto.

Na primeira etapa, todos votaram em si mesmos, com exceção do novato Vanis, que indicou Daigio, o líder da cidade de Videne.

A segunda etapa foi iniciada com Akilli dando seu voto.

— Mor Zalio será um bom rei.

— Obrigado, Akilli.

*Você seria um péssimo rei. Mas, como o conheço bem, votará em mim por agradecimento e pelo apreço que tem por meu avô.*

— Voto em Akilli — Zalio falou com a certeza de um eterno aprendiz.

*Yurus votará como combinado. Chuffy está muito feliz com seu castelo e suas crianças, vai seguir a maré, assim como Vanis, que só quer voltar para casa em segurança. E Evert Flinn... Bom, não adiantará nada um voto contrário.* E como um profeta que já sabia as respostas, Akilli se tornou o novo rei.

# Capítulo 73

## Sofrimento

O AR ESTAVA ESTRANHAMENTE GELADO, A ÚNICA COISA QUE ELE CONSEGUIA enxergar era um ponto luminoso ao longe. O som de seus pés descalços ecoavam produzindo um som de pedra molhada. Aos poucos, o ponto luminoso foi ganhando forma, um homem estava agachado, se equilibrando com a ponta dos pés. Seu cabelo era tão comprido que chegava à altura da cintura. Ele vestia apenas uma calça preta e fitava o chão. Quando Aidan tentou contorná-lo para ver seu rosto, uma voz grossa e profunda ressoou.

— Você desistiu.

— O que eu podia fazer? Ele ameaçou matar meus pais e Koral. — Aidan se surpreendeu ao ouvir sua própria voz, parecia uma criança.

— Seus pais são velhos, já viveram bastante. E Koral... você sabia dos riscos ao mantê-la por perto. Disse que a protegeria, mas na verdade se distanciou dela. Assuma suas escolhas e siga o caminho que escolheu. Faléria não mentiu quando disse que seria difícil, você é que quis ser rei, e desistiu de ser um ao deixar Akilli te controlar.

Aidan só se deu conta de que estava chorando ao sentir o calor das lágrimas descendo pelo rosto.

— Agora Koral está sozinha, não tem mais ninguém. Isso tudo é sua culpa! — o homem gritou e, quando o fez, virou-se para Aidan, atacando-o.

Aidan acordou ofegante, a primeira coisa que ouviu foi o som dos ratos correndo em algum lugar de sua pequena cela. Com o tempo, ele aprendera que aquilo era um sinal de que alguém estava vindo. E, poucos segundos depois, passos ecoaram do lado de fora, descendo os degraus que levavam até o quarto nível do calabouço. Quando a porta se abriu, a luz inundou o cômodo escuro.

— É hoje? — perguntou a Bruga.

Mas, como de costume, o carcereiro nada falou.

Algo não estava certo, pelas suas contas já deveria ter sido morto. Aidan não tinha certeza, mas achava que havia ficado seis dias ali, para isso, ele se baseou em suas refeições, que eram sempre duas, uma quente e outra fria, e logo após a refeição quente tudo ficava bem mais quieto e Bruga sumia. Aidan conseguia ouvir até os ratos caminhando pelos buracos acima, isso só podia significar que tudo estava mais calmo lá fora, ou seja, todos estavam dormindo.

— Obrigado — disse uma voz melosa.

E então Yurus entrou na cela, calçado com suas luvas e vestindo suas roupas elegantes.

— Olá, Aidan, você está péssimo. Não que eu me importe. — Yurus o encarou com desprezo.

Aidan apenas o observava, recostado no canto como um trapo.

— Há alguns anos, você estragou meus negócios. Demorou um tempo, mas consegui reunir novos escravos para as minas, melhorei a segurança, a organização, o transporte e, como consequência, meus lucros aumentaram. A exploração de metais preciosos nunca esteve melhor, e tudo isso graças a você.

— Então você vai me libertar em agradecimento — Aidan concluiu.

Yurus fingiu não ouvi-lo.

— A princípio, eu queria arrancar a sua pele e ferver você em óleo. Porém, quando soube do plano de Akilli e dos lucros aumentando nas minas, minha vontade de te ver sofrer muito foi se esvaindo. Vendo-o agora, vejo que a vontade de viver já sumiu de seus olhos, o garoto das histórias não está mais aí. — Yurus se agachou e olhou para Aidan como se ele fosse uma criança pequena. — Akilli me disse que eu poderia fazer o que quisesse com você, desde que não o matasse. Ele é o novo rei, se quer saber.

Diferentemente de Yurus, Aidan não o olhava nos olhos.

— Akilli está certo, você não merece ser morto onde todos o vejam, pois pode acabar se tornando um mártir, um herói. E heróis são lembrados, não queremos isso. — Sem mais a dizer, Yurus deu as costas e parou na porta para uma última palavra.

— Sabe, enquanto estava capturando os fugitivos, encontrei um menino que disseram ser bem chegado a você. Não me lembro bem seu nome, hummm — ele mordeu os lábios pensando —, começava com A, devia ter uns oito anos, era bem baixinho.

— Álico — Aidan falou. Como poderia esquecê-lo? O menino fora um grande amigo. — Foi a primeira pessoa com quem falei ao chegar na mina.

— Isso, Álico, boa memória. Ao ser torturado, o menino gritou tanto... — Yurus colocou a mão na frente da boca para conter a risada. — Parecia um bezerro sendo morto.

Aidan levantou a cabeça, encarando-o pela primeira vez.

— Era só uma criança. — Seus olhos se encheram de lágrimas.

— Alguns achavam que você era um demônio — disse ao notar suas lágrimas. — Mas pelo visto é mesmo só um rapaz tolo. Álico e outros que estavam com você nas minas morreram por sua causa, sofreram porque você fugiu e eu precisava mostrar que coisas ruins acontecem para quem se rebela. Expus os corpos deles por meses até os corvos comerem tudo. — Desta vez, ele deixou uma risada escapar. — Adeus, Aidan — despediu-se com uma expressão leve no rosto, e a porta fechou-se.

***

— Olha o que fizeram comigo — o pequeno Álico falou, aparecendo de repente no meio daquela escuridão.

Suas partes íntimas estavam cobertas pelo que restara de sua roupa, todo seu corpo estava marcado por feridas, ossos pulavam para fora da pele e seus olhos eram apenas fundos negros. Quando o garoto o tocou, Aidan acordou. Assustado, ele se encolheu no canto da cela abraçando os joelhos, enquanto respirava descompassadamente. As lágrimas desceram traçando finos caminhos por entre a sujeira encrustada em seu rosto.

Aidan olhou em volta, o cheiro de seu corpo imundo, dos excrementos dele e dos ratos já não o incomodava tanto. O que realmente o estava matando eram os pesadelos, a dificuldade de respirar aquele ar viciado naquela pequena cela e as ocasionais investidas dos ratos, que tentavam comê-lo.

— Mais cedo ou mais tarde, vou finalmente enlouquecer. Falta pouco.

Depois de mais um pesadelo, ele acordou arfante, as gotas de suor caíam pela ponta de seu nariz. Aidan encarou a porta de carvalho à sua frente, caminhou até ela, passou de leve os dedos sobre a madeira e, sem motivo aparente, socou-a. O primeiro murro fez o som ecoar através da escadas, o segundo soco fez sua mão sangrar. A cada soco, Aidan colocava mais força e mais velocidade. Ele gritou e continuou a esmurrar a grossa porta.

# Capítulo 74

## Despedida

Sobressaltado, Aidan acordou com o som da tranca da porta. O ar que entrou em sua cela foi relaxante e quase gelado, mesmo estando tão abaixo na masmorra.

— Aidan? — Ele conhecia aquela voz, como poderia esquecer?

Koral entrou cautelosa, a figura maltrapilha encostada na parede era magra e cheirava muito mal.

— Koral! — Ele a fitou nos olhos e seu coração se encheu com um pouco vida.

— Oh, meu Aidan. — A figura de Aidan se tornou um borrão nos olhos repentinamente cheios de lágrimas de Koral.

Erguendo-se com dificuldade, Aidan foi até sua direção e tentou abraçá-la.

— Senti muito sua falta — ele disse com olhos implorando por piedade.

A mão direita dele estava toda esfolada, Koral notou.

— Cuidado, minha senhora — um guarda que a acompanhava alertou.

— Ele não vai me machucar. — Ela o abraçou com carinho.

Ao abraçá-la, ele sentiu que nada nela havia mudado, o cheiro da pele, do cabelo, seus lindos olhos rosados, estava tudo lá. Repentinamente, Aidan percebeu como estava diferente, ele fedia, perdera peso, seus cabelos haviam crescido um pouco.

— Quanto tempo se passou?

*Aí está você*, Koral pensou ao encarar aqueles olhos negros penetrantes. Pela primeira vez, desde que chegou, viu o verdadeiro Aidan que conhecera um dia, ou pelo menos uma parte dele.

— Três meses — ela respondeu.

— E por que não fui executado?

— Foi um pedido meu. Akilli é o rei agora.

Aidan assentiu, sem se surpreender com a resposta.

— Não sei se devo te agradecer ou brigar com você. — Tentou fazê-la rir, sem sucesso.

— Eu tinha que fazer alguma coisa, não podia ver você morrendo. Pelo menos está vivo.

— É... Mas a que preço? O que prometeu a ele?

— Nada, ele me fez umas perguntas e eu respondi.

— Que tipo de perguntas? — Fitou-a com curiosidade.

Koral umedeceu os lábios com receio de falar.

— Sobre seu livro. Ele sabe quem você é de verdade.

— Contou a ele? — perguntou aborrecido.

— Respondi algumas perguntas e o fiz com sinceridade. Você estava para morrer mesmo, não ia te prejudicar em nada.

— Não acredito que fez isso. Ela deu a vida por esse livro, para mantê-lo longe de pessoas ruins. Agora ele foi parar em mãos erradas novamente. — Agora, sim, Aidan tinha ficado irritado.

— Pode nos dar licença? — pediu ao guarda.

— Recebi ordens para não deixá-la, minha senhora.

— Não vou contar para ele — disse se aproximando do guarda. — E de um bolso escondido retirou algumas moedas e as colocou na mão do sujeito. O homem as olhou e, depois de avaliar o valor, saiu fechando a porta.

— Akilli não sabe muito sobre o livro. — Sua voz era branda. — Nem eu sei. Na verdade, ele o trancafiou em algum lugar, disse que o livro poderia ser maligno. E que você poderia ter sido... contaminado por esse mal — Koral falou um pouco receosa.

— Koral, você ainda não percebeu? Akilli é o mal. Foi ele quem armou para mim. É por causa dele que estou aqui — explicou com a voz alterada.

— Por causa dele? — Agora ela respondia à altura a irritação de Aidan. — Akilli sempre nos ajudou, pagou nossos estudos, até nos hospedou na casa dele, sempre foi um bom amigo. Toda vez que você sumia em suas missões perigosas, ele me animava, conversava comigo. Agora, olha para você, todas as coisas que fez até agora, quantas pessoas machucou. Quebrou o nariz de um aluno e depois cuspiu ácido nele.

Ele balançou a cabeça, pesando o que ela falava.

— Dio mereceu, aquele cara era um completo idiota.

— Todos na cidade achavam que eu era um monstro, fui hostilizada por sua causa.

— Eu sinto muito por isso — falou arrependido.

— Sua obsessão por ser rei te trouxe até aqui. Se tivesse conseguido esperar e fazer da maneira certa, ser reconhecido por sua competência, conquistado as pessoas, seria só uma questão de tempo. Você já tinha o livro como vantagem. Não precisava ter ido tão longe com sua ambição.

Aidan a fitou por um instante, analisando suas expressões. Piedade, carinho, amor, tristeza, elas estavam lá, era só olhar. Mas infelizmente ela não iria enxergar a verdade, e isso lhe deu um nó na garganta.

— Koral, foi Akil...

Ela o interrompeu.

— Chega! Você nem tem provas. Akilli tem dinheiro, poder, influência, já tinha tudo que um homem pode desejar nesta vida. Armar um plano mirabolante para virar rei não tem muita lógica para mim.

— Vai realmente acreditar nele? — perguntou consternado.

— As provas contra você são incontestáveis. Testemunhas o viram naquela noite.

*Minha nossa, ele a condicionou a pensar diferente. Os argumentos dele estão entranhados em suas frases.* Mas ele ainda não desistiria.

— Testemunhas compradas para dizer qualquer coisa. Precisa enxergar...

— Não — Koral respirou fundo, agora tentando conter as lágrimas —, você nunca mais vai sair daqui, Aidan. É a última vez que o verei. — Nesse momento, ela chorou. — O rei me deu permissão para falar com você, pois insisti, ele disse que seria uma má ideia, mas mesmo assim permitiu. Akilli é muito bom para mim, e também foi bom para você. Pena que você tenha mudado. — Ela mordeu os lábios e deu um passo para trás.

Vendo que iria perdê-la, Aidan se desesperou, tentou agarrá-la pela mão, mas acabou caindo, pois estava fraco e debilitado. Koral chamou o guarda e foi para fora. Antes de sumir, ela o olhou mais uma vez.

— Koral — ele a chamou, esticando a mão, suplicando por ajuda. — Não me abandone. — Seu rosto era só desespero.

E, sem dizer uma palavra sequer, Koral virou-se e sumiu de sua vista. A porta se fechou e ele voltou a viver na escuridão.

***

Momentos depois, sua fechadura foi destrancada e o novo rei entrou.

— Você está péssimo — disse para a figura desmilinguida no chão.

Aidan o olhou e reparou no homem que ficara junto à porta, era Mor Luciani Baldgar, que o observava com total desprezo.

— Viu a minha coroa? É bonita, né? — Mostrou os diamantes incrustados.

— Você a tirou de mim — disse sem força na voz, mas com raiva nos olhos.

— O quê? Como disse?

— Você a tirou de mim! — gritou dessa vez.

— Oh, sim — concordou. — Mas não está falando da coroa, não é? Koral lhe contou também que a pedi em casamento?

A cara que Aidan fez causou uma gargalhada em Akilli.

— Pelo visto, ela não falou nada. Ela ainda não aceitou, mas, em breve, vai ceder. Tenho certeza.

— Por quê? — a pergunta saiu em meio a dentes rangidos.

— Por que quero me casar com ela? Bom, um rei precisa de uma rainha e Koral é bela, tem os olhos mais lindos que já vi. Sempre quando a vejo, meu coração bate mais forte — falou, imitando um poeta. — E também porque ela nunca teve interesse em mim — confessou. — Ela sempre o amou de uma maneira tão doce que eu sentia inveja. Entende? Não era por puro interesse, como outras mulheres que eu conhecia. Ela adorava você, te idolatrava. Achei isso impressionante. Koral era a única mulher que eu não podia conquistar. Isso só me fez querer te destruir mais ainda. Pois só a conseguiria ter se você não existisse mais.

Aidan não conseguiu ver mentira em suas palavras, ou talvez estivesse fraco demais para perceber.

— Bem — disse para mudar de assunto —, assim como a visita de Koral, esta também será a minha última. Daqui a alguns meses, direi que você morreu de uma doença muito contagiosa, um pretexto para ninguém ver o seu corpo. E com o tempo a sua sombra irá sumir e eu terei a minha rainha. — Akilli sorriu.

— Desgraçado, você é o verdadeiro demônio, me tirou tudo.

— Ah, você está enganado, ainda tem a sua vida. E vou te manter aqui por muitos e muitos anos. É claro que vai depender do quanto sua mente vai aguentar. — Akilli caminhou para a saída, indicando que aquela conversa já estava chegando ao fim.

— Eu vou te matar, Akilli. — Aidan ergueu-se com a expressão carregada de ódio. Partiu para cima do rei, mas, antes que conseguisse chegar até ele, Luciani o impediu, dando-lhe um soco no estômago. O golpe o deixou sem ar e com o corpo estatelado no chão.

— Você nunca vai sair daqui, e para impedir que Koral, ou qualquer outra pessoa, se sinta tentada a vir te visitar, mandarei construir uma parede em frente à sua porta. — Akilli se divertiu com a ideia. — Até mesmo esta cela será esquecida.

E, com essas palavras, Aidan foi deixado à própria sorte, sozinho, abandonado e mais motivado do que jamais esteve para destruir tudo.